Cindy Woodsmall

Nähme ich Flügel der Morgenröte ...

Hannah, das Amischmädchen – Band 1

francke

Über die Autorin:
Cindy Woodsmall lebt mit ihrem Mann in Georgia. Als ihre drei Kinder flügge wurden, begann sie zu schreiben. Bereits ihr erster Roman wurde für einen Christian Book Award nominiert. Ihre Freundschaften zu Mennoniten und Amisch bereichern ihre lebendigen und authentischen Romane.

Bibliografische Information Der Deutschen Bibliothek
Die Deutsche Bibliothek verzeichnet diese Publikation in der Deutschen Nationalbibliografie; detaillierte bibliografische Daten sind im Internet über http://dnb.ddb.de abrufbar.

ISBN 978-3-86122-985-8

Originally published in English under the title:
When the Heart Cries by Cindy Woodsmall

Published by WaterBrook Press
a division of Random House, Inc.
12265 Oracle Boulevard, Suite 200
Colorado Springs, Colorado 80921 USA
All non-English language rights are contracted through:
Gospel Literature International
P.O. Box 4060, Ontario, California, 91761-1003 USA
This translation published by arrangement with
WaterBrook Press, a division of Random House, Inc.

35037 Marburg an der Lahn
Deutsch von Silvia Lutz
Coverfoto: Jim Celuch
Coverdesign: Mark D. Ford
Satz: Verlag der Francke-Buchhandlung GmbH
Druck: Koninklijke Wöhrmann, Niederlande

www.francke-buch.de

Kapitel 1

Hannah Lapp bedeckte die frisch eingesammelten Eier in ihrem Korb mit der Hand, warf einen schnellen Blick hinter sich und lief eilig den Schotterweg hinauf. Das Licht des frühen Morgens fiel durch die breiten Blätter der großen Eichen, während sie ihren Hoffnungen … und ihren Ängsten entgegenlief.

Eine Mischung aus Gerüchen – feuchter Morgennebel, saftige Sommererde, reifes Gartengemüse und duftender Jasmin – lag in der Luft. Hannah liebte die verschiedenen Gerüche der Natur. Als sie weit genug weg war, um von ihrem Vater nicht gesehen zu werden, wenn sie die Kuppe des Hügels überquerte, drehte sie sich um und ließ den Anblick auf sich wirken. Das graue, steinerne Bauernhaus ihrer Familie ragte zwischen den weiten Feldern in die Höhe. Vor siebzehn Jahren war sie in diesem Haus auf die Welt gekommen.

Sie schloss die Augen. Ihr amisches Erbe war mehrere hundert Jahre alt, aber ihr Herz sehnte sich danach, genauso modern zu sein wie Computer und das Internet. Die Freiheit lockte sie, aber gleichzeitig ließ die enge Bindung zu ihrer Familie sie nicht los.

An manchen Tagen beschlich sie der Wunsch, aus den engen Schranken ihrer Familie auszubrechen. Da draußen gab es ein faszinierendes Leben – ein Leben, in dem man sich frei bewegen konnte. Sie warf noch einmal einen langen Blick auf ihr Zuhause, bevor sie weitermarschierte. Am Ende ihres Weges, der nur anderthalb Kilometer lang war, wartete Paul auf sie. Sie lief schnell weiter und lauschte auf das Morgengezwitscher der Vögel und zählte die Zaunpfähle am Wegrand.

Als sie die höchste Stelle der Anhöhe erreicht hatte, hörte sie eine Baritonstimme eine unbekannte Melodie singen. Der Gesang kam aus dem Stall. Sie lief zum Viehgatter am hinteren Ende der Weide, die von dem schmalen Schotterweg gesäumt wurde. Hinter dem Stall war das Haus von Pauls Großmutter, und dahinter verlief die Teerstraße, auf der die Englischen mit ihren Autos fuhren.

Paul benutzte auch die Autos der Englischen. Hannahs Lippen verzogen sich zu einem Lächeln. Genauer gesagt, fuhr er eine alte Klapperkiste. Obwohl die Mennoniten, denen er angehörte, sehr konservativ waren – viel konservativer als viele andere Mennonitengruppen – zögerten sie nicht, elektrischen Strom und moderne Fahrzeuge zu benutzen. Trotzdem hielt seine Gruppe daran fest, dass Frauen schlichte Kleider und Gebetshauben, die sogenannten *Kapps*, tragen sollten. Es war bestimmt nichts Schlimmes daran, dass sie Paul mochte, da die Amisch jemanden aus Pauls Mennonitengruppe nicht als *Englische* oder als eitel einstuften.

Als Hannah das Viehgatter öffnete, erschien Paul im Türrahmen zum Stall. Er hatte keinen Hut auf dem Kopf – etwas, das ihrem Bischof sicher missfallen würde. Seine Haare hatten die Farbe von Heu und glänzten in der Sonne. Genauso wie seine blauen Augen tauchten sie regelmäßig in Hannahs Träumen auf.

Er kam mit der Mistgabel in der Hand auf sie zu und runzelte die Stirn. „Hannah Lapp, was hast du vor? Du kannst dich doch nicht um diese Tageszeit von zu Hause fortschleichen. Ganz Perry County wird das Gewitterrollen hören, wenn dein Vater das herausfindet." Er blieb stehen, rammte die Mistgabel in die Erde und schaute sie an.

Beim Ernst in seiner Stimme schlug Hannahs Herz schmerzlich in ihrer Brust. Verunsichert fragte sie sich, ob sie ihre Grenzen überschritten hatte. „Heute ist dein letzter Tag hier." Sie hielt den Korb mit den Eiern hoch. „Ich dachte, du und deine Großmutter würdet euch vielleicht über ein gutes Frühstück freuen."

Er wischte sich über die Stirn, ohne seinen strengen Blick von ihrem Gesicht abzuwenden. „Großmutter ist heute Morgen furchtbar gereizt."

„Noch schlimmer als gestern?"

Er nickte. Der Anflug eines Lächelns spielte um seine Lippen.

Es war das vierte Jahr, in dem Paul nach den Sommerferien zu seinem Studium zurückkehrte. Wieder einmal würde er sie für den Herbst, Winter und Frühling verlassen und sie könnten nur durch Briefe miteinander in Kontakt bleiben. Aber selbst dieser eingeschränkte Kontakt musste über den Briefkasten seiner Großmutter erfolgen. Hannahs Vater würde ihrer Freundschaft sofort ein jähes Ende setzen, falls er je davon erfahren sollte.

Paul trat näher auf sie zu, nahm ihr den Korb aus den Händen und lächelte zu ihr hinab. „Wird deine Familie dich heute Morgen nicht vermissen? Oder sollte ich mich am besten gleich darauf einstellen, dass dein Vater jeden Moment mit seinem Pferd und Einspänner in die Auffahrt meiner Großmutter gesprengt kommt?"

„Ein solches Spektakel würde mein *Daed* nie veranstalten." Hannah fuhr sich mit der Zunge über die Lippe. Sie hatte Durst, nachdem sie den Weg hierher so eilig zurückgelegt hatte. „Ich habe mit meiner Schwester vereinbart, dass sie heute Morgen meine Arbeiten erledigt."

„Und wer erledigt dann ihre Arbeiten?"

„Sarah hat heute Morgen frei, weil sie am Nachmittag am Verkaufsstand der Millers aushilft. Ich habe sie dafür bezahlt, dass sie meine Arbeiten übernimmt. Also kein Grund zur Sorge, *jah*?"

„Du hast sie bezahlt? War das denn nötig?"

Hannah zuckte die Achseln. „Sie liebt mich nicht gerade. Aber darüber müssen wir jetzt nicht sprechen. Sie war bereit, auf dieses Geschäft einzugehen, und ich bin jetzt hier."

Paul öffnete die Mückengittertür zur hinteren Veranda seiner Großmutter. „Ich hoffe nur, Sarah verrät deinem Vater nichts."

„Es gibt nichts, das sie verraten könnte. Sie glaubt, dass deine Großmutter mir gesagt hat, ich solle heute kommen und hier arbeiten." Hannah schwieg kurz und ergriff eine Seite des Korbes, den Paul in der Hand hielt. „Außerdem versucht sogar mein *Daed*, sich daran zu erinnern, dass ich in meinem *Rumschpringe* bin."

Er überließ ihr den Korb. „Aber dein Vater hält nicht viel von zusätzlicher Freiheit für junge Leute, nicht wahr?"

Sie unterdrückte das respektlose Seufzen, das ihr über die Lippen kommen wollte. Ihr Vater brachte sie manchmal fast zur Verzweiflung. „Die traditionellen Regeln halten ihn ein wenig zurück. Es wäre nicht gut, wenn der Bischof herausfände, dass er sich nicht an unsere Traditionen hält."

Hannah öffnete die Tür zum Haus, aber Paul legte den Arm vor ihr quer über den Türrahmen und hielt sie zurück.

Er beugte sich näher vor. Hannah schaute geradeaus.

„Schau mich an, Hannah." Der sanfte Klang seiner Worte an ihrem Ohr jagte ein Kribbeln über ihren ganzen Körper. Sein Geruch, den sie genauso gut kannte wie den jungen Mann selbst, erfüllte ihre Sinne, und in ihr regte sich eine Sehnsucht, ihn noch viel besser kennenzulernen.

Mehrere Sekunden vergingen, bevor sie es schaffte, den Blick zu heben und ihm in die Augen zu schauen. Seine Lippen hatten sich zu einem Lächeln verzogen, aber seine blauen Augen schauten sie mit einem Blick an, den sie nicht verstand.

„Ich habe mir gewünscht, mit dir zu sprechen, bevor ich ans College zurückfahre. Es gibt einige Dinge, die ich einfach nicht in einem Brief schreiben kann. Wenn du heute nicht gekommen wärst, hätte ich vorgehabt, heute Nachmittag an deine Tür zu klopfen." Ein leichtes Seufzen kam über seine Lippen. „Aber damit hätte ich wahrscheinlich so viele Probleme heraufbeschworen, dass wir erst recht nicht miteinander hätten sprechen können."

„Paul!", kreischte eine zittrige Stimme. Das langsame Klopfen eines Stocks auf dem Holzboden verriet, dass seine Großmutter jeden Augenblick bei ihnen auftauchen würde.

Hannah trat einen Schritt zurück. Sie würde vor Verlegenheit sterben, falls irgendjemand sie so nahe bei Paul stehen sähe.

Er richtete sich auf und baute damit noch mehr Abstand zwischen ihnen auf. „Versprich mir, dass wir heute irgendwann allein sein können. Ich muss mit dir sprechen, bevor ich wegfahre."

Hannah schaute ihm in die Augen und versprach ihm alles, was er wollte. „Ich gebe dir mein Wort", flüsterte sie.

Er nahm die Hand vom Türrahmen. „Großmutter, Hannah ist da."

Von den Beerensträuchern aus hörte Paul, wie die Uhr im Wohnzimmer schlug. Sie schlug fünfmal, aber Paul musste nicht an die Zeit erinnert werden. Er konnte es nicht erwarten, Hannah heute zum zweiten Mal zu sehen, bevor er für das Herbstsemester ans College zurückkehrte.

Er warf die Handvoll Heidelbeeren in den halb vollen, verzinkten

Eimer. Dann richtete er sich auf und ließ den Blick über den Horizont wandern, um zu sehen, ob von Hannah schon irgendeine Spur zu sehen sei. Als sie das Frühstücksgeschirr fertig gespült hatten, war Hannah in der Hoffnung, dass niemand sie bis jetzt vermisst hätte, nach Hause geeilt. Deshalb hatten sie es nicht geschafft, Zeit für ein Gespräch unter vier Augen zu finden. Er richtete seine Aufmerksamkeit wieder auf die fast kahlen Sträucher und war froh, dass er gestern zwei Kilo Blaubeeren auf Lee McNabbs Bauernmarkt gekauft hatte.

Er war es leid, Hannah so zu behandeln, als wären sie nur gute Freunde, obwohl er in Wirklichkeit in sie verliebt war. Wenn sie ein paar Jahre älter wäre, hätte er ihr schon längst gestanden, was er für sie empfand. Aber selbst wenn er es ihr sagte und sie für ihn hoffentlich genauso empfand, wäre sie nicht die Einzige, die ihre Beziehung geheim halten müsste. Wenn er sie vor Schwierigkeiten mit ihrem Vater und ihrer ganzen Gemeinde bewahren wollte, konnte er es sich nicht leisten, irgendjemandem von ihr zu erzählen. Er hatte zu viele entfernte Verwandte in Owl's Perch, die durch unvorsichtige Bemerkungen seine und Hannahs gemeinsame Zukunft gefährden könnten.

Vorausgesetzt, sie war überhaupt an einer Zukunft mit ihm interessiert.

Während Paul am Gartentisch stand und die gekauften Beeren zu denen kippte, die er selbst gepflückt hatte, erblickte er Hannah, wie sie auf dem Schotterweg den Hügel herabkam. Bei ihrem Anblick begann sein Puls schneller zu schlagen.

Der größte Teil ihrer schönen kastanienbraunen Haare war von der Gebets*kapp* verdeckt. Ihr braunes Kleid reichte bis weit über ihre Knie und wurde von einer langen, schwarzen Schürze bedeckt. Die Amisch bemühten sich, auf jede nur denkbare Weise schlicht zu sein, angefangen bei der Schulbildung, die nur bis zur achten Klasse ging, bis hin zu ihren strengen Kleidervorschriften. Ein Lächeln spielte um seine Lippen. Hannah besaß das Herz einer Löwin und die Sanftheit eines Kätzchens. Sie zu einer unscheinbaren Frau zu machen war etwas, das man nicht mit einem Regelkatalog erreichen konnte – nicht einmal mit den Gesetzen der *Ordnung*. Sie sah ihn und winkte. Er erwiderte ihren Gruß und stellte den Eimer ab. Sein ganzer Körper reagierte auf sie: Sein Herz pochte, seine Handflächen begannen zu schwitzen, und seine Gedanken purzelten wild durcheinander. Aber er kam nicht deshalb jeden Sommer nach Owl's Perch, weil er sich körperlich zu ihr hingezogen fühlte. Sie verband etwas miteinander, das er nicht erklären konnte, aber er wusste, dass das in einer Beziehung zwischen einem Mann und einer Frau etwas ganz Besonderes war. Mit Hannah an seiner Seite und einem abgeschlossenen Studium in Sozialarbeit könnten sie so vieles erreichen. Er und Hannah hatten beide den Wunsch, im Leben von anderen Menschen etwas zum Positiven zu verändern – besonders bei Kindern. Welche Voraussetzungen wären da besser, als mit Hannah ein Leben lang ein Team zu bilden, auch wenn sie gerade erst lernte, wie man betete und Gott vertraute. Bis vor Kurzem hatte ihr Glaube hauptsächlich daraus bestanden, starre Regeln zu befolgen.

Paul beobachtete jede ihrer Bewegungen, als sie das hintere Tor öffnete und das Feld überquerte. Als er ihr das Viehgatter auf der Vorderseite der Weide aufhielt, lagen ihm liebevolle Worte auf der Zunge. Nur mit großer Mühe konnte er verhindern, dass sie ihm über die Lippen kamen. Aber wie immer sorgten seine Unsicherheit und seine Achtung vor ihrer eher zurückhaltenden Art dafür, dass die Worte nicht ausgesprochen wurden.

„Hallo." Sie reichte ihm das mit einem Tuch bedeckte Bündel, das sie in der Hand hatte.

Er hob das Bündel an sein Gesicht und atmete den Duft des frisch gebackenen Brotes ein. „Mmm."

Sie schaute ihn mit einem herausfordernden Grinsen an. „Wer, glaubst du, hat dieses Brot gebacken?"

„Du." Er sagte das mit absoluter Gewissheit.

Sie stemmte die Hände in die Hüften. „In unserem Haus sind vier Frauen, die Brot backen. Woher willst du wissen, dass ich es gebacken habe?"

„Wenn du den Teig geknetet hast, hat der Laib ein besonderes Feuer in sich, so als hättest du einen Teil deiner Seele hineingesteckt."

Hannah lachte. „Du redest Unsinn. Weißt du das?"

„Das ist mein voller Ernst, Hannah." Er sog den Duft des eingewickelten Brotes noch einmal ein. „Wenn du den Brotgeruch tief einatmest, riechst du die Hitze." Er hielt ihr das Brot vors Gesicht. „Genauso wie das Feuer in dir, Löwenherz."

Sie schnalzte mit der Zunge, um ihn zu warnen, dass er nicht unanständig werden sollte. Er senkte den Brotlaib und schaute ihr in die Augen. Er wollte die starken Gefühle, die zwischen ihnen loderten, unbedingt festhalten. Für ihn besaß Hannah den Mut, die Macht und das Majestätische, das Löwen ausstrahlten. Diese Beschreibung passte perfekt zu ihr, auch wenn es sie in Verlegenheit brachte, dass er sie so bezeichnete.

„Warte bitte kurz." Paul ging zur Hintertür und schnappte sich im Gehen den Griff des Blaubeereimers. Er schritt über die Veranda und trat in die Küche. Nachdem er den Eimer und das Brot auf den Tisch gestellt hatte, rief er: „Großmutter."

Er fand sie im Wohnzimmer, wo sie in ihrer Bibel las, und trat an den runden Mahagonitisch. „Hannah ist gekommen. Wir gehen spazieren." Er nahm eines der Funkgeräte, die auf dem Tisch lagen, und schaltete es ein. „Wenn du etwas brauchst, musst du nur auf diesen Knopf drücken." Er deutete auf den Drehknopf mit der Musiknote darüber. „Wenn du uns anfunkst, kommen wir sofort zurück." Er stellte das Funkgerät auf den Tisch und befestigte das zweite Gerät an seiner Gürtelschlaufe.

Die Augen seiner Großmutter schauten ihn fragend an.

Paul zog eine Braue in die Höhe. „Es wäre aber schön, wenn du nichts brauchen würdest." Er küsste sie auf den Kopf.

„Ich gebe dir fünfzehn Minuten, junger Mann. Dann drücke ich auf diesen Knopf. Mehr Zeit brauchen junge Leute nicht."

„Komm schon, Großmutter. Hannah und ich brauchen ein wenig Zeit, um ungestört miteinander reden zu können."

Leichte Falten zogen über ihr Gesicht, als sie ihn betrachtete. „Ich gebe dir zwanzig Minuten. Danach kannst du ihr alles, was gesagt werden muss, auf der Veranda oder in der Küche sagen. Keine Widerrede mehr! Sonst fahre ich höchstpersönlich zu ihren Eltern."

Paul seufzte. „Jawohl." Er lief zur Hintertür. Sie erlaubte ihm nie, sich wie ein Erwachsener zu fühlen. Wenn er in Maryland bei seinen Eltern war, gestanden sie ihm viel mehr Freiheiten zu als seine Großmutter, und an der Universität hatte er alle Freiheit der Welt. Er musste sich hier also nichts beweisen.

Er tastete in seiner Hosentasche nach dem Geschenk und lief dann zur Hintertür hinaus.

Hannah stand auf einer Kuppe und schaute über die grünen Wiesen zu der grasenden Viehherde, während der leichte Wind ihren Rock flattern ließ und mit den Bändern der *Kapp* auf ihrem Kopf spielte. Diesen Anblick würde er gern auf einem Foto festhalten. Aber auch jedes andere Foto von Hannah wäre schön.

Er ging zu ihr hinauf und hielt ihr die Hand hin. Zum ersten Mal legte sie ihre Hand in seine.

Sie liefen über das Feld und in den Schatten des Waldes. Als sie zu einer Brücke kamen, die sich über den Bach erstreckte, verlangsamten sie ihre Schritte. Hannah schlüpfte aus ihren leichten Schuhen und setzte sich auf die Holzplanken. Ihre Füße baumelten über dem Wasser.

Paul schüttelte die Sandalen von seinen Füßen und setzte sich neben sie.

Für einen Moment sprach keiner von beiden ein Wort. Das Plätschern des Wassers, das Zwitschern der Vögel und das gelegentliche Muhen einer Kuh erfüllten die Luft.

Ohne auf die Nervosität zu achten, die sich in ihm regte, legte Paul die Hand über ihre Finger. „Es wird mit jedem Jahr schwerer, wieder wegzugehen.“ Er zog ihre Hand an seine Lippen und küsste sie.

Sie schaute ihn groß an, als hätte sie nie erwartet, dass er sie küssen würde. Er beugte sich näher vor und hoffte, er könnte sie auf die Wange küssen.

Sie räusperte sich und wich vor ihm zurück. „Ich glaube, es ist am besten, wenn wir jetzt wieder zurückgehen.“ Sie stand auf.

„Aber …“ Paul sprang auf. „Ich … ich bin noch nicht fertig mit dem, was ich dir sagen wollte. Ich will mit dir über uns sprechen.“

Sie hob ihre Schuhe auf. „Erwarte nicht, dass ich dich in mein Herz schauen lasse, wenn ich genau weiß, dass du danach wieder zu deinen Mädchen an der Uni zurückgehst.“ Ohne ihn anzuschauen, steckte sie die Füße in ihre Schuhe. „Ich bin zwar vielleicht nicht so gebildet wie sie, aber ich bin trotzdem nicht dumm, Paul Waddell. Ich habe gehört, wie es an den Unis zugeht, und das gefällt mir überhaupt nicht. Wir sind gute Freunde und haben das nicht nötig.“ Sie wischte sich die Hände an ihrer Schürze ab und hob den Kopf, um ihn anzuschauen.

Die Ungewissheit rumorte so stark in ihm, dass er davon Bauchschmerzen bekam. Er schlüpfte in seine Sandalen. War er dabei, genau die Freundschaft kaputt zu machen, die ihm wichtiger war als alles andere in seinem Leben? „Ich habe kein Mädchen an der Uni. Und ich hatte auch nie eines. Für mich gibt es keine andere als dich … falls ich dich als meine Freundin bezeichnen darf."

Sie starrte ihn einen Moment an. „Was sagst du da?"

Ihr heiseres Flüstern drang tief in seine Seele. Paul trat näher auf sie zu. „Ich will damit sagen, dass ich mir eine gemeinsame Zukunft mit dir wünsche." Er griff in seine Hosentasche und zog eine lange, dünne, goldfarbene Schachtel heraus. „Das ist für dich."

Hannah schüttelte den Kopf. „Das kann ich nicht annehmen."

„Wir sind schon so lange Freunde, und du kannst nicht einmal ein einfaches Geschenk von mir annehmen?" Er hielt es ihr hin und hoffte, sie würde es annehmen. „Das hier haben wir mit unserer Arbeit für meine Großmutter und den Verkäufen auf dem Bauernmarkt gemeinsam verdient."

Sie nahm die Schachtel aus seinen Händen und hielt sie fest, schaute ihn aber immer noch fragend an.

Paul wagte es, mit den Fingern ihre Wange zu berühren. „Hannah, du bestimmst alle meine Gedanken und Hoffnungen."

Sie starrte ihn an. Ihr Atem ging plötzlich sehr schnell.

„Wir müssen noch mindestens ein Jahr warten, aber …" Paul schaute auf seine Füße, trat gegen ein Moosbüschel und bemühte sich, seine nächsten Worte deutlich auszusprechen. „Hannah Lapp, willst du mich heiraten?"

Sie gab keinen Ton von sich und bewegte nicht einmal einen Fuß. Er hob den Kopf und schaute sie an. Aus ihrem Gesicht sprach eine große Ungläubigkeit. „Aber … meine Familie … ich … ich … es wird für *Mamm* schon schwer genug werden, wenn ich nicht in die Kirche eintrete, aber wenn ich aus Owl's Perch wegziehe, bricht es ihr das Herz."

Paul rieb sich den Nacken. Die Zustimmung ihrer Familie zu gewinnen wäre ein schwerer Kampf, ein Kampf, den er gewinnen musste, da es Hannah sonst das Herz brechen würde. Er schaute ihr in die Augen und hoffte, er könnte ihr versichern, dass er sein Bestes tun würde.

Sie wussten es beide. Wenn sie ihn heiratete, würde das ihre Beziehung zu ihrer Familie für den Rest ihres Lebens beeinflussen. Da sie noch nicht getauft und damit auch noch nicht in die amische Kirche eingetreten war, würde sie nicht mit dem Bann belegt werden, falls sie sich entschied, einen Mennoniten zu heiraten. Aber ihr Vater würde das nicht zulassen, genauso wenig wie er elektrischen Strom in seinem Haus erlauben würde. Wenn sie ihre Familie hin und wieder besuchen dürfte, würde man ihr nicht erlauben, das Haus zu betreten. Es wurde nicht in jeder amischen Familie so streng gehandhabt, aber das half Hannah in ihrer Situation auch nicht.

Um ihren Vater zu gewinnen, brauchte Paul Geduld. Er müsste auf den richtigen Zeitpunkt warten.

Er suchte nach den richtigen Worten, um Hannahs Bedenken zu vertreiben.

Wie um ihm zu zeigen, dass sie seine Gefühle verstand, vertrieb ein langsames Lächeln ihre Traurigkeit. Sie nickte leicht.

„Ist das ein Ja?“ Er ergriff ihre Hände, die immer noch die ungeöffnete Schachtel hielten.

„Ja“, flüsterte sie.

„Hannah, ich kann es kaum glauben. Ich meine ... ich wusste nicht ... Du lässt einen Mann ganz schön im Ungewissen.“

Sie legte den Kopf schief. „Hättest du es lieber, wenn ich so kühn wäre wie diese Mädchen bei den Englischen, von denen ich gehört habe?“

Paul drückte ihre Hände. „Ich werde mich nie für eine andere interessieren.“ Er hob die Hand zu ihrem Gesicht. Seine Finger fuhren zärtlich über ihre Wangen. „Du bist so schön.“

Hannah wich zurück und stotterte: „Schönheit ist eitel, und ich wäre dir dankbar, wenn du darauf keinen Wert legtest.“

Paul lachte. „Oh, du bist wunderschön, aber das ist nicht der Grund, warum ich mich für dich interessiere. Wenn es mir nur um Schönheit ginge, könnte ich viele schöne Mädchen finden.“

Sie betrachtete ihn einen Moment und musste dann schmunzeln. „Hör sich einer nur diese kühnen Worte aus deinem Mund an! Ich hätte dir heute Morgen doch ein Ei an den Kopf werfen sollen.“

Paul lachte. „Zu spät.“ Er deutete auf das Geschenk. „Willst du mein Geschenk nicht auspacken?“

Mit geröteten Wangen entfernte Hannah die goldene Schleife, die um die kleine Schachtel gebunden war. Sie hob den Deckel und zog ein dünnes Büchlein heraus. Ihre Stirn zog sich leicht in Falten, als sie das Buch aufschlug und eine Spalte mit Zahlen darin sah.

„Die Karte, die du letzte Woche für mich unterschrieben hast, war nicht für Großmutters Steuererklärung. Es ging dabei um unser Sparkonto." Er deutete auf die untere Zahl in einer der Spalten. „Mit unserer Arbeit in den letzten Jahren haben wir so viel verdient, dass wir dieses kleine Mädchen in Thailand unterstützen können."

Die freudige Überraschung in ihren Augen entschädigte ihn für jeden Schweißtropfen, den er vergossen hatte, um dieses Geld zu verdienen. „So viel hast du gespart?"

„*Wir* haben es gespart. Wir haben drei Jahre lang jeden Frühling den großen Garten neben Großmutters Garten angesät. Wir haben das Gemüse verkauft und haben die Zutaten zum Einmachen gekauft. Ich habe zwar die handwerklichen Arbeiten erledigt, das Dach gebaut und so, aber du hast die ganzen Sachen genäht – die Puppen und die Decken und so weiter. Wir haben beide dazu beigetragen, dieses Geld zu verdienen. Dank unserer Anstrengungen kann jetzt ein Mädchen in Thailand in diesem christlichen Heim leben, statt als billige Arbeitskraft oder Prostituierte verkauft zu werden. Sie bekommt dort Kleidung, Essen und kann zur Schule gehen."

Hannah fuhr mit den Fingern über die Spalten mit den Zahlen. „Wer hätte gedacht, dass wir mit ein wenig Arbeit so viel für jemanden tun können?"

„Gott, denke ich." Er wünschte sich sehnlich, sie zu küssen. Aber stattdessen deutete er auf das Buch. „Ich will dir noch etwas anderes zeigen."

Hannah gab ihm das Buch, und er blätterte auf die nächste Seite. „Diese Seite zeigt einen Geldbetrag, den ich auf einem getrennten Konto angelegt habe." Er deutete auf die Stelle. „Das ist für unseren Lebensunterhalt."

Hannahs Blick wanderte von dem Buch zu seinem Gesicht. „Aber du bist der Einzige, der auf dieses andere Konto Geld eingezahlt hat, nicht wahr?"

Paul nickte und war nicht sicher, worauf sie hinauswollte.

Sie zog die Stirn in Falten. „Wie kommt es dann, dass schon so viel Geld eingezahlt ist?"

„Ich spare schon seit Jahren dafür."

Sie war zu überrascht, um reagieren zu können. Er küsste sie auf die Stirn und war von ihrer weichen Haut überwältigt. Je länger er so nahe neben ihr stand, umso stärker wurde sein Wunsch, sie auf die Lippen zu küssen. Aber er hatte Angst, dass sie das vielleicht nicht wollte. „Sobald ich an der Uni fertig bin, arbeite ich den ganzen Sommer für deinen Vater, ohne Geld dafür zu verlangen. Ich hoffe, dass ich in dieser Zeit seinen Segen bekomme, dich heiraten zu dürfen."

Hannah rieb sich den Hals. Ihre Augen verrieten ihre Bedenken. „Und wenn er nicht einverstanden ist?"

„Er ist bestimmt irgendwann einverstanden, Hannah. Selbst wenn wir noch ein oder zwei Jahre länger warten müssen, bis es so weit ist." Paul beugte sich vor und gab ihr einen Kuss auf die Wange. Ihre weiche Haut roch süß, wie Honig und Zimt. „Deine Familie wird uns irgendwann ihren Segen geben."

Ein Schatten zog über ihr Gesicht. Sie hob die Seite ihrer Schürze hoch und steckte die Geschenkschachtel, die Schleife und das Buch in die verborgene Tasche in ihrem Rock. „Wenn überhaupt jemand meine Familie und Gemeinde für sich gewinnen kann, dann bist das du." Sie hob das Kinn, warf die Schultern zurück und grinste. *„Jah?"*

„Jah." Paul nickte und lächelte.

Das Funkgerät piepste, und Großmutters Stimme brummte seinen Namen.

„Komm." Er hielt ihr die Hand hin. „Wir sollten lieber zurückgehen, bevor Großmutter meine Pläne, die Zustimmung deines Vaters zu gewinnen, zunichtemacht."

Hannah legte die Hand in seine, und sie gingen eilig zum Haus seiner Großmutter zurück. „Mein Herz schlägt wie wild."

Paul blieb stehen und drückte zärtlich ihre Hand. „Ich liebe dich, Hannah Lapp."

Sie senkte den Kopf und schaute auf ihre und seine Hände. „Ich liebe dich auch."

Mit dem vollen Blaubeereimer in der Hand schloss Hannah das hintere Viehgatter und winkte Paul zum letzten Mal zu. Während sie sich auf den Heimweg begab, schwebte ihr Herz höher als die Flugzeuge, die sie weit oben am Himmel gesehen hatte. Egal, wohin die Menschen in diesen Flugzeugen flogen, es konnte bestimmt nicht aufregender sein als das, wohin ihre Träume sie trugen.

Was für ein bemerkenswerter Mann Paul doch war. Er war bereit, ohne Bezahlung für ihren Vater zu arbeiten, um seine Zustimmung zu gewinnen, und geduldig zu warten, bis ihre Familie ihn akzeptierte. Ihr Herz wollte sich vor Aufregung überschlagen. Ein glückliches Lächeln zog über ihr Gesicht.

Sie nahm den dünnen Metallgriff von ihrem Blaubeereimer in die andere Hand und wischte sich die Schweißperlen aus dem Nacken. Paul hatte an einem heißen Augustnachmittag Beeren für ihre Familie gepflückt, obwohl er dafür keinen Lohn bekam. Es war typisch für ihn, dass er schwer für andere arbeitete und dankbar war, wenn es ihm gelungen war zu helfen. Sie konnte es kaum glauben, dass so ein wunderbarer Mann es als Ehre betrachtete, sie zu heiraten.

Da er davon träumte, Sozialarbeiter zu werden und gemeinsam mit ihr Pflegekinder anzunehmen, könnte sie ihn vielleicht unterstützen, obwohl sie nur acht Jahre die Schule besucht hatte. Sie liebte Kinder. Und sie wusste, wie man einen Haushalt führte und wie man mit gewöhnlichen Dingen wie Einmachen, Nähen und Putzen Geld verdienen konnte. Die englischen Mädchen am College hatten vielleicht ihre Ausbildung, aber Hannah war fest entschlossen, sie alle in den Schatten zu stellen, wenn es darum ging, Paul eine perfekte Frau und ihren gemeinsamen Kindern eine wunderbare Mutter zu sein.

Sie berührte ihre *Kapp* und war stolz darauf, dass Paul ihre Art gefiel. Oh, es gab so viele Dinge, die sie ihn fragen wollte, so viele Gespräche, die sie miteinander führen konnten, jetzt, da sie wusste, dass er sie liebte. Sie freute sich mehr als je zuvor auf seine Briefe. Dieses Mal quälte sie sich nicht mit der Frage, ob er sich für die vielen Mädchen da draußen interessierte.

Als sie hinter sich Autoreifen auf den Schottersteinen der ungeteerten Straße knirschen hörte, wich sie an den anderen Straßenrand aus. War es wirklich möglich, dass Paul sie gebeten hatte, ihn zu heiraten? Der winzige Zweifel verschwand, als sie die Hand unter ihre

Schürze schob und nach dem ledernen Büchlein in der versteckten Rocktasche tastete. Er hatte ihren Namen mit in das Konto eingetragen, auf dem sein ganzes schwer verdientes Geld lag. Er vertraute ihr sein Herz, seine Träume und seine Ersparnisse an. Er würde die Zustimmung ihrer Eltern gewinnen. Ganz bestimmt.

Als ihr bewusst wurde, dass das Auto, das sie gehört hatte, noch nicht an ihr vorbeigefahren war, vermutete sie, dass der Fahrer mehr Platz brauchte, und trat noch weiter an den Straßenrand. Es war nur eine einspurige Landstraße, die hauptsächlich von Pferden und Einspännern benutzt wurde. Sie weigerte sich, einen Blick nach hinten zu werfen, obwohl der Geruch nach Abgasen und der störende Motorenlärm stärker wurden.

Das Auto rollte neben sie. „Entschuldigung", sagte ein Mann.

Hannah blieb stehen und drehte sich um. Sie sah einen sportlichen Wagen, der ganz anders aussah als alles, was sie bislang gesehen hatte. Als ihr Blick zu dem Fahrer wanderte, vermutete sie, dass er noch nicht einmal so alt war wie Paul, obwohl sie nicht viel von seinem Gesicht sehen konnte. Sein Bart sah aus, als hätte er sich einige Tage nicht rasiert, und er trug eine Baseballkappe und hatte eine Sonnenbrille auf.

„Können Sie mir sagen, wie ich nach Duncannon komme?"

Ihr Blick wanderte über die Felder, während sie überlegte, welchen Weg die gemieteten Fahrer immer einschlugen, wenn sie sie und ihre Familie nach Duncannon brachten. Hannah deutete die Straße hinab in die Richtung, in die er unterwegs war. „Fahren Sie weiter, bis Sie zu einer Kreuzung mit einem Stoppschild kommen. Biegen Sie dort nach links ab. Dann fahren Sie ein ganzes Stück, bis Sie zu einem weiteren Stoppschild kommen. Dort biegen Sie wieder nach links ab. Dann fahren Sie weiter, bis Sie Schilder sehen, die Ihnen sagen, wie Sie nach Duncannon kommen."

Der Mann runzelte die Stirn und schüttelte den Kopf. Er stellte den Motor ab und öffnete die Tür. Er stieg aus und schaute hinter sich auf den langen ungeteerten Weg. Dann drehte er sich wieder um. „Wie weit ist es, bis ich wieder auf eine Teerstraße komme?"

„Ungefähr eine Meile."

Der Mann lächelte und betrachtete sie von Kopf bis Fuß. „Nach diesem Bauernhaus da vorne?"

In Hannah regte sich ein deutliches Unbehagen. Sie strich mit ihrer freien Hand ihren Rock glatt und schluckte schwer. Ihm waren diese Straßen nicht so unbekannt, wie er am Anfang getan hatte. In der Hoffnung, dass er in sein Auto steigen und verschwinden würde, begann sie weiterzugehen.

Der Mann packte sie am Arm. „Lauf doch nicht gleich weg."

Sie kämpfte gegen ihre aufsteigende Panik an, riss ihren Arm von ihm los und begann zu laufen.

Zwei große Hände stießen sie in den Rücken und versetzten ihr einen kräftigen Stoß. Sie stürzte auf die steinige Straße. Der Eimer flog aus ihrer Hand, und ihre Blaubeeren rollten in alle Richtungen. Hannah versuchte, wieder aufzustehen, aber ein weiterer kräftiger Stoß in ihren Rücken warf sie erneut zu Boden. Sie zog sich auf die Knie hoch und versuchte ihr Gleichgewicht wiederzufinden. Als sie mühsam aufstehen wollte, merkte sie, dass ihre Handflächen bluteten.

Sie warf einen schnellen Blick zurück auf den Fremden. Obwohl der größte Teil seines Gesichts hinter der Sonnenbrille, dem Bart und der Kappe versteckt war, sah sie ihn böse grinsen, als er nach ihr griff. *Lauf, Hannah! Lauf!*, schrie ihr Verstand, aber sie konnte sich nicht bewegen.

Der Mann packte sie an den breiten Schürzenbändern, die sich auf ihrem Rücken kreuzten. Er hob sie ohne große Mühe hoch, schleppte sie zu seinem Auto, drehte sie unsanft zu sich herum und warf sie wie eine Puppe auf den Rücksitz. Er packte sie an ihrer Schürze und schob sie weiter ins Auto hinein. Ihr Hinterkopf schlug an der Tür auf der anderen Seite auf. Vor ihren Augen verschwamm alles.

Der Mann setzte sich auf sie. Hannah versuchte, sein Gesicht und seinen Körper von sich wegzuschieben, aber er rührte sich keinen Zentimeter. Sie schlug nach ihm, aber er zuckte nicht einmal mit der Wimper. Er legte sich auf sie und zerrte an ihren Röcken.

Was geschah hier?

Tränen liefen Hannah über die Wangen. Dunkle Schatten legten sich über sie, als würde sie unter vielen Schichten erstickender Erde begraben. Angst und Zorn regten sich in ihr und veränderten alles, was sie war, und alles, was sie bis jetzt über das Leben gewusst hatte.

Als sie sich nicht mehr wie Hannah Lapp fühlte, hob er sein Gewicht von ihr und zerrte sie wieder aus dem Auto. Er schleppte sie ein Stück weit, bis sie einige Meter vor seinem Auto waren. Dann stieß er sie wie einen schmutzigen Lappen auf die Straße.

Sie nahm ihre Umgebung nur ganz vage wahr. Da hörte sie, wie sein Motor aufheulte. Die Verwirrung verschwand. Sie wusste, dass er die Absicht hatte, sie zu überfahren. Auf Händen und Knien kroch sie von der Straße. Ihr Kleid verhedderte sich um ihre Knie, und sie kam nicht weiter. Sie richtete sich auf. Seine Reifen schleuderten kleine Steinchen durch die Luft. Als er genau neben ihr war, riss er die Autotür auf und traf sie damit. Sie flog nach vorne und landete schwer auf der Erde, als sein Auto davonraste.

Während sie nach Luft schnappte, fiel ihr Blick auf den silbrig glänzenden Eimer, der neben ihr im Graben lag. Auf Händen und Knien holte sie den Eimer und versuchte den verschütteten Inhalt wieder einzusammeln. Ihr ganzer Körper schrie bei jeder Bewegung vor Schmerzen, aber *Daed* würde schimpfen, wenn sie das Obst verderben ließe. Sie wischte ihre Tränen weg und versuchte verzweifelt, alle Beeren zu finden. Sie kauerte am Straßenrand und siebte den Schmutz und die Steinchen, bis sie jede einzelne Beere gefunden und sie in den Eimer geworfen hatte. Sie hob die Schürze an ihre Augen und wischte sich die Tränen weg. Dann schaute sie in den Eimer. Er enthielt hauptsächlich Steinchen und Erdklümpchen mit ein paar zerdrückten und beschädigten Beeren dazwischen.

Schließlich rappelte sie sich taumelnd auf die Füße und drehte sich zuerst in die eine und dann in die andere Richtung. Verwirrt stand sie mitten auf der Straße, die sie wie ihre Westentasche kannte. In welcher Richtung war ihr Zuhause? Sie musste nach Hause.

Ihre *Mamm* wüsste, was zu tun war.

Der Geruch von frisch gebackenem Brot wehte durch die Abendluft und führte sie in die richtige Richtung.

Kapitel 2

Vor Angst, dass der Mann zurückkommen könnte, eilte Hannah über die Straße zu ihrem Elternhaus, obwohl sie bei jedem Schritt taumelte. Als das Haus vor ihren Augen auftauchte, keimte eine spürbare Erleichterung in den tiefsten Winkeln ihrer panischen Seele auf. Sie stolperte über ein Grasbüschel und ließ den Eimer mit den Blaubeeren fallen.

Während sie über die steinige Auffahrt lief, verfing sich der Absatz ihres Schuhs im aufgerissenen Saum ihres langen, braunen Rocks. Sie landete der Länge nach auf der Erde und den Steinen und schürfte noch mehr Fleisch an ihren Handflächen und Unterarmen auf. Als sie sich wieder auf die Beine gerappelt hatte, hob sie die Hand, um ihre *Kapp* zurechtzurücken, musste aber feststellen, dass sie ihre Kopfbedeckung anscheinend verloren hatte. Lange Haarsträhnen hatten sich aus dem vorgeschriebenen Haarknoten gelöst.

Verboten.

Ein schmerzliches Schaudern erfüllte sie. Sie legte ihre blutenden Handflächen über ihre Röcke, beugte sich vor und musste sich übergeben. Sie zitterte so sehr, dass sie Angst bekam, als sie sich den Mund an ihrer Schürze abwischte. Die sengende Sonne und die unbarmherzige Augusthitze machten es ihr noch schwerer, sich auf den Beinen zu halten.

Ihre Mutter könnte ihr diesen Alptraum sicher erklären. Hannahs Augen wanderten suchend von einem Ende des Grundstücks zum anderen, über den Hof, die Ställe und den Garten. Schließlich erblickte sie ihre Mutter. Sie hatte einen Berg Maiskolben auf dem Arm.

Mamms Lächeln verschwand, als ihr Blick auf Hannah fiel. Die geschälten Maiskolben fielen auf die Erde und rollten in alle Richtungen. Sie hob ihre langen Röcke und rannte zu ihrer Tochter. Der ungewohnte Anblick, dass ihre Mutter alles fallen ließ und zu ihr gelaufen kam, verstärkte Hannahs Übelkeit noch mehr.

Mamm legte tröstend einen Arm um sie.

„Oh, *Mamm,* da war ein furchtbarer Mann.“ Die Worte in Pennsylvania Dutch kamen ihr stammelnd über die Lippen. „Er ... er hat mich in sein Auto gestoßen.“

Ihre Mutter wich zurück und nahm die Arme von ihrer Tochter, die sich an ihr festklammern wollte. Sie zog Hannahs Kinn höher und schaute ihr ins Gesicht. Die Augen ihrer Mutter, aus denen immer Sanftheit und Beherrschung sprachen, waren plötzlich sonderbar fremd. Die Farbe wich aus ihrem Gesicht, wie Apfelsaft aus einem umgekippten Glas ausläuft. *Mamm* schrie aus voller Kehle.

Entsetzen durchfuhr Hannah. Wieder regte sich eine große Verwirrung in ihrer Seele. Sie hatte ihre Mutter noch nie zuvor schreien gehört. Niemals.

„Zeb!“ *Mamms* Stimme, die sich fast überschlug, scholl über den ganzen Hof. „Zeb!“ Sie zog das Wort in die Länge, als sie es ein zweites Mal über das friedliche Gelände schrie.

Ihr Vater rannte aus dem Garten und ließ den Rechen aus der Hand fallen.

Eine eiskalte Gänsehaut legte sich über Hannahs ganzen Körper. Der vertraute Anblick ihres Vaters in seiner schwarzen Hose, seinem braunen Hemd, den Hosenträgern und mit dem Strohhut war so real. Warum fühlte sie sich dann so weit weg von ihrem Körper? Ihre Geschwister tauchten aus allen Winkeln des Hofes auf, um zu sehen, was los war.

Ohne seine Schritte zu verlangsamen, winkte ihr Vater die anderen fort. „Geht wieder an eure Arbeit.“ Sie verschwanden wieder.

Daed blieb erst stehen, als seine Hand unter dem Unterarm seiner Frau lag und er sie stützte. *„Was iss letz?“*, fragte er in der einzigen Sprache, die sie untereinander benutzten. Hannah war erleichtert, dass sie ihre eigene Sprache hatten. Falls dieser schreckliche Mann im Wald lauerte, würde er nicht verstehen, was sie sagten. Ihr Vater schaute ihre offenen Haare und ihre zerrissene Kleidung an.

„Meine Hannah.“ *Mamms* gerötete Hand deutete mit einem zittrigen Finger in das Gesicht ihrer Tochter. „Sie ist überfallen worden!“ Ein Stöhnen kam über ihre Lippen.

Bei diesem kehligen Ton regte sich eine neue Übelkeit in Hannahs Magen. Plötzlich wünschte sie, sie hätte nichts gesagt. Ihre Mutter klammerte sich an ihren Vater und jammerte vor Schmerz, als hätte Gott persönlich die Familie mit einem Fluch belegt. *Mamm* ließ ihn los, bog sich vor Schmerzen und brach zusammen. *Daed* hielt sie fest und verhinderte, dass sie auf die Erde fiel. Er hob sie hoch und schwang sie auf seine Arme.

Er schaute beide Frauen mit großer Besorgnis und Verwirrung in seinen graublauen Augen an. „Brauchst du einen Arzt?"

Hannah starrte den schlaffen Körper in den Armen ihres Vaters an. Das konnte unmöglich ihre Mutter sein. Diese Frau sah aus, als wäre sie zu müde, um selbst laufen zu können. Trotzdem zupfte sie ununterbrochen am Hemd ihres Vaters und murmelte irgendwelchen Unsinn über Hannahs Zukunft.

„Ich spreche mit dir, Kind." *Daeds* Tonfall blieb ruhig. Seine Ruhe wirkte völlig fehl am Platz.

Er drückte die Frau auf seinen Armen an sich, wandte den Blick aber nicht von Hannah ab. „Luke und Levi sind heute Abend fort. Soll deine Schwester zu Mrs Waddell gehen und Hilfe holen?" Seine Worte waren langsam und betont.

Hannah schaute zur Straße. Dieser Mann könnte da draußen sein und sich noch herumschleichen. Falls alles, was hier geschah, real war und ihre Schwester allein losginge, um Hilfe zu holen …

„Nein, ich … ich brauche keinen Arzt." Sie starrte ihre Handflächen an und fragte sich, wie diese tiefen Wunden je heilen sollten. Schließlich ließ sie die Hände sinken und schaute ihren Vater an.

Die angespannten Linien in seinem Gesicht verrieten seine Anspannung viel deutlicher als seine Stimme. „Kannst du dir und deiner Mutter einen Becher Wasser holen?"

Hannah nickte und schaute dann zu, wie ihr Vater zur Holzbank schritt, die nur einen Steinwurf hinter ihrem Haus unter den weit ausholenden Zweigen und den dichten Blättern der Buche stand.

Völlig desorientiert und wie im Traum bewegte sich Hannah zur Pumpe und wickelte einen Zipfel ihrer Schürze um ihre rechte Hand, um ihre schmerzenden Wunden vor dem Griff der Pumpe zu schützen. Sie nahm die Blechtasse aus dem Holzeimer. Das Heben und Senken des Pumpenhebels förderte bald einen Wasserstrahl zutage.

Als die Tasse voll war, trottete sie zu ihrer Mutter hinauf, die immer noch von ihrem Vater gestützt wurde. Er streichelte ihre Hand und sagte ihr, sie solle Gott vertrauen. Hannah hielt ihren Eltern den Becher hin. Ihr Vater nahm ihn, hielt ihn *Mamm* an die Lippen und bestand darauf, dass sie schluckte.

Hannah drehte sich um und betrachtete die Szenen auf dem Hof, als sähe sie das Leben im Zeitlupentempo. Ihre fünfzehnjährige Schwester Sarah schien ihre jüngeren Geschwister absichtlich ablenken zu wollen, indem sie mit den Kindern zum Weiher ging. Sarah setzte sich Rebecca auf die Hüfte und trug die Dreijährige über die Straße. Samuel lief voraus und schnappte sich eine Angelrute, die an einem Baum lehnte. Die zwölfjährige Esther öffnete das Tor und wartete, bis die anderen auf der Wiese waren, bevor sie das Schloss wieder verriegelte.

Hannah konzentrierte ihren Blick wieder auf ihre Eltern. Ihr Vater hielt *Mamm* immer noch die Tasse mit dem Wasser an die Lippen. Hannah wartete und hatte fast das Gefühl, unsichtbar zu sein. Sie wünschte, sie wäre es tatsächlich.

Daed sprach mit leiser Stimme und versicherte seiner Frau, dass alles in Ordnung sei. Als ihre Mutter endlich aufhörte, zusammenhanglose Worte vor sich hin zu murmeln, richtete sich seine Aufmerksamkeit auf Hannah. „Hast du mehr Schwierigkeiten heraufbeschworen, als du solltest, Kind?“

„Ich ... ich ...“ Der Schmerz in ihrer Brust wuchs. Es war ein unbekanntes Gefühl, bei dem ihr übel wurde. Im Gegensatz zu den Situationen, in denen sie sich als Kind das Knie aufgeschürft oder einen schlechten Brotteig geknetet hatte, wurde dieser Schmerz ausgerechnet von den Menschen verstärkt, die sie früher immer getröstet hatten.

Die Frustration in seinem Gesicht wurde weniger, und die Sanftheit, die sie so gut kannte, ließ seine Gesichtszüge weicher werden. „Sag mir, was passiert ist.“

Sie versuchte ihm zu gehorchen, aber ihre Beschämung war so groß, dass es ihr unmöglich war zu sprechen.

„Du kannst deinem Vater immer sagen, was los ist. Wie soll ich sonst ein gutes Haupt dieser Familie sein?“ Seine langsame, geduldige Art erinnerte sie daran, wie nahe sie sich früher gestanden waren

– bevor sie sich von seinem kleinen Mädchen in eine fast erwachsene Frau verwandelt hatte.

Hannah schluckte schwer und zwang sich zu gehorchen. Es gelang ihr trotz ihres Schluchzens und Stammelns, einzelne Informationen preiszugeben. Ihrem Vater traten Tränen in die Augen und brannten sich einen Weg über sein vom Wetter gegerbtes Gesicht. Er nahm den Arm von ihrer Mutter, nachdem er sich vergewissert hatte, dass sie sich so weit gefangen hatte, um nicht vornüberzukippen.

Dann stand er auf und legte die Hände auf die Schultern seiner Tochter. „Das ist nicht recht, Hannah", flüsterte er. „Was dir widerfahren ist, sollte kein Mensch erleben müssen." Ihr Vater schloss sie in seine Arme. Sie konnte den vertrauten Geruch nach Gartenerde und schwerer Arbeit riechen. Aber seine Umarmung vermittelte ihr nicht die gleiche Wärme wie sonst. Es war seltsam, aber bei seiner Berührung, die sie immer als angenehm und tröstend empfunden hatte, regte sich plötzlich Ekel in ihr.

„Dir ist das Unaussprechliche zugestoßen."

Sie schob sich aus seiner Umarmung frei. „Ich verstehe nicht, was du meinst."

Das furchtbare Geräusch, als ihr Vater darum kämpfte, seine Gefühle unter Kontrolle zu halten, erfüllte die Luft. „Du wurdest gezwungen, das Unaussprechliche zu tun", flüsterte er heiser. „Dieser Mann hat dich … vergewaltigt. Und das verstößt gegen das Gesetz, auch bei den Englischen."

Sie bedeckte sich das Gesicht mit ihrer Schürze und weinte. Ihr fehlte die Kraft, sich noch länger auf den Beinen zu halten, und sie sank auf dem kühlen Gras auf die Knie und legte die Stirn auf die Erde.

Wenige Sekunden später legten sich die Arme ihrer Mutter um sie. Sie lehnte das Kinn auf Hannahs Schulter und wiegte sie vor und zurück. Die beiden Frauen weinten bitterlich.

Schuldgefühle drückten Hannah nieder. Die Schuld war so schwer, dass keine noch so vielen Tränen sie jemals wegwaschen könnten. Aber sie konnte nicht erklären, warum sie das Gefühl hatte, falsch gehandelt zu haben. Als Hannah sich wieder etwas beruhigte und sich aufsetzte, wurde ihre Wut plötzlich stärker als ihre Schuldgefühle. „Es ist nicht richtig, *Mamm.* Es ist nicht richtig."

Die geschwollenen Augenlider ihrer Mutter schlossen sich langsam, als sie nickte. „Ich weiß."

„Dann müssen wir etwas unternehmen." Ihre Worte waren wütend und verzweifelt.

Zwei starke Hände legten sich um ihre Oberarme und zogen sie auf die Beine. Ihr Vater schaute ihr ernst in die Augen.

„Du weißt nicht, was du da redest. Das kann nicht wirklich dein Ernst sein." Er ließ sie los.

Hannah taumelte nach hinten.

Seine Augen wurden feucht. „‚Mein ist die Rache', spricht der Herr. Du weißt, dass wir Menschen uns nicht rächen sollen."

Das Pochen in ihren Schläfen verstärkte die Schmerzen in ihrem Unterleib und das Klopfen ihres Herzens noch mehr. „Wenn wir es niemandem sagen … vielleicht der Polizei …" Trotz ihrer großen Verwirrung suchte sie nach den richtigen Worten. „… dann könnte er das wieder machen, bei einem anderen Mädchen, oder?"

Die Schultern des kräftigen Mannes, dem sie ihr Leben lang vertraut hatte, sackten nach unten. „Ruth, bitte versuche, sie wieder zur Vernunft zu bringen."

Mamm stand vom Boden auf und ergriff den Arm ihres Mannes, um ihren zitternden Körper zu stützen. „Wir führen ein schlichtes, friedfertiges Leben, Hannah, so wie Gott es geboten hat." Ihre Stimme zitterte so sehr, dass ihre Worte kaum zu verstehen waren. „Du weißt, dass die Ordnung uns verbietet, uns zu verteidigen. Außerdem hätten wir ohne Telefon und Auto keine Chance, Hilfe zu holen, falls wir diesen Mann provozieren. Was sollten wir tun, wenn er … Schwierigkeiten macht? Es ist am besten, das Ganze Gott zu überlassen."

„Aber …"

„Schau dich um, Tochter." Ihr Vater fuhr mit der Hand durch die Luft. Hannah betrachtete die hügelige Landschaft, das Vieh, die Stallgebäude und das Bauernhaus. Am Weiher auf der anderen Straßenseite saßen ihr Bruder und ihre Schwestern auf dem Steg und plätscherten mit ihren nackten Füßen im Wasser. „Hier herrscht Friede. Du kannst das nicht zerstören, nur weil du Rache willst. Ich verstehe, wie du dich fühlst. Ehrlich. Aber wir müssen das hinter uns lassen und nach vorne schauen."

„*Daed,* bitte …“

„Es tut mir leid, wenn du das nicht verstehst, Hannah. Aber ich muss das tun, was am besten für die Familie und die Gemeinschaft ist.“ Er streichelte *Mamms* Arm. „Ruth, du musst dich beruhigen. Deine Tochter ist aufgewühlt, und sie hat guten Grund dazu, aber wir werden uns gut um sie kümmern. Sie ist in Sicherheit, und wir werden diese Sache hinter uns bringen. Jetzt geh mit ihr ins Haus und bereite ein Bad für sie vor. Dann kann sie schlafen gehen. Sarah wird sich heute Abend um die Kinder kümmern.“ Als er die Arme vor seiner Brust verschränkte, wusste Hannah, dass das Gespräch beendet war.

Hannah saß auf dem Stuhl im Badezimmer und hatte große Mühe, nicht zu weinen, als *Mamm* einen Schlauch anschloss, um die große Zinkwanne mit Wasser zu füllen. Der Schlauch lief vom Fenster hinter der Küchenspüle – der einzigen Stelle, an der es heißes Wasser gab – an der Seite des Hauses entlang und durch das Badezimmerfenster. Während sie sich bemühte, die Bilder von dem, was vor weniger als einer Stunde passiert war, aus ihrem Kopf zu verdrängen, schaute Hannah zu, wie ihre Mutter Essig und Bittersalze unter das laufende Wasser hielt.

„Alles wird wieder gut werden“, versuchte ihre Mutter sie mit zittriger Stimme zu trösten. „Du musst viel beten, und in einigen Tagen hast du das alles überwunden, *jah*?“

Hannah war nicht fähig, über ihre Gefühle zu sprechen. Sie konnte nur nicken.

Ihre Mutter rührte das Wasser mit der Hand um. „Dein Vater hält nicht viel von Ärzten, aber falls du nach ein paar Tagen Ruhe doch einen Arzt brauchst, wird er dich zu einem bringen.“

Hannah versuchte ihr Zittern zu unterdrücken. Ihr Vater hatte gesagt, sie sei in Sicherheit. Aber sie fühlte sich nicht sicher.

Als sie den Schlauch in die verzinkte Wanne legte, zitterten die Hände ihrer Mutter immer noch. Sie trocknete sie an ihrer Schürze ab. „Ich mahle einige Lobeliensamen gegen deine Schmerzen.“

Hannah rang mühsam nach Luft. „Ja, das hilft sicher.“ Ein scharfer Schmerz bohrte sich in ihre Kehle. Hatte sie nicht soeben gelogen? Sie schüttelte den Kopf und verdrängte ihre Schuldgefühle.

Mamm spritzte etwas Flüssigseife unter den Schlauch. „Ich hole dir ein Nachthemd und ein Handtuch." Sie verließ den Raum.

Hannah saß auf einem Hocker neben der Wanne und starrte den Schaum an, während sich dieser grauenvolle Überfall erneut vor ihrem geistigen Auge abspielte. Die Seifenblasen platzten und verschwanden, ganz ähnlich wie das unschuldige Leben, das sie bis zum heutigen Tag geführt hatte.

Ihr Herz sehnte sich schmerzlich danach, mit Paul zu sprechen. Er verstand es so gut, ihr Dinge zu erklären, das Leben mit Freude und Hoffnung zu erfüllen. Aber was würde er jetzt von ihr denken? Da sie sich unmöglich vorstellen konnte, ihm etwas so schrecklich Peinliches zu erzählen, verdrängte sie den Gedanken, bei ihm Trost zu suchen. Stattdessen versuchte sie, sich ihn vorzustellen, wie er aussah, wenn er sich über sie freute – wie in dem Moment, als sie eingewilligt hatte, ihn zu heiraten. Es war ein vergebliches Bemühen, denn jedes Mal, wenn sie versuchte, sich Pauls lächelndes Gesicht vorzustellen, sah sie nichts anderes als diesen furchtbaren Mann, der sie in sein Auto gezerrt hatte.

„Hannah." Die tiefe Stimme ihres Vaters polterte durch das Badezimmer.

Sie war unsicher, welche Bilder, die vor ihr auftauchten, real waren und welche nicht. Sie blinzelte verwirrt. „Ja?", flüsterte sie.

„Nimm das." Er hielt ihr ein kleines, braunes Papier hin, das in der Mitte gefaltet war und in dessen Falte sich eine pulvrige Substanz befand. Ihre Mutter hielt ihr einen Becher vors Gesicht. Aber Hannahs Arme blieben regungslos an ihren Seiten hängen und weigerten sich zu reagieren.

Mamm senkte den Becher. „Ich habe dir ja gesagt, dass sie mich nicht gehört hat, als ich mit ihr sprach. Ich habe drei bis vier Minuten lang versucht, sie dazu zu bringen, mich zu hören. Schau sie dir an, Zeb. Was sollen wir nur tun?"

Ihr Vater hielt das gefaltete Papier mit den gemahlenen Lobeliensamen zwischen seinem Daumen und Zeigefinger. „Mach den Mund auf, Kind." Hannah gehorchte. Ihr Vater schüttete ihr die Medizin auf die Zunge. Ihre Mutter hielt den Becher an Hannahs Lippen. Hannah schluckte. Ihre Kehle brannte.

„Es wird bald besser werden." *Daed* legte die Hände fest auf Hannahs Schultern. „Nicht wahr?"

Sie fragte sich, ob ihr Vater das wirklich glaubte, und nickte.

Mamm brach erneut in Tränen aus und verließ das Badezimmer. *Daed* schaute ihr ernst nach. „Geh jetzt und bade dich." Ohne sie noch einmal anzuschauen, zog er die Tür hinter sich zu.

Hannah zwang ihren Körper, das zu tun, was ihr Vater gesagt hatte, und stand von ihrem Hocker auf und verriegelte die Tür. Ihre Arme und Beine waren schwer, als hinge an jedem Arm und Bein ein Futtereimer. Sie zog ihre schmutzige, zerrissene Kleidung aus. Nachdem sie in die Wanne mit dem warmen Wasser gerutscht war, vergrub sie das Gesicht in einem Handtuch und schluchzte leise.

Ein Klopfen an der Tür ließ sie hochfahren.

„Hannah?", rief *Mamm* durch die Tür. „Ist mit dir alles in Ordnung?"

Hannah schob das dicke Handtuch von ihrem Gesicht. Sie drückte die Augen immer noch fest zu, denn sie hatte Angst, dass sie vielleicht wieder in diesem Auto wäre, wenn sie die Augen aufmachte. „Ja." Ihre Stimme klang selbst in ihren eigenen Ohren sehr schwach.

„Du bist seit zwei Stunden da drinnen." Die Stimme ihrer Mutter war heiser. „Das Wasser muss doch kalt sein."

Hannah war erst seit ein paar Minuten in der Wanne. Sie zwang sich, die Augen zu öffnen. Das Zimmer war dunkel. Wie konnte das sein?

Sie stand auf und wickelte ihren schmerzenden, tropfenden Körper in ein Handtuch. Als sie aus der Wanne stieg, wurde ihr erst bewusst, wie kalt das Wasser geworden war. Sie trocknete sich ab. Dann nahm sie die Streichhölzer vom Regal, um die Petroleumlampe anzuzünden. Ihre Hände zitterten immer noch, als sie ein Streichholz anzündete und die Flamme an den Docht hielt. Als die Flamme den Raum erhellte, entstanden seltsame Formen. Alles wirkte so unbekannt. Seit ihrem dritten Lebensjahr half Hannah jeden Winter, in diesem Raum die Wäsche zu waschen, aber die Holzregale, die Haken und der Korb für die schmutzige Wäsche kamen ihr plötzlich so fremd vor.

Hannah schlüpfte in ihr Nachthemd und wickelte sich ein Tuch über die Schultern. Paul musste inzwischen bei seinen Eltern sein. Vielleicht würde *Daed* ihr erlauben, zu Mrs Waddell zu gehen und ihn anzurufen. Wenigstens dieses eine Mal. Sie würde Paul nicht erzählen, was passiert war, aber sie sehnte sich verzweifelt danach, seine Stimme zu hören. Er würde ihr von seiner Liebe erzählen und von der wunderbaren Zukunft, die sie miteinander haben würden.

Aber wenn sie um die Erlaubnis bäte, Paul anzurufen, würde ihr Vater von ihrer Freundschaft erfahren. Dann wäre es für Paul viel schwerer, später *Daeds* Zustimmung zu gewinnen. Und dann hätte dieses Ungeheuer – dieser schreckliche, furchtbare Mann – alles ruiniert.

Ein seltsames, stechendes Gefühl regte sich in ihrer Brust und machte ihr das Atmen schwer. Sie schob den Holzriegel zurück und öffnete die Tür. Ihre Mutter stand in dem kleinen Flur, in dem Stiefel und Mäntel die Wände säumten. Der schattenhafte Schein der Lampe fiel auf *Mamms* gequältes Gesicht. Hannah widerstand dem Drang, ihrer Mutter in die Arme zu fallen und zu weinen.

Ihr Vater kam mit einer kleinen Salbendose aus der Küche. Sein Körper wirkte im Schatten der Lampe riesengroß. „Deine jüngeren Geschwister schlafen schon. Du hast heute Abend also deine Ruhe." Er lächelte und versuchte offensichtlich, ganz normal zu klingen. „Siehst du, alles wird wieder gut", versicherte er ihr, auch wenn seine Zuversicht gezwungen klang. Aber in der Stimme ihres Vaters klang noch etwas anderes mit, eine angespannte Kälte, die sie nie zuvor bei ihm gehört hatte.

Sie reichte ihrem Vater die Lampe und folgte ihrer Mutter in die Küche. Steif und zittrig wie ein neu geborenes Fohlen begab sich Hannah zu einer der Bänke, die auf beiden Seiten des Küchentisches standen. Das vertraute Holz strahlte an diesem Abend keine Wärme aus. Zu schwach und zu benommen, um sprechen zu können, saß sie schweigend da und hoffte mit jedem Atemzug, dass sie aus diesem schrecklichen Alptraum aufwachen würde.

Ihr Vater stellte die Lampe auf das Regal und blieb im Türrahmen stehen. „Ich habe nachgedacht. Es ist am besten, wenn du über diese Sache mit niemandem sprichst, auch nicht mit deinen Geschwistern. Es genügt, wenn sie wissen, dass du auf dem Heimweg gestürzt bist, und dass deine Mutter dachte, du wärst schlimmer verletzt, als du es in Wirklichkeit bist." Er schaute sie an. „Alles, was ich gerade gesagt habe, ist doch wahr, oder?"

Sie wollte nicht, dass irgendjemand wüsste, was wirklich passiert war. Auch sie selbst wollte es nicht wissen. Sie bat Gott im Stillen, sie sterben zu lassen. Das war einfach zu viel für sie. Sie war unfähig zu antworten und senkte den Blick.

Ihre Mutter ging schweren Schrittes zum Gasofen und nahm den Deckel von einem Topf, in dem etwas kochte. „Ich habe dir eine Brühe mit Reis gekocht, als du im Bad warst. Wenn du das isst, wirst du dich bestimmt besser fühlen." Die fahrigen Bewegungen und die zittrige Stimme ihrer Mutter ließen Hannah befürchten, dass sie gleich wieder zu weinen anfangen würde.

Hannah warf einen Blick auf ihren Vater und bat ihn wortlos um die Erlaubnis, nichts essen zu müssen. Die Muskeln in seinem Gesicht wirkten angespannt, als er näher zu ihr trat. Er hob die Ecke des Tuches auf, das ihr von der Schulter gerutscht war, und legte es ihr um den Nacken. Diese Bewegung war tröstend. Vielleicht würde sie diesen Tag doch irgendwie überleben. Dann beugte er sich näher vor und flüsterte: „Tu, was deine Mutter sagt."

Ihr Zittern, das sich ein wenig gelegt hatte, kehrte mit voller Wucht zurück.

Ihr Vater ging vor ihr in die Hocke. „Sie muss wissen, dass du bald wieder gesund bist", flüsterte er, bevor er ihre Hände umdrehte und vorsichtig etwas Salbe auf ihre Wunden strich.

Während sie bei der aufsteigenden Übelkeit die Augen fest zudrückte, wurde Hannah bewusst, dass der Wunsch ihres Vaters, *Mamm* zu beweisen, dass es Hannah gut ging, stärker war als alles andere.

Sie schluckte schwer. Dem harten, trockenen Schlucken folgte ein starker Wunsch, aus dem Haus zu fliehen und bei Mrs Waddell Zuflucht zu suchen. Die Angst wuchs immer mehr, bis sie unter ihrem Schatten zu ersticken drohte. Der Gedanke, zu Mrs Waddell zu gehen, war lächerlich. Hannah konnte nirgendwohin gehen. *Er* könnte da draußen sein und auf sie warten.

Hannah hängte das Tuch an einen Holzhaken und tastete sich schweigend zum Fußende des Bettes vor. Das Mondlicht warf einen silbrigen Schein ins Zimmer und zeigte die zwei Doppelbetten, in denen ihre drei jüngeren Schwestern schliefen. Der frische Duft der luftgetrockneten Bettlaken brachte ihr keinen Trost, als sie unter die Decke rutschte.

Sarah rührte sich. „Alles in Ordnung?" Ihre langsamen Worte und ihre verschlafene Stimme waren für Hannah wie ein Stich in ihr wundes Herz. Wie konnte ihre Schwester hier liegen und friedlich schlafen, während Hannahs Welt um sie herum einstürzte?

Eine schmerzliche Einsamkeit erfüllte Hannah und drückte sie nieder, genauso wie der Körper dieses Mannes es getan hatte. „Ja. Schlaf weiter."

Sarah drehte Hannah den Rücken zu und kuschelte sich auf das Kissen unter ihrem Kopf. Bald hörte Hannah die tiefen Atemzüge ihrer Schwestern, die um sie herum schliefen. *Mamm* war immer noch unten und sprach mit *Daed*. Das angespannte Flüstern ihrer Mutter erfüllte die Nacht. Ihre heisere Stimme vermischte sich mit *Daeds* gedämpftem Tonfall.

Hannah rollte sich zu einer Kugel zusammen und vergrub ihr Gesicht im Kopfkissen, denn sie hatte Angst, die anderen könnten sie sonst weinen hören.

Kapitel 3

Paul saß in seinem Zimmer am Schreibtisch und schrieb einen Brief an Hannah. Als er gestern Abend nach Hause gekommen war, hatten seine Eltern seine sieben Klassenkameraden von der High School eingeladen gehabt. Ein großes Essen war im Garten hinter dem Haus vorbereitet gewesen. Seine Schwester und ihre Familie waren ebenfalls zu Besuch gekommen. Seit die Eltern seiner Abschlussklasse ihre Kinder ab der siebten Klasse von der staatlichen Schule genommen hatten und in einer umgebauten Garage ihre eigene Schule eröffnet hatten, waren die acht miteinander in Kontakt geblieben. Marcus, sein bester Freund, war auch gekommen. Er war der Einzige bei der Wiedersehenfeier, der kein Mennonit war, aber Marcus war nicht der Typ, der sich irgendwo fehl am Platz fühlte. Er und Paul waren den größten Teil ihres Lebens schon Nachbarn und gute Freunde, und jetzt teilten sie an der Uni ein Zimmer miteinander. Ohne Marcus' Einfluss auf Pauls Eltern hätten diese Paul vielleicht nicht erlaubt zu studieren, da die meisten Mennoniten nicht viel davon hielten, ihre Kinder aufs College zu schicken.

Das einzige Enttäuschende an diesem Abend war gewesen, dass Hannah nicht hatte bei ihm sein können. Als er ihr von der Willkommensfeier schrieb, versicherte er ihr, dass es noch viele solche Feste geben würde, an denen sie teilnehmen könnte. Es war jetzt leichter, ihr zu schreiben, seit er wusste, wie sie für ihn empfand, und seit sie sich einig waren, dass sie heiraten wollten.

Als es an seiner Tür klopfte, legte er den Stift weg und drehte das oberste Blatt seines Briefes um. „Herein."

Die Tür ging nur so weit auf, dass Carols Oberkörper zu sehen war. Paul lehnte sich auf seinem Stuhl zurück und drehte sich zur Tür herum. „Ich dachte, du und William hättet mit euren Jungen heute Abend etwas vor."

Seine Schwester war sieben Jahre älter als er, und ihr Gesicht ähnelte dem ihrer Mutter von Tag zu Tag mehr. „Ich hatte gehofft, ich könnte dich überreden, heute Abend mit uns zu kommen. Wir gehen zum Spiel der Senators.“ Sie warf einen Blick auf den Papierstoß auf seinem Schreibtisch.

Paul legte die Hand auf den Brief. Hannah würde es bestimmt Spaß machen, ein Baseballspiel mit ihm anzuschauen. Die Snacks im Stadion und das Unterhaltungsprogramm zwischen den einzelnen Runden würden ihr gefallen. „Ich habe heute noch einiges zu erledigen. Packen und so Zeug. Ich muss morgen Nachmittag fahren, da die Vorlesungen am Dienstag beginnen. Ich brauche Zeit, um mir vorher noch einen Job zu suchen und mich einzurichten.“

Carol schnaubte. „Die Zeit, die du bei uns verbringst, wird jeden Sommer kürzer.“

Paul stand vom Schreibtisch auf und bekam leichte Schuldgefühle. „Die Zeit ist einfach zu knapp, um überall zu sein. Es ist nicht persönlich gemeint.“

Sie schob die Tür weiter auf, und Paul sah Dorcas hinter ihr stehen. Sie war eine seiner sieben Klassenkameraden und die Tochter der besten Freundin seiner Mutter.

Als er die Spitzenborte an ihrem Kleid sah, spürte er, wie sein Gesicht errötete. Seine Schwester führte etwas im Schilde, und er brauchte keinen Studienabschluss, um herauszufinden, was es war. Er wollte Carol einen wütenden Blick zuwerfen, aber das hätte Dorcas bemerkt. Er wollte die Gefühle des Mädchens nicht verletzen. Sie war wahrscheinlich ein ganz nettes Mädchen. Aber Paul hatte im Laufe der Jahre genug von ihrer selbstsüchtigen Seite gesehen, dass er sich fragte, ob sie nicht manchmal ein bisschen zu manipulierend war.

Carol zog die Augenbrauen in die Höhe. Das war eine deutliche Warnung, dass er sich benehmen solle.

Paul zwang sich, Dorcas anzulächeln. „Hast du ausgeschlafen, nachdem es gestern Abend so spät wurde?“

Dorcas' grüne Augen hefteten sich auf ihn, wie sie das schon immer taten, solange er zurückdenken konnte. „Meine Schwester hat mich um elf geweckt und gemeint, ich wäre eine unverbesserliche Schlafmütze. Und du?“

„Ich bin noch vor Sonnenaufgang aufgewacht.“

Ein unsicheres Schweigen breitete sich zwischen ihnen aus. Jedes nur denkbare Thema war gestern Abend ausführlich besprochen worden, als sie alle miteinander bis nach zwei Uhr in der Früh geplaudert und gelacht hatten. Das einzige Thema, das nicht angesprochen worden war, war Hannah. In den letzten Jahren hatte er Carol gegenüber immer wieder erwähnt, dass er sich für ein Mädchen interessiere – normalerweise immer dann, wenn sie anfing, ihn mit Dorcas verkuppeln zu wollen. Seine besserwisserische Schwester hatte ihm vorgehalten, er habe ein Auge auf Großmutters amische Haushaltshilfe geworfen. Paul hatte ihren Verdacht weder geleugnet noch bestätigt. Aber er vertraute darauf, dass Carol seinen Eltern kein Wort davon verraten hatte, warum er bereit war, seine Sommermonate bei Großmutter zu verbringen und für ihre Nachbarn Aushilfsarbeiten zu erledigen.

Carol trat an die Seite seines Bettes und nahm ein T-Shirt von einem sauberen, aber ungebügelten Stoß. Sie schüttelte es aus und faltete es ordentlich zusammen. „Wir helfen dir morgen beim Packen, wenn du heute Abend mit uns ausgehst."

Paul schüttelte den Kopf. „Ich schaffe das schon allein. Geht nur und amüsiert euch."

Nachdem sie das gefaltete T-Shirt auf das Bett gelegt hatte, trat Carol an seinen Schreibtisch. „Schreibst du dir eine Liste, was du noch alles machen musst?" Ihre Fingerspitzen griffen nach der Ecke von Pauls Brief.

Paul legte die Hand über das Papier. Er bedachte seine Schwester mit einem unmissverständlichen Blick und hoffte, sie würde begreifen, dass er erwachsen war und ein Recht auf seine Privatsphäre hatte.

Besorgnis trat in ihre Augen. „Bitte sag mir nicht, dass du immer noch in dieses amische Mädchen verknallt bist." Sie sagte die Worte „dieses amische Mädchen", als wäre Hannah irgendwie minderwertig.

Dorcas keuchte laut. Paul schaute zur Tür zurück. Sie sah verletzt aus. War es möglich, dass sie immer noch hoffte, Paul könnte sich für sie interessieren? Ihre Aufmerksamkeit wanderte zu dem Brief in seiner Hand, bevor sie den Kopf wegdrehte. Aber sie blieb stehen und war ganz Ohr.

„Du mischst dich in Dinge ein, die dich nichts angehen, Carol. Und ich wäre dir dankbar, wenn du das Wort *Amisch* nicht so sagen würdest, als wären diese Menschen Schmutz."

Carol seufzte. „Hör zu, ich habe nichts gegen sie. Aber falls du vorhast, dich mit einer von ihnen zu verabreden und sie von ihren Leuten wegzuholen, kann ich dich nur warnen: Das wird nie funktionieren."

Er stand auf, legte Carol die Hände auf die Schultern und zwang sich zu einem ruhigen Ton. „Sie und ich, wir glauben beide fest an Gottes Zusagen. Gott wird unserer Beziehung die Kraft geben, solche Schwierigkeiten zu überwinden."

Carol setzte sich aufs Bett und befreite sich von seinem Griff. Sie nahm das gefaltete T-Shirt und drückte es sich an die Brust. „Ist es diese Hannah Soundso?"

In der Hoffnung, er begehe keinen Fehler, wenn er das zugab, nickte Paul.

„Paul, die Amischen sind nicht so wie wir. Sie sind furchtbar gesetzlich. Viel strenger als wir. Wir leben ohne Fernsehen und Radio, aber das ist nichts im Vergleich zu den Einschränkungen der Amischen der Alten Ordnung. Diese Hannah wird sich darin nicht ändern, selbst wenn sie von ihren Leuten weggeht."

Paul knurrte leise. „Hannah wird die Freiheiten finden, die sie für richtig hält, wenn die Zeit dafür reif ist."

Carol stand auf und schaute ihn ernst an. „Du bist naiv. Sie könnte sich außerhalb der Welt, in der sie aufgewachsen ist, nie wohlfühlen. Genauso wenig, wie du dich in einem Kleid und mit einer Gebetshaube auf dem Kopf wohlfühlen würdest." Sie warf das Hemd aufs Bett. „Alles, was dieses Mädchen weiß und kann, hat sie von den Amischen gelernt, einschließlich ihrer Lehrerin – einer Frau, die selbst nur acht Jahre amische Schulbildung hatte. Selbst diejenigen, die weggehen, kehren fast immer irgendwann wieder zurück."

Paul bückte sich neben sein Bett und zog eine Reisetasche darunter hervor. „Du übertreibst, und das weißt du ganz genau."

Carol trat zurück und machte ihm Platz, damit er die Tasche herausziehen konnte. „Paul, meine Güte, überleg dir das genau. Wenn sie einen Mann außerhalb ihrer Kirche heiratet, wird es ihren Eltern das Herz brechen, ihre Beziehung zu ihren Geschwistern zerstören und Schande über ihre ganze Familie bringen."

Er zog die Tasche hervor und richtete sich auf.

An der Tür tippte Dorcas mit den Fingernägeln auf den Holzrahmen, bis beide den Kopf zu ihr drehten. „Ich bin sicher, Paul weiß, was er tut."

„Aber …", begann Carol.

Dorcas legte den Kopf schief und zuckte leicht die Achseln. „Du hast gesagt, wie du darüber denkst, Carol. Du kannst also wieder aufhören."

Carol stand regungslos da. Nur ihre Augen blinzelten einige Male.

Aus Dorcas' Mund kamen die richtigen Worte. Dafür war Paul dankbar, aber etwas an ihrer Miene ließ vermuten, dass sie nicht das sagte, was sie wirklich dachte. Um dem Spiel der beiden ein Ende zu setzen, beschloss Paul, sein Geheimnis zu lüften. „Ich werde meine Meinung in Bezug auf Hannah nicht ändern. Ich habe sie schon gebeten, meine Frau zu werden."

Carols Augen wurden groß. „Du hast was?"

Paul warf einen kurzen Blick auf Dorcas' sprachloses Gesicht und konzentrierte dann seine Aufmerksamkeit wieder auf seine Schwester. „Ihr müsst das beide für euch behalten. Ich hoffe, ich kann die Zustimmung ihrer Familie gewinnen, bevor sie es herausfinden."

Carol kniff die Augen zusammen. „Du willst sie heiraten? Du kannst doch unmöglich glauben, dass du dieses Mädchen liebst."

„Oh, Paul", flüsterte Dorcas, als hätte er ihnen gerade etwas Entsetzliches gebeichtet.

„Das ist lächerlich." Carol nahm mehrere Seiten des Briefes und schüttelte sie.

Mit einer Sanftheit, die er absolut nicht empfand, legte er die Finger um die zerknitterten Seiten in Carols Hand. „Lass das los." Sein ruhiger Tonfall täuschte über die Wut hinweg, die in ihm aufstieg. Als sie zögerte, forderte Paul sie langsam und deutlich auf: „Lass das los, Carol."

Sie löste ihren Griff um die Seiten. „Du hast keine Ahnung, was nötig ist, damit eine Ehe funktioniert. Es ist wie …" Sie brach ab und suchte offenbar nach dem perfekten Bild. „Es ist, als wolltest du mit deinem alten Auto zehn Leute zu einer vornehmen Hochzeit fahren."

„Du vergleichst Hannah mit meinem alten Auto?" Trotz seiner

Bemühungen, sich zu beherrschen, war der Sarkasmus in seinen Worten nicht zu überhören.

„Was ich damit sagen will, ist: Hannah wurde für einen bestimmten Lebensstil geboren. Wenn du sie ändern willst, wird das zu ernsten Problemen führen. Nicht nur für sie, sondern auch für ihre Familie. Und für dich. Ganz zu schweigen von deinen Kindern. Kannst du das denn nicht einsehen?"

„Ich weiß, dass es nicht das ist, was du für mich vorhast, Carol. Aber du musst mir in dieser Sache vertrauen."

Sie ließ die Schultern hängen. „Dieses Gespräch ist noch nicht vorbei."

Paul gab ihr einen Kuss auf die Wange. „Natürlich nicht." Er lächelte sie an. „Ich weiß, was ich von meiner Familie und von meinen Freunden verlange – und von ihrer Familie. Aber ich will nichts anderes als ein Leben mit ihr." Paul drückte den Brief an seine Brust und strich ihn wieder glatt.

Carol verdrehte die Augen. „Du warst schon immer melodramatisch."

Er legte den Brief wieder auf seinen Schreibtisch und schmunzelte. „Nüchterne Berechnung darf nicht wichtiger sein als Liebe. Sonst hätte es keinen Sinn, sein Leben mit Vernunft zu gestalten. Denn ohne wahre Zuneigung gibt es nichts, das wir mit unseren praktischen Argumenten beschützen könnten." Er nahm seine Tasche und zog den Reißverschluss auf.

Ein unübersehbar gezwungenes, aber einlenkendes Lächeln zog über das Gesicht seiner Schwester. „Verschone mich mit deinen philosophischen Ergüssen." Sie tippte mit dem Finger auf den Brief auf Pauls Schreibtisch. „Und? Kannst du dich trotzdem so weit loseisen, um mit uns ein Spiel der Senators anzuschauen? Mein Angebot gilt immer noch: Ich helfe dir morgen beim Packen."

Paul war froh, dass er den Mut aufgebracht hatte, ihnen von seinen Plänen zu erzählen. Sie hatten beide die Nachricht besser aufgenommen, als er es für möglich gehalten hätte. Vielleicht würde seine Schwester jetzt endlich einsehen, dass Dorcas für ihn nie mehr als nur eine gute Freundin wäre.

Von der Tür aus deutete Dorcas auf seine Kleidung, die auf dem Bett lag. „Wir könnten sogar ein paar von deinen Sachen bügeln."

Sie kicherte. „Du kennst mein Motto: Wenn man Arbeit auf morgen verschiebt, hat man heute vielleicht mehr Spaß!"

Paul warf die Reisetasche aufs Bett. „Ein Abend im Stadion wäre vielleicht wirklich eine gute Abwechslung."

Kapitel 4

Eine unangenehme Hitze und nasser Schweiß weckten Hannah aus ihrem Schlaf. Sie schob das Laken von ihrem Gesicht und schlug die Augen auf, um einen Blick auf die Uhr zu werfen. Sonnenstrahlen drangen an den Rändern der grünen Vorhänge ins Zimmer. Der Raum heizte sich auf, während die kühle Morgenluft immer mehr der sengenden Spätsommerhitze wich. Sie verstand nicht, warum sie immer noch im Bett lag, und war einen Moment völlig verwirrt, bevor die viel zu bekannten, schrecklichen Bilder gnadenlos vor ihrem geistigen Auge auftauchten. Wie viele Tage waren seit dem Überfall vergangen – zwei, vielleicht drei?

Sie lag regungslos da und suchte nach einem Funken Hoffnung, der ihr Trost bringen würde, konnte aber keinen finden.

Ihr wurde wieder übel. Sie brauchte dringend frische, kühlere Luft. Deshalb rannte sie die Treppe hinab und zur Haustür hinaus. Sie eilte in den Schatten der großen Buche und hoffte, niemand aus ihrer Familie würde sie bemerken. Ein kühler, leichter Wind berührte sie.

„Hannah."

Beim Klang ihres Namens fuhr sie zusammen. Als sie in die Richtung schaute, aus der die Stimme gekommen war, sah sie ihren zwanzigjährigen Bruder Luke, der über den Hof auf sie zukam. Ihr Körper spannte sich an, wodurch ihre Verletzungen noch mehr schmerzten. Da sie in ihrem Nachthemd mitten im Hof stand, konnte sie sich gut vorstellen, welche strengen Worte ihr ältester Bruder für sie auf Lager hätte.

Luke blieb vor ihr stehen. Er hielt einen Zinkeimer in der Hand; den Daumen der anderen Hand hatte er in seinen braunen Hosenträgern eingehakt. Mitgefühl leuchtete aus seinen braunen Augen. „Geht es dir heute Morgen immer noch so schlecht?" Er deutete auf ihr Nachthemd. „Das ist wahrscheinlich eine dumme Frage. *Daed* sagte, dass du neulich einen ganzen Eimer Blaubeeren verschüttet hast. Er hat mich heute Morgen losgeschickt, um neue zu pflücken, aber es ist schon Spätsommer. Deshalb überrascht es mich, dass du einen ganzen Eimer voll gefunden hast." Er stellte den fast leeren Eimer auf die Erde.

Hannah versuchte etwas zu sagen, aber ihr wollten einfach keine Worte über die Lippen kommen.

Luke lächelte. „Hat es dir die Sprache verschlagen?"

Sie war fest entschlossen, ihm eine Antwort zu geben. „Man kann nicht immer Glück haben." Sie schaute auf den armseligen Haufen Blaubeeren, der sich im selben Eimer befand, der randvoll gewesen war, als …

Luke ergriff vorsichtig ihre Hände und drehte die Handflächen nach oben. „Ach, wie entsetzlich!" Er hob den Kopf und schaute ihr in die Augen. „Sind deine Knie auch so schlimm verletzt?"

Sie räusperte sich und war überrascht, dass diese einfache Handlung ihr half, ihre Gefühle unter Kontrolle zu bekommen. „Mir geht es gut, Luke."

Ihr Bruder legte den Kopf schief. Ein Dutzend Fragen sprachen aus seinen Augen. Er nickte und ließ ihre Hände los. „Es tut mir leid, dass du verletzt wurdest."

Da sie nicht wusste, was sie noch sagen sollte, ging sie, ohne ihm eine Antwort zu geben, wieder zum Haus zurück. Wenn sie den Nebel, der ihr Denken einhüllte, durchdringen könnte, könnte sie sich vielleicht irgendwie erklären, was passiert war, und sich überlegen, wie sie damit umgehen sollte. Aber sie war im Moment nicht in der Lage, klar zu denken.

Sie ging barfüßig über das dichte Gras, schob die Mückengittertür auf und trat ins Haus. Da sie hoffte, sie könnte sich wieder nach oben schleichen, ohne von jemand gesehen zu werden, blieb sie stehen und lauschte. Sie hörte ihre jüngste Schwester, Rebecca, mit ihrer Mutter und Esther in der Küche hantieren. Es hörte sich an, als wären sie mit Einmachen beschäftigt. Irgendwie war ihrer Mutter entgangen, dass Hannah in den Hof hinausgelaufen war.

Vielleicht wollte ihre Mutter sie aber auch einfach nicht sehen.

Zu schwach und zu ausgelaugt, um noch mehr solche Gedanken zu verkraften, schlich sie auf Zehenspitzen die Treppe hinauf, kroch wieder ins Bett und zog sich das dünne Betttuch über den Kopf.

Das Brummen eines englischen Fahrzeugs riss Hannah aus ihrem Schlaf. Ein Anflug von Panik regte sich in ihr, als der Motorenlärm lauter wurde und dann direkt vor ihrem Fenster verstummte. Der beißende Geruch nach Abgasen wehte durch das offene Fenster und an den zugezogenen Vorhängen vorbei. Bilder von ihrem Angreifer tauchten vor ihr auf.

Zitternd stand Hannah aus dem Bett auf. Obwohl sie kaum in der Lage war zu atmen, zwang sie sich, einen schnellen Blick am Rand des zugezogenen Vorhangs nach draußen zu wagen. Eine tiefe Erleichterung durchflutete sie. Es war nur Mr Carlisle in seinem Kühlwagen. Er war hier, um die Milch zu holen. Er kam immer zwischen zwei und drei Uhr nachmittags.

Er stieg aus seinem Lastwagen und unterhielt sich mit ihrem Vater. Als Mr Carlisle sich an seinen Wagen lehnte, wanderte sein Blick zu ihrem Fenster hinauf. Sie sprang zurück, als hätte sie sich an einem Feuer die Finger verbrannt. Würde ihm ein einziger Blick auf sie verraten, was passiert war? Sie kroch zwischen die Betttücher und vergrub wieder ihren Kopf.

Einige Augenblicke später ging ein Klopfen an der Zimmertür Hannah durch Mark und Bein. Sie blieb mit dem Kopf unter dem Betttuch regungslos liegen. Sie hörte, wie die Tür aufging, und versuchte sich nicht zu rühren, damit der andere, egal, wer es war, wieder ginge und sie allein ließe.

„Mr Carlisle war da." Die beruhigende Stimme ihrer Mutter drang in Hannahs Bewusstsein ein. *Mamm* setzte sich auf die Bettkante. „Es ist bald Zeit zum Abendessen. Du musst etwas essen. Du kannst dich nicht für immer verkriechen."

Hannah drückte die Augen noch fester zu. Es konnte noch nicht Zeit zum Abendessen sein. War Mr Carlisle nicht gerade erst gefahren? Etwas Seltsames geschah hier. Die Zeit sprang willkürlich weiter – als wäre sie an keine Regeln mehr gebunden.

Ein klirrendes, metallenes Geräusch, wie ein Besteck auf einem Teller, durchbrach die Stille. „Du hast seit zwei Tagen nichts mehr gegessen, Hannah. Ich habe dir das Obst geschält und geschnitten."

Sie streichelte durch das Bettlaken Hannahs Bein. „Komm, Kind. Setz dich auf und iss."

Hannah blieb still und hoffte, ihre Mutter würde aufgeben und wieder gehen.

„Komm." *Mamm* zog an der Decke über Hannahs Kopf. Zuerst wehrte sich Hannah, aber aus Angst, dass ihre Mutter *Daed* rufen könnte, ließ sie das Laken los.

„Das ist mein liebes Mädchen." *Mamms* weiche Hände streichelten Hannahs Wangen und schoben ihr die gelockten Haarsträhnen aus dem Gesicht. „Ich weiß, dass es schwer ist. Aber es ist Zeit, dass du deine Gefühle überwindest und das tust, was nötig ist. Verstehst du?"

Frische Tränen liefen aus Hannahs Augenwinkeln. Sie nickte.

„Gut. Jetzt wisch deine Tränen ab." Ihre Mutter hob die Obstschüssel hoch. „Setz dich auf und iss."

Hannah setzte sich auf und nahm den Obstteller, den ihre Mutter ihr hinhielt. *Mamm* stand auf und holte eine Haarbürste vom Nachttisch. Mit der Gabel spießte Hannah ein Stück Obst auf. *Mamm* bewegte die Bürste durch Hannahs lange Locken. Die beruhigenden Bewegungen der Bürste und der köstliche Obstgeschmack waren angenehm nach der Isolation der letzten …

Sie wusste nicht, wie viel Zeit vergangen war.

Ihre Mutter arbeitete sich durch Hannahs ungezähmte Locken, ohne sich zu beklagen. Sie drehte Hannahs Haare zu einem Knoten und steckte ihn nach oben. Dann setzte sie ihr die dünne, weiße *Kapp* auf den Kopf und steckte sie mit Haarnadeln an ihren Haaren fest.

Mamm legte die Bürste auf den Nachttisch. „Schlüpf in dein Kleid und setz dich zu uns in den Hof. Es weht ein angenehmer Wind, der die Seele erfrischt."

Hannah wollte das nicht, aber wenn sie sich weigerte, würde sie damit mehr Probleme heraufbeschwören als lösen. „Was hat *Daed* den anderen gesagt?"

Ihre Mutter schob das Laken von Hannahs Beinen, schien ihrer Tochter aber nicht in die Augen schauen zu können. „So wenig wie möglich. Sie glauben, ein Auto hätte dich angefahren, und der Sturz hätte die Wunden an deinen Händen verursacht." Sie nahm ein blaues

Kleid vom Haken und legte es aufs Bett. „Er hatte eigentlich nicht einmal so viel sagen wollen. Aber du hast dich so lange in diesem Zimmer verkrochen, dass sie wussten, dass du auf dem Heimweg nicht nur gestürzt bist. Wenn du nicht aufstehst und wieder deiner normalen Arbeit nachgehst, werden sie diese Erklärung auch nicht akzeptieren."

Ihre Mutter wandte sich zum Gehen. „Wir brauchen dich, Hannah." Dieses Mal schaute sie Hannah direkt ins Gesicht. In ihren braunen Augen lag eine tiefe Traurigkeit. „Ohne dich läuft es im Haushalt nicht so gut." Sie bedachte ihre Tochter mit einem gezwungenen Lächeln.

Als *Mamm* die Tür hinter sich zuzog, sank Hannah aufs Bett zurück. Sollte so ihr Leben in Zukunft aussehen? Müsste sie immer so tun, als ginge es ihr gut, um die Wahrheit über das Unaussprechliche vor ihren Geschwistern zu verbergen, und müsste sie ständig vor ihren Eltern verbergen, dass sie kurz davor stand, den Verstand zu verlieren? Sie starrte auf den Boden und versuchte ihre ganze Kraft zusammenzunehmen, um nach unten zu gehen und so zu tun, als wäre alles in bester Ordnung.

Zehn Minuten später stand Hannah an der Hintertür und fuhr sich mit den Händen um die Taille, um sicherzugehen, dass sie ihre Schürze richtig festgesteckt hatte. Sie warf einen Blick durch die Mückengittertür und beobachtete ihre Familie. *Mamm* und *Daed* saßen auf der Bank und schauten den Kindern zu. Die Jüngeren jagten auf dem offenen Feld Glühwürmchen, während die älteren ihnen halfen, die Würmchen in ein Glas zu stecken. Hannah versuchte durchzuatmen, aber ein durchbohrender Schmerz in ihrer Brust hinderte sie daran.

Als sie die Tür aufschob, erregte das quietschende Geräusch die Aufmerksamkeit ihrer Eltern. Sie zwang sich zu gehen und machte die ersten Schritte über das Gras. Ihre Brust schmerzte. Ihre Haut fühlte sich an, als würde jemand sie abziehen. Aber noch schlimmer war: Hier im Freien hatte sie keine Möglichkeit, ihre Gedanken zum Schweigen zu bringen. Vor ihrem Vater blieb sie stehen. Ihr Blick war auf den Boden gerichtet, ihre Arme hingen leblos an ihren Seiten.

Mamm stand von der Bank auf. Ihre Finger hoben Hannahs Gesicht hoch, und sie küsste sie auf die Wange. „Ich hole uns eine Limonade."

„Danke", flüsterte Hannah.

Daed deutete auf den leeren Platz an seiner Seite. „Komm, dann können wir reden."

Hannah ließ sich am äußersten Ende der Bank nieder.

Ihr Vater hatte beide Füße auf die weiche Erde gestellt und stemmte jetzt seine Hände auf die Knie und richtete seinen Rücken gerade auf. „Gott wird uns durch das hindurchbringen, Hannah. Unsere Lebensweise ist nicht leicht, aber sie ist richtig." Ihr Vater nahm seinen Strohhut ab und beugte den Kopf. „Ich bin noch nicht sicher, was ich dem Bischof sagen soll."

Ein heißer Schmerz bohrte sich in ihre Brust. Sie hob den Kopf und schaute ihrem Vater in die Augen. „Wie meinst du das?"

Er drehte sich zu den Feldern herum. „Ich sollte ihm mitteilen, was passiert ist, damit er bestimmen kann, was getan werden muss."

Sie schluckte schwer und hatte große Mühe, nicht zu weinen. „*Daed*, bitte nicht. Das darf niemand erfahren."

Sein Seufzen verriet ihr, dass er ihre Gefühle verstand. „Ich sage ja nicht, dass ich es ihm mitteilen werde. Ich habe mich noch nicht entschieden. Dem Bischof das zu verheimlichen ist falsch. Er ist unser geistlicher Leiter. Er kann uns nicht richtig leiten, wenn wir Geheimnisse vor ihm haben." Er biss die Zähne zusammen und stand auf. „Da dies so selten vorkommt, wird er wahrscheinlich bei den Gemeindeältesten Rat suchen, wenn wir es ihm mitteilen. Möglicherweise sogar vom Haupt jeder Familie. Dann lässt sich unmöglich verhindern, dass es in unserer ganzen Gemeinde und darüber hinaus bekannt wird. Das würde heißen, dass diese Nachricht jedem möglichen Bräutigam zu Ohren käme." Er schaute sie mit Traurigkeit in den Augen an. „Und das würde deine Chancen, je eine eigene Familie zu haben, zunichtemachen. Du hast deine Unschuld verloren, Kind, und daran kann niemand etwas ändern."

Während sie auf die Biegung der Straße schaute, die zu Mrs Waddells Hof führte, drohten ihre Schuldgefühle sie zu verschlingen. Vielleicht hatte Gott diesen Überfall zugelassen, damit sie die Gemeinde nicht verließe, in die er sie gestellt hatte. Wer war sie, dass sie daran dachte, Gottes Plan für ihr Leben ändern zu wollen?

Die Schuldgefühle wichen aber bald einem starken Zorn über die Ungerechtigkeit ihrer ganzen Situation. Wie sollte sie *nicht* von hier fortkommen wollen?

Sie stand auf. Wie Nektar eine Biene anlockt, so zog es sie jetzt zu ihrem Bett zurück. Aber sie konnte nicht weiterhin dem Drang, sich in ihrem Zimmer zu vergraben, nachgeben. Sie hatte Aufgaben, Pflichten. „Ich sollte Mrs Waddell einen Laib Brot bringen", sagte sie, obwohl ihr sogar vor dieser Aufgabe graute.

„Nein", sagte er mit barscher Stimme. „Du wirst vorerst nicht mehr auf ihren Hof gehen. Luke oder Levi können Sarah dorthin begleiten und sie wieder abholen, damit sie der alten Frau helfen kann, bis sie jemand anderen findet."

Hannah drehte sich um und schaute ihren Vater an. Er schien zu erwarten, dass sie um das Recht betteln würde, für Mrs Waddell zu arbeiten, aber sie hatte nicht die Energie, mit ihm zu diskutieren und sich dabei jedes Wort, das sie sagte, genau überlegen zu müssen. Sein vorgeschobenes Kinn war ein deutliches Zeichen dafür, dass seine Geduld mit ihr erschöpft war.

Er starrte sie an, als wolle er sie an seine Rechte als Haupt dieser Familie erinnern. „Du musst hier mithelfen. Deine Familie braucht dich."

Benommen schleppte sie sich zum Haus zurück.

Kapitel 5

Die runde Uhr, die hinter dem Kopf des Professors an der Wand hing, zeigte, dass der Unterricht schon seit zehn Minuten zu Ende sein sollte. Trotzdem redete der Mann endlos weiter, wodurch Paul mit jeder Minute später zur Arbeit käme.

Die Vorlesungen hatten vor drei Wochen wieder begonnen, und er vermisste Hannah so sehr, dass er nachts kaum schlafen und sich tagsüber fast nicht konzentrieren konnte. Wenn wenigstens ein Brief von ihr käme, würde das seine Sehnsucht nach ihr vielleicht ein wenig erträglicher machen. Briefe von Hannah brauchten immer länger, aber seit er von ihr weggefahren war, waren Wochen vergangen.

Es war für sie immer schwer, ihm zu schreiben. Sie musste einen Augenblick für sich allein finden, um eine Nachricht für ihn zu Papier zu bringen. Dann musste sie zu seiner Großmutter gehen, damit ihn dort der Postbote mitnehmen konnte, ohne dass Hannahs Familie Wind davon bekäme. Obwohl es oft bis zu sechs Wochen dauerte, bis er von ihr hörte, hatte er sich an diese langen Abstände nie gewöhnt.

Während er sich, so schnell er konnte, Notizen machte, versuchte Paul nicht an das Vorstellungsgespräch zu denken, das an diesem Nachmittag auf ihn zukäme. Er hoffte, ein Praktikum als Betreuer beim Sozialdienst zu bekommen. Wenn er diesen Praktikumsplatz bekäme, könnte er dort genug Berufserfahrung sammeln, um nach seinem Studienabschluss eine Stelle in der Nähe von Owl's Perch zu finden. Falls er dort eine Arbeitsstelle fände, könnte er gleichzeitig für Hannahs Vater und für den Sozialdienst arbeiten.

Sein Chef im Reifenladen war bestimmt nicht begeistert, wenn er zu spät kam. Wenn Paul ihn dann noch bitten musste, mitten in seiner Schicht eine Stunde freizubekommen, um zu seinem Vorstellungsgespräch gehen zu können, würde er bestimmt noch gereizter reagieren.

Sein Teilzeitjob in dem kleinen Reifengeschäft war mit langen Arbeitsstunden und unfreundlichen Kollegen verbunden. Aber das war Pauls eigene Schuld. Statt seine Bewerbungen für den Herbst im Mai abzugeben, war er noch am selben Tag, an dem der Unterricht geendet hatte, so schnell wie möglich zu seiner Großmutter gefahren, um Hannah endlich wiederzusehen. Und er war erst am Wochenende vor Vorlesungsbeginn an die Uni zurückgekehrt. Jetzt müsste er das ganze Vorlesungsjahr den Preis für seine Ungeduld bezahlen.

Mit einem leisen Seufzen warf Paul wieder einen Blick auf die Uhr. Wie meistens hörte er dem Professor nur halb zu und dachte gleichzeitig an Hannah. Eine Fernbeziehung war schon schwer genug, aber keine andere Kommunikationsmöglichkeit als Briefe zu haben war fast unerträglich, besonders da zwischen den einzelnen Briefen so viel Zeit verging.

Einige Studenten huschten zur Seitentür hinaus. Paul wollte ihnen folgen, aber er brauchte die Angaben für das Referat, das er für diesen Kurs schreiben musste, und dieser Professor verteilte weder Informationsblätter noch stellte er einen Aufgabenkatalog ins Internet noch schrieb er Listen ans schwarze Brett. Er gab den Studenten alle wichtigen Informationen mündlich und nur ein einziges Mal, als wäre die Anwesenheit der Studenten am Ende der Vorlesungsstunde schon ein Teil des Referats. Paul atmete stockend ein und begann seine Büchertasche zu packen, während er sich die letzten Ratschläge des Professors zu dem Referat anhörte. Als immer mehr Studenten leise den Raum verließen, warf der Professor einen Blick auf seine Armbanduhr und ließ die Studenten endlich gehen.

Paul warf sich den Riemen seines Rucksacks über eine Schulter und tauchte in dem Gedränge auf dem Gang unter. Der letzte Monat hatte selbst seine schlimmsten Befürchtungen, wie verrückt sein letztes Studienjahr werden würde, in den Schatten gestellt. Er wünschte, er hätte vor vier Jahren gewusst, wie er seine Pflichtstunden einplanen sollte. Er hätte früher zusätzliche Kurse belegen sollen, um jetzt für seine wichtigsten Fächer mehr Zeit zu haben. Er musste im Frühling die Prüfung ablegen.

Es wäre leichter, wenn er noch ein Semester länger studieren könnte. Aber das konnte er nicht. Er hatte Hannah versprochen, dass sie ab dem Sommer zusammen wären. Außerdem hatte er sich fest in den Kopf gesetzt, ab Mitte Mai mit ihr zusammen zu sein. *Abschlussexamen.* Was für ein befreiendes Wort. In diesem Moment jedoch hatte er das Gefühl, das Abschlussexamen sei noch zehn Jahre weit weg.

Er lief durch die Korridore, zum Haupteingang hinaus und über den Parkplatz. Er riss die nicht verschlossene Autotür auf, warf seinen Rucksack auf den Beifahrersitz und kramte in seiner Jeanstasche nach den Schlüsseln.

Sie waren nicht da. Er fuhr mit den Händen über die Außenseiten seiner Jacke und die Gesäßtaschen seiner Jeans.

Konnte denn nicht einmal *etwas* klappen? Irgendetwas? Nur einmal?

Er unterdrückte den Drang, einen wütenden Schrei über den Parkplatz gellen zu lassen. Dann beugte er sich über den Rücksitz, holte seinen Rucksack und suchte in den kleinen Taschen nach seinem Autoschlüssel. Seit er an der Uni zurück war, lief sein ganzes Leben so ab. Murphys Gesetz schlug bei ihm zurzeit voll zu, und er wünschte, diese Phase ginge endlich zu Ende.

Da er seine Schlüssel nirgends finden konnte, setzte sich Paul schließlich ins Auto. *Gott, bin ich auf dem falschen Weg? Willst du mich nicht hierhaben? Oder soll ich nur lernen, mehr Geduld zu haben?*

Paul legte die Finger um das Lenkrad und lehnte die Stirn auf seine Handrücken. Bilder von Hannah erfüllten seine Gedanken. *Ich vermisse sie so sehr, Vater. Ich … ich hätte nicht gedacht, dass es so hart sein würde.* Wie oft hatte er im Laufe des letzten Monats gegen den Wunsch angekämpft, sein Studium einfach hinzuwerfen und zu ihr zu fahren?

Er hob den Kopf und warf die Schultern zurück. Jetzt war nicht der richtige Zeitpunkt für solche Überlegungen. Wenn das Leben ihn vor einen Kampf stellte, würde er kämpfen. Und er würde gewinnen. Denn sonst würde er seiner und Hannahs Zukunft schaden, und das wollte er auf keinen Fall. Auf gar keinen Fall.

Sein Magen knurrte. Plötzlich fiel ihm ein, wo seine Schlüssel waren. Er sprang aus dem Auto und lief über den Parkplatz zurück ins Gebäude und zum nächsten Verkaufsautomaten. Er schnappte sich seine Schlüssel, die oben auf dem roten Automaten lagen. Dieser ganze Ärger, und er hatte diesem alten Kasten nicht einmal eine Packung Kräcker entlocken können. Der Automat hatte seinen verknitterten Dollar einfach nicht annehmen wollen, und Paul hatte keine Münzen gehabt.

Während er über den Parkplatz zu seinem Auto zurücklief, war Paul froh, dass es zu seiner Arbeitsstelle nur wenige Minuten waren.

Kurz danach bog er auf den Parkplatz vor dem Reifengeschäft und lief hinein.

„Waddell."

Paul blieb abrupt stehen. Die raue, donnernde Stimme, die seinen Nachnamen bellte, als wäre er ein Schimpfwort, war nicht zu überhören. Er drehte sich um. „Sir?"

„Du bist zu spät. Schon wieder." Kyle Browns Gesicht nahm ein tieferes Rot an als gewöhnlich.

„Ja, Sir. Entschuldigen Sie. Meine Vorlesungen waren ..."

„Verschon mich damit, Waddell. Mich interessiert nicht, was an dieser Universität passiert. Ich habe den Eindruck, ihr Jungs von der Uni könnt nicht einmal die Uhr lesen."

Paul hasste diesen Laden. Aber er brauchte das Geld. „Ich komme am Samstag früher und bleibe länger, um die Zeit nachzuarbeiten."

„Das will ich auch hoffen." Der Mann wischte sich die Hände an einem schmutzigen Lappen ab und steckte ihn wieder in seine Hosentasche. „Aber das ändert nichts daran, dass die Männer in der Grube erst nacheinander ihre Mittagspause machen können, wenn ein vierter Mann da ist. Drei Männer warten auf dich, damit endlich jemand essen gehen kann." Er warf einen Blick auf seine Armbanduhr. „Um halb drei!"

„Das tut mir leid, Sir."

Mr Brown klatschte in die Hände. „Worauf wartest du noch? Geh endlich an die Arbeit."

„Ja, ich gehe schon, Sir. Aber vorher ... muss ich Ihnen sagen, dass ich um vier Uhr einen Termin habe. Ich habe das mit Mr Banks abgesprochen, als ..."

„Mr Banks hat hier nichts zu sagen. Hier bin ich der Chef. Wenn du gehst, bevor der letzte Kunde seine Sachen hat, brauchst du überhaupt nicht wiederkommen. Wir schicken dir deinen Scheck mit der Post zu und sagen: ‚Adiós Amigo.'"

Paul hatte Mr Banks seine eventuellen Terminüberschneidungen erklärt. Der Ladenbesitzer hatte ihm versichert, dass man ihm entgegenkommen würde. Aber offenbar interessierte sich Kyle Brown nicht dafür, was sein Boss Paul versprochen hatte.

Wenn Paul dieses Praktikum bekäme, könnte er beim Sozialdienst für Kinder stundenweise seinem Traumberuf nachgehen, und an den Tagen, an denen er nicht beim Sozialdienst arbeitete, könnte er hier arbeiten, samstags sogar den ganzen Tag. Jobs mit anständigen Arbeitszeiten, bei denen er nicht sonntags arbeiten musste, waren nur schwer zu bekommen. Er durfte diesen Job hier nicht verlieren.

Kapitel 6

Luke stapfte die Stufen des alten Bauernhauses hinauf. Er schaute ins Schlafzimmer seiner Eltern und fand darin, was er suchte: Hannah. Sie saß mit dem Rücken zu ihm auf einem höhenverstellbaren Hocker und nähte. Er klopfte an die offene Tür.

Hannah zuckte zusammen, als hätte er sie erschreckt, aber sie drehte sich nicht um, um zu sehen, wer geklopft hatte. *„Kumm uff rei."*

Luke folgte ihrer Aufforderung und trat ein.

Er verstand immer noch nicht, warum seine Mutter ihm gestern aufgetragen hatte, die Nähmaschine aus der Küche in das Schlafzimmer seiner Eltern zu bringen. Jede amische Familie in dieser Gemeinde hatte die Nähmaschine vor den Fenstern im Hauptteil des Hauses stehen, entweder in der Küche oder im Wohnzimmer. Das hatten die Ältesten des Bezirks so festgelegt, lange bevor Luke und Hannah geboren wurden. Aufgabe des Bischofs war es, dafür zu sorgen, dass in den Häusern und außerhalb der Häuser alles einheitlich gehandhabt wurde, um den natürlichen Drang des Menschen, sich über andere erheben zu wollen, im Keim zu ersticken.

Als ihm klar wurde, dass Hannah nicht mit dem Nähen aufhören würde, sprach er lauter, um das Surren der Maschine zu übertönen. „Ich bin nicht sicher, ob du davon gehört hast, aber heute Abend ist ein Singen. Der Bischof ist morgen weg. Deshalb hat er es von Sonntag auf heute verlegt. Ich weiß nicht, ob das schon jemals vorgekommen ist. Aber ich würde dich gern hinfahren." Er kam durch das Zimmer und blieb neben ihr stehen.

Sie beschleunigte die Geschwindigkeit der Maschine und führte eine breite Hose unter der Nadel hindurch. „Du hast mich zu jedem Singen überredet, bei dem ich bis jetzt war."

Mit seinem Mittelfinger und Daumen trommelte Luke leicht auf ihre Schulter – halb im Spaß und halb frustriert. „Ich verstehe dich nicht. Jeder, der nicht verheiratet ist, liebt das Singen. Das ist die einzige Möglichkeit, wirklich jemanden kennenzulernen."

Die Maschine unterbrach das lästige Surren. Das leise Ticken der Wanduhr war jetzt das einzige Geräusch im Zimmer. Seine Schwester drehte sich um und schaute zu ihm hinauf. Die Ringe unter ihren Augen und ihre blasse Haut verrieten, wie erschöpft sie war, obwohl sie in letzter Zeit nur sehr wenig gearbeitet hatte. Aus Gründen, die er beim besten Willen nicht verstehen konnte, wurde ihr erlaubt, nichts anderes zu tun, als für die Familie in einem privaten Zimmer Kleidung zu nähen. Sie brauchte sich nicht einmal ums Kochen oder um die kleinen Kinder kümmern, während sie nähte. Das war noch sonderbarer als der Auftrag, die alte Singer-Nähmaschine nach oben zu bringen.

Hannahs Miene verfinsterte sich. „Ich habe keine Lust, nach dem Singen von irgendeinem ... Mann ... nach Hause gefahren zu werden, in der Hoffnung, dass wir aneinander Interesse finden könnten."

Luke zog eine Nadel aus einem gepolsterten, tomatenförmigen Kissen und steckte sie wieder hinein. Dann zog er sie wieder heraus und steckte sie wieder hinein. Seine Schwester hatte schon immer ihren eigenen Willen gehabt, der nicht mit allen Regeln der Alten Ordnung im Einklang stand, aber noch nie zuvor war sie grob gewesen. Er beschloss, um ihrer beider willen, seine Zunge in Zaum zu halten.

„Ich habe dir noch nicht gesagt, dass der Bischof angeordnet hat, dass das Singen heute Abend nicht lang dauern wird. Wenn du nicht mitkommst, kommt Mary auch nicht mit. Sie wird es für zu kühn halten, an einem Singabend mit mir allein auf dem Hof meiner Eltern gesehen zu werden. Außerdem hat sie Angst, es könnten Gerüchte verbreitet werden, wir wären ein Paar, wenn wir ohne dich zusammen sind." Luke zuckte die Achseln. „Du weißt, dass Mary furchtbar verlegen wird, wenn sie glaubt, die Leute würden über sie reden."

Er hob eines von Samuels neuen Hemden auf und versuchte, den kleinen Finger durch ein frisch genähtes Knopfloch zu stecken. Das Loch, das Hannah zwischen ihre Stickstiche geschnitten hatte, war nicht sauber geschnitten. „Ich hatte gehofft, ich könnte Mary heute nach dem Singen zu einem Spaziergang über unsere Wiesen überreden. Ich will ihr zeigen, wo *Daed* und ich eine Sattlerei für mich bauen wollen. Wenn du auch mitkommst, wird sich niemand etwas dabei denken, wenn wir zu dritt zum Weiher gehen, da wir drei die ganze Zeit zusammen gesehen werden."

Seine Schwester verstand doch bestimmt, was er nicht offen aussprechen konnte. Wenn Mary sehen würde, wie stabil seine Zukunft war, und wenn sie ihn so sehr mochte, wie er hoffte, würde sie sich vielleicht noch an diesem Abend mit ihm verloben.

Hannah sah den Fehler an dem Knopfloch und hielt die Hand zu dem Hemd hin. „Wenn du mit Mary spazieren gehen willst, dann tu das doch einfach."

Er reichte ihr das Hemd, hielt aber immer noch einen Zipfel davon fest, damit sie ihm weiterhin ihre Aufmerksamkeit schenkte. Er schaute ihr direkt in die Augen.

Hannah ließ das Hemd los. Jetzt hing es in Lukes Hand. Sie ließ den Kopf sinken, als wäre sie zu müde, um ihn noch länger oben zu halten. „Ich … ich … kann nicht."

Vor Enttäuschung bildete sich ein Knoten in Lukes Brust. Er ließ das Hemd auf den Boden fallen und ergriff seine Hosenträger und drückte sie fest zusammen. „Du musst heute Abend mit keinem Jungen vom Singen nach Hause fahren. Wir können auch nur zu dritt sein."

Hannah gab ihm keine Antwort. Sie ließ das Hemd auf dem Boden liegen und begann erneut, an der Hose zu nähen. Dabei beachtete sie Luke überhaupt nicht mehr.

Wenn er ihrem Vater erzählte, dass Hannah kein Interesse hatte, amische Männer kennenzulernen, würde *Daed* ihr recht schnell den Kopf waschen. Das *Rumschpringe* war dafür gedacht, einen amischen Ehepartner zu finden, und für nichts anderes. Luke hatte einen schweren Verdacht, warum Hannah so gern für die alte Frau auf dem Nachbarhof arbeitete. Aber bis jetzt hatte er diese Gedanken seinem Vater noch nicht verraten. *Daeds* Meinung, dass seine Kinder auf keinen Fall Mennoniten werden sollten, war unumstößlich.

Luke hoffte, der Wunsch seiner Schwester, auf dem Hof der Waddells zu arbeiten, hätte nichts mit den englischen Knechten oder mit Mrs Waddells Enkel, wie auch immer er hieß, zu tun. Der Enkel stammte aus einer sehr konservativen mennonitischen Familie, aber sie hatten keine Gemeinschaft mit den Amischen der Alten Ordnung. „*Daed* weiß nicht, dass Mary und ich dich immer vom Singen nach Hause gebracht haben."

Ein trotziger Blick trat in ihre Augen. Sie hob die Hand und zeigte ungefähr zwei Zentimeter Raum zwischen ihrem Zeigefinger und ihrem Daumen. „Ich habe unter unserem Bischof ungefähr so viel Freiheit, und das auch nur, weil ich im *Rumschpringe* bin. Die Singabende und die Einspännerfahrten sind Privatsache. Bitte nimm mir das nicht, Luke."

„Aber, Hannah, du benutzt deine Freiheit nicht, um einen Mann zu finden. Du tust nur so als ob. Das ist nicht richtig."

Ihre Augen wurden kalt und hart. „Komm mir nicht damit, was richtig ist und was nicht. Nicht jetzt. Vielleicht niemals." Sie drehte ihm den Rücken zu und trat auf das Fußpedal der alten Singer.

Hannah legte die Hose weg, stand von ihrem Hocker auf und trat ans Fenster auf der anderen Zimmerseite. Sie schaute zu, wie Luke zum Stall schritt und das Pferd vor den Wagen spannte. Er und Mary würden einen herrlichen Abend miteinander verbringen, sie würden lachen und ihre scherzhaften Diskussionen führen. Es war noch nicht lange her, dass sie und die beiden mit Begeisterung Brettspiele gespielt hatten und in der kühlen Abendluft spazieren gegangen waren. Jetzt empfand sie nichts anderes als Gleichgültigkeit und Bitterkeit. Was war aus ihrer Liebe zum Leben und zu ihrer Familie geworden?

Ihre liebe Freundin Mary hörte immer zu, wenn Hannah gegen die strenge Gleichschaltung wetterte, die von den Amischen verlangt wurde. Aber nicht einmal ihr verriet Hannah, was sie wirklich dachte. Wenn Marys Eltern wüssten, dass Hannah die Autorität des Bischofs, der Prediger und sogar der *Ordnung* in Frage stellte, würden sie nie erlauben, dass Mary sich mit ihr traf.

Aber diese Fragen waren nichts im Vergleich zu der Abneigung und den Rachegefühlen, die in letzter Zeit in ihrer Seele tobten. In einer Zeit, die ihr jetzt vorkam, als läge sie Jahre zurück, hatte sie davon geträumt, dass Mary und Luke ihr nahebleiben würden, selbst wenn sie nicht in die amische Kirche eintreten würde. Jetzt hielt sie überhaupt nichts mehr für möglich. Hannah dachte nicht mehr so wie die anderen – wie Luke, Mary, nicht einmal mehr wie sie selbst. Paul hatte ihre Energie und ihren Sinn für Humor geliebt, aber davon war jetzt nichts mehr übrig. Sie war eine leere Petroleumlampe geworden, deren äußere Hülle ohne das Öl zu nichts mehr zu gebrauchen war.

Aber trotz jedes düsteren Gedankens, der sich in ihr regte, spürte sie eine kleine Spur von Optimismus, dass ihre früher einmal hoffnungsvolle Seele zurückkehren würde und das Leben wieder einen Sinn bekäme, wenn sie von Paul hörte. Die quälende Frage, warum Paul ihr nicht geschrieben hatte, jagte ihr eine Gänsehaut über den ganzen Körper.

Seit mehreren Nächten ging ihr Vater in den Stunden vor dem Vier-Uhr-Melken unruhig auf und ab. Sie kannte den Grund dafür. *Daed* hatte sich immer noch nicht entschieden, ob er dem Bischof verraten sollte, was seiner Tochter passiert war. Falls er das tat, würde ihm jede Macht, das letzte Wort über ihr Leben zu haben, genommen. Wenn der Bischof sich entschied, bestimmten Leuten in der Gemeinde von dem Vorfall zu erzählen, würde diese Nachricht irgendwann auch Paul erreichen, da er hier in Owl's Perch entfernte Verwandte hatte.

Mit einem Blick auf die leuchtende, goldumrandete Uhr atmete Hannah tief und traurig ein. Paul hatte versprochen, ihr spätestens zwei Tage, nachdem er fort wäre, einen Brief zu schreiben. Obwohl sie immer noch nicht wusste, was heute für ein Tag war, hatte *Mamm* ihr gesagt, dass seit jenem Tag auf der Straße über drei Wochen vergangen waren.

Sarah war mit ihrem Bruder Levi zu Mrs Waddell gefahren. Heute würde Sarah ihr bestimmt einen Brief mitbringen. Es hatte Hannah ziemlich viel Zeit gekostet, bis sie Sarah geduldig überreden hatte können, ihr eventuelle Briefe von Mrs Waddell mitzubringen, ohne *Mamm* oder *Daed* etwas davon zu verraten. Schließlich hatte ihre Schwester aber eingewilligt.

Hannah seufzte und ging schweren Schrittes zur Nähmaschine zurück. Als sie sich bückte, um das Hemd vom Boden aufzuheben, erblickte sie mehrere gefaltete Papierbögen, die zwischen der Unterseite der Kommode und der untersten Schublade herausschauten – so, als hätte jemand sie unter einer Schublade versteckt, und sie wären mit der Zeit herausgerutscht. Bei genauerem Hinsehen stellte sie fest, dass es wahrscheinlich ein Brief war. Ohne zu zögern, zog sie die Blätter aus ihrem Versteck.

Paul saß in seiner Wohnung und hatte seine aufgeschlagenen Bücher vor sich auf dem kleinen Schreibtisch ausgebreitet. Er musste für eine Psychologieprüfung lernen. In der Wohnung war es ruhig, da seine Mitbewohner alle ausgegangen waren und den Abend mit einer Gruppe Mädchen genossen. Seine Armbanduhr gab einen verzerrten Alarmton von sich. Er drückte auf einen Knopf, um die blecherne Melodie zum Schweigen zu bringen. Es war sechzehn Uhr und endlich so spät, dass seine Großmutter bestimmt von ihrem Mittagsschlaf aufgewacht war. Jetzt könnte er sie anrufen. Natürlich war es seine eigentliche Absicht, mit Hannah zu sprechen.

Wenn sie sich eine SMS oder E-Mail schicken könnten oder am Telefon miteinander sprechen könnten, könnte er mit der Trennung bestimmt viel leichter umgehen. In dieser Zeit nur durch Briefe Kontakt zueinander haben zu können war, als schicke man in einem Notfall Brieftauben los, um Hilfe zu holen. Seine Chance, Hannah zu erwischen, war nur gering, da die Zeit, die sie bei seiner Großmutter arbeitete, unregelmäßig war und sich änderte, wenn sie zu Hause gebraucht wurde. Aber es war einen Versuch wert. Es war mehrere Versuche wert.

Er nahm das schnurlose Telefon und gab die Nummer seiner Großmutter ein.

Das Telefon klingelte zum zehnten Mal, als ein langsames, rauschendes Geräusch ihm verriet, dass seine Großmutter den Hörer abgenommen hatte.

„Hallo, Großmutter. Hier ist Paul. Wie geht es dir?“

Sie sprachen über das Wetter, ihre Gelenkschmerzen und darüber, wie oft sie zum Teich gegangen war, um die Fische zu füttern. Paul musste sich sehr langsam an das Thema Hannah vortasten, da seine

Großmutter sonst nicht mitspielen würde. In der Vergangenheit hatte sie ihm unmissverständlich erklärt, was sie von ihm und Hannah hielt. Sie war nicht sicher, ob sie die immer tiefer werdende Freundschaft zwischen ihrem mennonitischen Enkel und ihrem liebsten amischen Mädchen akzeptieren sollte, denn gleichzeitig graute ihr vor dem Schmerz, der auf die beiden unweigerlich zukäme – egal, ob ihre Beziehung von Dauer wäre oder nicht.

„Großmutter, ich habe überhaupt keine Briefe von dir bekommen."

„Genauer gesagt, keine Briefe von Hannah." Ihr Tonfall klang fröhlich. Das war gut. „Sarah kommt jetzt an ihrer Stelle zu mir. Ich würde ja gern sagen, dass sie Hannahs Arbeit macht, aber das wäre gelogen."

Diese Nachricht beunruhigte ihn. Er hoffte, die zusätzliche Zeit, die er an dem Tag seiner Abreise mit Hannah verbracht hatte, hatte sie nicht in Schwierigkeiten gebracht. Andererseits behielten die Lapps Hannah öfter zu Hause und schickten an ihrer Stelle Sarah, wenn es auf dem Hof zu viel zu tun gab.

„Ich kann dich mit Sarah sprechen lassen, wenn sie das nächste Mal kommt", sagte Großmutter mit einem Anflug von Schalk in der Stimme.

Paul schmunzelte. Das war die Großmutter, die er als Kind gekannt hatte – bevor die Schmerzen des Alters sie reizbar und mürrisch gemacht hatten. „Das bietest du mir jedes Mal an, wenn die Lapps sie schicken. Warum kannst du das nicht machen, wenn Hannah da ist?"

„Weil du in Bezug auf Hannah keine Ermutigung brauchst." Einen Moment schwiegen beide. „Paul, bist du sicher, dass du das Richtige machst … um Hannahs willen?"

Die Besorgnis in ihrer Stimme spiegelte seine eigenen Bedenken wider. Aber seine Großmutter hatte keine Ahnung, wie weit er sich von seinen Gefühlen zu Hannah hatte hinreißen lassen. Sie wusste nur, dass sie einander sympathisch waren. Das hatte ihr unmöglich entgehen können.

„Sie ist im heiratsfähigen Alter, Paul. Sie sollte mit jungen Männern aus ihrer Gemeinde ausgehen. Tut sie das? Oder wartet sie auf dich?"

Eifersucht und Schuldgefühle zehrten an seinem Gewissen. Er konnte den Gedanken nicht ertragen, dass sie sich mit einem anderen Mann traf. Aus diesem Grund hatte er sie vor seiner Abreise gebeten, ihn zu heiraten … und weil er befürchtete, sie könnte im nächsten Frühling in die amische Kirche eintreten, falls er ihr keine andere Zukunft vor Augen stellte.

„Paul." Die strenge Stimme seiner Großmutter riss ihn unsanft aus seinen Gedanken.

„Ja, Großmutter."

Wieder zog Schweigen ein. Er hatte nicht den Wunsch, ihre Frage zu beantworten. Tatsache war, dass er ihr nicht die Antwort geben konnte, die sie hören wollte.

„Du kannst es dir sparen, auf Briefe von Hannah zu warten oder ihr welche an meine Adresse zu schicken. Wenigstens in nächster Zeit nicht. Sarah sagt, es wird Wochen dauern, bis Hannah wieder zu mir kommt. Bis dahin solltest du dir die Sache lieber noch einmal gründlich durch den Kopf gehen lassen. Dieser Abstand hilft dir vielleicht, einen klaren Kopf zu bekommen." Sie formulierte das als Vorschlag, aber ihr Tonfall ließ es eher wie einen Befehl klingen, einen Befehl, den er lieber befolgen sollte, wenn er nicht wollte, dass die falschen Leute von dieser Beziehung erführen.

„Könntest du ihr bitte den Brief geben, den ich geschickt habe?"

„Ich habe von dir keine Post bekommen, seit du weggefahren bist."

„Das musst du aber. Ich habe einen braunen Umschlag geschickt mit einem Brief an dich und einem dicken, weißen Umschlag darin für Hannah."

„Wenn ich einen Brief von dir bekommen hätte, Paul, wüsste ich das. Es ist keiner hier angekommen. Aber das ist vielleicht besser so. Ich denke, es ist am besten, wenn ihr zwei für eine Weile keinen Kontakt zueinander habt. Ich habe im Sommer die Zügel zu locker gelassen."

Paul bemühte sich, nicht respektlos zu klingen: „Ich bin kein Kind mehr, Großmutter."

„Nein, das bist du nicht. Aber sie."

„Du und Großvater wart achtzehn, als ihr geheiratet habt."

„Unsere Eltern waren von Anfang an damit einverstanden, dass wir uns trafen. Wenn Hannahs Vater nicht so eigensinnig darauf bestehen würde, dass seine Kinder unbedingt amisch bleiben und sich in seinem Kirchenbezirk taufen lassen müssen …" Großmutter brach ab.

Paul fragte sich, warum seine Großmutter, die abgesehen davon, dass Hannah für sie arbeitete, nichts mit der Amischgemeinde zu tun hatte, anscheinend glaubte, sie wüsste, wie Zeb Lapp dachte. „Aber …“

„Aber“, fiel sie ihm ins Wort. „Aber Hannahs Vater wird nicht mit der Rute sparen, wenn er Wind davon bekommt. Und das weißt du ganz genau. Genug geredet. Du solltest deine Zeit lieber damit verbringen, diese Beziehung realistisch zu sehen, statt Briefe zu schreiben und zu telefonieren und solches Zeug.“

Paul konnte seinen Ärger nur mühsam beherrschen. „Ich muss jetzt aufhören, Großmutter. Ich melde mich in ein paar Tagen wieder.“ Er legte auf.

Er war verärgert und gereizt. Andererseits hatte seine Großmutter einige triftige Gründe aufgeführt. Hannah war jung. Aber sie war reif genug, um lebenslange Entscheidungen treffen zu können.

Oder etwa nicht?

Sein Blick fiel auf die Psychologiebücher, die auf seinem Schreibtisch ausgebreitet waren. Er war hin- und hergerissen zwischen seinem verzweifelten Wunsch, Kontakt zu Hannah aufzunehmen, und dem nagenden Gefühl, dass seine Großmutter vielleicht recht haben könnte.

Aber wo war der Brief, den er geschrieben hatte, der Brief, in dem er ihr offen seine Liebe gestanden hatte? Was würde sie von ihm denken, wenn nie ein Brief von ihm ankam?

Er könnte versuchen, die Wünsche seiner Großmutter zu umgehen, und nach Owl's Perch fahren, um Hannah zu sehen. Aber das könnte sich als schädlich für ihre künftige Beziehung erweisen und Hannah in große Schwierigkeiten bringen.

Pauls einzige Möglichkeit war es, seiner Großmutter Zeit zu lassen, um ihre Meinung zu ändern, bis sie ihm und Hannah wieder erlaubte, über ihre Adresse miteinander zu kommunizieren.

Mit pochendem Herzen faltete Hannah den Brief auseinander. Auf der ersten Seite sah sie ein mit Wasserfarben gemaltes Bild von einem Sonnenuntergang über einem Strand. Sie blätterte weiter zur zweiten Seite, wo in großer Handschrift die Anrede: „Liebling“ stand. Sie weigerte sich, sich jetzt schon geschlagen zu geben, und blätterte zur letzten Seite. Dort sah sie eine weitere Strandszene, aber aus der Vogelperspektive. Sie blätterte zur zweiten Seite zurück und las das Ende des Briefes: „In großer Liebe, Zabeth.“

Die Enttäuschung raubte Hannah die wenige Kraft, die sie besaß. Sie setzte sich auf die Bettkante und hielt den Brief auf ihrem Schoß. Ihre kurze Hoffnung, dass Paul ihr geschrieben haben könnte, und dass auf den geheimnisvollen Wegen der Liebe sein Brief irgendwie zu ihr gelangt war, erstarb. Es war ein kindischer Traum, ohne Grund oder Vernunft. Während sie diese erneute Enttäuschung verarbeitete, drängte sich ihr eine neue Frage auf: Wer war Zabeth, und war das überhaupt ein amischer Name?

Falls ja, dann hatte sie diesen Namen noch nie gehört. Ein Dutzend Fragen schossen ihr durch den Kopf: Wer war mit „Liebling“ gemeint? Warum war der Brief unter eine Schublade gesteckt worden? Und würden die Worte in diesem Brief irgendeinen Hinweis darauf geben, warum sie nichts von Paul hörte? Während sie stumm auf dem Bett saß, wurden die Fragen immer mehr, und ihr Wunsch nach Antworten wurde immer stärker.

Hannah stand auf und versteckte den Brief auf ihrem Rücken. Nachdem sie die Tür verriegelt hatte, kehrte sie zum Bett zurück und faltete den Brief auseinander.

Liebling,
es ist viel zu lange her, seit wir einander gesehen, miteinander gesprochen oder einander geschrieben haben. Ich bete dafür, dass du dich überwinden kannst, mir zu antworten, obwohl du dich für mich schämst.
Als wir noch sehr jung waren, traf ich meine Entscheidungen und du deine. Jetzt werden wir allmählich alt, und ich brauche niemanden, der mich verurteilt. Ich bezahle jeden Tag meines Lebens für meine Entscheidungen. Aber während ich mit dieser furchtbaren Krankheit kämpfe, muss unsere Trennung doch nicht noch weitergehen.
Wir sind Zwillinge. Wir waren miteinander im Leib unserer Mutter. Und früher hat uns eine so tiefe Liebe miteinander verbunden, dass wir genau wussten, was los war, bevor der andere ein Wort sagen

musste. Vielleicht musstest du aus dieser engen Beziehung ausbrechen und bist deshalb aus Ohio weggezogen und hast dich den Amischen in Pennsylvania angeschlossen.
Mein Leben unter dem Bann in den letzten zweieinhalb Jahrzehnten war sehr bitter. Wenn es für mich an der Zeit ist zu sterben, will ich nicht, dass du mit Bitterkeit gegen mich im Herzen zurückbleibst.

In großer Liebe,
Zabeth

Wie Hornissen, die im Spätherbst aufgeregt herumsurren, rasten Hannahs Gedanken hin und her, ohne irgendwo einen Ruhepunkt zu finden.

Wer ist „Liebling"?

Sie drehte jede Seite um und suchte nach einem Hinweis. Es gab keine, nicht einmal ein Datum irgendwo in dem Brief. Er konnte also sehr alt sein, obwohl es nicht so aussah.

Ihr Blick wanderte wieder zum Schluss des Briefes. Zabeth klang wie ein Frauenname. Auf der Suche nach irgendwelchen Hinweisen, an wen der Brief gerichtet sein könnte, blieb Hannah bei dem Wort *Ohio* hängen. Ihr Vater hatte in Ohio einige entfernte Verwandte, aber er hatte keine Schwester. Die meisten seiner Brüder lebten in der Gegend um Lancaster, wo seine Eltern begraben waren.

Man hatte ihr erzählt, dass ihre Großeltern, *Daadi* John und *Mammi* Martha, vor mehreren Generationen nach Lancaster gezogen seien. Egal, wer Zabeth also war, sie – oder er – war wahrscheinlich die Schwester oder der Bruder von Hannahs Großvater oder Großmutter.

Trotz der Enttäuschung hatten die wenigen Momente, in denen sie den Brief gelesen hatte, Hannahs tobenden Gefühlen eine angenehme Abwechslung gebracht. Aber ihre Aufmerksamkeit wurde nicht lang abgelenkt. Dazu wäre mehr nötig als etwas, das in die Jugendzeit ihrer Großeltern zurückreichte.

Sie kam zu dem Schluss, dass der Brief sie nichts anging und dass er sowieso uninteressant war, und steckte ihn dorthin zurück, woher sie ihn hatte. Allerdings achtete sie darauf, dass sie ihn dieses Mal besser versteckte. Aber als sie an diesem Abend ins Bett ging, ließ ihr ein quälender Gedanke keine Ruhe: Würde sie eines Tages einen Brief schreiben, in dem sie ihre Geschwister anflehte, ihr zu schreiben?

7

Luke legte das Geschirr über den Kopf der friedlichen Stute, dann steckte er ihr die Trense ins Maul und zog anschließend das Zaumzeug um ihren Kopf. Er befestigte die Metallschnallen, Lederriemen und die Zügel. Der Himmel zeigte sich an diesem Nachmittag Ende September in einem tiefen Blau mit dünnen Federwolken. Es war das perfekte Wetter, um mit dem Einspänner auszufahren. Da am letzten Sonntag Gottesdienst gewesen war, würde dieses Wochenende kein Gottesdienst stattfinden.

Während er die Deichsel des Einspänners mit den Riemen der Stute verband, wischte er sich seine verschwitzten Handflächen an seiner Hose ab und hoffte, er sähe nicht so nervös aus, wie er sich fühlte. Er bemühte sich schon seit fast fünf Monaten um Mary Yoder. Heute Abend nach dem Singen würde er sie bitten, ihn zu heiraten. Er hoffte, sie wäre bereit, alles zu tun, was nötig wäre, damit sie heiraten könnten.

Er warf die Lederriemen über den Rücken des Pferdes und zog den Schweif durch die losen Enden. Er erinnerte sich an das erste Mal, als er seinen ganzen Mut zusammengenommen und Mary gefragt hatte, ob er sie nach dem Singen nach Hause fahren dürfe. An jenem Tag hatte er vorher Stunden damit verbracht, seinen Einspänner auf Hochglanz zu polieren und die Stute zu striegeln. Er grinste, als er den Einspänner und das Pferd anschaute, das er für heute Abend herausgeputzt hatte. Er war heute nicht weniger nervös als damals.

Trotz Hannahs negativer Einstellung zu den Singabenden fand er, dass sie eine gute Gelegenheit waren. Alle aus der Gemeinde, die im heiratsfähigen Alter waren, kamen in einem Stall zusammen und sangen stundenlang Lieder. Einer oder zwei der älteren unverheirateten Leute stimmten die Lieder in einem schnelleren Tempo an, als sie im Gottesdienst gesungen wurden. Und obwohl immer der Bischof und einige Eltern da waren, waren die Singabende von Lachen und fröhlichen Witzen erfüllt. Manchmal wurden Worte verändert, um die ernsten Texte mit jugendlicher Lebensfreude zu erfüllen. Solange die Lieder respektvoll blieben, verbot der Bischof das nicht.

Junge Leute konnten sich bei den gemeinsamen Heimfahrten besser kennenlernen, ohne dass jemand irgendwelche Verpflichtungen einging. Wenn sie feststellten, dass sie nicht zusammenpassten, wurden niemandes Gefühle verletzt. Der Mann musste ein Mädchen kein zweites Mal nach Hause bringen, wenn er nicht wollte. Das Mädchen war nie verpflichtet, die Einladung eines jungen Mannes, von ihm nach Hause gefahren zu werden, anzunehmen.

Das war ein Bereich, in dem die Eltern sich nicht einmischten, nicht einmal mit Vorschlägen. Dafür sorgte der Bischof. Er sagte, Gott sei dafür verantwortlich, junge Menschen zusammenzuführen, nicht der Mensch.

In den Jahren, seit er zu den Singabenden ging, hatte Luke schon verschiedene Mädchen nach Hause gebracht. Aber Mary war die Einzige, um die er sich je wirklich bemüht hatte, die Einzige, bei der er darauf achtete, dass sie sich auch sonst manchmal sahen und nicht nur bei der Heimfahrt nach dem Singen. Jetzt nutzten sie jede Gelegenheit, zusammen zu sein, die sich ihnen bot, ohne dass ihre Eltern etwas davon bemerkten.

Falls sie sich entschied, ihn zu heiraten, würde das heißen, dass sie bereit sein müsste, ihr *Rumschpringe*, also die Zeit, in der ihr zusätzliche Freiheiten zugestanden wurden, aufzugeben, und sich der *Ordnung*, den schriftlich und mündlich festgelegten Regeln der Amischen, zu unterwerfen. Luke hegte nie einen Zweifel daran, dass sie diese Dinge irgendwann aufgeben würde. Er war nur nicht sicher, ob sie jetzt schon dazu bereit war. Falls sie planten, im nächsten Herbst zu heiraten, müsste Mary im Frühling anfangen, den Taufunterricht zu besuchen.

Er hatte sich schon vor eineinhalb Jahren entschieden, sich taufen zu lassen und damit in die amische Kirche einzutreten. Nach den Bestimmungen der *Ordnung* konnte er somit nur ein getauftes Gemeindemitglied heiraten.

Luke zog das Taschentuch aus seiner Tasche und verpasste den Ledersitzen eine letzte Politur.

Manchmal machte es Mary nach einem Singabend Spaß, seinen Einspänner zu lenken. Er hielt sich für einen liberalen Mann, und er genoss es, ihr hin und wieder die Zügel zu überlassen. Sein Vater würde bei dem Gedanken, dass eine Frau die Zügel in der Hand hatte, wenn ein Mann mit im Wagen saß, strafend die Stirn runzeln. Aber Luke sah das anders. Wenn Mary die Zügel ergriff, leuchteten aus ihren grünblauen Augen gleichzeitig begeisterte Aufregung und eine gewisse Unsicherheit. Sie redete sogar mit dem Pferd, um es dazu zu bringen, sich zu benehmen. Luke glaubte nicht, dass das Pferd sie verstehen konnte. Aber Mary verstand es sehr gut, ihre Ängste zu zähmen und das Pferd zu überreden, ihrem Willen zu gehorchen. Als einzige Tochter von zehn Geschwistern hatte Mary zu Hause nur sehr wenig Gelegenheit, einen Einspänner zu fahren.

Nachdem er das Tuch wieder in seine Tasche gesteckt hatte, stieg er in den Einspänner und setzte sich auf den Ledersitz. Er schaute zum Haus und dachte an Hannah. Etwas stimmte nicht mit ihr. Etwas stimmte überhaupt nicht. Sie war nicht mehr dieselbe, seit sie vor fast einem Monat auf dem Heimweg gestürzt war. Sie aß, sprach und arbeitete kaum etwas. *Daed* hatte ihr sogar erlaubt, seit jenem Unfall den Gottesdienst ausfallen zu lassen und auch vom gestrigen Arbeitseinsatz bei den Millers fernzubleiben.

Aber noch schlimmer als das alles war, dass Hannah in letzter Zeit überhaupt keinen Schwung mehr hatte. Sie hatte ihm keinen Kuchen gebacken und ihm nicht einmal kaltes Wasser gebracht, als er auf den Feldern gearbeitet hatte. Er lockerte die Zügel und schnalzte mit der Zunge. *Wunnerlich.* Das war wirklich sonderbar.

Hannah war zu erschöpft, um noch mehr arbeiten zu können, und sie wollte einfach nur schlafen. Deshalb lag sie auf ihrem Bett und hörte auf das Klappern der Pferdehufe, während immer noch Tageslicht durch ihr Fenster ins Zimmer strömte. Es tat ihr ein wenig leid, weil sie nicht mit Luke zum Singabend gefahren war. Ein paar lustige Stunden mit Mary hätten Hannah vielleicht geholfen, sich wieder besser zu fühlen. Aber sie wartete immer noch darauf, etwas von Paul zu hören. Ihre Brust zog sich vor Sorge, dass Sarah bei ihrer

Rückkehr von Mrs Waddell keinen Brief für sie dabeihaben könnte, schmerzlich zusammen.

Der Brief von Zabeth ging ihr immer wieder durch den Kopf. Ihre Eltern danach zu fragen kam nicht in Frage. Als Hannah noch sehr jung gewesen war, hatten sie das unmissverständlich klargestellt: Wenn ein Thema angesprochen werden sollte, sprächen die Eltern es beim Essen an. Wenn sie etwas nicht ansprachen, hatten ihre Kinder das auch nicht zu tun. Aber was war, wenn ihre Eltern den Brief verloren und ihn dann vergessen hatten? Hannah seufzte. Das war dumm. So etwas Wichtiges vergaß niemand …

Sie fuhr kerzengerade in die Höhe.

Pauls Geschenk! Das kleine Lederbuch. Hannah rieb sich die Stirn und versuchte einen klaren Kopf zu bekommen. Wo war es? Wann hatte sie es das letzte Mal gesehen?

Obwohl ihr schwindelig war, lief sie die Treppe hinab und suchte Halt am Treppengeländer. *„Mamm?"* Sie eilte durch das Wohnzimmer in die Küche. *„Mamm?"*

„Im Waschraum."

Hannah konnte die heisere und erschöpfte Stimme ihrer Mutter kaum erkennen, als sie im Türrahmen abrupt stehen blieb. Riesige Berge mit schmutziger Wäsche lagen in einer Ecke und waren mit einem Laken zugedeckt. Saubere, nasse Wäsche lag auf einem Stapel in der großen Zinkwanne. „Warum wäschst du so spät am Nachmittag noch Wäsche?"

Ihre Mutter drehte sich um und lächelte. „Oh, Hannah, es tut gut, dich wieder hier unten zu sehen." Ihre Mutter schaute sich im Raum um. „Wir werden ohne dich nicht so gut mit allem fertig." Sie flüsterte diese Worte, als würde *Daed* nicht sehen, wie schlecht es Hannah ging, wenn *Mamm* ihn nicht immer wieder daran erinnern würde.

„Ich hatte ein kleines Lederbuch in meiner Schürze …"

„Heute?" *Mamm* runzelte die Stirn.

„Nein. Als …" Hannah suchte nach den richtigen Worten.

Ihre Mutter hob einen Armvoll schmutziger Wäsche auf und warf sie in eine der kleineren Blechwannen. „Du meinst an dem letzten Tag, an dem du für Mrs Waddell gearbeitet hast?"

Hannah hatte Mühe, ihren Groll zu verbergen, als ihr bewusst wurde, wie selbstverständlich ihre Mutter mit jenem furchtbaren Abend inzwischen umging. „Ja. Ich hatte ein kleines Büchlein in meiner Rocktasche. Hast du es gesehen?“

Mamm betrachtete ihre Tochter und schob die Wanne mit der schmutzigen Wäsche in die Ecke. „Nein, ich habe kein Büchlein gesehen. Aber die Sachen, die du anhattest, wurden am Tag danach verbrannt.“

Verbrannt?

Hannah stürmte zur Seitentür hinaus und über die Wiese hinter dem Haus. Sie durchwühlte die kalte Asche in der Tonne, in der sie immer den Müll verbrannten, fand aber keine Reste von ihrem Kleid.

Es war Esthers Aufgabe, den Müll zu verbrennen. Vielleicht hatte sie das Buch gefunden und es irgendwohin gelegt. Hannahs Blick wanderte über den Hof und den Garten, wo sie ihre Schwester entdeckte, die gerade Salat erntete.

„Esther, kannst du bitte zu mir kommen?“

Esther ließ den kleinen Korb stehen und kam zu Hannah. Im Gehen wischte sie sich die schmutzigen Hände an ihrer schwarzen Schürze ab. „Geht es dir jetzt wieder besser?“

Hannah schüttelte den Kopf. „Meine Kleidung, die du verbrennen solltest, weißt du noch?“

Esther nickte.

„In der kleinen Tasche in meiner Schürze war ein kleines Lederbuch. Sag mir, dass du es hast.“

Esther zuckte die Achseln. „Das kann ich nicht. Wenn ich etwas gefunden hätte, hätte ich es dir gebracht.“ Esther rieb sich immer noch den Schmutz von den Händen und schnaubte: „Aber ich kann dir sagen, dass ich es satt habe, meine Arbeit und auch noch deine zu machen. Sarah geht es genauso. Und jetzt muss sie auch noch für Mrs Waddell arbeiten. Das ist nicht fair von dir.“

Ohne auf den gereizten Ton ihrer Schwester zu achten, ging Hannah auf die Knie und suchte den grasigen Boden rund um die Tonne herum ab. „Kann es vielleicht sein, dass das Buch aus der Tasche gefallen ist?“

„Ich wüsste nicht wie. *Daed* hatte deine Sachen zusammengerollt, als er sie mir gab. Ich habe sie über der Tonne auseinandergerollt, damit sie besser brennen. Ich weiß, wie ich meine Arbeit machen muss, Hannah." Esther stemmte die Hände in die Hüften. „Und deine inzwischen auch."

Hannah wollte die Hoffnung nicht aufgeben und suchte weiter nach dem fehlenden Buch, bis die dünne Haut, die sich über ihren Wunden gebildet hatte, schmerzte. Es hatte keinen Sinn. Das Buch war nirgends zu finden. Warum war sie wie eine Idiotin im Bett geblieben und hatte zugelassen, dass das Geschenk, das Paul ihr gegeben hatte, vernichtet wurde?

Sie wurde abrupt aus ihrer bitteren Enttäuschung gerissen, als sie Pferdehufe hörte. Sie richtete sich auf und sah, dass Levi und Sarah miteinander ohne Sattel auf einem Pferd angeritten kamen. Das Pferd trabte zum Stall. Hannah lief in dieselbe Richtung.

Levi blieb stehen, während seine Schwester vom Rücken des Braunen glitt. Sarah warf Hannah einen Umschlag zu. „Ich verstehe nicht, wie du freiwillig für Mrs Waddell arbeiten kannst! Sie ist die launischste Frau, mit der ich es je zu tun hatte. Ihrer Meinung nach habe ich heute den ganzen Tag überhaupt nichts richtig gemacht."

Hannah nahm den Umschlag und drückte ihn an ihre Brust. „Danke, Sarah. Vielen Dank." Eine unbeschreibliche Freude erfüllte Hannah, als sie so schnell wie möglich zum Seitenhof ging und den Umschlag aufriss. Aber darin lag kein Brief. Es war eine Karte mit einem Bild von einer Kirche mit einem weißen Kirchturm zwischen herbstlichen Bäumen mit goldenen, roten und gelben Blättern. Das war sonderbar. Da die Amischen ihre Gottesdienste abwechselnd in ihren Häusern abhielten, statt ein Kirchengebäude zu benutzen, hielt sie es für ziemlich unwahrscheinlich, dass Paul ihr eine solche Karte schickte.

Liebe Hannah,
es tut mir leid, dass es dir nicht gut geht. Und es tut mir leid, dass du nicht mehr zu mir zum Arbeiten kommst. Wir haben eine Abmachung: Ich werde dich besonders brauchen, wenn die Ferien kommen. Du musst deshalb mit deinem Vater sprechen, oder ich werde es tun.

Mit freundlichen Grüßen
Mrs Waddell

Hannah lief ins Haus und suchte Sarah. Sie fand sie im Waschraum bei ihrer Mutter. „Das war alles?“ Sie hielt ihrer Schwester die Karte vors Gesicht. „Das ist alles, was du mir mitgebracht hast?“

„Das siehst du doch.“ Sarah hob eine Zinkwanne hoch, die mit sauberer, nasser Wäsche gefüllt war. „Soll ich dir selbst den Brief schreiben, auf den du so sehnsüchtig wartest?“

Hannah starrte Sarah an. Dann warf sie einen Blick auf ihre Mutter und begriff, dass sie soeben viel zu viel verraten hatte.

Ihre Mutter seufzte und schien die neue Information über Hannah, die sie gerade erfahren hatte, nicht zu registrieren. „Hört auf, Mädchen. Das genügt. Ihr wärt gut beraten, wenn ihr euch an eure Erziehung und die Gebote, eure Zunge zu beherrschen, erinnert, bevor euer Vater die Rute benutzen muss.“

Sarah stellte die schwere Wanne auf den Boden. „Ich mache jetzt seit fast vier Wochen Hannahs Arbeit. Diese Mrs Waddell ist so bissig wie ein kalter Winterwind im Januar. Und dann kommt meine Schwester und motzt mich wegen etwas an, wofür ich nichts kann.“

Seit fast vier Wochen? War das möglich? Sarah übertrieb bestimmt. Es war unmöglich, dass schon fast ein ganzer Monat vergangen war.

„Ruhe.“ Die donnernde Stimme erfüllte den Raum. Alle drei Frauen drehten sich mit großen Augen zu Zeb Lapp herum. „Sarah“, schimpfte er. „Willst du dich beklagen?“ Seine Stimme war so laut, dass man sie wahrscheinlich noch auf dem nächsten Hof hören konnte. „Hat deine ältere Schwester nicht immer mehr als ihren Anteil an der Hausarbeit übernommen? Und jetzt, wo es ihr schlecht geht, quengelst du wie eine winselnde Katze.“

Dann drehte er sich zu Hannah um. „Und du! Habe ich dir nicht gesagt, dass du wieder anfangen sollst, deinen Teil der Arbeit zu übernehmen? Schau dir deine Mutter an. Sie ist völlig überarbeitet. Das Leben auf diesem Hof erfordert von jedem hier jeden Tag seine ganze Kraft. Bist du faul geworden wie die eitlen Leute, die kein Essen auf den Tisch bringen, obwohl die teuren Geschäfte den größten Teil des Kochens für sie schon erledigt haben?“

Er hob einen Finger und deutete auf Sarah. „Es war nicht Hannah, die dir aufgetragen hat, ihre Arbeiten zu übernehmen. Das war ich! Wie kannst du es wagen, dagegen zu murren? Wenn ich noch ein Wort höre, bringe ich dich zum Räucherhaus und lehre dich eine Lektion, die du so schnell nicht vergessen wirst. Hörst du mich?"

Hannah fragte sich, wie irgendjemand ihn nicht hören sollte. Sein Kopf war knallrot angelaufen, und ihm würde später, wenn sich sein Zorn gelegt hätte, bestimmt der Hals wehtun, weil er so laut schrie. Aber sie weigerte sich, sich zu entschuldigen. Sie bereute vieles, aber nicht, dass sie Sarah angefaucht hatte. Und sie würde in dieser Sache nicht lügen, nicht einmal, wenn sie deshalb ins Räucherhaus gehen müsste.

Sarah senkte den Kopf und konnte im Moment anscheinend niemanden anschauen. Sie zitterte so sehr, dass Hannah schon dachte, sie würde gleich in Ohnmacht fallen. „Es war falsch von mir. Bitte vergib mir."

Ihr Vater fuchtelte mit den Händen durch die Luft und grollte weiter: „Wenn ich die Früchte deiner Worte sehe, können wir über Vergebung sprechen. Jetzt lass die nasse Wäsche hier. Es hat keinen Sinn, sie kurz vor Einbruch der Nacht zum Trocknen aufzuhängen. Wir liegen mit wichtigeren Arbeiten als mit der Wäsche zurück. Wir haben für heute noch nicht genug Kartoffeln gegraben."

Er atmete lang und tief ein. „Sarah, hole deine Geschwister. Ihr geht alle und helft Levi, die heutigen Kartoffeln zu sortieren und die Körbe zu reinigen, damit wir morgen weitergraben können."

„Ja, *Daed*." Ohne den Kopf zu heben, ging Sarah zur Tür.

„Und merke dir meine Warnung, Sarah." Bei der polternden Stimme ihres Vaters zuckte *Mamm* zusammen. „Lass die Kleinen nicht aus den Augen. Und niemand geht ohne einen eurer älteren Brüder in die Nähe der Straße."

Sarah lief davon.

Hannah fragte sich, inwiefern ein pazifistischer Bruder schon helfen könnte. Was würde Levi tun, falls einer seiner Schwestern etwas Schlimmes passierte? Danebenstehen und den Bösewicht höflich bitten, sie in Ruhe zu lassen? Panik regte sich in ihr, aber sie biss sich auf die Zunge und begab sich zur Tür.

Ihr Vater schaute sie finster an. „Samuel ist aus seiner Hose hinausgewachsen. Bist du für heute mit dem Nähen fertig?"

Sie war durch den Brief von Zabeth, die Erkenntnis, dass sie das Sparbuch verloren hatte, und die Enttäuschung darüber, dass wieder ein Tag ohne einen Brief von Paul vergangen war, so abgelenkt gewesen, dass sie das Ziel dieses Tages völlig vergessen hatte. „Nein, *Daed*. Ich mache es gleich."

„Wir drei müssen reden, aber nicht jetzt. Auf uns wartet Arbeit."

Hannah graute vor dem, was ihr Vater ihr zu sagen hätte, aber sie nickte gefügig, bevor sie durch das Wohnzimmer lief und dann die Treppe hinaufeilte.

Luke schaute zu, wie die ganzen jungen Leute aus dem Stoltzfus-Stall strömten und zu ihren Einspännern schlenderten. Ihm taten die jungen Männer leid, die in der Hoffnung, ein Mädchen zu finden, zum Singen gekommen waren, aber jetzt wieder allein nach Hause fuhren. Vor ungefähr zwanzig Jahren war ein ganzer Schwung Jungen in der Gemeinde geboren worden. Das war ein großer Segen für alle Männer, die starke Hände brauchten, die auf den Familienhöfen mit anpackten. Aber jetzt, da es an der Zeit war, für sie alle Ehefrauen zu finden, war das Ungleichgewicht der Geschlechter ein Problem. Dadurch dass in jedem Haushalt so viele Männer waren, wurde es für die Eltern auch schwer, die jahrhundertealte Tradition aufrechtzuerhalten, ihren Söhnen ein Haus und genügend Land zu geben, wenn sie heirateten.

Mary stieg in Lukes Einspänner. Sie wartete keinen Moment, um zu sehen, wer in die anderen Einspänner stieg. Luke lächelte sie an und ergriff mit einem Augenzwinkern die Zügel.

Sie faltete die Hände auf ihrem Schoß. „Die Luft ist heute Abend so erfrischend. Der erste angenehme Abend seit Monaten, nicht wahr?"

Luke nickte Mary zu und befahl dem Pferd mit leiser Stimme: „*Kumm zerick.*" Das Pferd begann rückwärtszugehen. „Gut." Die Stute blieb stehen. Luke schnalzte mit der Zunge, und der Wagen bewegte sich mit einem Ruck nach vorne.

Der silberne Mondschein war das einzige Licht, das sie hatten. Mit einem Blick auf die vielen Einspänner mit nur einem einzigen Insassen murmelte er: „So viele junge Männer fahren allein nach Hause."

Mary seufzte und senkte den Blick auf ihre gefalteten Hände. „Ich habe gehört, dass die Millerzwillinge zu den Singabenden der Mennoniten gehen."

Die Pferdehufe klapperten auf der Teerstraße. „Wenn das ihrer Mutter zu Ohren kommt, werden sie das nicht mehr lang machen."

Die Eltern der Gemeinde zogen es vor, dass ihre Kinder sich innerhalb ihres Gemeindebezirks einen Ehepartner suchten, obwohl sie in diesem Punkt Zugeständnisse machten, wenn es unbedingt nötig sein sollte. Allerdings kam es in den Augen vieler Amischer einem Verrat gleich, wenn junge Leute mit der Lebensweise der Mennoniten liebäugelten. Viele respektierten ihre mennonitischen Nachbarn, aber sie wollten ihre Kinder nicht an sie verlieren. Lukes eigener Vater war von allen Leuten, die Luke kannte, in dieser Frage am unerbittlichsten. Kein Kind von Zeb Lapp würde jemals der *Alten Ordnung* den Rücken kehren. Keines.

Mary schüttelte den Kopf. „Die mennonitischen Mädchen würden mit einem der Millerzwillinge einen guten Fang machen. Aber ich kann nicht behaupten, dass mir ihre Vorstellung von züchtiger Kleidung gefällt. Die dünnen Stoffe, die sie benutzen, und die wenigen Falten, die sie einnähen, zeigen viel zu viel von ihrer Figur. Ist dir das nicht auch aufgefallen?"

Luke zog am linken Zügel und lenkte das Pferd damit in die Newberry Road. „Ich sollte so etwas lieber nicht zugeben, selbst wenn es mir aufgefallen wäre."

Mary lachte leise und stieß ihn mit dem Ellbogen in die Seite. „Deine Kusine Elizabeth findet, wir sollten unsere Kleider auch so nähen wie sie und auch einen solchen Stoff verwenden. Obwohl es eigentlich keine Rolle spielt, was wir meinen. Bischof Eli hat gesagt, dass es nicht richtig ist, sich so zu kleiden, und er hat das letzte Wort."

Als sie zu einem Stoppschild kamen, zog Luke die Zügel an. „Ich hatte gehofft, ich müsste dich heute Abend nicht gleich nach Hause bringen. Stört es dich, wenn wir langsam spazieren fahren und uns noch eine Weile unterhalten?"

Mary drehte sich ein wenig stärker zu ihm herum. „Nein, das stört mich nicht."

Als sie auf eine Schotterstraße einbogen, ließ Luke das Pferd langsamer gehen. Er hätte den Einspänner am liebsten ganz angehalten, damit sie sich unterhalten könnten, ohne die klappernden Pferdehufe und das Knirschen des Schotters unter den Rädern übertönen zu müssen. Aber falls jemand sie in einem stehenden Einspänner sähe, wäre er nicht von jedem Anschein der Sünde frei, wie er es bei seinem Eintritt in die Kirche versprochen hatte.

Während das Pferd weitertrabte, nahm Luke beide Zügel in eine Hand. Dann griff er mit der anderen nach Marys Hand. Sie zuckte zusammen und fuhr zurück. Luke sank der Mut.

Sie kicherte. „Du hast mich überrascht, Luke. Ich habe nicht erwartet …"

Luke ergriff wieder mit beiden Händen die Zügel. Mary streckte den Arm aus und legte ihre weichen, zierlichen Finger über seine. Sie legten ihre Hände auf den Sitz. Bei ihrer Berührung dachte er, das Pferd und der Wagen würden wie ein Heißluftballon über den Himmel schweben. „Ich mag dich sehr gern."

Sie betrachtete die Landschaft auf der von Luke abgewandten Seite. Einige quälende Momente später drehte sie sich um und schaute ihn an. „Mir geht es genauso."

„Weiß dein Vater, wer dich von den Singabenden nach Hause bringt?"

„Ich glaube nicht. Aber er ist viel besser gelaunt, seit er weiß, dass ich regelmäßig zum Singen gehe und meine Samstagabende nicht nutzlos bei den Englischen verbringe."

Wärme stieg in Lukes Nacken. „Er ist einfach froh, dass du dein *Rumschpringe* nicht mehr nutzt, um dich in die Stadt zu schleichen und englische Jungen zu treffen."

„Als hättest du dich nicht mit englischen Mädchen getroffen, als du dich noch nicht entschieden hattest, wo du deine Zukunft verbringen willst! Du hast sogar die eine oder andere geküsst, wenn die Gerüchte stimmen." Trotz ihrer Worte verriet Marys Miene, dass sie kein Problem mit seinen wilden Jugendjahren hatte.

Luke schluckte schwer und wünschte sich erneut, er wäre nie mit diesen englischen Mädchen ausgegangen. Er konnte Mary nicht sagen, dass er diese Mädchen nur zur Selbstbestätigung benutzt hatte. Es machte Spaß, die verbotene Grenze zu überschreiten und mit ein paar englischen Mädchen auszugehen. Aber er hatte sehr bald erkannt, dass ihm die nichtamischen Frauen nicht gefielen. Keine von ihnen. Sie waren nett und alles, aber er hatte mit ihnen einfach nicht viel gemeinsam. Sie wollten über Fernsehsendungen, Musik, Kinofilme und Computerspiele sprechen. Zu seiner Vorstellung von einem guten Gespräch gehörte zum Beispiel das Softballspiel auf der gemähten Wiese der Millers letzte Woche, aber die englischen Mädchen kannten niemanden von den Leuten, von denen er erzählte. Aber es war nicht nur das; es war einfach alles. Zwischen ihm und diesen modernen Mädchen stand eine Mauer, und er hatte beschlossen, dass er diese Mauer nicht einreißen wollte.

Sein Vater würde vor Wut toben, falls er erführe, dass Luke sein *Rumschpringe* nicht zu dem Zweck genutzt hatte, für das es eigentlich bestimmt war, nämlich, um eine amische Frau zu finden. Trotzdem hatte er in dieser Zeit, in der er von den üblichen Einschränkungen frei gewesen war, erkannt, dass er das strenge, einfache Leben seiner Vorväter führen wollte.

Das Klappern eines schnelleren Einspänners war hinter ihnen zu hören. Der Fahrer wartete anscheinend darauf, dass er Lukes langsamen Wagen überholen könnte. Luke war dankbar für die Ablenkung und zog am rechten Zügel, um das Pferd so weit wie möglich an den Straßenrand zu lenken.

Während er darauf wartete, dass der andere Wagen vorbeifuhr, fragte er sich, wie wohl Mary ihre Freiheit genutzt hatte. Hatte sie sich etwas aus einem englischen Jungen gemacht, bevor Luke angefangen hatte, sie von den Singabenden nach Hause zu bringen? Selbst jetzt, da sie neben ihm saß, regte sich ein deutlicher Ärger in ihm bei der Vorstellung, dass seine süße Mary sich in der Gesellschaft dieser eingebildeten, weltlichen, jungen Männer aufgehalten hatte.

Er wusste, dass Mary irgendwann in die Kirche eintreten würde, aber es konnte leicht sein, dass sie noch ein paar Jahre warten wollte. Sie genoss genauso wie Hannah die Freiheit, nicht ständig unter der wachsamen Beobachtung ihrer Eltern zu stehen. Als er sich überlegte, welche Indiskretionen Mary ihrer Mutter vor ihrer Taufe wohl beichten würde, umklammerte er die Zügel so fest, dass seine Hände fast taub wurden. Es gab schlimmere Dinge als das, was bei einer Beichte angesprochen werden konnte. Was wäre, wenn sie einen Teil ihres Herzens weggegeben hatte, einen Teil, den er nie besitzen würde? Das würde ihm für den Rest seiner Tage keine Ruhe lassen, egal, ob sie seine Frau würde oder nicht.

Mary stieß ihn leicht in die Seite. Als er sie anschaute, deutete sie mit dem Kopf zu dem Einspänner, der jetzt neben ihnen stand. Er drehte sich um. Matthew Esh hatte sein Tempo verlangsamt. Er fuhr allein nach Hause. Offenbar machte er ein paar Umwege, um sich die Zeit zu vertreiben. Luke hatte das auch zur Genüge getan, bevor er ein Mädchen gefunden hatte, mit dem er den Abend verbringen konnte.

Luke erwiderte Matthews Lächeln. „Ein schöner Abend für eine Spazierfahrt, *jah*?"

Matthew zog an den Zügeln, damit sein Pferd im gleichen Schritt wie Lukes Stute weitertrabte. „Allerdings. Ich dachte, dein Pferd würde lahmen, weil du so langsam fährst."

Luke schüttelte den Kopf. „Es ist eine schöne Nacht zum Spazierenfahren und Reden." Er zwinkerte Mary zu, dann drehte er sich wieder zu Matthew herum. „Aber nicht mit dir."

Matthews Lachen erfüllte die kühle Nachtluft. „Das kann ich mir denken. Ich bin auch nicht beleidigt, wenn du mir das so ehrlich sagst. Kommt Hannah denn überhaupt nicht mehr zum Singen?"

Luke überlegte, wie er ehrlich sein und doch nicht zu viel verraten könnte. Er antwortete: „Sie ist zurzeit meistens zu Hause."

Ein besorgter Blick zog über Matthews Gesicht. „Das ist hoffentlich eine gute Nachricht."

„Hoffentlich", erwiderte Luke achselzuckend.

„Also dann, noch einen schönen Abend." Matthew schnalzte mit der Zunge, und das spritzige Pferd trabte los.

Der Ledersitz quietschte, als Mary sich näher zu ihm vorbeugte. „Es gibt für die ganzen Männer in unserer Gemeinde sowieso schon nicht genug Mädchen. Hannah sollte sich nicht zu Hause verkriechen. Dadurch ist sie unerreichbar."

Luke ließ die Zügel auf dem Pferderücken schnalzen und richtete den Blick auf die Straße. „Geht es dir genauso?"

Aus dem Augenwinkel sah er, wie sie ihr Kinn hob, aber sie gab ihm keine Antwort. Manchmal hatten sie und Hannah für seinen Geschmack zu viel Ähnlichkeit. Er hasste es, wenn Hannah so das Kinn hob und schwieg. „Mary Yoder, wenn du die Zügel übernehmen willst, solltest du mir eine Antwort geben." Er hielt ihr die Zügel hin.

Sie lächelte triumphierend und nahm sie ihm aus der Hand. Ihr Körper spannte sich vor Erregung und Nervosität an. „Ich kann das, *jah*?"

Luke lehnte sich zurück und genoss ihre Begeisterung. „Du schaffst das immer, auch wenn du jedes Mal in Panik gerätst."

Sie bewegte den Kopf von einer Seite zur anderen. „Mir tun davon die Schultern weh."

Luke wagte es, die Hände auf ihre Schultern zu legen und sie sanft zu massieren. „Das kommt daher, weil du dich so verkrampfst. Die Stute ist alt und gut erzogen. Entspanne dich einfach."

Mary fuchtelte nervös mit den Zügeln herum und sah aus, als würde sie aus dem Wagen springen, wenn das Pferd auch nur mit dem Schweif ausschlüge.

„Also gut, jetzt solltest du lieber anfangen, mit mir zu sprechen. Sonst nehme ich dir die Zügel wieder ab." Als sie einen kurzen Blick in seine Richtung warf, lächelte er. „Spuck es aus, Mary Yoder."

„Druwwel", murmelte sie.

Luke beugte sich mit gespielter Unschuldsmiene vor. „Schwierigkeiten? Ich?"

„Nein, das Pferd", grinste Mary.

Er beugte sich nahe zu ihrem Ohr vor und flüsterte: „Wir haben eine Abmachung."

„Schon gut. Gib mir doch wenigstens Zeit, um in Ruhe nachzudenken." Sie lenkte das Pferd und den Wagen auf einen schmalen Weg.

Er atmete den Duft des frisch geschnittenen Heus ein. Es war das letzte Heu für dieses Jahr. Seine Nervosität verflog in Mary Yoders Nähe. Sie hatte eine wunderbare Art, bei der er sich jedes Mal, wenn sie zusammen waren, neu in das Leben verliebte.

Sie fuhr auf dem schmalen Weg weiter und blieb unter einem riesigen Baum hinter dem Hof der Knepps stehen. „Hast du etwas dagegen?"

Ob er etwas dagegen hatte, wenn sie hier stehen blieben? Sie machte wohl Witze! „Du hast angehalten, nicht ich. Wenn uns jemand sieht, plädiere ich auf nicht schuldig."

Sie schaute ihn mit einem Kopfschütteln an, aber ihr Kichern verriet ihm, dass sie nicht im Geringsten verärgert war. Sie wickelte die Zügel um den kurzen Metallpfosten vor ihnen im Wagen und rutschte auf die Sitzkante vor. Ihre Finger begannen, mit den Zügeln zu spielen. „Als ich meine Freiheit genoss, lernte ich Dinge, die ich nicht kannte, und erlebte ich Dinge, die mir verboten sein werden, wenn ich in die Kirche eintrete."

Luke wurde nervös und drängte weiter: „Was hast du erlebt?"

„Na ja, einmal bin ich abends mit Ina in ein Restaurant essen gegangen. Und ich hatte ein rotes Seidenkleid an, das meine Knie zeigte."

Dass sie sich einmal so angezogen hatte, konnte er gern akzeptieren. Und es überraschte ihn nicht, dass sie es als große Freiheit betrachtete, in einem Restaurant zu essen. Wenn er zu Hause neun Brüder hätte, für die er kochen und waschen müsste, wäre es für ihn wahrscheinlich auch eines der ersten Dinge gewesen, auswärts zu essen. Mary hatte nie ein Hehl daraus gemacht, dass sie Ina mochte, das englische Mädchen, deren Eltern das Musikgeschäft gehörte, in dem Mary arbeitete. Diese Arbeit wäre ihr verboten, wenn sie in die Kirche eintrat.

Luke nahm seinen Hut ab und hielt ihn einen Moment in den Händen, um seine Ängste zu verbergen. „Das kann nicht alles sein, wozu du deine Freiheit genutzt hast."

Sie wischte eine Mücke aus ihrem Gesicht und sprach weiter. „Ein anderes Mal habe ich mir einen Badeanzug gekauft und bin in Inas Swimmingpool geschwommen. Er ist in ihrem Garten hinter dem Haus. Wir schwammen bis nach Mitternacht. Das werde ich nie vergessen."

Da er sich ohne seinen Hut nackt fühlte, setzte Luke ihn wieder fest auf seinen Kopf. „Nur ihr beide?"

„Oh nein. Es waren mindestens zehn Mädchen da. Wir lachten über alle möglichen Albernheiten, bis ich Seitenstechen bekam."

Luke zog eine Augenbraue hoch. „Nur Mädchen?"

„Luke Lapp, willst du damit fragen, ob ich mit Jungen schwimmen gegangen bin?"

Er schaute ihr in die Augen und war fest entschlossen, die Dinge, die ihn beschäftigten, beim Namen zu nennen. „Ehrlich gesagt, habe ich daran gedacht."

„Ich würde nie …" Sie schaute ihn böse an. „Wenn ich dich nicht so sehr mögen würde, würde ich sofort aus diesem Wagen aussteigen und zu Fuß nach Hause gehen."

Ein albernes Lächeln zog sich über sein Gesicht, das er beim besten Willen nicht verhindern konnte. „Wie gern?"

„Luke!"

Er war sicher, dass dies die Gelegenheit war, auf die er gewartet hatte, und wurde ernst. „So gern, dass du dich im Frühling taufen lässt, dass du dich im Oktober verlobst und in der Hochzeitssaison im nächsten Winter heiratest?"

Sie schaute ihn sprachlos an. Luke wusste nicht, was sie dachte. Aber wenige Sekunden später funkelten ihre grünblauen Augen vergnügt. „Fragst du das, weil du neugierig bist, oder weil du derjenige sein willst, mit dem ich mich verlobe?"

„Hast du einen anderen im Sinn?"

Sie kicherte und schnaubte gleichzeitig. „Beantworte meine Frage, bevor du noch mehr Fragen stellst."

Er bemühte sich nach Kräften, einen klaren Kopf zu behalten und atmete tief ein. „Ich frage das, weil ich mir auf der ganzen Welt keine bessere Frau als dich vorstellen kann."

Kaum hatte er diese Worte ausgesprochen, als Mary die Arme um seinen Hals warf. „Oh, Luke, als du anfingst, mich nach dem Singen nach Hause zu fahren, war ich sicher, du würdest das nur tun, weil Hannah und ich gute Freundinnen sind. Als ich mich in dich verliebte, hatte ich Angst, du würdest meine Gefühle nicht erwidern."

Sein Herz schlug vor Freude Purzelbäume, als er sie fest an sich drückte. Langsam zog er den Kopf zurück und beugte sich vor, um sie auf die Lippen zu küssen.

Sie drückte die Hände auf seine Brust und schob ihn zurück. „Es wird nicht auf den Mund geküsst, solange wir nicht verheiratet sind."

Seine Muskeln schmerzten von dem breiten Grinsen auf seinem Gesicht. „Ist das eine neue Regel?"

Sie gab ihm einen Kuss auf die Wange. „Das ist der erste Kuss, den ich je einem jungen Mann gab, der nicht mein Bruder ist."

„Das heißt also, dass du *alte* Männer küsst?"

Mary nahm einen der baumelnden Zügel von dem Pfosten und schlug ihn verspielt damit. Luke legte beide Hände um ihr zartes

Gesicht. „Ich bin so stolz auf dich. Ich … ich wünschte, ich könnte dir das gleiche Geschenk machen, dass ich noch niemanden geküsst habe."

Ihre Verspieltheit verschwand schlagartig. Sie ließ den Lederzügel los. „Luke, ich erinnere mich an den Tag, an dem du in die Kirche eingetreten bist. Obwohl du es nicht gesagt hast, wusste ich, dass deine Zeit bei den Englischen dir nichts als Traurigkeit beschert hatte. Ich habe dir an jenem Tag vergeben, denn ich wusste schon damals, dass ich dich heiraten würde, sobald du mich darum bitten würdest. Jetzt reden wir nicht mehr davon. Nie wieder."

Luke fühlte sich geliebt und gesegnet. Er küsste sie auf die Wange. Am liebsten hätte er sie auf der Stelle geheiratet und nicht gewartet, bis die Ernte im nächsten Herbst vorbei wäre. Aber in der Amischgemeinschaft herrschten andere Regeln. Er plusterte seinen Brustkorb auf, eine dumme Reaktion, die als stolz und sündig verurteilt werden könnte, falls es bestimmte Leute aus der Gemeinde sähen. „Mir war nicht bewusst, dass ich so begehrt bin, dass Mary Yoder schon mit fünfzehn Jahren bereit gewesen wäre, mich zu heiraten."

Sie schlug ihm den Hut vom Kopf.

„Mary!" Luke hob seinen Hut vom Boden des Wagens auf und hätte gute Lust gehabt, sie zu kitzeln. „Das gehört sich nicht."

Sie tat seine Schelte mit einem belustigen Zungenschnalzen ab. Der Wagen fuhr mit einem Ruck an, da das Pferd das Schnalzen als Aufforderung zu traben verstanden hatte. Sie brachen beide in ein fröhliches Gelächter aus.

„Du solltest lieber die Zügel nehmen und lenken, Mary."

„Nein. Ich habe für heute genug davon, diesen Wagen zu lenken."

Das Pferd trabte unbeirrt weiter, obwohl keiner von ihnen die Zügel ergriff. Sie lachten und scherzten, weigerten sich aber beide nachzugeben. Das Pferd lief weiter, verließ den schmalen Weg und steuerte direkt auf die Stelle zu, an der der Seitenweg in die Hauptstraße mündete, und lief geradewegs auf die Straße. Als es auf der gegenüberliegenden Straßenseite vor dem Straßengraben ankam, blieb es stehen. Luke und Mary schauten einander an und lachten.

In diesem Moment tauchte oben auf der Kuppe aus der Dunkelheit das Scheinwerferlicht eines Autos auf. Luke griff nach den Zügeln, aber sie waren fest um den Pfosten gebunden. Schnell stand er auf und griff nach den Zügeln auf dem Rücken des Pferdes.

Das Scheinwerferlicht blendete ihn.

Mary schrie.

Kapitel 8

Hannah faltete die Hosen und Hemden zusammen, die sie für Samuel genäht hatte, und legte sie oben auf *Mamms* Kommode. Durch die offenen Fenster hörte sie, dass unten Leute waren. Die hintere Mückengittertür ging quietschend auf und wurde dann wieder zugeschlagen. Sie erkannte die schweren, kräftigen Schritte, die ins Haus traten, als die ihres Vaters.

Er war über zwei Stunden im Stall gewesen, und so wie es sich anhörte, war er ohne ihre Geschwister zurückgekommen. Er war anscheinend bereit zu diesem Gespräch zu dritt, von dem er vorher gesprochen hatte. Hannah schlich langsam die Treppe hinab. Als sie schon halb unten war, hörte sie, wie ihre Mutter flüsterte. Hannah blieb abrupt stehen.

„Zeb, ich kann es nicht ertragen, dich so zu sehen. Ich weiß, dass ich mit deinen Bedingungen einverstanden war, als wir heirateten, aber es ist vierundzwanzig Jahre her, und ich habe meine Meinung geändert."

Hannah hielt den Atem an, um die geflüsterten Worte ihrer Eltern zu verstehen.

„Es geht doch nicht darum, dass *du* deine Meinung geändert hast, Ruth. Du willst, dass *ich* meine Meinung ändere. Du siehst nicht, wie gefährlich das ist. Zabeth hat die Wurzeln einer ganzen Familie zerstört. Ich musste mehrere hundert Kilometer weit wegziehen, um wenigstens ein wenig Frieden zu finden. Sie war der Grund dafür, dass meine beiden Eltern früh starben. Wenn wir nicht aufpassen ..."

Seine Stimme wurde leiser, und Hannah konnte seine Worte nicht mehr verstehen. War es möglich, dass ihr Vater und Zabeth die Zwillinge waren, von denen sie in dem Brief gelesen hatte? Etwas an dieser Vorstellung klang verlockend. Vielleicht besaß ihr Vater eine Tiefe, von der sie bisher keine Ahnung gehabt hatte.

Selbst wenn *Daed* und Zabeth nur Geschwister und nicht Zwillinge wären, hatte Hannah eine Tante väterlicherseits – eine Tante, über die keiner von *Daeds* Brüdern je ein Wort verlor, wenn sie zu Besuch kamen. Sie kamen nicht oft aus Lancaster, nicht einmal alle paar Jahre. Was noch seltsamer war: Hannahs Familie besuchte sie niemals. *Daed* sagte, sie könnten den Hof nicht so lang allein lassen, um seine Brüder zu besuchen. Die Milchkühe mussten zweimal am Tag gemolken werden. Ohne Ausnahme. Aber insgeheim stellte Hannah diese Erklärung in Frage. Andere Milchbauern stellten Leute an und fuhren weg.

Das heisere Flüstern ihrer Mutter riss sie aus ihren Gedanken. „Zeb, du glaubst doch nicht, Zabeth würde auftauchen und versuchen …"

„Ich weiß es nicht, Ruth." *Daed* klang aufgewühlt und verwirrt. Eine Welle des Mitgefühls durchflutete Hannah, bevor die Stimme ihres Vaters lauter wurde. „Aber ich werde nicht zulassen, dass Zabeths rebellischer Einfluss in unser Haus einzieht, besonders bei dem, was mit Hannah los ist. Wir müssen eine Einheit bleiben."

Seine Stimme wurde wieder leiser, sodass Hannah überhaupt nichts mehr hören konnte. Vielleicht stand in dem Brief mehr, als ihr bewusst gewesen war. Sie schlich auf Zehenspitzen wieder die Treppe zum Schlafzimmer ihrer Eltern hinauf. Dort zog sie die untere Schublade aus der Schiene und stellte sie neben sich. Die Gaslampe warf mehr Schatten als Licht. Sie fuhr mit den Händen in den Schrank. Als sie etwas aus Papier ertastete, das dünner war als ein Brief, zog sie es heraus. Ein leerer Umschlag. Er gehörte sicher zu dem Brief, den sie vorher gelesen hatte. Sie hielt ihn so in die Höhe, dass das Lampenlicht auf die Buchstaben fiel, um lesen zu können, was darauf stand.

Der Brief war an ihren Vater adressiert. Der Absender bestand nur aus einem einzigen Namen: Bender. Das war ein amischer Nachname. Trotzdem vermutete sie, dass er auch jemandem gehören konnte, der nicht amisch war. Die Adresse lautete: 4201 Hanover Place, Winding Creek, Ohio. Ein warmes, entspanntes Gefühl breitete sich in Hannah aus.

„Hannah?", rief ihr Vater von unten. Seiner Stimme fehlte die Anspannung, die sie noch wenige Sekunden vorher darin gehört hatte.

Hannah versteckte den Umschlag hinter ihrem Rücken und eilte zum oberen Treppenabsatz. „Ja, *Daed.*" Ihre Stimme zitterte und drohte sie zu verraten.

Er winkte ihr, ihm zu folgen.

„Ich komme gleich." Ohne ihm eine Gelegenheit zu geben, ihr etwas anderes zu befehlen, eilte sie ins Schlafzimmer ihrer Eltern zurück und schob den Umschlag wieder in sein Versteck. Nachdem sie die Schublade wieder so leise wie möglich auf die Schienen geschoben hatte, drehte sie die Gaslampe aus.

Mit pochendem Herzen ging sie die Treppe hinab und in die Küche.

Ihr Vater deutete mit der Hand zum Kühlschrank, bevor er seinen Platz an der Stirnseite des Tisches einnahm. Mit eiligen Bewegungen nahm *Mamm* ein Glas und schenkte ihm kalte Limonade ein. Hannah ging auf die andere Seite des Tisches und setzte sich. Sobald ihr Vater sein Glas in der Hand hatte, wurden die Bewegungen ihrer Mutter langsamer, und sie setzte sich neben ihn. Die Frauen saßen schweigend da, während er an seinem kühlen Getränk nippte, wobei das Runzeln nie von seiner Stirn wich.

Die Petroleumlampe flackerte. Sie musste nachgefüllt werden. Auch in dem fahlen, flackernden Licht sah ihr Vater erschöpft aus. Neue Schuldgefühle legten sich auf Hannah. Auch er lag ihretwegen mit seiner Arbeit zurück. Außerdem herrschte zurzeit in ihrer Familie eine Anspannung, die sie nie zuvor erlebt hatte. Sie hatte keine Ahnung, ob das an den neuen Regeln lag – dass ihre Schwestern nicht allein auf die Straße gehen durften und ihre jüngeren Geschwister immer eine Aufsicht brauchten –, oder ob es daran lag, dass Hannah nicht ihre gewohnte Arbeit leistete, oder ob es auf die Anspannung durch ihre geheimnisvolle Tante zurückzuführen war. Aber die ganze Familie schien unter einer nicht ausgesprochenen, unerträglichen Last zu leiden.

Schließlich stellte er das leere Glas auf den Holztisch und nahm seinen Strohhut ab. „Als ich heute auf dem Kartoffelacker war, kam der Bischof vorbei. Er wollte nachschauen, ob bei uns alles in Ordnung ist."

Hannah stockte der Atem. Die Flamme der Lampe zischte und wurde immer schwächer und erlosch fast, als das letzte Öl am Docht verbrannte. Wenn Bischof Eli nach einer Familie schaute, bedeutete das gewöhnlich, dass er den Verdacht hatte, jemand in der Familie brauche eventuell eine Korrektur. Das konnte bedeuten, dass ihr Vater von den Gemeindeältesten ausführlich befragt würde. Sie war immer der Meinung, der Bischof komme nur zu Besuch, um alles auszuspionieren, aber ihr Vater betrachtete seine Besuche als wichtigen Teil, der dazu beitrug, sich unter eine höhere Autorität zu beugen und demütig zu bleiben.

Mamm beugte sich zu ihrem Mann vor. *„Was denkscht?"*

Hannah fragte sich auch, was ihr Vater wohl dachte. Sie warteten beide darauf, dass das Haupt der Familie die Frage, die ihnen unter den Nägeln brannte, beantwortete.

„Er wollte wissen, warum Hannah von zwei Gottesdiensten und dem Arbeitseinsatz ferngeblieben ist, und warum sie nicht auf dem Acker war und mit mir gearbeitet hat."

Eine besorgte Miene überschattete das Gesicht ihrer Mutter. „Was hast du gesagt?"

„Ich habe ihm die Wahrheit gesagt. Ich habe ihm erklärt, dass Hannahs Verhalten nichts mit Rebellion zu tun hat, und dass alle meine Kinder gehorsam und respektvoll sind."

„Gut." Ihre Mutter atmete erleichtert aus. Das Ticken der Wohnzimmeruhr hallte in einem gleichmäßigen Rhythmus durch das stille Haus, während alle drei schweigend am Tisch saßen.

Trotz ihrer Erziehung wollte Hannah gegen dieses Spiel protestieren. Ihr Vater sagte immer die Wahrheit und andererseits doch wieder nicht. Das machte sie wahnsinnig. Warum konnte er dem Bischof nicht einfach sagen, dass es ihn nichts anging, was Hannah machte? Sie war kein getauftes Kirchenmitglied. Der Bischof hatte über die jungen Erwachsenen, die sich noch nicht der *Ordnung* untergeordnet hatten, nur eine begrenzte Gewalt. Also benutzte er seine Macht, die er über die Getauften – die Eltern – hatte, da er genau wusste, dass nur wenige junge Leute ihrer *Mamm* oder ihrem *Daed* Schwierigkeiten bereiten wollten, selbst wenn sie in bestimmten Fragen anderer Meinung waren als die Kirche.

Mamm stand auf und holte eine volle Petroleumlampe aus der Speisekammer. Sie stellte sie auf den Tisch und zündete sie an, sobald die andere Lampe ausging.

Ihr Vater faltete die Hände und legte sie auf den Tisch. „Ich habe ihm gesagt, wenn es etwas gäbe, das ich ihm mitteilen müsste, würde ich damit sofort zu ihm kommen. Ich habe nur noch nicht entschieden, ob das Unaussprechliche gemeldet werden sollte oder nicht. Es gibt keine Regeln, die dazu etwas sagen. Trotzdem frage ich mich, ob es nicht vielleicht am besten wäre, es ihm einfach zu sagen und ihm die Entscheidung zu überlassen, was das Richtige ist."

Hannah stand auf. „*Daed*, ich finde, das sollte unter uns drei bleiben. Das hast du selbst gesagt an dem Abend, an dem ich ... an dem Abend, an dem ich nach Hause kam."

Seine Hand schlug hart auf den Tisch. „Versuch nicht, mich durcheinanderzubringen, Hannah. Ich versuche, das zu tun, was richtig ist. Bringst du denn überhaupt keinen Respekt vor meiner Stellung oder vor dem Bischof auf?"

Ihr Brustkorb zog sich zusammen, und ihr Herzschlag nahm ein irrsinniges Tempo an. Es fiel ihr schwer zu atmen, und sie stürmte hinaus.

Die kühle Nachtluft brachte ihr keine Erleichterung. Sie schaute zum Stall, durch dessen Fenster das Licht der Petroleumlampen fiel. Ihre Geschwister waren immer noch bei der Arbeit und bemühten sich, ihre fehlende Arbeitskraft zu kompensieren.

Irgendwo in nicht allzu weiter Ferne durchschnitt ein langes Hupen die Stille der Nacht.

Ein furchtbarer Lärm erfüllte die Luft und weckte Luke. Er bemühte sich, die Augen aufzuschlagen. Ein durchbohrender Schmerz lief seinen rechten Arm hinauf und seinen Rücken hinab. Wo war er? Und woher kamen diese furchtbaren Schmerzen? Er zwang sich, seine Augen zu öffnen, und schaute zum dunklen Himmel hinauf, an dem die Sterne funkelten und der Neumond schien. Er lag auf einer feuchten Wiese, aber warum? Und woher kam dieser ohrenbetäubende Lärm?

Er drehte sich auf die Seite und schob sich vom feuchten Gras hoch, aber nur ein Arm war ihm dabei eine Hilfe; der andere hing leblos und mit furchtbaren Schmerzen an seiner Seite. Während er sich mühsam auf die Beine rappelte, wurden ihm Bruchstücke dessen, was geschehen war, bewusst. Er fuhr herum und schaute über das freie Feld, auf dem er gelandet war. Er konnte Mary nicht sehen. Er kniff die Augen zusammen und konzentrierte seine Aufmerksamkeit auf den Einspänner, der ungefähr zehn Meter von ihm entfernt war. Ein Schmerz, der alles übertraf, was er je erlebt hatte, pochte in seinem Kopf, in seinem rechten Arm und in seinem Rücken. Er kümmerte sich nicht darum. Er musste Mary finden.

Ein Auto mit eingeschalteten Scheinwerfern war mit dem offenen Einspänner zusammengestoßen. Die Wucht des Aufpralls musste Luke aus dem Wagen geworfen haben. Vielleicht war Mary auch aus dem Wagen geschleudert worden.

Luke krümmte sich vor Panik und torkelte zu dem Auto. „Mary! Mary!" Wenn es ihm gelänge, diesen ohrenbetäubenden Lärm auszuschalten, könnte sie ihn vielleicht hören. Er schaute sich mit verschwommenem Blick um und taumelte über das freie Feld auf die Straße zu. Als er näher kam, sah er, dass die Scheinwerfer seinen umgestürzten Einspänner anstrahlten. Seine Schmerzen verschwanden und eine große Panik erfasste ihn. Mit seinen langen Beinen stieg er über den Stacheldrahtzaun und zog dann sein zweites Bein nach. Er bemühte sich, das Gleichgewicht zu halten, fiel aber auf der anderen Seite in den Graben.

„Mary! Wo bist du?" Er zog sich auf die Beine. Das Pferd lag auf der Seite. Es schlug um sich und wieherte vor Schmerzen. Trotz des Scheinwerferlichts konnte er Mary nicht finden. Zum ersten Mal in seinem Leben sehnte er sich danach, ein Gebet aus tiefstem Herzen zu sprechen, ein Flehen aus seiner Seele zu Gott zu schicken. Plötzlich begriff er, dass er nicht wusste, wie er jetzt beten sollte. Er kannte nur die Standardgebete aus der *Christenpflicht*.

Oh Herr, Gott, himmlischer Vater, segne uns mit diesen deinen Gaben, die wir … Die auswendig gelernten Wörter schossen ihm durch den Kopf. Er verdrängte die liturgischen Gebete, die ihm einfielen, und versuchte, ein passenderes Gebet zu finden. Aber er fand keines. Nie in seinem Leben hatte er etwas anderes als die vorformulierten Gebete benutzt. Er brauchte reale Hilfe, und er brauchte einen realen Gott, der ihn hörte. Jetzt.

Luke schaute zum Himmel hinauf. „Gott, bitte." Er schämte sich. Wie konnte er es wagen zu glauben, er hätte das Recht, den Kopf zum Himmel zu erheben und so ehrlich mit dem Herrn über Himmel und Erde zu sprechen?

Er warf einen Blick auf das, was von dem umgekippten Einspänner übrig war. Seine Beine wollten unter ihm nachgeben. Er landete auf den Knien. „Bitte, Vater, wenn es dein Wille ist, bitte hilf uns."

Eine warme Gänsehaut durchflutete seinen Körper, ähnlich wie vorher, als Mary ihn berührt hatte, aber dieses Mal war es stärker, mehr ...

Er schaute zum dunklen Himmel mit seinen glitzernden, weißen Sternen und der winzigen Mondsichel hinauf.

Ein starker Wunsch, die Stute zu befreien, erfüllte ihn. Mit neuer Kraft rappelte er sich auf die Beine und ging zu seinem Pferd. Im Licht der zwei Autoscheinwerfer sah Luke die Panik in den heraustretenden Augen des Tieres. Die Hufabdrücke in der weichen Erde und das abgerissene Gras in dem Graben verrieten, dass die Stute vergeblich versucht hatte, sich aufzurichten. Sie hatte klaffende Wunden an den Stellen, an denen die Deichseln des Einspänners sich in ihre Flanken gebohrt hatten, als er durch den Aufprall des Autos nach vorne geschoben worden war.

„Ruhig, alte Bess, ruhig. *Begreiflich, alt Gaul. Langsam un begreiflich.*" Luke murmelte nichtssagende Phrasen, während er mit seiner unverletzten Hand die Lederriemen von der Deichsel entfernte. Dann zog Luke vorsichtig an den Zügeln und redete besänftigend auf sie ein, bis sie endlich auf ihren Beinen stand. Die alte Bess warf den Kopf zum Himmel und galoppierte davon.

Luke lief zum Auto. Auf dem Fahrersitz sah er einen Mann, der über dem Lenkrad zusammengesackt war. „Mister?" Der Mann antwortete nicht. Luke beugte sich hinein und zog den Mann vom Lenkrad zurück. Der ohrenbetäubende Lärm erstarb.

Einen Moment später glaubte Luke, ein leises Stöhnen von der anderen Seite des Einspänners zu hören. „Mary?" Er lief auf das Geräusch zu. Als er die andere Seite des Wagens erreichte, die von den Scheinwerfern nicht beleuchtet wurde, sah er Marys Körper, der darunter eingeklemmt war. Er begriff, dass das Pferd den Wagen hin- und hergezerrt hatte, während Mary die ganze Zeit darunter gelegen war. Wie seltsam, dass es ihm so wichtig gewesen war, das Pferd zu befreien, bevor er irgendetwas anderes getan hatte.

Luke ergriff die Seiten des Wagens. Ein starker Schmerz durchbohrte ihn, und er fiel auf die Knie. In seinem rechten Arm hatte er keine Kraft. Außerdem hatte er das Gefühl, der Arm raube seinem ganzen übrigen Körper die Kraft.

Er taumelte wieder auf seine Beine und versuchte zu denken. Der umgestürzte Einspänner lag eingekeilt im Straßengraben, sodass sowohl die Hebelkraft als auch die Erdanziehungskraft gegen ihn arbeiteten. Er ging in die Hocke und lehnte seine linke Schulter unter die Seite der Kutsche und schob mit aller Kraft, die er aufbringen konnte. Der Wagen rührte sich nicht von der Stelle. Luke war zu schwach, um das Gewicht in die Höhe zu heben.

Mary stöhnte. „Luke."

Er drehte sich um und sah, dass sie die Hand nach ihm ausstreckte. Er kniete nieder und schob das hohe Gras um ihr Gesicht weg. „Halte durch. Ich hole Hilfe."

Sein Blick wanderte suchend über die Felder und Straßen. Der Unfall war so weit entfernt von den Hauptstraßen passiert, dass niemand den Zusammenstoß gehört oder gesehen haben konnte. Und niemand würde ihn und Mary in den nächsten Stunden vermissen.

Eine sanfte Berührung an seinem Bein lenkte seine Aufmerksamkeit wieder auf Mary. „Hör mir zu." Ihre schwache Stimme trieb ihm Tränen in die Augen. Er beugte sich näher vor, und sie berührte sein Gesicht. „Ich liebe dich, solange ich zurückdenken kann, Luke. Wir hätten eine gute Familie gebildet, *jah*?"

„Mary, rede nicht so. Wir *werden* eine gute Familie bilden. Du wirst schon sehen. Ich …" Luke wollte ihr versprechen, dass sie am Leben bleiben würde und dass alles gut werden würde, aber er war klug genug, diese Grenze nicht zu überschreiten. Es lag nicht in seiner Macht, solche Dinge geschehen zu lassen.

Sie streichelte sein Gesicht und flüsterte. „Vergiss nie, dass du der beste Mann bist, den ein Mädchen finden kann. Du wirst eine andere finden."

„Nein. Hörst du mich? Ich sagte nein!"

Ihre Hand fiel von seinem Gesicht, und sie schloss die Augen. Er umklammerte ihre Hand. Sie fühlte sich leblos und kalt an.

„Mary?" Er streichelte ihre Wange. Sie gab keine Antwort. Er versuchte es noch einmal. „Mary!"

Er legte ihre Hand über ihre Brust. Taumelnd stand er auf. Nachdem er zum Auto zurückgeschwankt war, drückte er auf der Suche nach der Hupe auf das Lenkrad. Als er das silberne Metallstück berührte, durchschnitt der furchtbare Lärm erneut die Stille der Nacht. Auf dem Autoboden erblickte er ein winziges, blaues Telefon. Nachdem er den bewusstlosen Körper des Mannes auf die Hupe gelehnt hatte, eilte Luke zur Beifahrerseite herum. Während er hinten um das Auto herumging, hoffte er, dass er herausfinden könnte, wie man dieses Gerät benutzte. Er hatte gesehen, wie Menschen Handys benutzten, hatte selbst aber nie eines ausprobiert. Nur zweimal in seinem ganzen Leben hatte er überhaupt ein Telefon benutzt.

Er zog die Autotür auf und holte das Handy heraus. Er stellte sich ins Scheinwerferlicht und drückte sich das Ding ans Ohr. Kein Ton war zu hören. Er erinnerte sich an den Tag, an dem zwei Feuerwehrleute aus der Stadt in seine Schule gekommen waren und unter anderem gesagt hatten, dass man, wenn man einen Notfall hatte, ein Telefon suchen und 911, die Notrufnummer, wählen sollte. Er drückte diese Ziffern. Jedes Mal, wenn er einen Knopf drückte, ertönte ein seltsames, elektronisches Geräusch. Aber als er sich das Teil wieder ans Ohr hielt, war immer noch nichts zu hören.

Er schaute über das Feld und schrie: „Wir brauchen Hilfe. Bitte."

Als er wieder auf das Handy schaute, sah Luke, dass die Anzeigenbeleuchtung ausging. Er legte sich das Gerät ans Ohr. Immer noch kein Ton. Er drückte erneut die Knöpfe. Die Zahlen leuchteten auf. Jetzt stand 911911 auf der Anzeige. Er drückte jeden Knopf, aber nichts half.

Luke warf das Handy auf den Autositz. Er taumelte zu Mary zurück und setzte sich neben ihr auf die Erde. Als er ihr Gesicht berührte, spürte er immer noch ein wenig Wärme. Er streckte seine Beine aus, hob ihren Kopf hoch und legte ihn auf seinen Schoß. Mit dem Gefühl großer Hilflosigkeit wischte er ihr einige Haarsträhnen aus dem Gesicht. „Ich weiß nicht, was ich tun soll, Mary. Es tut mir so leid."

Bluttropfen fielen von irgendwoher auf Marys Kopf. Luke wischte sie ab. Als er seinen rechten Arm anschaute, sah er, dass das Blut aus dem Ärmel seiner langärmeligen Jacke tropfte. Er lehnte sich zurück und legte sich auf den steinigen Boden. Dunkelheit breitete sich über ihm aus. Er hatte nicht die Kraft, sich dagegen zu wehren. Als er die Augen schloss, erfasste ihn etwas, das so ähnlich war wie Schlaf. Er konnte immer noch die Hupe hören. Vielleicht käme jemand, um zu sehen, woher dieser schreckliche Lärm kam.

Während er an einen Ort versank, aus dem er sich nicht herausziehen konnte, hörte Luke Sirenen. Autotüren wurden zugeschlagen. Zwei Stimmen – ein Mann und eine Frau – begannen zu reden. Luke versuchte, sich aufzusetzen. Er wollte schreien: „Hier drüben! Kommt und helft meiner geliebten Mary!“ Aber so stark er das auch wollte, zog ihn trotzdem etwas immer tiefer ins Nichts.

„Wir haben eine blutende Wunde“, rief eine Frau. Er hörte, wie eine Schere einen Stoff durchschnitt, dann fühlte er, wie seine Jacke von seiner Schulter gezogen wurde.

Nein. Nicht ich. Nein.

„Männlich. Ungefähr zwanzig Jahre alt.“

Meine Mary. Bitte, rettet Mary. Könnt ihr sie denn nicht sehen?

„Der Knochen ist mehrfach gebrochen und hat sich anscheinend in die Arterie seines rechten Arms gebohrt.“

Ein ehrfurchtsvolles Gefühl, das weit über die Regeln der *Ordnung* hinausging, erfüllte ihn.

Durch die Stille, die ihn immer noch einhüllte, konnte er die leise Frauenstimme hören.

„Ich kann keinen Puls finden.“

Kapitel 9

Das Haus der Lapps war still. Alle schliefen, als Hannah zu dem Stuhl auf der Veranda neben der offenen Haustür schlich. Falls sie Autoscheinwerfer sähe, wäre sie schnell wieder im Haus und hätte die Tür verriegelt, bevor der Fahrer sie sehen könnte. Trotz ihrer Angst linderten die kühle Luft und der Nachthimmel mit seinen glitzernden Edelsteinen, die über ihr funkelten, den Schmerz in ihrem Herzen.

Zum zweiten Mal an diesem Tag lauschte sie, ob sie Pferdehufe auf der Straße hören würde. Die Sirenen, die sie vorher gehört hatte, beunruhigten sie. Sie wusste, dass Sorge eine Sünde war, aber Luke blieb normalerweise nie so lange fort. Es war schon nach elf. Er müsste sehr früh aufstehen und die Kühe melken.

In der kühlen Luft begann sie zu zittern. Sie wickelte das Tuch enger um sich. Zweifellos war sie nicht die Einzige, die verliebt war. Luke betete Mary fast an. Diese Liebe gab ihm die Kraft, den morgigen Arbeitstag zu überstehen, auch wenn er nur wenig Schlaf bekam.

Obwohl sie von Paul nichts hörte, kehrten die Augenblicke, in denen sie klar denken konnte, allmählich zurück. Diese Momente waren zwar selten, aber sie waren doch eine starke Erleichterung und ein großer Trost. Sie musste einen Ausweg aus diesem Nebel aus Scham, Wut, Trauer und Schmerzen finden, in dem sie lebte.

Seit sie wusste, dass sie eine Tante in Ohio hatte, die mit dem Bann belegt worden war, fragte sie sich, ob ihre Tante vielleicht auch ähnliche Dinge gefühlt hatte wie Hannah jetzt. Irgendwie half ihr dieser Gedanke, und sie fragte sich immer mehr, wie ihre Tante wohl war.

Ein einziges bewegliches Licht auf der Straße erregte ihre Aufmerksamkeit und sie verwarf ihre Tagträume. Der Schein kam von einer

Petroleumlaterne an einem offenen Einspänner. Ein leises Lachen kam über ihre Lippen. Das Pferd trabte in einem unglaublich schnellen Gang vorwärts. Nachdem er die Stunden mit Mary so lange wie möglich genossen hatte, versuchte Luke jetzt anscheinend, besonders schnell nach Hause zu kommen.

Als der offene Wagen ein Stück näher kam, konnte Hannah sehen, dass er nicht von Lukes alter Stute gezogen wurde. Sie stand auf und trat an den Rand der Veranda. Kurz darauf erkannte sie den Fahrer.

Matthew Esh.

Eine große Sorge erfasste sie. Warum war er um diese späte Stunde mit einem solchen Tempo unterwegs?

Matthew hielt den Wagen an und lächelte sie freundlich an. „Du bist sehr spät auf."

„Ich hatte gehofft, Luke würde endlich nach Hause kommen."

„Ah." Matthew stellte einen Fuß auf die Seite seines Wagens. „Ich habe *Mr Lapp* und *Miss Yoder* vor einer ganzen Weile gesehen. Sie trieben sich außerhalb unseres Bezirks herum."

Sein fröhlicher Tonfall überraschte Hannah, und sie musste lachen. Nur die Englischen redeten einander so an. Amische Schüler sprachen sogar ihre Lehrerinnen mit dem Vornamen an. Aber ihr lockerer Umgang mit Namen galt nicht, wenn sie mit Englischen sprachen.

Das Pferd schnaubte und lenkte Hannahs Aufmerksamkeit auf das faszinierende Geschöpf, das den Wagen zog. „Du hast ein neues Pferd?"

„Ich habe ihn letzte Woche bei einer Auktion gekauft und denke, ich könnte ein gutes Geschäft mit ihm machen. Ich habe ihn bereits an die reichen Leute in Virginia verkauft, für die mein Bruder Schränke baut. Ich bringe ihn den neuen Eigentümern, sobald der Sabbat vorbei ist."

Hannah konnte sich nicht erinnern, schon jemals ein so schönes Pferd gesehen zu haben. Sein Körper war schlank und geschmeidig. Das rötlichbraune Fell glänzte sogar jetzt in der Nacht. Als Hannah seine Schulter berührte, wurde ihr bewusst, dass sie von der Veranda gekommen war und jetzt neben Matthews Wagen stand. Sie ließ die Hand sinken und fragte sich erneut, ob sie eigentlich noch bei Verstand war.

Matthew beugte sich vor. „Er ist faszinierend, nicht wahr?" Bei der Begeisterung in Matthews Flüstern hob sie den Blick. Er hielt sich den Zeigefinger auf die Lippen. „Aber wenn du verrätst, dass ich mit dem Pferd geprahlt habe, muss ich das abstreiten."

Hannah biss sich auf die Unterlippe und unterdrückte das Lächeln, das sich über ihr Gesicht ziehen wollte. „Gehört der neue Einspänner auch zu dem Pferd?"

„Ja. Ich habe ihn selbst umgebaut. Diese Leute aus Virginia wollen ihn als Attraktion für ihr modernes Gasthaus. Der Hengst war ein Rennpferd und ist viele Jahre gut gelaufen."

Hannah trat zum Kopf des Pferdes und streichelte sein Maul. „Er ist unglaublich."

Das Pferd wieherte und warf den Kopf in die Luft.

Matthew schmunzelte. „Ich glaube, er gibt dir recht. Aber ich wusste nicht, dass du dir etwas aus Pferden machst."

„Einiges im Leben ist so faszinierend, dass man es nicht übersehen kann. Wie heißt er?"

„Vento Delicato. Das ist Italienisch für ‚sanfter Wind'. Bei seinen vielen Erfolgen bei Pferderennen hätten sie ihm eigentlich einen besseren Namen geben können."

Hannah redete leise mit dem Pferd. „Sanfter Wind ist kein so schlechter Name."

Vento Delicato senkte den Kopf und ließ sich von ihr das Gesicht streicheln.

Matthew stützte den Ellbogen auf sein Knie. „Es stört dich hoffentlich nicht, wenn ich das sage, aber du siehst in letzter Zeit nicht gerade gut aus, Hannah."

Sie hasste dieses „Es stört dich hoffentlich nicht, wenn ich das sage …" Wenn jemand so anfing, sollte man sich am besten gut gegen das wappnen, was als Nächstes käme. Aber trotzdem war es falsch von ihr, ihre Traurigkeit so zu zeigen, dass die ganze Welt es sehen konnte.

„Ich … ich war … ein bisschen krank. Aber jetzt geht es mir wieder besser. Danke."

Matthew rutschte auf dem Sitz vor. „Du machst dir an ihm nicht die Hände schmutzig. Ich habe viel Zeit darauf verwendet, ihn heute vor dem Singabend zu striegeln. Ich habe alle losen Haare weggestriegelt, damit sie nicht wegfliegen und am guten Kleid eines Mädchens hängen bleiben, wenn sie ..."

Hannah wusste, was er sagen hatte wollen. Er hatte gehofft, er könnte nach dem Singen ein Mädchen nach Hause bringen. Mehr als je zuvor spürte sie, wie enttäuscht Matthew sein musste. Mal für Mal allein vom Singen nach Hause zu fahren musste sehr schmerzen und machte ihn sicher sehr einsam.

Hannah schaute an sich hinab und war völlig überrascht. Sie hatte ihr Nachthemd an! So züchtig das Nachthemd auch war – es reichte vom Hals bis zu ihren Knöcheln und hinunter zu ihren Ellbogen –, schickte es sich trotzdem nicht, im Nachthemd hier zu stehen. Verlegen schaute sie zu Matthew hinauf.

Sein bekanntes schiefes Grinsen brachte Erinnerungen an ihre gemeinsame Schulzeit und die Softballspiele zurück. Er hatte die Schule zwei Jahre vor Hannah verlassen. Aber da er als kleiner Junge eine Klasse wiederholen hatte müssen, war er drei Jahre älter als sie.

Er deutete auf sie und dann auf das Pferd. „Offensichtlich hat sich einer von euch zu fein herausgemacht."

Hannah konnte nur mühsam ein Lächeln unterdrücken und neckte ihn: „Willst du damit sagen, dass ich nicht gut genug gekleidet bin, um neben deinem Pferd zu stehen?"

„Also, wenn das nagelneue Hufeisen passt, Hannah Lapp ..."

Sie mussten beide leise lachen.

„Willst du sehen, wie ruhig er läuft? Es ist, als reite man auf einer Wolke, die schnell über den Himmel zieht."

Hannah warf einen Blick auf ihre Bekleidung. „Lieber nicht."

„Falls du dir Sorgen machst, ich könnte denken, das hätte etwas zu bedeuten, kannst du dir das sparen. Man muss kein Genie sein, um zu erkennen, dass dich mein Pferd mehr interessiert als irgendein Mann hier."

Sie betrachtete ihn fragend.

Er zuckte die Achseln. „Wenigstens hast du dir das schönste Pferd ausgesucht."

Seine entspannte Haltung und seine ungezwungenen Worte waren nach dem Elend der letzten Wochen erfrischend. Sie wünschte sich sehr, in den Wagen zu steigen und zu sehen, wie dieses Pferd laufen konnte. Aber zuerst müsste sie sich umziehen.

„Kannst du eine Minute warten?“

Matthew hob die Hand. „Nur eine kurze Fahrt auf dem kleinen Weg hinter dem Stall. Das dauert keine fünf Minuten.“ Er hielt fünf Finger hoch. „Wenn du jetzt gehst und dich anziehst, weckst du wahrscheinlich jemanden auf und wirst nie erfahren, wie dieses Rennpferd läuft.“

Das Pferd bewegte den Kopf auf und ab. Matthew deutete auf Vento. „Siehst du. Er gibt mir recht.“

Hannah warf einen Blick hinter sich auf das schlafende Haus. Alle schliefen tief und fest, und sie wären ja wirklich sehr schnell zurück. Vento stampfte mit dem Fuß und schüttelte seine Mähne, als wollte er ihr sagen, sie solle ihm eine Chance geben. Hannah sehnte sich danach, dem Leben eine neue Chance zu geben, und umklammerte mit einer Hand ihr Tuch. „Dann zeig mir, wie dieser sanfte Wind läuft.“ Sie legte die Hand auf den Einspännergriff und zog sich hinauf.

Matthew gab dem Pferd ein Zeichen, und der Hengst lief los. Die Wucht der Vorwärtsbewegung warf beide auf dem Sitz zurück. Sie mussten laut lachen, und die negativen Gedanken, die Hannah seit einem Monat quälten, wichen endlich positiveren Dingen.

Paul würde ihr bestimmt bald schreiben. Er hatte wahrscheinlich an der Uni furchtbar viel zu tun. Er hatte ihr gesagt, dass sie nur noch dieses Jahr überstehen müssten. Dann würde er auf dem Lapphof arbeiten, bis ihr Vater ihnen seinen Segen gab. Sie atmete tief und befreit durch. Paul konnte nicht ahnen, dass ihre Welt in Trümmern lag, und sie konnte ihm auch keinen Vorwurf daraus machen, dass er in seinem letzten Studienjahr viel lernen musste und … Wie nannte er diese andere Sache? Ach ja, Praktikum. Das kostete ihn auch viel Zeit.

Die Wagenräder verließen kurz den Boden, als sie über einen Stein rollten. Hannah klammerte sich mit beiden Händen am Sitz fest. Beide brachen in lautes Gelächter aus. Voll Freude spürte sie, dass wieder ein neuer Glaube an die Zukunft in ihr aufkeimte.

Sarah stand auf Zehenspitzen und spähte aus dem Schlafzimmerfenster, als ihre Schwester zu einem Mann in seinen Einspänner stieg. Alles, was Sarah von dem Fahrer sehen konnte, war die Oberseite seines Strohhuts.

Hannah Lapp, du bist eine Lügnerin.

Alle anderen im Haus mussten Hannahs Arbeit machen, weil sie angeblich zu müde war. Sarah ballte die Fäuste so sehr, dass ihre Arme ganz taub wurden. Sie hatte den ganzen Tag bei dieser furchtbaren Mrs Waddell verbracht, und wozu? Damit Hannah mitten in der Nacht in ihrem Nachthemd durch die Gegend fahren konnte? Das würde der Bischof erfahren.

Die Gemeinde wurde regelmäßig aufgefordert, niemanden direkt zur Rede zu stellen, weil das Unruhe brächte. Wenn eine fragwürdige Sache vorlag, sollte sie vor den Bischof gebracht werden, und er würde die Angelegenheit regeln. Wenn nötig, würde er das machen, ohne zu verraten, von wem er die Informationen hatte. Und er konnte Menschen vertraulich ansprechen. Wenn sie Buße taten, müssten die anderen von dem Vorfall nicht einmal etwas erfahren.

Andererseits wollte sie vielleicht gar nicht, dass niemand etwas davon erfuhr. Es wurmte sie grenzenlos, dass Hannah immer von allen bewundert wurde; *Daed, Mamm* und sogar Luke schienen zu denken, sie sei eine Art amische Superheldin oder so etwas. Levi war nicht so schlimm wie alle anderen, aber selbst er glaubte, Hannah könnte besser backen, nähen und sich um die Kinder kümmern als Sarah, was einfach nicht wahr war.

Es geschähe ihrer Schwester recht, wenn alle die wirkliche Hannah kennenlernten. Wenn *Daed* und *Mamm* wüssten, dass ihre Tochter solche Dinge trieb, müsste sich Sarah nie wieder von ihrem Vater anhören, sie sollte mehr so sein wie Hannah.

Ein aufgeregtes Kribbeln lief über ihren Rücken. Vielleicht war das nicht nur eine Gelegenheit, um ihren Eltern die Augen zu öffnen. Vielleicht war es das, was Sarah suchte, seit Jacob Yoder ein Auge auf Hannah und nicht auf Sarah geworfen hatte. Sarah war Jacob schon vor über einem Jahr aufgefallen, aber in letzter Zeit war Hannah die Einzige aus ihrer Familie, die Jacob bei den Versammlungen zu bemerken schien.

Sarah malte sich aus, dass ihre Schwester jedes Mal, wenn sie zu

Mary ging, sich an Jacob heranmachte. Allein bei diesem Gedanken wurde Sarah so wütend, dass sie manchmal dachte, sie hasse ihre eigene Schwester. Sie hatte Hannah schon vor langer Zeit anvertraut, was sie für Jacob empfand. Hannah hatte Sarah ihr Wort gegeben, dass sie sich nicht für ihn interessierte. Aber Sarah war nicht dumm. Jacob hatte seine Aufmerksamkeit nicht ohne Grund Hannah zugewandt. Sein Interesse an ihr würde schnell vergehen, wenn er erfuhr, was Hannah heute Nacht getan hatte.

Trotzdem durfte er das nicht aus Sarahs Mund hören. Er könnte sich daran stören und sagen, sie sei ein Plappermaul. Es musste eine Möglichkeit geben, wie ihre Eltern – und Jacob Yoder – davon erfuhren, ohne dass ein schlechtes Licht auf Sarah fiel.

Als sie das Geräusch der Wagenräder wieder auf der Straße hörte, merkte Sarah, dass Hannah und der Mann zurückgekommen waren. Da sie alles genau wissen wollte, strengte Sarah ihre Augen an, um besser sehen zu können. Sie hatte noch nie ein solches Pferd in ihrer Gemeinde gesehen. Und diesen Wagen hatte sie auch noch nie gesehen. Er war weder amisch noch mennonitisch. Er sah vielmehr wie ein Werbewagen aus, der für Touristen benutzt wurde. Wenn das stimmte, war der Fahrer wahrscheinlich weder ein Amischer noch ein Mennonit. Die Vermutung lag nahe, dass er ein Englischer war. Oh, das wurde ja immer besser. Aber warum sollte ein englischer Mann mitten in der Nacht hier auf der Straße unterwegs sein?

Sie schaute zu, wie Hannah aus dem Wagen stieg. Ihre Schwester musste unter den Arbeitern, die Mrs Waddell in den Sommermonaten beschäftigte, einen englischen Freund gefunden haben. Dieser Mann verdiente wahrscheinlich seinen Lebensunterhalt damit, Touristen in seinem Wagen spazieren zu fahren, und er trug diesen Strohhut, um für seine Kunden echter auszusehen.

Sarah würde wetten, dass Hannah so etwas nicht zum ersten Mal machte. Kein Wunder, dass ihre Schwester immer darauf wartete, dass bei Mrs Waddell Post für sie einträfe. Sie hatte einen englischen Freund, von dem sie Briefe bekam, um ihre heimlichen, verlogenen Pläne zu schmieden. Sarah schnaubte. Hannah fuhr nachts spazieren und war mit einem Mann unterwegs, während sie den ganzen Tag so tat, als wäre sie krank. Sarah würde sie dazu bringen, ihre Arbeit wieder selbst zu machen. Sie würde sobald wie möglich mit dem Bischof sprechen, ohne dass jemand etwas davon erfuhr. Wenn sie es dem Bischof meldete und ihre Eltern und Jacob Yoder dann immer noch nichts von dieser peinlichen Angelegenheit erfuhren, würde sie sich etwas anderes einfallen lassen. Sie war es satt, hinter einer Lügnerin wie ihrer Schwester ständig nur die zweite Geige zu spielen.

Kapitel 10

Das Morgenlicht fiel ins Schlafzimmerfenster, als Hannah ihr und Sarahs Bett machte. Um ihre zwei jüngeren Schwestern nicht zu wecken, schlüpfte Hannah ganz leise in ihre Arbeitskleidung.

Der Duft nach Speck und Wurst, der durch das Haus zog, roch einladend. Trotz der spürbaren Übelkeit, die sie immer noch täglich quälte, meldete sich ein leichter Hunger in ihrem Magen. Vielleicht hatte sie tatsächlich irgendwie das Schlimmste überlebt, und es würde jetzt wieder besser werden.

Sie schlich auf Zehenspitzen die Treppe hinab und hoffte, Luke zu finden, bevor ihre Mutter bemerkte, dass sie schon aufgestanden war. Hannah hegte keine Zweifel daran, dass Mary Lukes Heiratsantrag angenommen hatte, falls Luke es geschafft hatte, ihr einen zu machen.

Hannah wusste außerdem, dass es für sie Zeit war, ihre ganzen Arbeiten im Haushalt wieder zu übernehmen und ihre Familie nach den vielen Schwierigkeiten, die sie ihr bereitet hatte, wieder zu entlasten. Sie eilte zur Seitentür hinaus und lief zum Stall. Während sie die saubere, kühle Luft tief einatmete, beschloss sie, an diesen belebenden Gefühlen festzuhalten, die gestern Abend bei ihr neu erwacht waren.

Während sie die Anhöhe zum Kuhstall hinaufstapfte, erblickte sie die alte Bess. Lukes Stute stand außerhalb des Zaunes. *Wie ist sie dorthin gekommen?* In der Hoffnung, dass Luke in seiner Müdigkeit nur das Tor offen gelassen hätte, lief sie über den Hof zum Gatter. Der Riegel war fest vorgeschoben.

Auf der Suche nach etwas, das ihr diesen sonderbaren Umstand erklären würde, ließ sie ihren Blick über die Wiesen wandern. Als sie nichts Ungewöhnliches entdecken konnte, außer dass die Stute außerhalb des Zaunes stand, nahm sie das Seil vom Zaunpfosten und ging auf die Stute zu. „Wo hast du denn heute Morgen meinen Bruder gelassen?" Als Hannah dem Pferd den Strick um den Hals legte, fiel ihr auf, dass seine linke Seite mit getrocknetem Schmutz bedeckt war. Verwirrt führte sie die lahmende Stute zum Stall.

Als sie das offene Stalltor betrat, erblickte sie ihren Vater, der sich gerade einen Futtersack über die Schulter warf. Aber Luke war nirgends zu sehen. *Daed* schaute in ihre Richtung und blieb stehen. Ein leichtes Lächeln zog über sein müdes Gesicht. „Es freut mich, dass du auf bist und bei der Arbeit hilfst. Weißt du, wo Luke ist?"

Hannah drehte den Führstrick des Pferdes, als wringe sie nasse Wäsche aus. „Ist er nicht hier?"

Er warf den Futtersack auf den Boden und stellte ihn aufrecht hin. „Er muss irgendwo in der Nähe sein. Vor dem Melken würde er bestimmt nicht wegfahren." Er zog ein Taschenmesser aus seiner Hose, klappte es auf und bohrte es in den Futtersack.

Levi trat aus einer Box und sah mit jedem Tag, der ihn seinem neunzehnten Geburtstag näher brachte, mehr wie sein älterer Bruder aus. Er hängte die Heugabel an ihren Platz an der Stallwand und trat auf Hannah zu. „Wo hast du denn die alte Bess gefunden?"

„Sie war außerhalb des Zauns."

Levi betrachtete das Pferd. Seine Stirn verzog sich zu einem Runzeln, als er über die getrocknete Erde rieb, die den Bauch und die Seiten der Stute bedeckten. Das Pferd wieherte und wich zurück. „*Daed!* Sie ist verletzt."

Ihr Vater ließ das Messer fallen, vergaß den Futtersack und lief eilig aus dem Kuhstall. Levi und Hannah folgten ihm schnell. Er rannte zum Wagenstall und riss die Tür auf. Als er sich zu Levi und Hannah umdrehte, wurde ihr bei der Besorgnis in seinen Augen ganz schlecht. „Lukes Wagen ist nicht da."

In diesem Moment hörten sie das schnelle Klappern von Pferdehufen hinter sich. Alle drei drehten sich besorgt zur Auffahrt herum. Ein Reiter kam zum Stall galoppiert. Matthew Esh brachte Vento nur wenige Zentimeter vor ihnen zum Stehen. Er hatte keinen Hut auf, und sein Gesicht war sehr angespannt. „Zeb", fragte er atemlos. „Ist Luke zu Hause?"

Daed schüttelte den Kopf. „Sein Wagen ist auch fort, aber sein Pferd ist da. Es ist verletzt."

Matthew rutschte auf seinem Sattel vor. „Heute Morgen kam jemand aus dem Krankenhaus zu Bischof Eli. Es hieß, zwei unbekannte junge Leute seien im Krankenhaus. Sie geben die Nachricht an alle umliegenden Bezirke weiter."

Daed ließ den Kopf hängen und stöhnte.

Matthew schirmte seine Augen vor den ersten Sonnenstrahlen dieses Tages ab. „Ich habe Luke und Mary gestern Abend gesehen. Sie waren genau dorthin unterwegs, wo der Unfall passierte."

Daed packte Levi am Arm. Seine Augen waren weit aufgerissen, und sein Gesicht war kreidebleich. „Spanne zwei Pferde und zwei Wagen an. Ich hole deine Mutter und die Kinder."

Levi eilte zum Stall, während ihr Vater schon die Auffahrt hinab zum Haus lief. Hannah stand wie erstarrt da und konnte sich weder bewegen, noch klar denken.

Matthew grub seine Fersen in Ventos Flanken und sprintete zur Hintertür des Hauses. Er glitt vom Pferd und klopfte an die Tür. „Zeb, ich habe eine Idee, die uns Zeit sparen könnte."

„Welche?"

„Wenn ich direkt zum Bischof reite und ihm sage, er soll ein Auto hierher und ein zweites Auto zu den Yoders schicken, spart uns das mindestens eine Stunde. Wahrscheinlich sogar mehr."

„Ja. Ja. Das klingt vernünftig. Wir machen uns alle fertig. Beeile dich, Matthew. Beeile dich."

Hannah hielt die weiche Hand ihres kleinen Bruders Samuel, und fand in dieser tröstlichen Berührung selbst etwas Frieden. Alle acht Lapps standen vor dem Haus und schauten zu, wie Staubwolken hinter einem großen Auto aufgewirbelt wurden, das auf der Schotterstraße eilig auf sie zukam. *Mamm* hatte ihre Hochzeitsreisetasche neben sich stehen. Diese Tasche kam von den Dingen, die sie besaß, einem Koffer am nächsten. Wenn Luke im Krankenhaus bleiben musste, würde sie auch dort bleiben.

Das Auto wurde langsamer und blieb dann ganz stehen. Eine zierliche Frau in einer hellrosa Hose und einem dazu passenden Oberteil stieg aus dem Fahrzeug. „Ich bin Kelsey Morgan." Sie reichte

Daed die Hand. „Ich bin Hank Carlisles Tochter und Krankenschwester im Hershey Medical Center."

Daed ließ seine Hosenträger los und reichte ihr ebenfalls die Hand. „Ich bin Zeb Lapp. Das ist meine Familie."

Mrs Morgan schüttelte ihm die Hand. „Sie glauben, Ihr Sohn könnte an dem Unfall, der gestern Abend passiert ist, beteiligt gewesen sein?"

Seine Wangen röteten sich. „Unser Ältester ist gestern Abend nicht nach Hause gekommen. So etwas hat er noch nie gemacht."

Die Frau zog ein Bild aus ihrer Tasche und zeigte es ihm. „Ist das Ihr Sohn?"

Er verzog das Gesicht. „Ja."

„Er liegt auf der Intensivstation in unserem Krankenhaus. Es ist nicht das nächste Krankenhaus von hier, aber dort können seine Verletzungen am besten versorgt werden. Wenn Sie mit Ihrer Familie in den Wagen steigen, bringe ich Sie alle zu ihm." Sie öffnete ihm die Beifahrertür und setzte sich dann hinter das Lenkrad.

Ohne zu zögern oder Fragen zu stellen, holten *Mamm* und *Daed* ihre Kinder zusammen. Während sie die Kinder nacheinander in den Wagen hoben, schnallte sie bei allen die Sicherheitsgurte fest.

Hannah stand neben der offenen Autotür und schaute hinein. Das Wageninnere roch nach Leder und einem süßlichen Lufterfrischer. Bei dem Geruch drehte sich ihr fast der Magen um. Als sie die lange Rückbank sah und Bilder davon, wie sie ins Auto ihres Angreifers geworfen worden war, auf sie einprasselten, begann sie zu zittern. Sie taumelte zurück. Der Tag, an dem das Unaussprechliche geschehen war, kehrte unbarmherzig mit schrecklichen Bildern zurück.

„Steig ein, Hannah." *Mamm* deutete auf einen leeren Sitz.

Hannah rang nach Luft und wich weiter zurück. „Ich kann nicht."

„Dir geschieht nichts, Hannah. Vertrau mir und steig bitte ein", forderte ihr Vater sie auf.

Hannah schüttelte den Kopf. Sie konnte das Geräusch jedes einzelnen Atemzuges hören, den sie in ihre Lunge presste.

Die Krankenschwester stieg aus dem Auto und kam zu ihrer Seite des Autos herum. „Hat sie Asthma?"

Mamm ergriff Hannahs Hand. „Nein, sie hat nur ein wenig Angst vor dem Auto."

Hannah löste sich von der Hand ihrer Mutter und wandte sich ab. Die Krankenschwester stand direkt vor ihr. Mitgefühl sprach aus ihren Augen. „Liebes, in diesem Auto passiert Ihnen nichts. Das verspreche ich Ihnen." Mit freundlicher Stimme sprach sie weiter: „Normalerweise geht das Krankenhaus in solchen Situationen anders vor. Aber mein Vater fühlt sich mit den Amischen in dieser Gegend sehr verbunden. Als er hörte, dass zwei Amische von hier mit dem Hubschrauber in das Krankenhaus gebracht worden sind, in dem ich arbeite, bat er mich, persönlich hierherzukommen und zu helfen. Nachdem ich so weit gefahren bin, werden Sie mich doch sicher helfen lassen, nicht wahr?"

Hannah starrte die Frau an. Sie war nicht in der Lage, zu sprechen oder auch nur zu nicken.

Die Krankenschwester schaute sie mit einem herzlichen, freundlichen Lächeln an. „Ihr Bruder hat zweimal für ein paar Minuten das Bewusstsein wiedererlangt. Er war besorgt und verwirrt. Er braucht seine Familie."

Hannah schaute der Frau in die Augen und begriff, wie ernst Lukes Zustand anscheinend war. Eine Panik ganz anderer Art erfüllte Hannah jetzt. „Was ist mit Mary?"

Die Krankenschwester atmete tief ein. „Es ist mir nicht gestattet, über sie mehr zu sagen, als dass sie mit dem Hubschrauber in unser Krankenhaus gebracht wurde. Ein anderes Auto ist gerade unterwegs und bringt Marys Familie ins Krankenhaus."

Alptraumhafte Erinnerungen regten sich in Hannah. Sie stellte ihren Willen über ihre Gefühle und zwang sich, ins Auto zu steigen.

Ohne auf ihr rasendes Herz und die Übelkeit zu achten, schaute Hannah aus dem Autofenster und versuchte sich auf die Landschaft zu konzentrieren. Sanfte Hügel und Felder flogen an ihnen vorbei. Nachdem sie eine Dreiviertelstunde auf Nebenstraßen unterwegs gewesen waren, veränderte sich die Landschaft, und die rollenden Felder wichen einem breiten, flachen Fluss. Braune Stromschnellen und weißer Schaum schienen das Auto zu jagen. Das Sonnenlicht glitzerte auf dem sich kräuselnden Wasser, als hätte jemand das

Sternenlicht eingefangen und zur Erde gebracht. Die ersten Herbstfarben waren auf den Blättern der breiten Eichen entlang des Flussufers zu erkennen. Sie schloss die Augen und sperrte die sich ständig verändernden Bilder aus und hoffte, die Übelkeit würde vergehen.

Als das Auto auf einen Parkplatz bog und der Motor abgestellt wurde, stieg Hannah so schnell sie konnte aus. Die restliche Familie folgte ihr.

Ein ohrenbetäubender Lärm durchschnitt die Luft, als sollte der große Parkplatz abgerissen werden. Die Luft um sie herum schien unter dem Dröhnen zu vibrieren. Während Samuel sich an Sarahs Hand klammerte und Rebecca auf Hannahs Hüfte saß, überquerten sie zu neunt den nach Abgasen stinkenden Parkplatz. Einige Augenblicke später sah Hannah die Ursache für den furchtbaren Lärm: Ein Hubschrauber landete gerade am anderen Ende des Krankenhauses. Derselbe Hubschrauber, vermutete sie, der Luke und Mary hierhergebracht hatte.

Irgendwo heulte eine Sirene und ertönte eine Autohupe. Diese Geräusche, gemischt mit dem Gedränge der Autos, die ständig kamen und fuhren, zehrten stark an ihren Nerven.

Rebecca quengelte. Hannah drückte sie eng an sich und legte das Gesicht an ihren weichen Nacken. „Pscht, Kleines. Wir haben es gleich geschafft."

Obwohl Samuel schon sieben war, hob Sarah ihn auf ihre Arme und küsste ihn auf die Wange. „Die Englischen lieben es anscheinend, viel Lärm zu machen, *jah?*" Samuel gab ihr mit einem Kopfnicken recht, und seine glatten, blonden Haare wehten im Wind.

Zu Hause war die schlimmste Sommerhitze vorbei, aber hier schien der Asphalt die Hitze zu reflektieren.

Sie folgten Mrs Morgan zu einem eckigen, bräunlichen Gebäude. Zwei große Glasschiebetüren öffneten sich, ohne dass jemand sie berührte.

Sie ließen die Stadtgerüche und auch die Hitze hinter sich. Die Halle, die sie jetzt betraten, war dreimal größer als jeder Stall, den Hannah je in ihrem Leben gesehen hatte. Sie war einige Male beim Arzt gewesen, aber noch nie in einem Krankenhaus. Sie blinzelte und versuchte alles zu verarbeiten, was sie hier sah. Die Eingangshalle war nicht kalt, bedrohlich oder einschüchternd, wie sie erwartet hatte. Mehrere schöne Stühle standen um kleine Tische herum. Lampen und Pflanzenständer mit verschiedenen Topfpflanzen waren im Raum verteilt und verbreiteten eine friedliche Atmosphäre.

Sie bogen nach rechts ab und gingen an einem sechseckigen Eichenschreibtisch mit einem großen Schild, auf dem „Information" stand, vorbei. *Daed* konzentrierte sich geradeaus auf den Weg, den sie einschlugen, im Gegensatz zu seinen Kindern, die alles um sich herum mit großen Augen anstarrten. Auch wenn die Umgebung hier nett eingerichtet war, sehnten sich Luke und Mary sicher danach, wieder nach Hause zu kommen, wo ein leichter Wind, der durch ein offenes Fenster kam, mehr Abkühlung bescherte als Luft aus einer Maschine.

Mrs Morgan bog scharf nach rechts ab. Die Lapps folgten ihr. Nach mehreren Metern bog sie wieder nach rechts und blieb dann vor einer Aufzugtür stehen. Mrs Morgan drückte einen großen Knopf, auf dem ein Pfeil nach oben zeigte. „Wenn Sie mit dem Arzt gesprochen haben, müssten Sie hierher zurückkommen und einige Papiere ausfüllen."

„Ich würde gern zuerst Luke sehen, bevor wir mit dem Arzt sprechen", erklärte *Daed*, als die Türen aufgingen.

Sobald sie sich alle hineingequetscht hatten, drückte Mrs Morgan auf einen anderen Knopf, und die Türen glitten lautlos zu. „Wir suchen einen ruhigen Raum im zweiten Stockwerk, wo Sie ungestört mit dem Arzt sprechen können. Wenn er Ihnen alles erklärt hat, können Sie Luke besuchen."

Daed nahm seinen Hut ab und spielte nervös damit. „Wir haben keine Krankenversicherung."

Mrs Morgan nickte. „Luke und Mary wurden als Notfälle eingeliefert. Ihre Versorgung ist garantiert, aber Sie müssen trotzdem einige Formulare ausfüllen."

Hannah verfolgte das nervöse Gemurmel ihrer Familie, während sie alle in einem Besprechungszimmer hinter geschlossenen Türen warteten. Ihre Mutter ging unruhig auf und ab und wiegte die leise weinende Rebecca auf ihrer Hüfte. Ihr Vater wirkte ruhig. Er saß auf einem Stuhl und hatte die Hände auf dem großen Tisch liegen. Aber er ballte die Fäuste so stark, dass sie weiß wurden. Dann öffnete er sie wieder und drückte sie kurz darauf erneut. Winzige Schweißperlen bedeckten seine Stirn.

Levi und Sarah saßen ruhig da und hatten beide die Hände auf dem Schoß gefaltet. Samuel hüpfte auf Esthers Knie und aß Erdnüsse, die ein Krankenpfleger ihm an einem Automaten gekauft hatte.

Die übergroße Holztür ging auf. Ein Mann Ende zwanzig trat ein. Er schaute sich im Raum um und lächelte. „Ich bin Dr. Greenfield." Er nahm gegenüber von *Daed* Platz. *Mamm* reichte Rebecca an Hannah weiter und setzte sich neben ihren Mann. Der junge Arzt zog einen Füller aus seiner Hemdtasche. „Mr und Mrs Lapp?"

Ihre Eltern nickten und wirkten zu aufgewühlt, um sprechen zu können.

Dr. Greenfield schob die Hände in die Taschen seines Arztkittels. „Ihr Sohn ist schwer verletzt, aber sein Zustand ist stabil. Er hat eine Gehirnerschütterung, aber sie ist nicht sehr stark und wird wieder vergehen. Unsere Hauptsorge ist die Verletzung an seinem Arm. Wir mussten den Arm operieren. Die Arterie war leicht beschädigt, und der Blutfluss war zu schwach, um die Hand und den Unterarm richtig zu versorgen. Wir haben die Arterie genäht, und im Moment sieht alles gut aus. In den nächsten Tagen werden wir wissen, ob sein Unterarm und seine Hand heilen werden. In dieser Zeit müssen wir ihn genau beobachten. Er liegt auf der Intensivstation, wo er die nötige medizinische Versorgung bekommt."

Daeds Augen zogen sich zusammen. „Sie sagten, er hat eine Gehirnerschütterung."

Der Arzt nickte leicht. „Wir beobachten seinen Zustand sehr genau, aber alles deutet im Moment darauf hin, dass sein Kopf keinen bleibenden Schaden davongetragen hat."

Daed ballte die Hände wieder zu Fäusten. „Besteht die Gefahr, dass er den Arm verliert?"

Der Mann zog das Gesicht ernst in Falten. „Ja. Aber wir hoffen, dass wir das verhindern können. Im Moment sieht es so aus, als würde alles gut heilen. Es wurden keine Sehnen oder Bänder beschädigt. Das heißt, wenn sein Arm und seine Hand in den nächsten vierundzwanzig bis achtundvierzig Stunden keine Probleme aufweisen, wird er keine bleibenden Schäden davontragen. Aber natürlich darf er in den nächsten drei bis vier Wochen nur so wenig wie möglich belastet werden und braucht viel Ruhe."

Hannah schluckte schwer. Sie hoffte, sie würde ihre Familie nicht noch mehr beunruhigen, aber sie musste ihre Frage stellen: „Was ist mit Mary?"

Der Arzt schaute sie mit einem freundlichen Lächeln an. „Es tut mir leid, aber ich darf Ihnen nichts über Patienten sagen, die nicht zu Ihrer Familie gehören. Die Yoders sind einige Minuten nach Ihnen eingetroffen und sprechen im Moment mit Marys Arzt. Sie können von Ihnen alles Nötige erfahren."

Er wandte sich wieder an ihren Vater. „Auf der Intensivstation sind nur zwei erwachsene Besucher gleichzeitig erlaubt. Kinder unter zwölf dürfen die Intensivstation überhaupt nicht betreten, es sei denn, die Umstände würden das erforderlich machen. Wenn eine Aufsichtsperson bei ihnen ist, können die jüngeren Kinder hierbleiben oder in ein Wartezimmer gehen. Unten gibt es eine Cafeteria. Wenn Sie zum Stationszimmer gehen, wird man Sie zu Lukes Zimmer führen."

Ihre Mutter holte tief Luft. „Danke."

Daed nickte. „Ja, danke."

„Gern geschehen." Dr. Greenfield ließ sie allein.

Mamm rückte ihre Schürze zurecht. Sie drehte sich um und schaute jedes ihrer Kinder durchdringend an, um sicherzustellen, dass sie bereit waren, mit dem, was auf sie zukam, richtig umzugehen, ohne unnötige Aufmerksamkeit auf sich zu ziehen.

Schweigend und mit stoischen Mienen verließen sie nacheinander den Raum.

Zum ersten Mal seit Monaten, vielleicht sogar seit Jahren, hatte Hannah das Gefühl, dass ihre eigenen Ideen und Wünsche unwichtig waren. Alles, was zählte, war, dass Luke und Mary wieder gesund wurden.

Kapitel 11

„Hannah." Die Stimme ihres Vaters klang ein wenig rau, als er von der Tür des Wartezimmers aus ihren Namen rief.

„Ja." Hannah stand auf und setzte Sarah die kleine Rebecca auf den Schoß.

„Du gehst als Nächste zu ihm. Danach kannst du Sarah, Esther und Levi nacheinander zu Luke führen. Ich suche ein Münztelefon und rufe die Bylers an, damit unsere Gemeinde weiß, wie die Dinge stehen."

„Ja." Hannah hoffte, die Bylers wären so nahe bei ihrem Telefon, dass sie es klingeln hörten. Es befand sich in einer Hütte am Ende ihrer langen Auffahrt und wurde hauptsächlich für geschäftliche Zwecke benutzt. Sie hatten einen Anrufbeantworter in der Hütte, aber manchmal konnten Tage vergehen, ohne dass jemand daran dachte, ihn abzuhören. Als sie sich das überlegte, war Hannah sicher, dass ihr Vater Mr Carlisle anrufen würde, falls er die Bylers nicht erreichte. Mr Carlisle würde dafür sorgen, dass die Gemeinde darüber informiert wurde, was hier im Krankenhaus los war.

Hannah ließ Sarah bei ihren drei jüngsten Geschwistern zurück und ging durch die Tür und den Flur zur Intensivstation. Auf dem Gang sah sie Jacob Yoder, der gerade die Intensivstation verließ und zum Wartezimmer unterwegs war. Der junge Mann sah blass und völlig niedergeschlagen aus. Aber Sarah war da; sie leistete ihm bestimmt gern Gesellschaft. Hannah senkte den Kopf und vermied jeden Augenkontakt mit Jacob, genau, wie sie es Sarah versprochen hatte. Aber ein schneller Blick in seine Richtung verriet ihr, dass er sie überhaupt nicht bemerkt hatte.

Hannah nickte der Krankenschwester zu, die von ihrem Schreibtisch aufblickte. Vor Lukes Zimmer blieb sie stehen und erkannte ihren Bruder durch die Glasschiebetüren. Sie erstarrte.

Er lag mit geschlossenen Augen im Bett. Sein rechter Arm und seine rechte Hand waren verbunden. Seine beiden Arme waren an die Metallseiten des Bettes gebunden. Ein Beutel mit irgendeiner bernsteinfarbenen Flüssigkeit und ein anderer Beutel, dessen Inhalt wie Blut aussah, waren mit verschiedenen Schläuchen verbunden, die in zwei Nadeln an seinem guten Arm endeten. Er war an sonderbare Maschinen und an verschiedene Kästen, die die Krankenschwester *Monitore* nannte, angeschlossen.

Ihre Mutter saß auf einem Stuhl neben dem Bett und starrte Luke an. Die Miene auf ihrem Gesicht verriet ihre Verzweiflung und Hoffnungslosigkeit. Fest entschlossen, so gut sie konnte, zu helfen, trat Hannah ins Zimmer und setzte sich auf den kleinen Stuhl neben ihrer Mutter. „Mach dir keine Sorgen, *Mamm*. Luke und Mary werden wieder ganz gesund werden. Du wirst schon sehen."

Obwohl Hannah noch nicht bei Mary gewesen war, hatte sie gehört, wie Becky Yoder alles, was sie über die Verletzungen ihrer Tochter wusste, berichtet hatte. Die arme Mary. Sie hatte sich den rechten Oberschenkel gebrochen, die rechte Schulter war ausgerenkt, und sie hatte eine Blutung in der linken Hirnhälfte. Die Ärzte hatten gesagt, mit Krankengymnastik wären Marys Bein und ihre Schulter kein Problem. Aber sie könnte aufgrund der Kopfverletzung, die operiert werden hatte müssen, um zu verhindern, dass das angestaute Blut auf das Gehirn drückte, Schwierigkeiten haben, sich an manche Dinge zu erinnern und zu sprechen, und sie könnte Koordinationsprobleme haben. Es war möglich, dass sie sich nicht an ihre Familie oder an ihre Freunde erinnerte. Möglicherweise müsste sie erst wieder lernen, sich die Zähne zu putzen, selbst zu essen, zu gehen und sich anzuziehen. Außerdem bräuchte sie wegen der Verletzungen an ihrer Schulter und ihrem Bein mehrere Monate lang Krankengymnastik.

Becky sagte, der Herzschlag ihrer Tochter sei am Unfallort so schwach gewesen, dass der Sanitäter gedacht hatte, sie hätte überhaupt keinen Puls. Hannah war bestürzt, wie knapp Mary dem Tod entronnen war.

Schuldgefühle zehrten an Hannah, denn trotz der traurigen Situation, in der sich ihr Bruder und ihre Freundin befanden, fand sie selbst diese Welt der Medizin faszinierend.

Die Stunden vergingen nur schleppend, während Hannah und ihre Familie abwechselnd Lukes Atem beobachteten. Verschiedene Schwestern und Ärzte kamen vorbei und erklärten ihnen alle möglichen medizinischen Begriffe, die sie sich kaum merken konnte.

Die jüngeren Kinder fühlten sich unwohl, da sie nur im Wartezimmer herumsitzen konnten. *Daed* hatte allmählich genug davon, nur hier zu sitzen und zu warten, bis Luke hoffentlich aufwachte. Vor ein paar Stunden hatte er etwas davon gemurmelt, dass die restlichen Kartoffeln geerntet werden müssten, bevor das Wetter sich änderte.

Während Hannah in Lukes Zimmer war, saßen sowohl ihre als auch Marys Eltern im Besprechungszimmer und sprachen darüber, wer im Krankenhaus bleiben und wer auf den Hof zurückkehren sollte. Hannah wusste, dass die Väter so viele aus ihren Familien wie möglich wieder zu Hause haben wollten. Dort wartete viel Arbeit auf sie. Außerdem wollte keiner der Männer, dass seine Kinder den vielen weltlichen Dingen ausgesetzt wären, die durch das Fernsehen und einige der Leute hier vermittelt wurden. Dazu kam, dass die Mahlzeiten in der Cafeteria für eine ganze Familie ziemlich teuer waren. Außerdem hatte es einfach keinen Sinn, dass zwei komplette Großfamilien am Krankenbett saßen.

„Hannah." Ihre Mutter bedeutete ihr, Lukes Zimmer zu verlassen und mit ihr zu kommen. Hannah folgte ihr von der Intensivstation und auf den Gang hinaus. Ihre Mutter drehte sich zu ihr um. „Dein Vater hat mit mir und danach mit Becky und John Yoder Folgendes besprochen: Wir halten es für das Beste, wenn du hierbleibst. Becky und ich werden ebenfalls bleiben."

Die Traurigkeit in den Augen und der Stimme ihrer Mutter schmerzte Hannah, und sie konnte ihr keine Antwort geben.

Mamm warf einen Blick auf den Gang. „Für den Fall, dass Mary aufwacht, hätten John und Becky dich gern hier. Wenn du ihr sagst, dass sie in Sicherheit ist und dass alles in Ordnung ist, wird ihr das helfen." Sie lächelte, aber das Lächeln erreichte nicht ihre Augen. „Nicht wahr?"

Hannah nickte. Mary vertraute ihr. Es hatte eine Zeit gegeben, in der Mary erst geglaubt hatte, dass sie vor einem Sturm oder einem Ungeheuer, das nur in ihrer Fantasie existierte, in Sicherheit war, wenn Hannah es sagte. Aber das lag Jahre zurück. Das war damals gewesen, als Mary noch ein Kind gewesen war.

Hannah wusste auch ziemlich genau, was ihre Mutter nicht sagte: Falls Mary nie wieder aufwachte, oder falls sie beim Aufwachen einige der Probleme haben sollte, die der Arzt erwähnt hatte, könnte Hannah Becky trösten.

Mamm nahm Hannah an der Hand. „Der Mann, der das Auto gefahren hat, das mit Luke und Mary zusammenprallte, ist hier im Krankenhaus."

Das hatte Hannah nicht erwartet. „Warum?"

„Er ist mit deinem Vater und mit John und Becky im Besprechungszimmer. Ihm tut der Unfall so leid, Hannah." Ihre Stimme zitterte, und sie hatte Mühe, ihre Gefühle unter Kontrolle zu bringen. „Es war nicht seine Schuld. Er war nicht zu schnell gefahren. Er kam nur leider genau in dem Moment über die Kuppe, als der Einspänner über die Straße fuhr. Er und seine Frau haben beide angeboten, eine Weile für uns zu arbeiten. Ich denke, es wird dem armen Mann gut tun, wenn er weiß, dass er den Menschen, die er verletzt hat, auch wenn er das nicht absichtlich getan hat, helfen kann. Und mit der Hilfe der beiden wird auf dem Hof die Arbeit erledigt, auch wenn du hierbleibst." Sie schwieg einen Moment und schaute ihrer Tochter ins Gesicht. „Außerdem meint dein *Daed*, dass du hier mehr nützt als auf dem Hof und dass es dir vielleicht guttut, eine Weile fortzukommen."

Hannah schluckte. „Ich bleibe gern hier bei Luke und Mary. Ich lerne einiges über Medizin, und das ist sehr interessant."

Ihr Gespräch brach ab, als sie warteten, bis ein Mann auf dem Flur an ihnen vorbeigegangen war. Hannah hasste den Grund, aus dem sie hier waren, aber hier gab es so vieles zu lernen. Als niemand sie gesehen hatte, hatte sie ein paar Zeilen aus einem Roman gelesen, den jemand im Wartezimmer liegen gelassen hatte, und sie hatte einige Psychologiezeitschriften durchgeblättert.

Ihre Mutter lächelte. „Ich habe schon immer gesagt, dass du eines Tages eine gute Hebamme sein würdest, Hannah. Jetzt geh wieder zu Luke hinein."

Eine Stunde später kam *Mamm* in Lukes Zimmer und erklärte, dass John Yoder und *Daed* in der Nähe des Krankenhauses eine Übernachtungsmöglichkeit für die drei Frauen, die hierblieben, gefunden hätten. Zwei Fahrer waren gekommen. Alle anderen waren schon unten und stiegen ein, um wieder nach Hause zu fahren.

Mamm, Becky und Hannah gingen nach unten, um sich von ihren Familien zu verabschieden. Marys Vater versprach, in ein paar Tagen wiederzukommen. In der Zwischenzeit sollte Becky ihn jeden Abend zu einer bestimmten Zeit bei den Bylers anrufen und auf dem Laufenden halten. Wic in Trance stand Hannah vor dem Krankenhaus und winkte ihrer Familie zum Abschied nach.

Wie konnte sich das Leben so schnell ändern?

Luke schaffte es nicht, die Augen aufzuschlagen, aber er spürte einen Frieden in seinem Herzen, den er bisher nicht gekannt hatte. Der Gott, der die strengen Regeln der *Ordnung* diktierte, hatte auch eine andere Seite. Nach dem zu urteilen, was Luke in seinem Herzen fühlte, war das eine sanfte, verständnisvolle, liebevolle Seite. Eine Seite, die Luke durch und durch erwärmte und die ihm in Zeiten der Verzweiflung Hoffnung gab.

Er hörte Hannah neben sich. Sie sang ein Lied aus dem *Ausbund*. Er kämpfte gegen das Gewicht an, das versuchte, seine Augen gewaltsam zuzuhalten, und schaute seine Schwester an.

Hannah lächelte. „Hallo, Luke."

Wo war er? Seine Augen fielen wieder zu und weigerten sich, erneut aufzugehen, aber er widerstand dem Drang einzuschlafen.

Ein Bild von Mary tauchte in seinen verschwommenen Gedanken auf. Er versuchte sich zu konzentrieren, während seine Schwester ihm erklärte, wo er war, wo Mary war, und warum sie hier waren. Hannahs sanfte Stimme ärgerte ihn plötzlich. Er wollte aufstehen und verlangen, dass jemand ihn zu Mary brachte. Sofort! Aber trotz seiner Bemühungen schaffte er es nicht, sich von der Benommenheit, die ihn zu verschlingen drohte, zu lösen.

Neben der Stimme seiner Schwester konnte er andere, fremde Geräusche hören. Er vernahm ein zischendes Geräusch, das ihn an die mit Diesel betriebenen Melkmaschinen erinnerte, mit denen die Milchkühe gemolken wurden, und ein rhythmisches Piepsen, wie er es noch nie gehört hatte. Außerdem hörte er das leise Summen irgendeiner Maschine. Etwas unter seiner Nase blies kalte Luft in seine Nasenlöcher. Irgendetwas im Raum roch wie die Putzmittel, die seine Mutter benutzte, um die Böden zu reinigen. Ihm tat vom Kopf bis zum Rücken alles weh, aber seine Augen weigerten sich, sich zu öffnen, so sehr er sich auch anstrengte. Als er nicht länger gegen seine Müdigkeit ankämpfen konnte, sank er an diesen friedlichen Ort zurück.

Hannah saß auf dem Stuhl neben Lukes Bett und litt sowohl mit Luke als auch mit Mary. Sie schloss die Augen. Da beide in einer so schlechten Verfassung waren, war das erst der Anfang der schweren Zeiten, die auf sie zukämen.

Trotz ihrer Sorgen nahm ihre Müdigkeit immer mehr überhand. Während sie sich ein wenig entspannte, kam ihr eine Idee.

Eine Quiltdecke.

Da Mary viele Monate vor sich hätte, bis sie wieder ganz bei Kräften wäre, und da Hannah die Absicht hatte, so viele Stunden wie möglich bei ihrer lieben Freundin zu verbringen, hielt sie es für einen guten Zeitpunkt, eine Quiltdecke für Luke und Mary zu beginnen. Wenn ihre Freundin Probleme hätte, sich an ihr Leben zu erinnern, könnte eine solche Decke Mary helfen, Verbindungen zu ihrer Vergangenheit und zu ihrer Zukunft herzustellen, während sie miteinander die Teile zusammennähten. Die Gedanken daran, dass sie Material sammeln und ein besonderes Muster entwerfen müsste, erfüllte Hannah mit einem gewissen Frieden. Sie schloss die Augen und lehnte den Kopf auf dem Sessel zurück.

„W-wo ist Mary?“ Lukes heisere Stimme riss Hannah aus ihrem Schlummer.

Sie sprang aufgeregt auf die Beine. Atemlos ergriff sie seine Hand. „Luke, du bist wach.“

Er starrte sie an. Eine große Verwirrung und Angst sprachen aus seinen Augen. „Ist … Mary … am Leben?“

„Ja. Sie ist in einem anderen Zimmer auf diesem Gang.“

Eine leichte Gänsehaut lief ihr vor Nervosität über den Rücken. Eine Krankenschwester hatte gesagt, wenn Luke aufwache, sollten sie ihm nicht mehr erzählen, als dass Mary am Leben sei und viel Ruhe brauche. Aus Angst, sie könnte etwas Falsches sagen, deutete Hannah zur Tür. „Ich … ich sage *Mamm* und den Krankenschwestern, dass du aufgewacht bist.“

Während die Krankenschwestern in Lukes Zimmer aus- und eingingen, saß *Mamm* auf dem gepolsterten Stuhl und versuchte, von ihren Gefühlen so wenig wie möglich zu zeigen. Aber das Leuchten in ihren Augen half, Hannahs Schmerz zu lindern.

Luke war wach und nahm seine neue Umgebung mit einer Mischung aus Dankbarkeit und Frustration wahr. Trotz seiner zahlreichen Bitten, Mary sehen zu dürfen, erlaubte man es ihm nicht. Dr. Greenfield hatte Bedenken, dass diese Belastung Lukes Fortschritte beeinträchtigen könnten. Irgendwann, wenn sie nicht mehr künstlich beatmet werden müsste – und alles gut lief –, dürfte Luke sie besuchen.

Am dritten Tag nach Marys Operation wollte der Arzt Untersuchungen an ihrem Kopf durchführen. Wenn ein positiver Heilungsprozess zu beobachten wäre und keine Blutgerinsel oder Ergüsse zu finden wären, würde man sie langsam aufwachen lassen und vielleicht die Beatmungsmaschine abstellen.

Hannahs Herz wurde jedes Mal vor Sorge ganz schwer, wenn sie über die Worte des Arztes nachdachte. Sie waren so unverbindlich. *Falls* Mary gut reagierte, *sollte* sie in der Lage sein, wieder selbst zu atmen. Ihre Genesung klang so vage, so unsicher. Die vielen Unwägbarkeiten belasteten Hannah sehr. Aber sie musste ihre Sorgen für sich behalten und konnte mit niemandem darüber sprechen, während das Warten immer länger dauerte.

Paul ging neben der Praktikumsbetreuerin durch den Flur des Familienberatungszentrums. Connie, eine Frau über dreißig und Mutter von drei Kindern, war bei diesem Lernprozess seine Mentorin. Sie hatte blonde Haare und trug jedes Mal, wenn Paul sie sah, eine Hose und einen Blazer. Aber er hatte sie noch nicht oft gesehen, da er erst seit einer Woche hier arbeitete. Nach seiner zweiwöchigen Einarbeitungszeit würde Paul zweimal in der Woche hier arbeiten.

Er war dankbar, dass sein direkter Vorgesetzter im Reifengeschäft nicht das letzte Wort gehabt hatte, als es darum gegangen war, dass Paul seine Arbeit verlöre, wenn er zu seinem Vorstellungsgespräch für dieses Praktikum ginge. Mr Banks hatte eingegriffen und Kyle klargemacht, dass es von Anfang an mit Paul abgemacht gewesen sei, dass er flexible Arbeitszeiten haben könne. Kyle schien über diese Einmischung im Stillen die Zähne zu knirschen, aber er hatte aufgehört, Paul Drohungen zuzuraunen.

„Hast du gestern Abend meine Notizen durchgearbeitet?" Connie schlug den dicken Ordner auf und überflog die erste Seite, um zu sehen, ob Paul sie abgezeichnet hatte.

„Ja." Es ging in dem Fall um die Familie Holmes – Mutter, Vater und vier Kinder, einschließlich einer Tochter im Teenageralter namens Kirsten, die im Garten vor den Augen ihrer Nachbarn Tobsuchtsanfälle gehabt hatte. Außerdem neigte sie zu hysterischen Anfällen vor anderen Leuten. Als Kirsten von zu Hause fortlief, brachte die Polizei sie zurück und schaltete den Sozialdienst ein.

Nach dem ersten Hausbesuch kam der Sozialarbeiter zu dem Schluss, dass die Situation sich auf alle Kinder schädlich auswirkte. Ein Onkel, der bei der Familie lebte, hatte Probleme mit Alkoholmissbrauch und Gewalt. Die Eltern hatten die Auflage bekommen, eine Therapie zu machen, was sie, laut dem Bericht, auch getan hatten. Bei der heutigen Sitzung wäre Kirsten dabei. *Das dürfte interessant werden,* dachte Paul.

„Irgendwelche Fragen?", erkundigte sich seine Mentorin.

„Ja. Wie sieht es mit dem Onkel aus?"

Connie klappte die Akte zu. „Beide Eltern schwören, dass er nicht mehr in ihr Haus darf."

„Was passiert, wenn Kirsten wieder wegläuft?"

„Es gibt verschiedene Möglichkeiten, aber ich würde vorschlagen, dass wir noch einmal einen Hausbesuch bei der Familie machen und mit den anderen Kindern sprechen, um zu erfahren, ob dort Dinge geschehen, die nicht sein sollten."

Connie blieb vor einer geschlossenen Tür mit der Hand auf dem Türgriff stehen und drehte sich zu Paul herum. „Kirsten liebt das Dramatische. Sie versteht es recht gut zu schauspielern. Ich kann dir garantieren, dass sie weinen und versuchen wird, die Schuld auf alle anderen zu schieben. Ihre dramatische Art ist nicht notwendigerweise ein Hinweis auf das, was sich in dieser Familie wirklich abspielt. Es gibt viele Schuldzuweisungen, aber es ist nicht unsere Aufgabe, Partei zu ergreifen, sondern dieser Familie zu helfen, als Einheit zu funktionieren."

Paul nickte. „Ich werde mich bemühen, objektiv zu bleiben."

Endlich kam der dritte Tag nach Marys Operation. Die Untersuchungsergebnisse zeigten, dass der Bereich in ihrem Kopf, an dem sie operiert worden war, besser heilte, als die Ärzte erwartet hatten. Die Medikamente, die sie in einem künstlichen Koma hielten, waren vor ein paar Stunden reduziert worden. Marys Arzt, Dr. Hill – ein Mann, der viel älter und runder war als Dr. Greenfield – kündigte an, dass Mary bis zum Abend aufwachen könnte.

Obwohl sie immer noch das Gefühl hatte, ihr Verstand und ihr Herz seien von einem dichten Nebel eingehüllt, saß Hannah an Marys Bett, während Becky Yoder auf der anderen Seite saß. *Mamm* hatte Lukes Zimmer den ganzen Tag nicht verlassen. Er war von der Intensivstation auf eine Normalstation im fünften Stock verlegt worden. Luke war in den letzten Tagen sehr anstrengend gewesen, obwohl der Arzt ihm immer noch leichte Beruhigungsmittel gab. Wenn Luke wach war, war er reizbar und verlangte ständig, Mary zu sehen. Dann wirkten die Medikamente, und er schlief wieder ein.

Hannah glaubte, dass Dr. Greenfield recht hatte; es war besser, wenn Luke Mary nicht in diesem Zustand sah. Becky hatte sich einverstanden erklärt, Luke hin und wieder zu besuchen, denn sie wussten, dass er eher glauben würde, dass es Mary gut ging, wenn ihre Mutter nicht jede Sekunde an ihrem Bett saß. Hannah bewunderte Becky für ihre Bereitschaft, ihre Tochter phasenweise zu verlassen, um zu helfen, dass Luke sich beruhigte.

Die letzten Tage hatten bei ihnen allen stark an den Kräften gezehrt, obwohl sie keine körperliche Arbeit leisten mussten. Hannah, *Mamm* und Becky saßen abwechselnd bei Luke und Mary und verließen sie nur, wenn sie zum Schlafen ins Hotel fuhren oder in der Cafeteria einen kurzen Happen zu sich nahmen. Viele Amische der Alten Ordnung – Verwandte und Freunde – waren aus ganz Pennsylvania, Ohio und Indiana gekommen. Viele hatten Fahrer dafür bezahlt, um sie hierher zu bringen, damit sie die Familien besuchen und ihnen ihre Unterstützung anbieten konnten. Wer konnte, der schenkte Geld für die immer höher steigenden Krankenhausrechnungen. Obwohl sie mit den anderen gern auf ihren Hof zurückgekehrt wären, fühlten sich *Mamm,* Becky und Hannah angesichts der vielen Besuche alles andere als einsam. Soweit Hannah hörte, kam nur eine von Marys Tanten nicht zu Besuch, nämlich die Tante, die im Februar Zwillinge bekäme und in Ohio wohnte. Ihr Mann war mit Verwandten und Freunden mit dem Zug gekommen.

Bei den Telefongesprächen mit *Mamm* erzählte *Daed* von den vielen amischen Männern und Jungen, die ihm auf dem Hof halfen. Mehrere brachten ihre Frauen mit, die sowohl bei den Yoders als auch bei den Lapps beim Kochen und der anderen Hausarbeit halfen. Die Unterstützung der Gemeinde, die die Familien in dieser Zeit erfuhren, tat Hannah gut. Die Amischen waren wirklich freundlich und großzügig. Irgendwie hatte sie aufgrund ihres starken Wunsches, einen Mann außerhalb ihrer Gemeinschaft zu heiraten, vergessen, wie viel Segen man in der Amischgemeinschaft erfahren konnte.

Ihre Mutter sagte, dass auch ihre englischen Nachbarn vorbeigekommen seien und ihre Hilfe angeboten hätten. Die Leute steckten die Köpfe zusammen und legten ihr Geld zusammen, um als Überraschung für Luke und Mary eine Sattlerei und eine Wohnung zu planen. Hannah hoffte, dass sie diese Pläne umsetzen könnten. Das wäre für ihre Freundin ein wunderbares Geschenk.

Während sie ein selbst erfundenes Lied aus ihrer Kindheit sang, warf Hannah einen kurzen Blick auf Becky, deren Augen auf ihre Tochter geheftet waren. Marys regungsloser Körper war in eine halbsitzende Lagerung gebracht worden, die die Schwestern als Fowler-Lagerung bezeichneten. Der Kopfteil des Krankenbettes war dabei in einem Fünfundvierzig-Grad-Winkel hochgestellt.

Die Minuten wurden zu Stunden, während Hannah an Marys Bett saß und sang und von alten Erinnerungen erzählte. Im Moment war Becky bei Luke und versuchte ihn zu überzeugen, dass es Mary gut ging. Hannah drückte Marys Hand. „Erinnerst du dich daran, als wir diese Kätzchen im alten Werkzeugschuppen deines Vaters fanden, die von der Katzenmutter im Stich gelassen worden waren?“ Ein leises Lachen kam über Hannahs Lippen. „Es dauerte Tage, bis wir unsere Mütter hatten überreden können, dass diese armen Kätzchen wirklich allein waren.“ Hannah fuhr mit den Fingern über Marys Arm. „Als sie uns endlich glaubten, gaben sie uns Milch für sie, und wir durften sie sogar mit Pipetten füttern. Wir streichelten diese winzigen Kätzchen und fütterten sie jede Stunde, als würden wir selbst sterben, wenn eines von ihnen nicht überleben würde.“ Hannah schnalzte verächtlich mit der Zunge. „Sie waren die Milch nicht wert, die wir ihnen gaben. Sie wurden richtig böse, alte Katzen, die jede anständige Katze vertrieben, die dein *Daed* in seinem Stall hatte. Aber sie hatten überlebt.“

Hannah lachte. „Und weißt du noch, als wir dreizehn waren und den ganzen Herbst Decken für das Missionshaus gesammelt und genäht haben? Oh, Mary, wir waren in allem, was wir uns in den Kopf gesetzt hatten, so hartnäckig. Weißt du noch?“

Immer, wenn sich Marys Finger oder Zehen leicht bewegten, flüsterte Hannah ihrer Freundin zu, wo sie war und warum sie hier war. Die Krankenschwestern kamen oft ins Zimmer, obwohl sie nicht besonders besorgt wirkten.

Die Beatmungsmaschine war so eingestellt, dass sie nur dann für Mary atmete, wenn diese nicht selbst atmete. Hoffentlich würde Marys Körper das Atmen wieder selbst übernehmen, sobald die durch die Medikamente herbeigeführte Lähmung ganz verschwunden wäre. Hannah hörte zu, wie die Maschine Luft in Marys Lunge presste. Das geschah öfter, als es ihrer Meinung nach geschehen sollte.

Komm schon, Mary, atme. Atme doch.

Eine weiße Gestalt trat ins Zimmer. Hannahs Blick wanderte von Mary zur Tür. Sie erkannte Dr. Greenfield.

„Geduld.“ Er lächelte. „Dass sie so langsam aufwacht, ist ganz normal.“

Hannah zwang sich zu einem Lächeln. Sie war froh, dass Dr. Greenfield hier war. Er trat näher ins Zimmer und stellte etwas an Marys Infusionsgerät ein. Ohne ein Wort zu sagen, huschte Becky ins Zimmer und nahm wieder ihren Platz neben dem Bett ihrer Tochter ein. Marys Augenlider zuckten, und ihre Beine bewegten sich. Sie drehte den Kopf, als wollte sie sich von dem Teil befreien, das über ihrem Mund lag. Sie hustete und wollte die Arme bewegen. Ein schriller Alarmton ertönte.

Dr. Greenfield drückte einen Knopf an dem Beatmungsgerät und schaltete damit den Alarm aus. Er trat ans Bett und kontrollierte Marys Pupillen. „Das ist alles völlig normal“, versicherte er Hannah und Becky. „Dr. Hill macht gerade Visite. Er wird bald hier sein.“ Er drehte sich um und verließ das Zimmer.

Mary sah immer weniger wie eine Leiche aus, obwohl Hannah nicht hätte sagen können, woran das lag.

Marys Beine bewegten sich, und Hannah beugte sich zu ihrem Ohr vor. „Mary, du hattest einen Unfall. Wir sind im Krankenhaus, und du bist in Sicherheit. Das komische Gefühl in deinem Hals ist ein Schlauch, der dir beim Atmen hilft. Eine Maschine atmet eine Weile für dich. Kämpfe nicht dagegen an. Entspanne dich einfach. Luke liegt in einem anderen Zimmer und wartet darauf, dass du aufwachst. Als er aufwachte, fühlte er sich ganz ähnlich wie du jetzt. Aber inzwischen geht es ihm wieder richtig gut.“

Hannah redete weiter und wiederholte sich immer und immer wieder. Es sah aus, als wäre es für Becky im Moment unmöglich zu sprechen. Einige Male hatte sie versucht mit ihrer Tochter zu sprechen, aber sie hatte die Worte kaum über die Lippen gebracht und war dann wieder in ein trauriges Schweigen verfallen. Jedes Mal, wenn Hannah aufhörte zu singen oder zu sprechen, drehte Mary den Kopf auf die Seite und versuchte, sich von dem Schlauch, der in ihrem Gesicht befestigt war, zu befreien, und zog an den Fixierungen und hustete.

Aus Beckys Gesicht wich jede Farbe. Sie deutete zur Tür und verließ das Zimmer.

Tränen liefen Hannah über die Wangen. „Überall beten die Leute für dich, Mary. Luke braucht dich.“ Sie hob die Hand ihrer Freundin an ihre Wange und streichelte sie. „Ich brauche dich.“ Hannah schluckte und hoffte, ihre Worte strahlten Hoffnung und Zuversicht aus. „Ich … ich habe einen Plan: Wir könnten miteinander eine ganz besondere Quiltdecke nähen. Aber wenn diese Patchworkdecke Wirklichkeit werden soll, müssen wir beide mitmachen.“

Als Dr. Hill und eine Schwester das Zimmer betraten, hörte Hannah auf zu reden. Mary drehte den Kopf und wehrte sich gegen den Schlauch, der in ihren Hals führte. Ihre Handgelenke zerrten an den Fixierungen. Hannah ergriff die Hand ihrer Freundin. „Ruhig, *Liewi*. Ich bin da. Der Arzt ist auch da. Alles wird gut werden.“

Dr. Hill betrachtete das Krankenblatt in seiner Hand und sagte: „Ihre Eigenatmung ist schon eine ganze Weile stabil. Sie hat die Beatmungsmaschine seit zwei Stunden nicht mehr gebraucht.“ Er reichte der Schwester das Blatt und trat an die andere Seite des Bettes. „Mary, wir werden jetzt die Maschine wegnehmen, die für Sie atmet. Es kann sein, dass Sie ein paar Sekunden das Gefühl haben, keine Luft zu bekommen, aber haben Sie keine Angst. Entspannen Sie sich einfach. Sehr bald werden Sie wieder selbst atmen.“

Hannah wünschte, Becky wäre nicht ausgerechnet jetzt zu Luke gegangen, und legte die Hand über Marys Hand und wiederholte in ihrer Muttersprache, was der Arzt gesagt hatte. Während Dr. Hill mit Marys Maschine beschäftigt war und sie dazu brachte zu husten, schloss Hannah fest die Augen und redete weiter mit Mary und versicherte ihr, dass alles gut werden würde. Hannah zitterte, als sie ein saugendes Geräusch hörte, aber sie weigerte sich, die Augen zu öffnen. Sie murmelte weiter und sang Mary weiter vor und hoffte, ihre Stimme würde nicht verraten, wie groß ihre Angst war.

Jemand berührte Hannahs Schulter. „Sie atmet jetzt selbst“, sagte Dr. Hill. „Die Schläuche sind weg.“

Hannah schlug die Augen auf. Das Teil, das über Marys Mund geklebt gewesen war, war fort. Eine Schwester legte einen dünnen Schlauch unter Marys Nase. Mary öffnete mühsam ihre müden Augen und schaute Hannah an. Hannahs Herz machte vor Freude Luftsprünge, und ihre Lippen öffneten sich zu einem breiten Lächeln.

„Ah, ein Lächeln!“, neckte Dr. Greenfield sie. „Allein dafür hat es sich gelohnt, dass ich noch einmal gekommen bin.“

Hannah strahlte ihn an. Bis zu diesem Moment war ihr nicht bewusst gewesen, dass er auch ins Zimmer gekommen war. „Danke." Sie schaute Dr. Hill an. „Ihnen beiden vielen Dank für alles. Ich sollte gehen und es ihrer *Mamm* sagen."

Dr. Hill brummte: „Sie bleiben hier und helfen ihr, ruhig zu bleiben. Eine Schwester kann Marys Mutter holen."

„S-s-s." Mary brachte den Ton kaum über die Lippen und musste wieder husten.

Eine Krankenschwester nahm einen Krug mit Eiswasser und einen Becher vom Nachttisch. Sie füllte den Becher und steckte einen Strohhalm hinein. Hannah steckte Mary den Strohhalm in den Mund und hielt ihr den Becher hin.

Nachdem sie mehrere Male mühsam geschluckt hatte, versuchte Mary erneut zu sprechen. „L-L-L-Luke?"

Hannah bekam eine Gänsehaut. Mary erinnerte sich!

Sobald die Ärzte und die Schwester das Zimmer verlassen hatten, begann Hannah, Mary von Luke und ihrer gemeinsamen Zukunft mit ihm und den schönen Kindern, die sie bekommen würden, zu erzählen. Sie berichtete ihr auch ausführlich von ihrem Plan, dass sie miteinander eine besondere Quiltdecke nähen könnten.

Es war nicht immer leicht, Mary zu verstehen. Ihre Worte waren ein wenig undeutlich, ihr Gedächtnis hatte einige Lücken, und ihre Stimme war heiser. Aber sie schien sich an alle wichtigen Dinge in ihrem Leben zu erinnern: Ihre Kindheit, ihre Liebe zu Luke und ihren Glauben an Gott.

Hannah war begeistert.

Kapitel 12

Luke verkniff sich nur mühsam ein Stöhnen, als er sich schwerfällig in den Rollstuhl setzte, den seine Schwester für ihn festhielt. Es war fast Mitternacht. *Mamm* und Becky waren schon zum Schlafen ins Hotel gefahren.

Er schaute stur geradeaus, während Hannah ihn zum Aufzug schob, im zweiten Stockwerk mit ihm wieder ausstieg und ihn zu Marys Zimmer rollte. Ihn interessierte nicht, was der Arzt sagte; er musste Mary sehen. Er hörte Hannah nervös einatmen, als sie seinen Rollstuhl auf dem Weg zu Marys Zimmer am Stationszimmer vorbeischob.

Eine rundliche, dunkelhaarige Krankenschwester schaute von ihrer Arbeit auf. „Höchstens eine Viertelstunde."

Luke hob seine gute Hand. „Danke."

Hannah beugte sich zu seinem Ohr vor. „Ich fühle mich jetzt viel besser, da wir ihre Erlaubnis haben." Sie hielt seinen Stuhl vor Marys Zimmer an. „Luke, sie haben ihren Kopf kahl rasiert. Das mussten sie tun. Sie hatte neben der Stelle, an der sie operiert haben, viele Wunden, die versorgt werden mussten."

„Ich komme damit schon zurecht. Gehen wir jetzt bitte endlich hinein."

Hannah öffnete die Tür und schob ihn ins Zimmer.

Mary war so weiß wie ihr Laken und völlig abgezehrt. Wie viele Kilo hatte sie seit dem Unfall abgenommen? Sie sah zerbrechlich und hilflos aus. Auf ihrem kahlen Kopf klebte ein riesiges weißes Pflaster, und mehrere kleinere Pflaster schauten durch ihre weiße Gebetshaube durch.

Hannah schob Luke näher zum Bett und kauerte neben ihm. „Dr. Hill sagte, sie könne wahrscheinlich schon morgen die Intensivstation verlassen."

Lukes Hände begannen zu zittern. Wie hatte das nur passieren können? Sie waren so glücklich gewesen, hatten gelacht, gescherzt, und dann …

Quälende Schuldgefühle drückten ihn nieder, bis er dachte, darunter ersticken zu müssen. Sein Atem kam in kurzen, abgehackten Zügen. Während er nach etwas suchte, das diese Situation erträglich machen könnte, kam ihm ein Gedanke. Vielleicht war es gar nicht seine Schuld gewesen. Endlich konnte er wieder atmen.

Aber wessen Schuld war es dann? Er starrte die arme Mary an, während er diesen Gedanken hin- und herbewegte. Er wäre nicht in der Nähe des Knepphofs gewesen, wenn …

Er fühlte sich nicht wohl bei der Richtung, die seine Gedanken einschlugen, und wehrte sich dagegen.

Aber einige Momente später meldete sich dieser Gedanke wieder, und dieses Mal wehrte er sich nicht dagegen. Wenn Hannah mit ihnen zum Singen gefahren wäre, wie er sie gebeten hatte, wären sie auf ihrem Hof gewesen, und das alles wäre nie passiert. Während er schweigend hiersaß und seine schlafende Verlobte betrachtete, fragte er sich, warum Hannah an jenem Abend nicht mit ihnen gekommen war.

„Es geht ihr schon wieder sehr gut, Luke. Wirklich“, flüsterte Hannah.

Luke betrachtete seine Verlobte. Seine Kehle war wie zugeschnürt, und in seinen Augen brannten heiße Tränen. Marys beste Freundin hatte sie in diese Lage gebracht. Nur ihretwegen waren sie dort auf der Straße gewesen. Warum musste seine Schwester immer so eigensinnig sein?

Eine dunkelhaarige Krankenschwester betrat mit einer vollen Infusionsflasche das Zimmer. Während sie leise die Flasche wechselte, wachte Mary auf. Als sie Luke sah, leuchteten ihre Augen vor Freude, aber eine Sekunde später zog ein großes Entsetzen über ihr Gesicht. Sie berührte ihren kahlen Kopf am Rand ihrer *Kapp* und wirkte schrecklich verlegen.

Die Krankenschwester ließ Marys Bett absinken und schob dann das Geländer zwischen Luke und Mary nach unten.

Er streckte die Hand nach ihr aus, und seine Finger legten sich um ihre zerbrechliche Hand. Er wusste, dass sie noch jahrelang darunter leiden würde, dass ihre Haare abrasiert worden waren. „Du lebst.

Komm ja nicht auf die Idee zu glauben, irgendetwas anderes wäre wichtig." Seine Stimme versagte, als er darum kämpfte, nicht zu weinen.

Mary weinte. „Oh, L-L-Luke", sagte sie in ihrer gebrochenen, schwer verständlichen Sprache. „I-ich w-w-ollte nicht, dass du mich s-s-so siehst."

Wie kann sie glauben, dass das eine Rolle spielt?

Die Krankenschwester räusperte sich. „Ich komme in fünfzehn Minuten wieder."

„Ich auch." Hannah folgte der Schwester aus dem Zimmer.

Luke hob Marys Hand hoch und streichelte ihre glatte Haut. „Deine Haare werden wieder wachsen, Liebes."

Sie hielt seine Hand fest. „I-ich k-kann mich nicht g-g-genau erinnern, was passiert ist." Ihre Stimme klang, als hätte sie eine Kehlkopfentzündung.

„Für mich ist es auch irgendwie verschwommen."

Die Erleichterung darüber, dass er sie verstanden hatte, war in ihren Augen abzulesen.

Er warf einen Blick auf die Maschinen, an die sie immer noch angeschlossen war, und die sie mit Sauerstoff versorgten und ihre Herztätigkeit und solche Dinge überwachten. „Wie fühlst du dich?"

„A-A-Angst."

Luke küsste Marys Hand. Als seine Lippen ihre warme Haut berührten, war es mit seiner Entschlossenheit, stark zu bleiben, vorbei. Er schluchzte. „Ich habe mir solche Sorgen um dich gemacht." Er vergrub das Gesicht an ihrer Schulter.

Sie lehnte die Wange auf seinen Kopf. „I-i-ich w-w-weiß nicht, w-w-was ich o-o-ohne Hannah t-t-tun würde. Sie …"

Als er aufblickte, erkannte er, dass Mary versuchte zu sprechen, aber dass sie nicht die richtigen Worte finden konnte. Er sah, wie dringend sie Hannah brauchte. Wenn jemand für Mary sprechen und sie ohne Worte verstehen konnte, dann war das seine Schwester.

Aber Mary wusste nicht, was Luke wusste.

Luke wollte jetzt nicht auf Hannahs Schuld an diesem Unfall eingehen. Er versuchte Mary zu beruhigen. Er umarmte sie unsicher und flüsterte, wie dankbar er sei, dass sie beide noch am Leben waren. Dann hob Luke den Kopf und berührte ihr engelhaftes Gesicht.

„Du erinnerst dich, dass du eingewilligt hast, mich zu heiraten, oder?"

„V-v-vielleicht." Schalk trat in ihre Augen und erfüllte ihn mit großer Dankbarkeit. „Ich e-e-erinnere mich, d-d-dass d-d-du gesagt hast, Hofarbeit i-i-ist keine F-F-Frauenarbeit."

Luke lachte. „Aber das stimmt nicht. Das weißt du schon seit deiner Geburt. Es könnte dazu sogar einen Beschluss des Bischofs geben."

Mary lächelte. „Stimmt sch-schon."

„Wenn ich dich heiraten will, muss ich also einwilligen, dass ich das tue, was jeder in unserer Gemeinde als Frauenarbeit ansieht?"

Sie nickte.

„Einverstanden", grinste Luke.

Mary lachte, musste dann aber vor Schmerzen stöhnen. „I-ich hätte m-m-mehr heraushandeln s-s-ollen."

Luke versuchte ihren Satz zu verstehen. „Ach, ich finde, du hast schon ganz schön viel herausgehandelt, meinst du nicht?"

Sie nickte.

Luke küsste ihre Fingerspitzen. „Du kannst alles haben, was ich dir geben kann. Du brauchst nur ein Wort zu sagen."

Sie zog die Hand unter seiner hervor, legte ihre Finger auf ihre Lippen und küsste sie. Dann legte sie ihre Finger zitternd auf Lukes Lippen. Er küsste ihre Finger und staunte, dass diese einfache Berührung sich fast so anfühlte, als hätten seine Lippen ihren Mund berührt.

Mary lächelte. „I-i-ich ... hei-heirate dich o-o-ohne Vor-Vorbedingung."

Seine Kehle war wie zugeschnürt, und er konnte mehrere Momente nicht antworten. Sie lehnte sich auf das Bett zurück, während er ihre Hand mit Küssen übersäte. Ihre Augen fielen zu, und sie schlummerte wieder ein.

Morgen wollte er ihr erklären, dass er bald aus dem Krankenhaus entlassen würde und seiner Mutter versprochen hatte, sich an die Anweisungen des Arztes zu halten und nach Hause zu gehen und sich auszuruhen. Der Arzt hatte Luke gewarnt, wenn er seine Ratschläge nicht befolgte, wäre er in den kommenden Monaten nicht fit genug, um Mary helfen zu können.

Hannah ging vor Marys Zimmer auf und ab und freute sich darüber, dass es ihrer Freundin und ihrem Bruder schon wieder besser ging. Das Leuchten in Marys Augen, als sie Luke gesehen hatte, war nicht zu übersehen gewesen.

Ihr Herz schlug ein wenig höher. Die Liebe zwischen einem Mann und einer Frau, die heiraten wollten, war etwas so Kostbares, so Starkes. Eine Liebe, die so stark war, würde vieles ertragen und daraus noch stärker hervorgehen. Ein frischer Schmerz, weil Paul fort war, raubte ihr einen Teil ihrer Freude für Luke und Mary.

Ihre Gedanken wanderten zu dem langen Weg der Genesung, der vor den beiden lag. Marys Weg wäre besonders schwer, aber Hannah hatte die Absicht, jede Minute, die Mary sie brauchte, an ihrer Seite zu sein.

Fest entschlossen, ihre Gefühle unter Kontrolle zu bekommen, hörte Hannah auf, auf und ab zu gehen, und setzte sich auf einen Stuhl. Sie lehnte den Kopf an die Wand zurück und versuchte ihre Gedanken zu beruhigen. Wenn es nur eine Möglichkeit gäbe, mit Paul zu kommunizieren, irgendeine Möglichkeit, ihm einen Brief zukommen zu lassen …

Sie keuchte. *Das ist es!*

Warum hatte sie nicht schon früher daran gedacht? Wenn sie irgendwo Papier auftreiben könnte, könnte sie Paul einen Brief schreiben und ihn von hier losschicken. Falls er den Brief bekam, bevor Mary entlassen wurde, könnte er sie vielleicht sogar heimlich hier im Krankenhaus besuchen.

Sie sprang auf die Beine und schaute auf die Uhr über dem Stationszimmer. Sie hatte noch sieben Minuten, bevor sie Luke wieder in sein Zimmer zurückbringen müsste. Am Krankenhauskiosk gab es bestimmt Papier und Stifte. Ihre Mutter hatte ihr Geld gegeben, damit sie sich Essen kaufen konnte. Wenn sie das Frühstück und vielleicht auch das Mittagessen ausfallen ließe, hätte sie genug Geld, um sich Papier, Umschläge und Briefmarken zu kaufen.

Sie rannte zu den Aufzügen. Als sich die Aufzugtür hinter ihr schloss, drückte sie auf die Taste mit dem *E* für Erdgeschoss. Als die Türen kurz darauf wieder aufgingen, eilte sie zum Kiosk. Enttäuscht musste sie feststellen, dass er geschlossen hatte. Aber das Schild an der Tür besagte, dass er um neun Uhr am nächsten Morgen wieder aufmachen würde.

Für einen Moment dachte sie daran, Paul anzurufen. Aber diesen Gedanken verwarf sie genauso schnell wieder, wie er gekommen war. Das Telefon in seiner Studentenwohnung war nicht auf seinen Namen angemeldet. Sie wusste, dass der Name seines besten Freundes Marcus King war, aber das Telefon war auch nicht auf Marcus' Namen angemeldet. Sie kannte weder Ryans noch Taylors Nachnamen. Paul hatte ihr einmal die Nummer aufgeschrieben, aber sie hatte sie zu Hause an die Unterseite einer Schublade geklebt.

Sie müsste einfach bis morgen warten und ihm dann einen Brief schreiben.

Die quälende Frage, warum sie nichts von ihm gehört hatte, dämpfte ihren Überschwang. Vielleicht bereute er es, dass er sie gebeten hatte, ihn zu heiraten. Schließlich hatte er bis zum letzten Tag mit seinem Heiratsantrag gewartet. Das könnte heißen, dass es eine spontane Idee gewesen war. Aber nein. Das Sparbuch bewies, dass er es schon seit Jahren geplant hatte. Andererseits hatte er vielleicht jahrelang nur geplant gehabt, ein kleines Thai-Mädchen zu unterstützen. Sie konnte sich nicht mehr genau daran erinnern, wie ihr Gespräch am Bach gelaufen war.

Sie erinnerte sich jedoch an zwei Spalten mit Zahlen in dem Buch, das er ihr gegeben hatte. Aber da es zusammen mit ihrer Kleidung verbrannt worden war, nachdem …

Plötzlich stellte sie fest: Die Erinnerungen an jenen Tag waren nicht länger ein nebliges Chaos. Sie wusste, was sich zwischen ihr und Paul zugetragen hatte. Sie konnte denken.

Ja. Sie erinnerte sich.

Sie ballte die Hände an ihren Seiten zu Fäusten und weigerte sich, irgendeinem Menschen in der Eingangshalle ihre Gefühle zu zeigen.

Durch die Gitter vor dem Kiosk sah sie die Auswahl an Schreibutensilien. Kein Briefpapier, aber jede Menge Grußkarten. Morgen früh, wenn das Geschäft aufmachte, wollte sie eine Karte kaufen und ihm schreiben. Ihre Familie war auf der Fahrt hierher durch Harrisburg gekommen, der Stadt, die im Namen seiner Universität vorkam. Wenn Paul ihre Nachricht rechtzeitig bekäme, bräuchte er weniger als eine Stunde, um nach Hershey zu fahren. Dann wüsste sie endlich, was mit ihm wirklich los war.

Aber einige Zweifel blieben und ließen ihr keine Ruhe. Sie hatte Angst davor, wie die Wahrheit lauten könnte.

Aber ihre Entschlossenheit war schließlich stärker als ihre Bedenken. Egal, was mit Paul los war, es war an der Zeit, es herauszufinden.

Kapitel 13

Hannah verdrängte ihre Enttäuschung und versuchte nicht daran zu denken, dass schon fünf Tage vergangen waren, seit sie Paul geschrieben hatte. Sie hatte nichts von ihm gehört, und Mary sollte morgen aus dem Krankenhaus entlassen werden. Hannah betrat den Krankengymnastikraum und staunte über die Menge und Vielfalt an Geräten. Sie war hier, um die Gymnastikübungen zu lernen, die ihre Freundin in den nächsten Wochen und Monaten unter ihrer Anleitung machen sollte.

Es war ein interessanter Raum. Drei Patienten arbeiteten in verschiedenen Bereichen des Raums mit ihren persönlichen Krankengymnasten. Ein Mann in einer kurzen Hose und einem ärmellosen Hemd schob an etwas, das wie gepolsterte Armlehnen aussah. Die Seile hoben einen Stapel dünner, länglicher Teile hoch, die, nach der Anspannung in den Armen des Mannes zu urteilen, vermutlich Gewichte waren. Auf dem Boden war eine kurze Treppe, auf der sich auf beiden Seiten Stufen befanden, sodass man auf einer Seite hinauf- und auf der anderen hinuntersteigen konnte. Riesige Gummibälle, von denen jeder größer war als ihre jüngste Schwester, lehnten an den Wänden. Im ganzen Raum verteilt waren Geräte, Handtuchstapel, Springseile, Stäbe, die aussahen wie Besenstiele, und eine große Ansammlung von Sachen, die sie nicht kannte.

Hannah wartete an der Tür und hoffte, sie würde Marys Krankengymnastin sehen. Desiree, die fast noch aussah wie ein Schulmädchen, kam täglich zu Mary ins Zimmer und bewegte vorsichtig ihre Arme und Beine. Das hatte sie schon getan, bevor Mary aus dem Koma aufgewacht war. Sie war schwungvoll und freundlich, aber wenn es um die Gymnastikübungen ging, konnte sie ziemlich streng mit Mary sein.

Desiree kam aus einem Büro und hatte ihren pechschwarzen Pferdeschwanz unordentlich auf dem Kopf zusammengebunden. Sie trug burgunderfarbene Krankenhauskleidung. Als sie Hannah erblickte, kam sie auf sie zu. „Hallo. Schön, dass du hierhergefunden hast." Sie reichte ihr die Hand.

Hannah gab ihr die Hand. „Guten Morgen."

Desiree warf einen Blick auf ihre Armbanduhr. „Du bist pünktlich. Aber ich muss noch kurz mit jemandem sprechen, bevor wir anfangen können. Okay?"

„Natürlich." Hannah wartete am Eingang des Gymnastikraums, während die Physiotherapeutin zu einem älteren Mann, der ähnlich gekleidet war wie sie, hinüberging.

Die junge Frau schien sich nicht daran zu stören, dass John und Becky Yoder entschieden hatten, dass ihre Tochter, sobald sie aus dem Krankenhaus entlassen würde, nicht hierher zurückkehren oder sonst irgendwohin zur Krankengymnastik gehen würde. Eine der vielen Entdeckungen, die Hannah während ihres Aufenthalts im Krankenhaus gemacht hatte, war, dass jeder Amerikaner in Bezug auf seine Gesundheit bestimmte Rechte und Freiheiten hatte. Luke und Mary waren nicht nur medizinisch versorgt worden, bevor das Krankenhaus gewusst hatte, wer sie waren oder ob die Rechnung je bezahlt würde, sondern sie hatten auch das Recht, medizinische Hilfe abzulehnen – egal, was ein Arzt, eine Krankenschwester oder das gesamte Krankenhauspersonal dachte. Alle mussten sich den persönlichen Rechten jedes Menschen beugen.

Desiree bedeutete Hannah, ihr zu folgen. „Ich hole mir nur Marys Karteikarte. Dann können wir anfangen." Sie sprang in ein kleines Büro und ging zu einem Stapel mit Karteikarten, die auf einem gut organisierten Schreibtisch lagen.

Hannah wartete an der Bürotür und staunte über die vielen Gesundheitsbücher, die in den Regalen standen.

Desiree suchte kurz und zog dann eine Karteikarte heraus. „Ich zeige dir, was sie täglich machen muss. Die Übungen verändern sich im Laufe der Tage und Wochen, aber das erkläre ich dir später. Ich schicke dir alle Informationen, die du brauchen kannst."

Sie ging zum Stapel mit den Handtüchern. „Unser erstes Ziel ist es, dass Marys verletzte Schulter wieder so beweglich wie möglich wird." Sie nahm ein gefaltetes Handtuch und reichte es Hannah. „Komm, setzen wir uns auf den Boden."

Desiree zeigte Hannah die Übungen nacheinander und ließ sie an ihrem medizinischen Wissen teilhaben. Alles, was sie erklärte, weckte in Hannah eine Faszination, die sie bisher nicht gekannt hatte. Die junge Frau erklärte einiges zu den Muskeln, der Atmung, dem Herz und zu den Gefäßen und sagte auch einiges zu den verschiedenen Symptomen, auf die Hannah achten müsse. Als zwei Stunden vergangen waren, hatte Hannah eine lange Liste mit vielen Fakten. Sie wusste mehr, als sie sich je hätte vorstellen können, aber ihr Appetit nach medizinischem Wissen reizte sie, noch mehr zu lernen.

„Okay." Desiree schob die Übungskarten, die auf dem Boden verteilt waren, zu einem Stoß zusammen. „Morgen zeige ich dir, wie du mit ihr Gehübungen machen kannst, bei denen sie mit Hilfe einer Gehhilfe lernt, ihre Beine wieder zu benutzen. Aber bis sie so weit ist, wird noch ein Monat vergehen. Ich zeige dir auch, wie du einen Rollator und Krücken einsetzen musst." Sie stand auf. „Wenn wir alles besprochen haben, hefte ich meine Karte an die Sachen, die ich dir mit nach Hause schicke, damit du anrufen kannst, falls du irgendwelche Fragen hast."

Hannah warf einen letzten Blick auf die Kartei in ihrer Hand und reichte sie dann Desiree. „Das ist faszinierend."

Desiree nickte. „Das kann ich mir vorstellen. Und ich kann mir auch sehr gut vorstellen, dass du eine gute Krankengymnastin für Mary sein wirst. Du hast alles sehr schnell begriffen. Als Nächstes musst du lernen, Marys Blutdruck und Herzfrequenz zu messen. Das wird dir heute Nachmittag noch jemand erklären."

Wow. Hannah wünschte, sie hätte mehr Zeit, um alles zu lernen.

Paul stellte sein Auto auf dem Parkplatz hinter seiner Wohnung ab und lief den gewundenen Gehweg hinauf. Seine Erschöpfung war genauso groß und drückend wie der dunkle, sternenlose Himmel über ihm. Er brauchte dringend Schlaf. Heute hatte er seine Vorlesungen besucht, den ganzen Nachmittag im Reifengeschäft gearbeitet und danach stundenlang in der Bibliothek gelernt – und das alles mit nur vier Stunden Schlaf. Sein Bett rief ihn.

Als er an den Studentenbriefkästen vorbeiging, dachte er kurz daran, seine Post mitzunehmen. *Das mache ich morgen … oder übermorgen.*

Früher hatte er jeden Tag in den Briefkasten geschaut und ständig auf Post von Hannah gewartet. Aber seit seine Großmutter klargestellt hatte, dass sie ihm keine Briefe mehr von Hannah schicken würde, würde er so schnell nichts mehr von Hannah hören. Ohne diese Hoffnung sah er keinen Grund, warum er in den Briefkasten schauen sollte, außer um gelegentlich seine Rechnungen herauszuholen und zu bezahlen. Da er sich immer um die Post gekümmert hatte, gingen seine Mitbewohner nie zum Briefkasten.

Er steckte seinen Schlüssel ins Türschloss und betrat die Wohnung. Müde zog er seine Schuhe aus und schob sie an die Wand. Mit Hilfe des einziges Lichts, das in der Wohnung brannte, ein schwaches Licht auf dem Flur, ging er in sein und Marcus' gemeinsames Zimmer. Er warf seine schwere Büchertasche in eine Ecke und ließ sich auf sein Bett fallen. Er würde sich in ein paar Minuten zum Schlafen fertig machen. Im Moment hatte er keine Energie, um etwas anderes zu tun, als einfach dazuliegen.

Paul döste leicht ein, konnte aber nicht richtig schlafen. Schließlich schwang er seine Füße aus dem Bett und rieb sich das Gesicht. Wenn er seine Jeans und sein Hemd auszog, könnte er vielleicht besser schlafen. Als er aufstand, fielen seine Schlüssel auf den Boden. In einer langsamen Bewegung hob er sie auf und warf sie auf den Nachttisch. Der kleine, goldene Briefkastenschlüssel glitzerte im Licht, das aus dem Flur in sein Zimmer fiel. Der Wunsch, in seinen Briefkasten zu schauen, meldete sich erneut. Er achtete nicht darauf, sondern schüttelte nur den Kopf und ging ins Badezimmer.

Er putzte sich die Zähne und zog sich bis auf seine Unterhose aus. Dann kehrte er zu seinem Bett zurück. Während er sich unter die Decke kuschelte, ließ ihm der nagende Wunsch, in den Briefkasten zu schauen, immer noch keine Ruhe. Schließlich gab Paul diesem Wunsch nach, schlüpfte in seine Jeans, nahm den Schlüssel und lief hinaus.

Seine nackten Füße froren, als er über den kalten Betonweg lief. Im Schein der Straßenlaterne öffnete er seinen Briefkasten und zog mehrere Sachen heraus. Ein grüner Handzettel, auf dem für einen Reifenverkauf geworben wurde, entlockte ihm ein Knurren. Darunter entdeckte er mehrere Rechnungen, einen Werbebrief und einen kleinen Umschlag. Er steckte sich die anderen Sachen unter den Arm und drehte den Umschlag um, um den Absender zu lesen.

Sein Herz schlug sofort schneller. Der Absender war die Adresse seiner Großmutter, aber es war Hannahs Handschrift. Während er schnell zu seiner Wohnung zurücklief, riss er den Umschlag auf. Obwohl so spät abends niemand mehr auf dem Campus unterwegs war, wollte er Hannahs Brief ungestört in seinem Zimmer lesen.

Nachdem er die Leselampe eingeschaltet hatte, setzte er sich auf die Bettkante.

Paul,
mein Bruder Luke und meine beste Freundin Mary hatten einen Unfall. Ich bin bei ihnen im Hershey Medical Center. Falls du diesen Brief rechtzeitig bekommst und mit mir sprechen möchtest, könntest du kommen. Marys Zimmer ist im zweiten Stock.

Hannah

Falls er mit ihr sprechen möchte? Natürlich wollte er mit ihr sprechen. Er wollte das so sehr, dass nicht einmal die traurigen Gründe, aus denen sie in Hershey war, seine Freude trüben konnten. Er betete für Luke und Mary und schaute dann auf den Poststempel auf dem Brief. Hannah hatte ihn vor fünf Tagen abgeschickt. Er lag wahrscheinlich schon seit zwei oder drei Tagen in seinem Briefkasten. Obwohl er hoffte, dass es Luke und Mary schon besser ginge und sie bald entlassen werden könnten, hoffte er gleichzeitig, dass sie immer noch im Krankenhaus in Hershey lägen.

Er warf noch einmal einen genaueren Blick auf die kurze Nachricht. Trotz seiner Aufregung bei der Aussicht, Hannah zu sehen, zögerte er, weil ihre Nachricht so kühl und kurz angebunden war. Sie war nicht der Typ für romantische Schwärmereien. Deshalb enthielten ihre Briefe nie Liebeserklärungen oder Ähnliches. Aber dieser Brief erschreckte ihn doch ein wenig. Immerhin waren sie miteinander verlobt! Sie erwähnte mit keinem Wort, dass sie ihn vermisste, oder dass sie ihn sehen wollte. Es klang eher nach einer

Einladung, die sie aus logischen Gründen aussprach, weil sie zufällig in seiner Nähe war, statt nach der Hoffnung, dass er sich diese Gelegenheit nicht entgehen ließe.

Aber als er die Nachricht noch einmal las, kam er zu dem Schluss, dass er zu egoistisch war. Immerhin hatte sie es geschafft, ihm eine Nachricht zu schicken. Was konnte er in einer solchen schwierigen Situation anderes erwarten?

Paul lief aufgeregt durch die Wohnung und schrieb Marcus eine kurze Nachricht. Dann rannte er zur Tür hinaus.

Die halbstündige Fahrt nach Hershey war nicht angenehm. Seine Gedanken und Wünsche lenkten ihn in jeder Minute, die er auf der Straße war, in zehn verschiedene Richtungen. Er wünschte, er müsste nicht so lange von Hannah getrennt sein, aber er musste seinen Studienabschluss unter Dach und Fach bringen. Die Weigerung seiner Großmutter, ihre Briefe weiterzuleiten, frustrierte ihn grenzenlos. Aber was war, wenn sie recht hatte? Seine Familie hätte nicht so viele Bedenken wie Hannahs Familie, aber trotzdem hätten sie bestimmt auch einige Vorbehalte.

Als er auf den Parkplatz vor dem Krankenhaus vorfuhr, wusste er eines mit Bestimmtheit: Er hatte keine Antworten, nur eine starke Sehnsucht nach Hannah.

Während er über den Parkplatz zum Haupteingang joggte, entwarf er einen Plan: Er würde in jedem Wartezimmer im zweiten Stock nachschauen und hoffentlich Hannah finden, ohne von jemandem aus ihrer Familie entdeckt zu werden. Das wäre viel unkomplizierter, als eine Krankenschwester nach Luke Lapp oder Mary Yoder zu fragen. Je weniger Leute von seinem Besuch wussten, umso sicherer wäre seine und Hannahs heimliche Beziehung.

Als die Aufzugtüren im zweiten Stockwerk aufgingen und er auf den Flur trat, stellte Paul fest, dass er sich auf dem Stockwerk mit der Intensivstation befand. Der Unfall musste anscheinend schlimm gewesen sein. Er ging den langen Korridor hinab und schaute ins erste Wartezimmer. Hier war sie nicht. Nachdem er alle Wartezimmer auf dieser Station abgesucht hatte, gab er es auf und ging zum Schwesternzimmer.

„Entschuldigen Sie bitte."

Eine rundliche, dunkelhaarige Krankenschwester blickte von den

Papieren auf ihrem Schreibtisch auf. „Die Besuchszeit ist vorbei, junger Mann."

„Ich suche Luke Lapp."

„Er wurde vor vier Tagen von der Intensivstation auf eine Normalstation verlegt. Soviel ich weiß, wurde er zwei Tage später entlassen."

Paul rieb sich die Stirn und schalt sich, dass er seinen Briefkasten nicht früher geleert hatte.

Ein leichtes Lächeln zog über ihre Lippen. „Wie ich sehe, war das nicht die Antwort, die Sie hören wollten."

Paul versuchte seine wachsende Enttäuschung zu verbergen. „Ist Mary Yoder noch hier?"

Ein Alarm ging los, und die Krankenschwester sprang auf und eilte den Gang hinab. Ohne ihre Schritte zu verlangsamen, drehte sie sich zu Paul um. „Sie ist nicht mehr auf der Intensivstation. Falls sie noch Patientin hier ist, liegt sie im fünften Stock. Aber dort ist jetzt auch keine Besuchszeit."

„Danke", rief er ihr nach.

Die Frau winkte, während sie um eine Ecke verschwand.

Paul begab sich zu den Aufzügen und klammerte sich verzweifelt an die schwindende Hoffnung, dass Hannah immer noch im Krankenhaus sein könnte.

Genauso wie er es im zweiten Stockwerk getan hatte, ging er leise durch die Korridore und horchte und schaute nach irgendeiner Spur von Hannah. Als er eine Männerstimme hörte, die englisch sprach, aber die Sätze unüberhörbar amisch formulierte, verlangsamte er seine Schritte. Er spähte aus einem Winkel, der die Aufmerksamkeit der Personen, die sich im Wartezimmer befanden, nicht erregen würde, in den Raum.

Sein Herz schlug vor Aufregung höher. Hier war sie. Seine schöne Hannah saß auf einem Stuhl und unterhielt sich mit dem amischen Mann. Sie lachte auf ihre freundliche, scheue Art. In diesem Moment beugte sie den Kopf zu ihm vor und sagte leise: „Ich würde das niemandem aus meiner Familie verraten, und ich rate dir, das auch nicht zu tun. Aber als Freund kann ich es dir anvertrauen: Das habe ich wirklich getan."

Freund? Dieser Kerl war kein Verwandter?

Schlagartig befiel ihn eine starke Unsicherheit. Eifersucht regte sich in ihm. Seine Hannah saß neben irgendeinem jungen Mann und plauderte und lachte ungezwungen mit ihm. Von seinem Platz aus konnte Paul nur das Profil von Hannah und ihrem *Freund* sehen. Sie hatten beide die Beine nebeneinander ausgestreckt und ihre Füße auf einen gegenüberliegenden Stuhl gelegt.

Er hatte Hannah noch nie in ihrer eigenen Welt gesehen, aber er hatte sie sich immer irgendwie ganz anders vorgestellt. Ihm gegenüber war sie immer zurückhaltend gewesen. Er hatte angenommen, dass sie auch in ihrer eigenen Gemeinschaft im Umgang mit Männern schüchtern und abweisend wäre.

Der Mann, der so aussah, als wäre er ungefähr in Pauls Alter, stieß mit seiner Schuhspitze an ihren Fuß. „Hast du nicht."

Hannah lachte. „Matthew Esh, woher willst du das wissen? Warst du denn dabei?"

„Du weißt, dass ich nicht dabei war. Aber ich kenne dich schon, seit du das Gehen gelernt hast. Ich kenne dich so gut wie kein anderer, Hannah Lapp. Wenn irgendjemand weiß, wann du lügst, dann ich. Also sag mir die Wahrheit. Es stimmt nicht, oder?"

Paul stockte der Atem. Wer war dieser Matthew, der behauptete, er kenne Hannah besser als jeder andere?

Hannah biss sich auf die Unterlippe und legte den Kopf schief. „Wenn du so sicher bist, dass ich lüge, dann brauche ich dir nichts mehr erzählen."

Matthew schmunzelte und schwang seine Füße auf den Boden. „Diese Runde ist noch nicht vorbei, aber ich muss jetzt los. Der Fahrer hat gesagt, dass er um zwölf von seiner Party wegfährt, und dass ich um Viertel nach unten am Eingang auf ihn warten soll." Er stand auf. „Sag Mary, wenn sie wieder zu Hause ist und Besuch verkraften kann, komme ich sie besuchen."

Hannah stand ebenfalls auf. „Ich richte es ihr aus. Es war nett von dir, dass du extra hierhergekommen bist."

Matthew setzte seinen Hut auf. Paul schlich leise den Gang hinab und um eine Ecke, sodass die zwei ihn nicht sehen konnten, als sie jetzt das Wartezimmer verließen. Von seinem Versteck aus schaute Paul zu, wie Hannah und Matthew zum Aufzug schlenderten, wo sie sich von ihm verabschiedete. Als sie sich umdrehte, um durch den Gang zurückzugehen, trat Paul wieder um die Ecke und rief leise ihren Namen.

Sie fuhr so schnell herum, dass sie fast das Gleichgewicht verlor. Ihr Gesicht errötete. Ihre Bewegungen erstarrten. Er glaubte, Schuldgefühle und Verlegenheit in ihren Augen zu sehen. „Paul." Ihre Stimme war ein heiseres Flüstern, aber es kam kein Lächeln über ihre Lippen. Sie gab ihm mit keiner Spur zu verstehen, dass er willkommen war.

Er schaute in jeden Gang hinein. Sie brauchten irgendwo einen Platz, wo sie sich ungestört unterhalten könnten. „Geh mit mir in das Wartezimmer zurück, aus dem du gerade gekommen bist."

Ohne irgendwelche Gefühle zu zeigen, bewegte sich Hannah in den leeren Raum zurück. Etwas lag zwischen ihnen, aber er hatte keine Ahnung, was es war. Sie standen in dem kleinen Raum und schauten einander an. Eine nicht ausgesprochene Spannung machte sich zwischen ihnen breit. Noch vor einem Monat waren sie sich so nahegestanden, waren sie sich ihrer Beziehung so sicher gewesen.

Paul räusperte sich. „Geht es Luke und Mary schon besser?"

Sie senkte den Kopf und spielte nervös mit ihrer Schürze. „Luke wurde schon entlassen. Es sieht so aus, als würde er wieder ganz gesund werden. Mary darf morgen nach Hause. Die Ärzte hatten geraten, dass sie noch ein paar Tage oder eine Woche länger bleiben solle, aber sie und ihre Eltern haben unterschrieben, dass sie auf eigene Verantwortung nach Hause geht."

„Auf eigene Verantwortung?", fragte Paul.

„Ja, gegen den Rat der Ärzte. Ihre Eltern sind der Meinung, dass es ihr wieder so gut geht, dass sie das Krankenhaus verlassen kann." Hannah zuckte die Achseln. „Ich bin mir da nicht so sicher, aber mich hat niemand gefragt. Vor ihr liegt ein langer Weg … falls sie überhaupt wieder ihre frühere Kraft und Schnelligkeit erlangt."

Hannah klang, als hätte sie während ihres Aufenthalts hier viel gelernt. Sogar ihre Sprache war gehobener und gebildeter als vorher. Sie hatte immer einen starken Wissensdurst besessen, und er hatte ihr seit Jahren Bücher gegeben, auch wenn diese Bücher immer bei seiner Großmutter hatten bleiben müssen.

„Was ist passiert?"

Hannah fuhr mit den Handflächen über ihre Schürze. „Sie waren in einem Einspänner unterwegs und wurden von einem Auto erfasst. Sie wären beide fast gestorben. Mary kann nicht mehr richtig sprechen. Sie wurde so schwer verletzt, dass sie noch nicht einmal versuchen darf zu gehen."

„Das tut mir so leid."

Hannah räusperte sich. „Sie machen beide Fortschritte."

„Das freut mich."

Paul betrachtete sie, aber sie blickte kein einziges Mal auf. Er wusste von der strengen Erziehung, die im Haus von Zeb Lapp herrschte. Hannah bekam viel zu schnell Schuldgefühle. Sie dachte immer, alles, was falsch lief, sei eine direkte Folge davon, dass sie etwas nicht richtig gemacht hätte. Wahrscheinlich glaubte sie sogar, sie sei an Lukes und Marys Unfall schuld, obwohl sie nichts damit zu tun gehabt hatte. Ihre Tendenz, sich schuldig zu fühlen, beunruhigte ihn sehr. Aber er war zuversichtlich, dass sie, wenn sie genug Zeit und Freiheit hätte, diese Neigung ablegen könnte.

Andererseits hatte das, was er hier sah, vielleicht überhaupt nichts mit ihrer sensiblen Art und Selbstvorwürfen zu tun. Vielleicht hatte es mehr mit Matthew zu tun. So sehr er es hasste, sie zu fragen, mussten sie diese Sache trotzdem klären. Er schaute auf den Boden und trat von einem Bein auf das andere. Dann steckte er die Hände in seine Hosentaschen. „Wer ist Matthew Esh?"

Als Hannah nicht antwortete, hob er den Kopf und schaute sie an. Sie starrte auf einen dunklen Fernsehbildschirm in der Ecke des Raumes. „Er ist der Mann, den du gerade gesehen hast."

„Ja, aber ..." In den ganzen Jahren, die sie miteinander befreundet waren, hatte er nie einen solchen Blick in ihren Augen gesehen. Es war eine sonderbare Mischung aus verschiedenen Dingen, vielleicht Verlegenheit und ... und ... etwas anderes.

Vater, hilf mir. Hilf uns. Bitte.

Ihre Hände bewegten sich zu ihrem Kopf und tasteten nach losen Haarsträhnen und vergewisserten sich, dass ihre *Kapp* richtig saß. „Du hast keinen Brief geschickt."

Es war eine Feststellung, in der scheinbar weder Verwirrung noch Sorge mitschwang. Sollte das die Erklärung sein, wer Matthew war?

„Doch, ich habe einen geschickt, aber ..." Er trat näher zu ihr. Sie schaute ihn nicht an. „Ich verstehe auch nicht warum, aber er kam nie bei Großmutter an. Bevor ich einen zweiten schicken konnte, beschloss Großmutter, dass wir eine Weile über unsere Beziehung nachdenken sollten, bevor sie uns wieder erlauben würde, uns zu schreiben."

Sie hob den Kopf und schaute ihn an. Zu seiner Überraschung sprach Ärger aus ihren Augen. „Und? Zu welchem Entschluss bist du gekommen, nachdem du jetzt Zeit hattest, über unsere Beziehung nachzudenken?"

„Hannah." Paul berührte ihren Arm. „Was ist mit dir los?"

Tränen traten in ihre Augen. Sie atmete hörbar ein und wich vor ihm zurück. Als sie eine Hand hob, um sich eine Träne aus dem Gesicht zu wischen, erregte etwas auf ihrer Handfläche Pauls Aufmerksamkeit.

Er ergriff ihre Hand und drehte sie mit der Handfläche nach oben. Lange, erhöhte Stellen aus rosa Hautgewebe leuchteten ihm entgegen. „Du hast frische Narben. Was ist passiert?"

Ihr Gesicht und ihre Lippen wurden blass. Sie setzte sich auf den nächsten Stuhl.

Dann atmete sie tief ein und setzte sich mit steifem Rücken hin. Mit entschlossen zurückgeworfenen Schultern schaute sie in sein Gesicht hinauf. Tränen standen in ihren Augen. „Lass mich los." Das heisere Flüstern in ihrer Stimme ließ Hannah alt und müde klingen.

Ein tiefer Schmerz ergriff seinen ganzen Körper. „Ich verstehe dich nicht, Hannah."

Sie zog ein paar Papiertaschentücher aus einer Schachtel auf dem kleinen Tisch. „Glaube mir. Du willst bestimmt nicht warten auf … auf eine wie mich."

Auf *eine wie sie?* Erneut regte sich ein Verdachtsmoment, was ihre Treue zu ihm anging, in seinem Herzen. „Wovon redest du denn da?"

„Ich … ich …" Tränen schnürten ihr die Kehle zu, und sie konnte nichts mehr sagen.

Paul setzte sich neben sie und war fest entschlossen, aus ihr schlau zu werden. „Hannah, schließ die Augen und atmete tief ein." Er ließ ihr einige Sekunden Zeit, sich wieder zu fangen. „Jetzt denke nur an eine einzige Sache. Versuch nicht, an alles zu denken. Konzentriere dich nur auf eine Sache. Lass die Augen zu und erzähle mir diese eine Sache."

Sie wischte sich mit einem Taschentuch über die Wangen und nickte, als hätte er ihr eine Aufgabe gegeben, die sie bewältigen konnte. „Das Sparbuch ist fort." Sie schlug die Augen auf und fuhr geistesabwesend mit ihrem linken Zeigefinger die Narben auf ihrer rechten Handfläche nach. „Ich bin nicht sicher, was damit passiert ist. Ich ... ich ..." Sie wurde wieder kreidebleich.

Er legte ihr eine Hand auf den Rücken. „Das ist nicht schlimm. Die Bank benutzt solche Bücher normalerweise überhaupt nicht mehr. Schon seit Jahrzehnten nicht mehr. Ich habe dieses Buch durch einen Freund bekommen, der bei der Bank arbeitet und noch ein paar von diesen Büchern in seiner Schublade liegen hat."

„Es muss in meiner Tasche gewesen sein, als *Daed* meine Kleidung verbrannte."

Paul zog die Hand zurück. „Er hat sie verbrannt? Großmutter hat gesagt, dass du krank warst. Warst du so krank, dass sie meinten, sie müssten deine Sachen verbrennen?"

Hannahs Augen verrieten ihre Unsicherheit. Sie floh auf die andere Seite des Zimmers und starrte die beigefarbene Wand an.

Jetzt begriff er ein bisschen mehr. Für Hannah war es wahrscheinlich unverzeihlich, dass sie sein Geschenk verloren hatte. Trotzdem war ihre Reaktion zu heftig, als dass es sich nur um ein verlorenes Sparbuch handeln konnte. Er seufzte. Vielleicht war es nicht möglich, allem, was Hannah beschäftigte, auf den Grund zu gehen, da sie nur wenig Zeit zur Verfügung hatten.

Sie schniefte.

Er trat hinter sie und reichte ihr einige Taschentücher über die Schulter. Er sehnte sich danach, sie mit seinen Worten zu trösten, aber eine Sache hinderte ihn daran. „Gibt es einen anderen Mann, den du magst?"

Sie fuhr herum und schaute ihn mit großer Entrüstung in den Augen an. „Nein!" Sie ging an ihm vorbei und trat auf die andere Seite des Raumes. Dabei schluchzte sie in das Taschentuch. „Niemals!"

Ihre Reaktion vertrieb sofort alle seine Zweifel und Ängste. Er ging zu ihr in die Ecke des kleinen Raums und legte die Hände auf ihre Schultern. „Dann kann nichts zwischen uns treten. Das verspreche ich dir, Hannah."

Sie drehte sich zu ihm herum. „Du verstehst mich nicht."

„Dann hilf mir, dich zu verstehen. Sprich mit mir."

Entsetzen zog über ihr Gesicht. Sie hatte unübersehbar große Mühe, ihre Gefühle unter Kontrolle zu bringen. Hustend und keuchend flüsterte sie: „An dem … an dem Tag … an dem du wegfuhrst …"

Sie war kreidebleich. Beschämung und Demütigung waren ihr ins Gesicht geschrieben. Dieser gequälte Anblick schmerzte ihn zutiefst. Er wollte so gern das wegnehmen, was sie so sehr belastete. Aber wie sollte er das anstellen?

Er berührte ihre *Kapp* und fuhr mit dem Finger über eines ihrer Bänder. Er bemühte sich zu lächeln. „Hannah Lapp, wir können das schaffen. Aber du musst mir vertrauen."

Sie schaute ihn mit Tränen in den Augen fragend an. „Oh, Paul." Sie lehnte die Stirn an seine Brust. „An dem Tag, an dem du gefahren bist … kam ein Auto … mit einem Mann … er … es … warf mich zu Boden …"

Ihre Worte trafen ihn so hart, dass er sich nicht rühren konnte. Er hörte, wie sie um Luft rang. „Du wurdest von einem Auto angefahren?" Er fühlte, wie sie nickte. Er nahm sie an den Schultern und baute einen kleinen Abstand zwischen sich und ihr auf. „Hat dein Vater das der Polizei gemeldet?"

Sie schüttelte den Kopf. „Ich … ich habe ihn darum gebeten."

In diesem Moment kam eine Krankenschwester ins Wartezimmer. „Hannah, Marys Mutter hat angerufen. Sie konnte nicht schlafen und ist hierher unterwegs. Sie sagte, Sie könnten mit ihrem Taxi zum Hotel zurückfahren und ein wenig schlafen."

„Gut. Danke." Sie seufzte, als die Schwester den Raum verließ. „Sie wird in zehn Minuten hier sein."

Es interessierte ihn nicht, dass Marys Mutter kam. Er fragte sich, ob Hannah wegen der Folgen dieses Unfalls so krank gewesen war, dass ihr Vater es für das Beste gehalten hatte, ihre Kleider zu verbrennen. Der Zorn über diesen idiotischen Autofahrer und ein großer Ärger darüber, dass niemand sich für Hannah eingesetzt hatte, halfen ihm, Hannahs aufgewühlte Gefühle ein wenig besser zu verstehen. Sie war an jenem Tag traumatisiert worden. Offensichtlich rührten die Narben an ihren Händen von diesem Unfall her. Er legte die Arme um sie und musste resigniert akzeptieren, dass er an diesem Unfall nichts mehr ändern konnte.

Ihr Körper war steif, aber er konnte fühlen, dass sie zitterte.

„Wir müssen nach vorne schauen, nicht zurück." Er küsste sie durch ihre *Kapp* auf den Kopf. „Ich werde dich immer lieben, Hannah."

Einen Moment später fühlte er, wie sie tief einatmete. Sie legte die Arme um ihn. Ihre Umarmung erfüllte ihn mit einer neuen Hingabe.

Die Zerbrechlichkeit ihrer weiblichen Figur wurde ihm in diesem Moment stark bewusst. Sie war nicht nur eine tüchtige, kräftige, stets freundliche Arbeiterin. Sie war auch ein Mädchen, das angesichts der Hindernisse, die sich vor ihnen beiden auftürmten, fast zusammenbrach.

Sie drückte sich noch fester an ihn. „Seit dem Moment, als du weggefahren bist, war alles grauenhaft."

Wenn Hannah, seine Königin, was Untertreibungen anging, das Wort *grauenhaft* benutzte, musste es wirklich entsetzlich gewesen sein. Er hielt sie fest und war nicht sicher, ob er je in vollem Umfang erfahren würde, was seit seiner Abreise alles schiefgelaufen war. Im Moment lebte er von der Hoffnung, dass er in acht Monaten mit dem Studium fertig wäre und dann nur noch eine Meile von ihr entfernt wohnen würde. Sobald wie möglich würden sie heiraten, und niemand könnte sie dann je wieder auseinanderbringen.

Als ihre Tränen schließlich versiegten, führte Paul Hannah zu einem Stuhl und setzte sich neben sie.

Er warf einen Blick auf die Uhr. Ihr Gespräch mit seinen ganzen bruchstückhaften Informationen hatte über eine Stunde gedauert. Und er hatte immer noch das Gefühl, sie verschweige ihm etwas, obwohl er sich nicht vorstellen konnte, was oder warum. Aber da ihnen die Zeit davonlief und da sie kaum eine Chance hatten, in der nächsten Zeit miteinander zu kommunizieren, wollte er ihre gemeinsame Zeit mit etwas Positivem beenden.

„Hannah."

Sie schaute zu ihm auf.

Er öffnete ihre Hand und küsste ihre vernarbte Handfläche. „Gespräche stärken eine Beziehung. Leider werden wir in unserer Beziehung eine ganze Weile ohne solche Gespräche auskommen müssen. Aber wir können das ganze Unkraut, das sich in dieser Zeit ansammelt, ausreißen, wenn wir stark und treu bleiben." Er zwinkerte ihr zu. „Bis zum Mai."

Sie lächelte ihn schwach an. „Fang mir nicht mit diesem Zwinkern an, Paul Waddell."

Er schmunzelte. Er hatte ihr vor Jahren zugezwinkert und sie damit so wütend gemacht, dass sie wochenlang nicht mit ihm sprechen hatte wollen. Im Alten Testament stand ein Vers dazu, aber er vermutete, ihr eigentliches Problem dabei war, dass Zwinkern Hand in Hand mit Flirten einherging, und der Gedanke, dass er anscheinend so leicht Mädchen zuzwinkerte, schien sie zu stören.

Er drückte ihre Hand. „Acht Monate, Hannah. Das ist für uns kein Problem, *jah?*"

Hannah atmete stockend ein. „*Jah.* Ich werde Mary bei ihrer Krankengymnastik helfen. Das wird mindestens so lange dauern." Endlich schenkte sie ihm ein kleines Lächeln. „Und Mary und ich planen, eine Quiltdecke zu nähen, die ich entworfen habe. Sie soll ein Diamant-im-Quadrat-Muster haben. Ich will die Decke ‚Vergangenheit-und-Zukunft' nennen."

Paul fuhr mit der Rückseite seiner Finger über ihre Wange und freute sich, ein kleines Funkeln in ihren Augen zu sehen. „Und ich werde in der Zwischenzeit alles für unsere gemeinsame Zukunft tun."

Für einen kurzen Moment schloss sie die Augen und lehnte die Wange an seine Finger. Dann stand sie auf. „Ich muss zur Eingangstür, bevor Marys Mutter kommt. Nach Marys Entlassung werde ich eine Weile im Haus ihrer Großmutter wohnen und Mary helfen, ihre Muskeln und ihre Sprache zu trainieren."

„Im Haus ihrer Großmutter? Warum denn das?"

„Das Haus ihrer Eltern ist schmal und hat zwei große Treppen und zwei Stufen. Sie braucht einen Rollstuhl. Deshalb kommt sie dort nicht zurecht. Das Haus ihrer Großmutter hat zwei Stockwerke, aber alles, was wir brauchen, befindet sich auf einer Ebene. Marys Mutter muss sich um ihre anderen Kinder kümmern. Und ihre Großmutter kann Mary nicht heben. Deshalb wird sie eine Weile zu Becky ziehen und ihr Haus Mary und mir überlassen." Hannah lächelte. „Außerdem wollte Mary, dass ich bei ihr bin. Sie könnte sich im Moment den Mond wünschen, und ihre Eltern würden ihn ihr vom Himmel holen."

Hannah schaute ihn an. Der Blick in ihren Augen sagte ihm, dass sie ihn liebte. „Es hat so gut getan, dich zu sehen."

Paul stand auf. Er wünschte, sie hätten mehr Zeit. „Du darfst nie vergessen, wie sehr ich dich liebe." Er hatte damit gerechnet, dass sie nicken und sich zum Gehen wenden würde. Aber stattdessen legte sie die Hände auf seinen Rücken und zog ihn zu sich heran.

In diesem Moment steckte eine Krankenschwester den Kopf ins Zimmer. „Marys Mutter ist gerade aus dem Aufzug gestiegen." Ihre singenden Worte waren als freundliche Warnung gedacht.

Hannah sprang zurück und ließ ihn los. Ohne ein weiteres Wort verschwand Paul auf dem Gang. Einen Augenblick später kam Becky um die Ecke.

Kapitel 14

Ein Seufzen zog über Hannahs Lippen. Dunkelheit schien sie wie ein giftiger Rauch einzuhüllen. Sie hatte Paul nicht alles gesagt. Was würde passieren, wenn er herausfand, dass sie Geheimnisse vor ihm hatte?

Wenn dieser unaussprechliche Überfall nur nicht so demütigend wäre, könnte sie vielleicht den Mut aufbringen, es ihm zu sagen. Aber was war schlimmer? Wenn Paul nichts wusste und sie weiterhin so tat, als wäre alles in Ordnung, oder wenn er die Wahrheit wusste? Sie sehnte sich nach dem Frieden und der Freiheit, die sie nur finden konnte, wenn es zwischen ihnen keine Geheimnisse gab. Aber wie sollte sie wissen, ob er damit umgehen konnte, dass sie vergewaltigt worden war, solange sie es ihm nicht sagte?

Ich wünschte, ich könnte einfach für eine Weile verschwinden und mich verstecken, bis ich eine Antwort auf diese ganzen Fragen gefunden habe. Vielleicht könnte ich nach Ohio fahren. Wie schwer wäre es, Tante Zabeth zu finden?

Aber dann dachte sie wieder an Paul, und der Wunsch, nach Ohio zu fliehen, verlor seinen Reiz. Er hatte gestern Nacht so gut ausgesehen, seine Berührung hatte ihr gezeigt, dass das Leben trotz aller Mühen lebenswert war. Sie wünschte, sie hätte nicht fast während seines ganzen Besuches geweint. Sie musste den Alptraum dieses Überfalls endlich überwinden, sonst würde er alles kaputt machen.

Nachdem sie eine Weile hin- und hergerissen war, wurde ihr schlagartig die Wahrheit bewusst: Die Last des Schweigens mit sich herumzuschleppen war sicher nicht das Schlimmste, was ihr passieren konnte. Die schlimmste Tragödie wäre es, Paul zu verlieren.

Hannah lehnte sich ans Fenstersims von Marys Zimmer im fünften Stock. Die warmen Strahlen der Morgensonne drangen durch die Fensterscheibe, während Mary unruhig schlief. Becky war unten und bezahlte die Rechnungen und erledigte alles Nötige, was auch immer das war, damit Mary heute das Krankenhaus verlassen konnte.

Die Tür ging auf. Dr. Greenfield trat mit zwei Plastiktassen, die auf einem großen Buch standen, ins Zimmer. Hannah musste lächeln. Ihre Freundschaft war nur von kurzer Dauer und machte sie manchmal unsicher, aber er schien ein wirklich aufrichtiger Mensch zu sein.

Er schob die Tür mit dem Fuß zu. „Ich hatte gehofft, ich könnte noch eine Minute mit Ihnen sprechen, bevor Mary entlassen wird." Er hielt ihr das Buch hin.

Hannah nahm die Tasse, die ihr am nächsten war, und betrachtete den dampfenden Inhalt. „Heiße Schokolade?"

„Sie sind zu jung für Kaffee." Er lächelte und führte mit einer Hand die Kaffeetasse an seine Lippen, während er ihr mit der anderen das Buch hinhielt. „Das ist für Sie. Es geht darin um Anatomie und die Funktionsweise des Körpers. Ich denke, Ihre Familie wird Ihnen den Besitz dieses Buches erlauben, da es unter anderem erklärt, womit zu rechnen ist, wenn jemand eine Blutung im Hirn hatte. Ich glaube, es könnte Ihnen bei Ihrer Arbeit mit Mary sehr hilfreich sein."

Sie nahm das Buch und schlug es auf. Der Umriss eines menschlichen Körpers schaute ihr entgegen. Dr. Greenfield beugte sich über das Buch und blätterte eine Folienseite um und legte sie oben auf das Bild mit den Umrissen. Auf der Folie waren die inneren Organe und die Venen und Arterien zu sehen, die durch den ganzen Körper verlaufen. Neben den Organen befanden sich Linien mit Zahlen.

„Ach, wie wunerbaar."

„Wie bitte?"

Hannah blickte auf und schämte sich, weil sie so unhöflich gewesen war und ihre Muttersprache benutzt hatte. „Entschuldigen Sie. Ich ... ich habe gesagt, dass dieses Buch wunderbar ist."

Er lächelte sie erfreut an. „Es gibt noch mehr Folien, die Sie darüberlegen können." Er blätterte die nächste Seite um. „Diese Folie zeigt das Atmungssystem." Er blätterte einige Seiten weiter und hielt bei einer weißen, festen Seite inne, die eng bedruckt war. „Dieser Teil erklärt, was Sie auf den Folien sehen."

Hannah fuhr mit der Hand über die seidige Seite. „Das ist faszinierend." Sie schaute ihn an. „Vielen Dank."

Dr. Greenfield nickte. „Bitte." Er zog einen Stift aus seiner Brusttasche und deutete auf das Buch. Sie reichte es ihm. Er schrieb etwas auf die Innenseite des hinteren Buchdeckels. „Ich weiß, dass es problematisch für Sie sein wird, zu einem Telefon zu kommen. Für den Fall, dass Sie trotzdem irgendetwas brauchen, gebe ich Ihnen hier die Nummer meines Telefondienstes. Sagen Sie einfach, wer Sie sind. Dann wird man versuchen, mich zu erreichen. Es kann ein paar Stunden dauern, bis ich die Nachricht bekomme, je nachdem, wo ich gerade bin und was ich gerade tue. Aber ich verspreche Ihnen, dass ich Sie umgehend zurückrufen werde."

Sie schaute zu, wie er in ihr neues Buch schrieb, und hätte ihn am liebsten aufgefordert, das zu unterlassen. Bücher waren so etwas Besonderes, dass man nichts hineinschreiben sollte. „Umgehend?"

„So schnell wie möglich."

Hannah grinste. „Ah ja." Sie würde es vermissen, sich mit jemand zu unterhalten, der so humorvoll und freundlich war wie Dr. Greenfield.

Er klappte das Buch zu und reichte es ihr. „Die Krankenschwester wird jeden Augenblick kommen und Marys Verbände wechseln. Danach kann sie entlassen werden. Sie dürften bereits alle Anweisungen in Bezug auf ihre Pflege bekommen haben, aber falls Sie noch irgendwelche Fragen haben, zögern Sie bitte nicht, die Nummer anzurufen, die die Schwester Ihnen gegeben hat." Dann verließ er das Zimmer.

Sie schlug ihr neues Buch auf und war von den Seiten fasziniert.

Als sie ein knisterndes Geräusch vernahm, hörte sie auf zu lesen und blickte auf. Edie Walls, eine junge Krankenschwester, stand hinter ihr und presste sich eine Tasse an die Lippen. Sie senkte die Tasse und zerbiss einen Eiswürfel. „Entschuldigung. Ich wollte Sie nicht stören." Sie stellte die Tasse auf den Tisch. „Eiswürfel. Das ist das beste Mittel, das ich gegen Morgenübelkeit gefunden habe." Sie öffnete eine Schublade an dem Tisch neben dem Bett und zog eine Verbandsrolle und Pflaster heraus. „Auch wenn Morgenübelkeit ein bescheuerter Name dafür ist. Als ich mit meinem ersten Kind schwanger war, war mir nur immer abends übel. Bei diesem jetzt ist mir den ganzen Tag schlecht, und das jeden Tag. Außerdem bin ich ständig so müde."

Übelkeit und Müdigkeit. So fühlte sich Hannah schon seit Wochen. Aber hier im Krankenhaus waren so viele Gerüche, und sie hatte seit Ewigkeiten nicht mehr richtig geschlafen, und …

„Aber das ist noch nicht das Schlimmste." Edie rollte ein langes Stück Verband ab. „Meine Gefühle sind ein einziges Chaos. Das macht mich noch ganz wahnsinnig."

Das Blut pochte laut in Hannahs Ohren. War das der Grund, warum ihre Gefühle seit einigen Wochen gleichzeitig in alle Richtungen gingen?

Nein, das konnte nicht sein.

Schwanger? Das konnte doch bestimmt nicht der Grund dafür sein, dass ihr so oft übel war und sie sich krank fühlte. Sie stand nur unter Stress und …

Edie zog eine Schere aus ihrer Tasche. „Als ich das erste Mal schwanger war, konnte ich in den ersten Wochen nicht einmal daran denken, irgendetwas zu essen."

Das Buch fiel Hannah aus der Hand. Ihre Arme und Beine waren zu schwer für ihren Körper.

Um sie herum wurde alles schwarz. Sie nahm das Zimmer und Edie kaum noch wahr.

Hannah fühlte Edies Hand unter ihrem Unterarm. Die Krankenschwester sagte etwas, aber Hannah konnte die Worte nicht richtig verstehen.

Gott! Bitte. Bitte. Nein, nein, nein! Ihr Herz raste, als dieser stumme Schrei ihre Seele durchbohrte.

Das konnte nicht sein.

Es konnte einfach nicht sein.

„Hannah? Können Sie mich hören?" Edie nahm sie an den Schultern und half ihr, sich auf den Boden zu legen. „Hannah, legen Sie sich zurück. Es kommt gleich Hilfe."

Edie hielt Hannahs Knöchel, sodass ihre Füße und Beine leicht erhöht waren. Allmählich nahm Hannah ihre Umgebung wieder wahr. Entsetzen und Panik ergriffen ihren ganzen Körper. In dem Bemühen, wieder die Kontrolle über sich zu gewinnen, riss sie ihre Füße los und setzte sich auf.

„Mir … mir geht es gut." Das stimmte absolut nicht. Aber niemand konnte ihr helfen. Hannah drehte sich um, legte die Hände auf den Sitz des Stuhles hinter sich und schob sich in die Höhe. Auf wackeligen Beinen ging sie zur Tür.

Auf dem Gang nahm eine Frau sie am Arm und sagte etwas zu ihr. Hannah konnte nicht verstehen, was sie sagte. Sie riss sich los und lief zum Treppenhaus. Die Tür fiel mit einem lauten Krachen hinter ihr ins Schloss. Sie rannte bis zum nächsten Treppenabsatz hinab, bevor sie stehen blieb. Dann lehnte sie sich an die Wand und schnappte keuchend nach Luft.

Einen Moment später wurde die Treppenhaustür über ihr aufgerissen, und Edie tauchte auf. Als sie Hannah erblickte, eilte sie die Treppe hinab. Der fragende Blick in ihren Augen verriet, dass sie keine Ahnung hatte, was sie tun oder sagen sollte.

Vor Hannahs Augen verschwamm alles, als erneut Schritte die Treppe herabgelaufen kamen.

„Was ist passiert?"

Mit dem Rücken an der Wand rutschte Hannah nach unten, bis sie auf dem kalten Fliesenboden saß. Sie legte die Arme um ihre Beine und vergrub das Gesicht in ihren Knien. Zwei große Hände nahmen einen ihrer Arme und hielten ihn fest. Sie hörte, wie ein Klettverschluss aufgerissen wurde und wie etwas um ihren Oberarm gelegt und daran befestigt wurde. Die Manschette wurde lockerer. Nach einer Weile legte sie sich wieder fester um sie.

„Was geschah, unmittelbar bevor sie das Bewusstsein verlor?" Die Stimme klang nach Dr. Greenfield, aber anders … strenger. Sie wollte ihn nicht sehen.

Aber wer wäre besser? Doch wie sollte sie ihm je erklären …

„Wir haben uns unterhalten", antwortete Edie. „Das war alles."

„Worüber?"

Hannahs Kinn wurde sanft hochgehoben, und ihr Hinterkopf wurde leicht an die Wand gedrückt. Sie fühlte, wie etwas – wahrscheinlich ein Stethoskop – sich über ihren Brustkorb bewegte.

„Durch diese ganzen Stoffschichten kann ich nicht viel hören", murmelte der Mann.

„Wenn ich genau darüber nachdenke, habe eigentlich nur ich geredet. Ich habe ihr von meiner Schwangerschaft erzählt und dass Eiswürfel gegen die Übelkeit helfen."

Fest entschlossen, von hier fortzukommen, schob Hannah die Hand, die das Stethoskop hielt, von sich weg. Sie zog den Klettverschluss auf und schob die Manschette von ihrem Arm. Dann hielt sie sich an der Wand fest und versuchte aufzustehen. Eine starke Hand half ihr auf die Beine.

„Kommen Sie mit uns zur Notaufnahme, Hannah." Dr. Greenfield legte die Hand unter ihren Unterarm und stützte sie.

Sie schüttelte den Kopf und konnte es nicht erwarten, von den beiden fortzukommen. „Mir geht es gut. Ich brauche nur frische Luft. Das ist alles." Sie riss sich von seiner Hand los. „Lassen Sie mich gehen. Bitte."

Mit der Hand unter ihrem Arm führte Dr. Greenfield Hannah wie ein Kind zur Tür hinaus. Die kühle Herbstluft, gemischt mit den Autoabgasen, schlug ihr ins Gesicht. Sie löste ihren Arm aus seinem Griff und ging den Gehweg hinab, fort vom Krankenhaus zu einer ruhigen Nische zwischen zwei Gebäudeflügeln. Zitternd und ohne die Kraft, das Zittern zu unterbinden, setzte sich Hannah auf die graue Steinbank, die gleichzeitig den Pflanzen Schutz bot.

Dr. Greenfield setzte sich neben sie. Er nahm ihr Handgelenk und drückte die Finger auf ihren Puls. „Mir wäre es wirklich lieber, wenn Sie sich untersuchen ließen."

Sie schüttelte, kaum sichtbar, den Kopf und flüsterte leise: „Nein."

Weiße Wolken zogen über den Himmel und verwandelten ihre Form genauso schnell und leicht, wie das Leben sich änderte. Wenn sie wirklich schwanger war, durfte Paul das nie erfahren. *Niemals.* Vielleicht war sie ja gar nicht schwanger. Vielleicht wurden Frauen ja nicht bei dem schwanger, was ihr widerfahren war. Woher sollte sie wissen, wie man schwanger wurde? Dieses Thema war verboten.

Sie hasste diesen Mann. Sie hasste ihn. Bilder davon, wie sie ihm ein Messer in den Bauch jagte, tauchten vor ihr auf. Aber der Zorn würde ihr nicht weiterhelfen. Sie war völlig machtlos. Sie wusste nicht, wer er war.

Dr. Greenfield legte die Unterarme auf seine Beine und beugte sich vor. Sein Blick wich kein einziges Mal von ihrem Gesicht.

Hannah schluckte. Sie musste wissen, ob sie möglicherweise schwanger sein konnte. Und es gab niemanden, der ihr das besser erklären könnte. „Die Amischen sprechen über ... über bestimmte Dinge nicht."

„Ich spreche mit Ihnen über alles, was Sie wissen wollen."

Sie drehte sich leicht von ihm weg. Sie konnte ihn das unmöglich fragen. „Vergessen Sie es."

„Hannah, Edie sagt, sie habe Ihnen von ihrer Schwangerschaft erzählt. Hat etwas an diesem Gespräch Ihre Reaktion ausgelöst?"

Hannah zuckte die Achseln und nickte leicht.

„Ist das ein Ja?"

Sie nickte.

„Sind Sie schwanger?"

Hannah schloss die Augen. „Ich ... ich weiß es nicht."

Dr. Greenfields Miene veränderte sich nicht im Geringsten. „Aber es besteht die Möglichkeit, dass Sie schwanger sind. Ist es das?"

„Ich ... ich weiß es nicht."

„Sie wissen nicht, ob Sie schwanger sind, oder wissen Sie nicht, wie man schwanger wird?"

Hannah spürte, wie ihre Wangen zu glühen begannen.

„Ich rate jetzt einfach ins Blaue hinein und sage Ihnen, wie eine Frau schwanger wird." Mit einer so freundlichen und sanften Stimme, wie sie noch nie eine gehört hatte, erklärte er ihr alles, was sie wissen musste.

Es ergab alles einen Sinn. Schließlich lebte sie auf einem Bauernhof, auf dem die Tiere Junge bekamen. Aber irgendwie war ihr entgangen, wie Frauen schwanger werden. Sie war so verlegen, dass sie glaubte, ihr Herz würde jeden Augenblick aufhören zu schlagen.

Sie räusperte sich. „Und wenn ... und wenn jemand ... mit Gewalt ... gezwungen wird ... kann sie dann trotzdem schwanger werden?"

„Hannah, wenn Ihnen das passiert ist, dann müssen Sie sich von einem Arzt untersuchen lassen und zur Polizei gehen."

„Nein." Ihre Stimme zitterte.

Er holte tief Luft. „Ja, eine Frau kann auch dann ein Kind bekommen."

Sie stand auf. „Mary ist wahrscheinlich inzwischen schon fertig und will nach Hause fahren. Ihre Mutter sucht mich bestimmt.

Danke, Dr. Greenfield." Sie setzte einen Fuß vor den anderen und ging mehrere wackelige Schritte.

„Hannah, warten Sie." Mit einer schnellen Bewegung stand er vor ihr. „Wie kann ich Ihnen helfen? Wie darf ich Ihnen helfen?"

Das Mitgefühl in seiner Stimme rührte eine Stelle tief in ihrem Inneren an. Sie starrte das Stethoskop an, das um seinen Hals baumelte. „Mir ist nicht zu helfen." Ihr Hals schmerzte. Ihre Augen brannten. Warum konnte die Erde sich nicht einfach auftun und sie verschlingen? „Wer weiß? Vielleicht ziehe ich nur voreilige Schlüsse."

„Das ist möglich. Nach einem Schock kann der Körper einer Frau sonderbar reagieren: mit Übelkeit, einem unregelmäßigen Zyklus, Panikattacken. Es kann sogar zu chemischen Veränderungen im Gehirn kommen, die einen Menschen schwer depressiv machen. Aber wenn Sie diese Symptome haben, und der Grund dafür ist nicht eine Schwangerschaft ..."

Sie berührte die Seiten ihrer Gebetshaube, um sich zu vergewissern, dass sie richtig saß.

„Hannah, ich kenne eine Ärztin, die sich auf Frauen spezialisiert hat. Sie ist einfühlsam und verständnisvoll. Sie kann Ihnen wenigstens Klarheit darüber geben, ob Sie ..."

„Bitte nicht", fiel ihm Hannah ins Wort. „Ich fahre nach Hause und hoffe, dass alles gut wird."

Dr. Greenfield legte eine Hand auf ihre Schulter und schaute ihr in die Augen. „Das tut mir so leid."

„Hannah!" *Daeds* strenge Stimme ließ sie zusammenzucken. Dr. Greenfield nahm sofort die Hand von ihrer Schulter und trat einen Schritt zurück.

Sie drehte sich zu der Stimme herum und sah ihren Vater auf dem Gehweg stehen. Der Bischof stand direkt neben ihm. Die Mienen in ihren Gesichtern waren eine Mischung aus Verwirrung und Anklage. Dr. Greenfield beugte sich hinter ihr vor. „Wir sind mit unserem Gespräch noch nicht fertig, Hannah."

Ihr Vater zog die Stirn in Falten. „Komm, Kind. Sofort."

Dr. Greenfield trat vor und schaute ihr ins Gesicht. „Sie müssen nicht gehen, Hannah. Sie können hierbleiben. Wir können Ihnen helfen."

Sie wusste, dass mit dem Wort *Wir* andere Ärzte, das System, sogar die Polizei gemeint waren. Aber sie wollte nicht, dass alle sie untersuchten und ihr Fragen stellten. Sie musste nach Hause fahren und abwarten, bis sie wüsste, ob sie wirklich schwanger war.

„Sofort, Hannah.“ Ihr Vater nahm den Hut ab und drückte die Krempe zusammen, ohne jedoch dem Arzt in die Augen zu schauen.

„Ihre Tochter und ich sind mitten in einem privaten Gespräch“, erwiderte Dr. Greenfield. „Sie hat in diesem Land einige Rechte.“

Sie schaute ihn kopfschüttelnd an. Mit diesen Worten machte er alles nur noch schlimmer.

Ihr Vater und der Bischof nickten knurrend und schritten an ihnen vorbei zum Krankenhauseingang. Sie würden sich nicht mit diesem Arzt anlegen; Streit widersprach ihren Regeln und ihren Überzeugungen.

Dr. Greenfield drehte sich wieder zu ihr um. „Sind Sie sicher, dass es das Richtige für Sie ist, nach Hause zu fahren?“

Sie nickte. „Meine Familie wird mir mehr helfen können als das ganze Krankenhaus hier.“

„Hannah, bitte. Wir könnten …“

Sie hob die Hand. „Nein.“

„Es gibt viele Möglichkeiten, wie Ihnen geholfen werden kann: Programme für Vergewaltigungsopfer, Heime für unverheiratete Mütter, Adoptionsagenturen und Kliniken, die Ihnen andere … Möglichkeiten anbieten können.“

Sie schloss die Augen und wusste, dass nichts davon ihr helfen würde, falls Paul von der Schwangerschaft erfuhr. „Ich fahre nach Hause, Dr. Greenfield.“

„Aber, Hannah, Sie müssen sich von einem Arzt untersuchen lassen.“

Sie verschränkte die Arme vor sich, um sich vor der kalten Luft zu schützen.

Er rieb sich die Stirn und sah resigniert, aber nicht erfreut aus. „Sie haben meine Telefonnummer in dem Buch. Falls ich Ihnen irgendwie helfen kann, Hannah, dann rufen Sie mich bitte an.“ Er zog eine Karte aus seiner Brieftasche und hielt sie ihr hin. „Das ist meine private Handynummer.“

Sie schaute ihm ernst ins Gesicht. „Ich bin sehr dankbar, dass ich

Sie kennengelernt habe. Und ich werde den netten englischen Arzt in diesem Krankenhaus nie vergessen. Aber ich werde Sie nie wiedersehen."

Kapitel 15

Hannah öffnete den dickbäuchigen Ofen und stocherte mit dem Schürhaken in den Kohlen. Mary saß in ihrem Rollstuhl am Fenster und ließ die Auffahrt nicht aus den Augen. Sie konnte es nicht erwarten, dass Luke kam.

Sie und Mary wohnten jetzt im *Daadi-Haus* der Yoders, dem Haus, in dem normalerweise Marys Großmutter lebte. *Mammi* Annie, Marys Großmutter, war nur einen Steinwurf weit entfernt ins Haupthaus zu Marys Eltern und ihren Brüdern umgezogen. Das *Daadi-Haus* war klein, aber die Räume waren für Marys Rollstuhl geeignet. Im Haus gab es eine Toilette und ein Badezimmer gleich neben dem Schlafzimmer, das die beiden Mädchen miteinander teilten. Es war eine gute Lösung, bis auf den Umstand, dass Hannah sich noch mehr bemühen musste, Sarahs geliebtem Jacob aus dem Weg zu gehen. Marys Bruder wohnte nebenan bei seinen Eltern. Somit war es nicht immer leicht, sich von ihm fernzuhalten, besonders wenn er seine Schwester besuchen kam. Aber Hannah fand, dass ihr das recht gut gelang, und dass Sarah mit ihr zufrieden sein konnte.

Hannah arbeitete mehrere Male am Tag mit Mary an ihrer Krankengymnastik und benutzte die Küche und das Waschhaus des *Daadi-Hauses*, um Becky beim Wäschewaschen, Backen und Einmachen zu helfen. Durch diese vielen Aufgaben hatte Hannah das Gefühl, die drei Wochen, seit sie das Krankenhaus verlassen hatten, seien im Flug vergangen.

Wenn die Zeit es zuließ, arbeiteten sie und Mary an der „Vergangenheit-und-Zukunft"-Quiltdecke. Wenn Luke zu Besuch kam, machte sich Hannah rar und ging auf den Dachboden von Marys Großmutter, um Stoffreste von Puppenkleidern zu suchen, die sie und Mary als Kinder genäht hatten. Sie fand die erste Schürze, die Mary in ihrem Leben genäht hatte, und sogar Stücke von einer Puppendecke, die sie als Kinder miteinander genäht hatten.

Luke.

Er sagte nichts Unfreundliches zu Hannah, aber bei jedem Besuch schien er ein wenig wütender auf sie zu sein. Da Hannah auf dem Speicher verschwand, sobald er ins Haus kam, und da Luke nie lange blieb, hatten sie bis jetzt nicht darüber gesprochen, was ihn störte. Sie vermutete, dass er einfach schlecht gelaunt war, weil er immer noch bestimmte Medikamente nehmen musste, und weil ihn die Sorgen quälten, dass Mary so vieles durchmachen musste.

Aber seine Besuche gaben ihr Zeit, nach Material für die Quiltdecke zu suchen. Sie wollte nicht einfach irgendeinen Stoff; er musste einen Bezug zu Marys und Lukes Leben haben. *Mammi* Annie hatte den Frauen in der Gemeinde erzählt, was Hannah vorhatte. Seitdem erreichten Hannah und Mary immer wieder Stoffstücke mit Nachrichten daran, inwiefern sie ein Teil von Marys und Lukes Vergangenheit waren.

Wenn das so weiterging, würde die Vergangenheitsseite der Decke bald genug Material haben. Wenn sie jetzt noch eine Idee hätte, wie sie viel Material für die Zukunftsseite zusammenbringen könnte, ergäbe sich der Rest ihres Plans von selbst.

Weder ihr Vater noch der Bischof hatte den Vorfall mit Dr. Greenfield erwähnt. Sie war sicher, dass diese Situation in den Augen der beiden Männer anstößig ausgesehen haben musste. Hannah weigerte sich, an jenen Tag zu denken. Sie war inzwischen recht geschickt darin, Dinge, über die sie nicht nachdenken wollte, zu verdrängen, aber diese neu gelernte Fähigkeit gab ihr kein Siegesgefühl.

Sie stellte das Bügeleisen mit dem Eisen nach unten auf den Ofen und entfernte den Griff. Hoffentlich erwischte niemand sie dabei, dass sie an einem Sonntag bügelte. Sie nahm ein Holzscheit aus dem Holzeimer neben dem Ofen und legte es auf die Glut. Nachdem sie die kleine Metalltür wieder geschlossen hatte, legte sie ein paar Ziegelsteine auf die Rückseite des flachen Ofens und wischte sich die Hände an ihrer Schürze ab.

Das Haus war heute besonders ruhig. Es war fast Mittag, und nur sie und Mary waren noch auf dem Hof. Es war ein gottesdienstfreier Sonntag. Deshalb war Marys Familie an diesem Tag zu Besuchen unterwegs und bedankte sich bei den Leuten – durch Worte und selbst gemachte Leckereien – für die Freundlichkeit, die sie ihnen während der anstrengenden Zeit nach dem Unfall erwiesen hatten. Ihre amischen Nachbarn hatten Marys Vater in den Wochen nach dem Unfall nicht nur auf seinem Hof geholfen, sie hatten auch eine Sattlerei mit einer angebauten Wohnung für Luke und Mary für die Zeit nach ihrer Hochzeit errichtet.

Hannah legte Marys Baumwollkopftuch auf das Handtuch, das auf dem Bügeltisch lag, und strich es mit den Fingern so gut wie möglich glatt. Der heutige Tag könnte etwas von ihrer Lebensfreude wieder neu entfachen. Sie dürfte dabei sein, wenn Mary die Sattlerei das erste Mal sah. Mary hatte noch keine Ahnung, dass sich über der Werkstatt eine Wohnung für sie und Luke befand. Nach dem, was John Yoder Hannah erzählt hatte, dürfte die Wohnung erst ab dem dritten Kind zu klein werden. Hannah konnte es nicht erwarten, Marys Gesicht zu sehen, wenn sie ihr künftiges Zuhause zu Gesicht bekäme.

Nachdem sie den Griff wieder auf das Bügeleisen gesteckt hatte, nahm Hannah das Eisen vom Ofen und bügelte die Falten aus dem Tuch. Trotz der leichten Nervosität, die sie angesichts des heutigen Ausflugs beschlich, war Hannah zuversichtlich, dass Mary genug Kraft hatte, um die acht Kilometer lange Fahrt zu bewältigen, auch wenn sie wahrscheinlich eine Ruhepause bräuchte, bevor sie zurückfahren konnte. Aber Mary musste mit eigenen Augen sehen, welche Vorsorge für ihre Zukunft getroffen worden war. Außerdem würde Luke Mary zweifellos jede Sekunde, die er heute mit ihr zusammen war, verhätscheln.

Hannah musste zugeben, dass ihre Aufregung nicht nur mit Mary zusammenhing. So wie Luke die Lage der Sattlerei beschrieben hatte, klang es, als grenzte sie direkt an Großmutter Waddells Grund und als wäre sie von ihrem Haus aus deutlich zu sehen. Sie vermisste die alte Frau mehr, als sie erwartet hatte, und die Sehnsucht, sie zu sehen, wuchs mit jedem Tag, der verging.

Mary bewegte ihren Rollstuhl leicht und wandte sich vom Fenster ab. „Hat dir Luke diese Sattlerei schon gezeigt, von der er so begeistert ist?“

„Ich habe diesen Hof keinen Augenblick verlassen, seit wir aus dem Krankenhaus gekommen sind“, erklärte Hannah. Sie hoffte, ihre Stimme würde nicht verraten, dass zwischen ihr und Luke nicht alles im Lot war. Sie wusste nicht, welche Probleme Luke mit ihr hatte, aber angesichts der Geheimnisse, über die nicht gesprochen werden durfte, hielt Hannah Schweigen für die beste Lösung. Ab dem kommenden Mai würde Paul versuchen, die Zustimmung ihrer Familie zu ihrer Heirat zu gewinnen. Bis dahin müsste sie dafür sorgen, dass zwischen ihr und ihrer Familie und der Gemeinde so viel Friede wie möglich herrschte.

Als alle Falten fort waren, fächerte Hannah das Tuch durch die Luft, um es abzukühlen. Sie freute sich darauf, ihr Elternhaus wiederzusehen und ein wenig von hier fortzukommen. Mary machte große Fortschritte, aber ihr zu jeder Tages- und Nachtzeit ins Badezimmer zu helfen, zehrte an den Kräften.

Hannah ging zu Mary hinüber und band ihr das lila Tuch auf den Kopf. Dabei achtete sie genau darauf, dass sie den pfirsichblonden Flaum bedeckte, aber das Tuch trotzdem nicht zu fest auf ihren Kopf band.

Marys Genesung ging schnell voran. Hannah hatte kein einziges Mal den Arzt anrufen müssen, obwohl der Bischof eingewilligt hatte, dass die Yoders nur zwanzig Meter vom Haus entfernt ein Telefon hatten einrichten dürfen. Marys Vater und Brüder hatten eine Telefonzelle gebaut – eine Holzhütte mit einem Fenster. Die Telefongesellschaft war gekommen und hatte ein schwarzes Wandtelefon mit Knöpfen installiert.

Mary hob ihre *Kapp* von ihrem Schoß und reichte sie Hannah. „Ich wäre schneller fertig, wenn ich nicht die Gebetshaube über dem Tuch tragen müsste, das meinen kahlen Kopf bedeckt."

Hannah zog mehrere Nadeln aus ihrer Schürze und steckte sie sich zwischen die Zähne, um dann eine nach der anderen herauszuziehen, während sie die *Kapp* an der Kopfbedeckung befestigte. „Selbst die beliebteste Prinzessin der Gemeinde muss ihre Gebetshaube tragen." Hannah küsste Mary auf die Stirn.

Mary fuhr mit den Händen über ihr Tuch und die *Kapp*. „Ich werde dem Bischof ausnahmsweise nicht verraten, wie übermütig du sein kannst. Eine züchtige, amische Frau als Prinzessin zu bezeichnen …" Sie drehte sich wieder zum Fenster um und hielt angestrengt nach Luke Ausschau.

Hannah setzte sich hinter sie auf die Armlehne des Sofas. Es tat gut zu hören, dass Mary sie wieder neckte. Die Angst, die gedroht hatte Mary nicht mehr loszulassen, die Panik, die Hannah nicht aus den Augen hatte lassen wollen, war dank der Liebe, mit der die ganze Amischgemeinde Mary umgab, allmählich einem gewissen Frieden gewichen.

Das Geräusch von klappernden Hufen und knirschenden Wagenrädern auf den Schottersteinen riss Hannah aus ihren Gedanken.

Marys blasses Gesicht strahlte auf. „Er ist da. Nimm die Decken und fahr mich hinaus."

Hannah nahm den Stapel gefalteter Decken vom Sofa und legte sie Mary auf den Schoß. Dann holte sie ihr und Marys dickes Wolltuch vom Haken und ging im Geiste ihre Liste für den heutigen Ausflug durch.

Mary klopfte auf die Armlehnen ihres Rollstuhls. „Komm schon. Komm schon. Warum brauchst du so lange?" Ihre gute Laune tat Hannah gut.

Sie steuerte ihre Freundin zur Tür. „Wenn du für deine Krankengymnastik nur halb so viel Begeisterung aufbrächtest, bräuchten wir nicht jeden Tag so viel zu diskutieren."

Mary zuckte die Achseln. „Die Gymnastik ist eine grauenhafte Schinderei, und das weißt du ganz genau."

Noch bevor Hannah die Tür erreichte, klopfte Luke und öffnete sie leise. Er warf Hannah einen missbilligenden Blick zu, bevor er Marys Anblick aufsog wie die ausgetrocknete Erde den Regen nach einer Dürrezeit. „Du siehst heute schon viel gesünder aus." Er trat ein. „Komm, ich nehme dir die Decken ab." Er nahm ihr die Decken vom Schoß. „Sie braucht noch heiße Ziegelsteine für ihre Füße."

Hannah wickelte das Tuch um Marys Schultern. Dann ging sie wie eine Dienstmagd in die Küche, um zu tun, was er ihr aufgetragen hatte. Während Luke die Decken und Mary zum Einspänner brachte, wickelte Hannah die Ziegel in alte Tücher und packte den Korb mit dem Essen fertig.

Während sie durch das Haus eilte, schaute sie schnell nach den Petroleumlampen und vergewisserte sich, dass alle aus waren. Zufrieden, dass alles in Ordnung war, trat Hannah schließlich durch die Tür.

Luke stand vor ihr. „Das nehme ich."

Seine Stimme war kommandierend, und Hannah wusste, dass es unpassend wäre, „Danke" zu sagen. Er nahm ihr den Korb ab.

Hannah holte tief Luft, um ihre verletzten Gefühle zu beruhigen. „Sie hat noch keine Ahnung von der Wohnung, die für euch beide gebaut wurde. Ich kann es nicht erwarten, ihr Gesicht zu sehen. Mary hat so viel durchgemacht, und ich ..."

Die Verachtung in Lukes Augen bestürzte Hannah. „Ich glaube, du hast mehr als genug getan."

Er sprach mit ihr, als weise er einen Hund zurecht, aber warum?

Luke deutete mit dem Finger auf sie. „Wenn du nicht gewesen wärst, hätte sie nicht so viel durchmachen müssen, oder?" Er drehte ihr den Rücken zu und schritt zu seinem wartenden Wagen hinaus.

Vor Verblüffung war Hannah nicht fähig, sich zu bewegen. Womit hatte sie Mary das Leben schwerer gemacht? Mit zittrigen Knien trat sie auf die Veranda und schaute zu, wie Luke die geheizten Ziegelsteine liebevoll unter Marys Füße legte und sie in eine Decke nach der anderen einwickelte.

Als Luke die Tür zum Einspänner zumachen wollte, hob Mary die Hand. Luke hielt inne. „Sag Hannah, dass sie kommen soll. Ich kann es nicht erwarten, deine Sattlerei zu sehen."

„Hannah wird ein anderes Mal fahren. Sie bleibt heute hier." Lukes Gesicht wurde hart wie Granit, als er sie jetzt anschaute. „Ist es nicht so, Schwester?"

Wie kann Mary das Gift in seiner Stimme überhören?

Von einer schweren Last niedergedrückt, ging Hannah langsam zu Marys Seite. „Ich glaube, ich ruhe mich ein wenig aus, während ihr fort seid."

Mitgefühl trat in Marys Augen. „Ja, du hast ein wenig Ruhe verdient. Ich halte dich die ganze Nacht vom Schlafen ab, und dann schlafe ich tagsüber, während du *Mamm* hilfst. Aber ich hatte mich so darauf gefreut, dass du mitkommst. Bist du sicher, dass du lieber hierbleiben willst?"

Hannah nickte. „Ich bin sicher." Sie steckte einen Zipfel der Decke um Marys Rücken und schloss die Wagentür. Als Luke hinten um den Wagen herumging, folgte Hannah ihm. „Was habe ich getan?", flüsterte sie.

Er drehte sich um und schaute sie hart an. „Es war deine Schuld, dass wir dort beim Knepphof waren."

„Meine Schuld?"

„Ach, tu doch nicht so unschuldig. Ich habe dich gebeten, mit uns zum Singen zu gehen, damit Mary danach ohne Bedenken mit zu uns auf den Hof käme. Du wusstest, dass sie nicht mit mir allein dorthin käme. Ich hätte dich gebraucht. Aber du hattest keine *Lust* dazu."

Hannah schüttelte den Kopf. „Ich ... ich erinnere mich, dass du und ich darüber diskutiert haben, aber ich ... ich kann mich nicht erinnern ... Ich war noch so durcheinander davon, dass ..."

„Ja, du bist am Straßenrand gestolpert und hast dir die Hände und die Knie aufgeschlagen. Irgendwie hat dir das dein Gedächtnis geraubt und auch deine Fähigkeit zu arbeiten und deine Loyalität gegenüber deiner Familie." Er schaute sie böse an. „Schau dir an, was Mary alles durchmachen musste, und wie gut sie damit umgeht. Daran solltest du dir ein Beispiel nehmen."

„Luke, es ... es tut mir leid. Ich wollte nie ..."

Er stapfte zur Fahrertür und stieg ein.

Sie schaute dem Einspänner nach, wie er mit den Menschen, die sie liebte, davonrollte und sie allein zurückließ.

Kapitel 16

Ein kalter Wind peitschte durch Hannahs Röcke und ihr Tuch, aber in ihrem Herzen war es noch viel kälter. Sie biss so sehr die Zähne zusammen, um ihre Tränen zurückzuhalten, dass es wehtat. Ihre Enttäuschung war sehr groß. Sie hätte die Sattlerei und Lukes und Marys künftiges Zuhause wirklich gern gesehen, ganz zu schweigen von der Freude in Marys Gesicht, wenn sie alles zum ersten Mal betrachten konnte.

Ein Kalb im Stall schrie nach seiner Mutter. Hannah stapfte über die hintere Wiese zum Stall.

Meine Schuld? Wie konnte er das nur glauben? Stimmte es? Sie erinnerte sich nur an sehr wenig aus diesen dunklen Tagen nach dem Überfall.

Sie zog die Stalltür nur so weit auf, dass sie hineinhuschen konnte. Der Stall war warm und roch süßlich nach Futter. Sie ging ein paar Schritte zum abgetrennten Bereich, in dem die Kälber waren. Dort zog ihr ein anderer bekannter Geruch in die Nase: Frischer Kuhmist.

Das Kalb steckte den Kopf durch die Bretter, als flehe es darum, gestreichelt zu werden. Hannah streichelte den Haarwirbel in der Mitte seiner Stirn. Die Zunge des Kalbs sah aus wie ein lang gezogener Karamellbonbon, als es an ihrer Kleidung leckte. Es drückte seinen Kopf an ihren Arm, als hätte sie Milch für das arme Tier. „Tut mir leid, Kleines. Bei mir hast du leider Pech."

Hannah trat zurück und verschränkte die Arme vor ihrer Brust und steckte ihr Tuch enger um sich. Vereinzelte Sonnenstrahlen ließen Staubteilchen, die vom Heu aufstiegen, wie dünnen Goldstaub glänzen. Sie und Luke hatten sich im Spiel immer vorgestellt, die schwebenden Staubteilchen wären winzige Menschen, und wenn sie sie fangen und in Wasser tauchen könnten, würden sie wachsen und lebensgroße Kinder werden.

Sie hatten Stunden damit zugebracht, aus Heustaub Menschen schaffen zu wollen.

Jetzt hasste Luke sie. Und sie konnte sich nicht einmal genau an den Tag erinnern, von dem er gesprochen hatte. Sie zweifelte nicht daran, dass es sich so zugetragen hatte, wie er sagte. Sie hatte nie viel Lust gehabt, nur um des äußeren Scheins willen zu den Singabenden zu gehen. Und sie war sicher, dass sie sich in jenen schrecklichsten Tagen ihres ganzen Lebens geweigert hatte, überhaupt mit irgendjemand irgendwohin zu gehen.

In dem verzweifelten Wunsch, sich irgendwo zu verstecken und ungestört nachzudenken, stieg sie die Leiter zum Heuboden hinauf. Sie kletterte über die Bündel mit losem Heu und öffnete die Tür zum Heuboden. Erneut wurde sie von einer eisigkalten Luft begrüßt, die wie feine Nadeln in ihre Wangen stach. Braune Blätter wirbelten im Wind und fielen wie Regentropfen von den Bäumen. Sie wickelte das Tuch um sich und versuchte an der Schönheit der Erde Trost zu finden. Die meisten Bäume hatten ihre Blätter verloren und streckten ihre grauen Zweige nach oben. Die braunen Felder ruhten für dieses Jahr. Am strahlend blauen Himmel bewegten sich viele unterschiedliche Wolken – dicke, große, dünne, fast durchsichtige.

Sie fragte sich, ob ihre Tante Zabeth ihren Vater früher genauso geliebt hatte, wie Hannah Luke liebte. Zabeth würde sicher verstehen, wie tief sie verletzt war, wie isoliert ihr Leben geworden war. Hannah fragte sich, weswegen ihre Tante mit dem Bann belegt worden war. Sie hatte anscheinend nie Buße getan, denn in dem Brief stand, dass sie immer noch unter dem Bann stand.

Eine Schar aus mehreren Finken versammelte sich unter dem Amberbaum und genoss den Samen, der auf die Erde gefallen war.

Sie ließ ihren Blick über das Land schweifen und atmete tief ein. Gott hatte die Schöpfung so wunderbar gemacht. Wärme durchzog ihren ganzen Körper, und trotz der bohrenden Schmerzen durch Lukes Anschuldigungen durchströmte sie ein tiefer Friede.

Ich weiß, welche Pläne ich für dich habe …

Sie hatte diesen Vers bei einem Gottesdienst gehört, und er hatte sie damals schon überwältigt und fasziniert. Aber heute, als sie allein auf einem Heuboden stand und unsicher war, wie ihre Zukunft aussehen würde, brachte ihr dieser Vers Hoffnung. Hannah kniete nieder und schloss die Augen. „Gott, ich weiß so wenig … ich verstehe fast überhaupt nichts." Eine Gänsehaut zog über ihren ganzen Körper. „Du bist mein Gott, ob ich dich verstehe oder nicht. Ich entscheide mich für dich."

Erinnerungen aus allen möglichen Zeiten ihres Lebens schossen ihr durch den Kopf. Sie sah sich in verschiedenen Häusern, Ställen und Werkstätten beim Predigtgottesdienst sitzen und ermahnende Predigten gegen die Sünde hören. Eine Momentaufnahme von ihrem Vater, der ihre Finger küsste, als sie sich die Hand an der Einspännertür eingeklemmt hatte, entlockte ihr sogar heute noch ein Lächeln. Es hatte sie damals erstaunt, dass ein winziger Kuss tatsächlich den Schmerz vertreiben hatte können. Bilder von Paul, wie er im Laufe der Jahre oft mit ihr gelacht hatte und wie er mit ihr gelitten hatte, als sie im Krankenhaus an seiner Schulter geweint hatte, erfüllten sie mit frischem Schmerz.

Immer schneller flogen die Bilder durch ihren Kopf – Streitereien mit ihren Schwestern, das Kochen in einer heißen Küche und die strenge Einhaltung der *Alten Ordnung*, obwohl vieles dieser Ordnung große Zweifel in ihr weckte. Dann schlugen die Puzzlestücke ihres Lebens eine ominöse Wende ein, und sie konnte kaum noch ein klares Bild vor ihrem geistigen Auge erkennen. Lukes und Marys Unfall mit dem Einspänner. Lukes Wut.

Der Überfall.

Das war der eigentliche Grund, warum sie Gott in den letzten zwei Monaten nichts zu sagen gehabt hatte.

Sie schob sich von ihren Knien hoch und setzte sich hin. Das Leben ergab einfach keinen Sinn. Teile des Lebens waren so schön, dass ein einziger Moment ihr eine Kraft schenkte, die jahrelang anhalten konnte und die nur von Gott gekommen sein konnte. Aber was war mit dem anderen Teil, dem Teil, der so von Hässlichkeit verzerrt war, dass er ihr die Freude am Leben raubte?

Es ergab keinen Sinn, dass beides Gottes Wille sein sollte. Vielleicht würde es nie einen Sinn ergeben.

Hannah hatte tagein tagaus Mühe, alles, was im Leben passierte, blind zu akzeptieren. Wenn Gott einen Menschen dorthin stellte, wo er für immer bleiben sollte, warum waren dann die Pilgerväter nach Amerika gekommen? Warum hatten dann die Amisch einen

Ozean überquert, um ihren Glauben frei von der römisch-katholischen Kirche leben zu können?

Wenn man sich nicht manchmal über die herrschende Autorität hinwegsetzen konnte, gäbe es heute keine *Alte Ordnung*. Wer entschied also, wann es an der Zeit war, gegen die Autorität aufzubegehren, und wann es nötig war, sich ihr unterzuordnen?

Sie seufzte, da sie auf keine dieser Fragen eine Antwort wusste.

Die Frage, die ihr im Moment auf dem Herzen brannte, war die Frage, ob sie darauf vertraute, dass Gott ihre Stärke war und sie führte, egal ob sie manche Dinge verstand oder nicht.

Sie zog die Knie an ihr Kinn hoch und wickelte ihr Tuch darum und schloss die Augen, während sie auch auf andere Fragen Klarheit suchte. „Gott, ich … ich kann nicht glauben, dass der Überfall dein Wille war. Das kann ich einfach nicht." Seltsamerweise erfüllte sie ein neuer Friede, als könnte Gott ihre Gefühle verstehen.

„Hannah!"

Der Ruf erschreckte sie so sehr, dass sie einen Schrei ausstieß. Sie riss die Augen auf und sprang auf die Beine. Fünf Meter unter ihr stand Matthew und schaute zu ihr hinauf.

„Matthew Esh, du hast mich zu Tode erschreckt!" Aber der Anblick seines freundlichen Gesichts vertrieb schnell ihre Frustration.

Das Leuchten in Matthews Augen, das sein deutlichstes Markenzeichen war, verschwand keinen Moment. „Was heißt hier, ich hätte dich erschreckt? Ich habe doch die ganze Zeit gerufen", sagte er und deutete zur Kuppe, auf der das Eshland an das Yoderland grenzte. „Ich habe gerufen, seit ich gesehen habe, dass du hier oben sitzt. Ich wollte fragen, wie es dir geht. Alle sind so sehr mit Luke und Mary beschäftigt und verhätscheln sie wie …" Er brach ab. „Natürlich haben sie viel durchgemacht und so, aber …" Matthew legte die Hände auf seine Hosenträger und trat gegen einen Stein.

Er hatte ein gutes Herz, das nichts Negatives sagen wollte. Manchmal rutschte ihm aber trotzdem etwas über die Lippen, weil er einfach so von Grund auf ehrlich war. Aber da niemand zu Hause war, müssten sie auf einen günstigeren Zeitpunkt warten, um sich zu unterhalten.

„Ich glaube, wir sollten uns lieber ein anderes Mal unterhalten, Matthew." Sie genoss seine Gesellschaft. Mit seinem Sinn für Humor und seinem Fleiß erinnerte er sie oft an Paul. Und mit seiner Aufrichtigkeit und Hingabe an die *Alte Ordnung* und seine Familie erinnerte er sie an die besten Seiten ihres Bruders Luke.

„Ach, komm schon. Es ist wichtig."

Als sie die Enttäuschung in seinen Augen sah, gab sie nach. „Na ja, wenn du unbedingt mit jemandem reden musst, dann komm herauf."

Ein Windstoß zog durch den Stall und durch Hannahs Kleidung. Sie zog die Griffe der Doppeltüren zum Heuboden zu und schob den Riegel vor.

Die Leiter knarrte. Kurz danach tauchte Matthews schwarzer Winterhut in der schmalen Luke auf. „Ich könnte nicht behaupten, dass ich schon einmal auf einen Heuboden geklettert wäre, um mit einem Mädchen zu reden."

„Bist du schon." Dankbar für eine kurze Pause von ihrem komplizierten Leben setzte sich Hannah auf einen Heuballen und streckte ihre Beine aus.

Matthew schaute sie mit einem gespielten Stirnrunzeln an, während er die restlichen Sprossen nach oben kletterte. „Lügnerin."

Hannah lachte. Sie würden gehörige Schwierigkeiten bekommen, wenn die Erwachsenen wüssten, dass sie sich so ein hässliches Wort an den Kopf warfen, als wäre es nichts. Seine Verspieltheit erinnerte sie so sehr an Luke ... vor dem Unfall.

Hannah wickelte ihren Mantel noch enger um sich und knirschte in gespieltem Ärger mit den Zähnen. „Das hast du mir selbst erzählt."

Matthew schlüpfte aus seiner Jacke und legte sie auf ihren Schoß, bevor er sich neben ihr aufs Heu warf. Sie hustete bei dem Heustaub, den er aufwirbelte. Dann wurde ihr bewusst, dass er diesen kleinen Staubtanz wahrscheinlich absichtlich verursacht hatte. Sie fuchtelte mit der Hand durch die Luft, um wenigstens wieder atmen zu können. Er streckte seine langen Beine aus und ließ sich von ihrer Reaktion nicht beeindrucken.

Dankbar für die zusätzliche Wärme breitete sie sich seine Jacke über den Schoß.

„Beweise es." Matthew zog einen langen Strohhalm aus dem Haufen und steckte ihn sich zwischen die Zähne.

„Sind wir wieder an diesem Punkt angekommen?“ Hannah zog den Strohhalm aus seinem Mund und warf ihn ihm auf den Schoß.

Er zuckte die Achseln und nahm sich einen anderen Strohhalm. „Ich muss dir etwas erzählen. Aber vorher musst du beweisen, dass du mit deiner Behauptung recht hast.“

Ihre Neugier war geweckt. „Mottenkugel.“

„Auf einen Heuboden zu klettern, um mit einer Katze zu sprechen, zählt nicht.“

Hannah vergrub ihre kalten Hände unter ihrer Jacke. „Mottenkugel ist weiblich, und darum ging es. Also, was willst du mir erzählen?“

Matthews Augen tanzten verschmitzt. „Ich habe jemanden kennengelernt.“

„Eine Amische der *Alten Ordnung?*“ Dass ihr diese Frage so automatisch über die Lippen kam, störte sie. War sie so eine Heuchlerin, dass Matthew sich ein amisches Mädchen suchen musste, aber sie selbst mit einem Mennoniten verlobt sein konnte?

Matthew verschränkte die Finger ineinander, legte sie sich hinter den Kopf und sah ziemlich selbstzufrieden aus. „Natürlich.“

Das erfüllte sie mit großer Erleichterung. „Wen?“

„Verrate ich nicht. Noch nicht.“

„Wegen der Tradition? Willst du die Beziehung geheim halten, bis ihr verlobt seid?“ Sie war zu aufgeregt, um das Thema so leicht fallen zu lassen.

„Nein. Das ist dummes Zeug für alte Frauen und kindische Mädchen. Ich verrate es nicht, weil ich noch nicht weiß, was sie für mich empfindet.“

„Oh.“ Ihre Aufregung versiegte abrupt. Sie wäre sehr traurig, falls Matthew sich in eine Frau verliebte, die seine Gefühle nicht erwiderte.

Als sie die Beziehung zwischen einem jungen Mann und einer Frau von diesem Gesichtspunkt aus betrachtete, kamen ihr einige Bedenken ihres Vaters in den Sinn. Plötzlich konnte sie ihm keinen Vorwurf daraus machen, dass er es so ernst nahm.

„Komm schon, Matthew. Du musst es mir erzählen.“

Matthew nahm einen Strohhalm zwischen die Finger und drehte ihn herum. „Wenn du das Rätsel löst, weißt du es. Aber du darfst es niemandem verraten." Er steckte sich den Strohhalm zwischen die Zähne. „Also, pass gut auf, denn ich werde es nur ein einziges Mal sagen." Er lehnte sich entspannt zurück. „Sie kommt fast täglich und fährt wieder ... mit einem Fahrer. Wenn zu viel Schnee liegt, bleibt sie. Wenn man ihren Namen ausspricht, klingt er wie ein Buchstabe. Sie darf sich noch nicht taufen lassen, aber sie ist schon seit mehreren Jahren alt genug dafür."

Hannah schüttelte den Kopf. „Sie darf sich noch nicht taufen lassen? So etwas habe ich ja noch nie gehört. Matthew, sind das schon wieder irgendwelche Spielchen?"

Er lächelte. „Es ist die volle Wahrheit und nichts als die Wahrheit. Wenn ich dir noch mehr verraten würde, würde dich das nur noch mehr durcheinanderbringen. Sie ist so einmalig, dass man so jemanden wie sie noch in keiner amischen Gemeinde erlebt hat."

Hannah saß da und konnte sich keinen Reim auf sein Rätsel machen. „Wenn sie mit einem Fahrer kommt und wieder fährt, dann ist sie nicht aus unserem Bezirk."

Matthew lächelte breit. „Noch nicht."

Sein Selbstvertrauen war beunruhigend. Er übersah einen wichtigen Punkt bei der ganzen Sache: den Vater des Mädchens. Der Bischof eines Bezirks würde vielleicht zustimmen, dass jemand in einen anderen Bezirk umzog. Aber der Vater eines Mädchens? Er war bestimmt nicht so leicht zu überzeugen.

Matthew warf die Schultern zurück. „Mehr verrate ich nicht. Entweder bist du so schlau, wie ich glaube, und kannst es erraten, oder du weißt es eben nicht."

„Ich werde es spätestens dann wissen, wenn du dich verlobst."

Matthew lachte laut und kräftig. „Sie ist bis jetzt noch nicht einmal mit mir im Einspänner ausgefahren." Er zuckte die Achseln und zeigte einen Moment eine gewisse Unsicherheit. „Aber als ich sie das erste Mal sah, war zwischen uns etwas, Hannah. Verstehst du das?"

Sie wollte ihm erklären, dass seine Gefühle für dieses Mädchen zu schnell zu stark wurden, aber ausgerechnet sie konnte ihm zu diesem Thema überhaupt nichts sagen. Sie hatte sich in Paul genauso schnell und stark verliebt gehabt, wie ein Baum umfällt, wenn die Axt an ihn gelegt wird. „Ja, ich verstehe." Als sie den verträumten

Blick in seinen Augen sah, wuchs in Hannah der starke Wunsch, dass die Sache gut für ihn ausginge.

Sein Rätsel war jedoch ziemlich knifflig. Ein Mädchen, das alt genug war, sich aber trotzdem nicht taufen lassen durfte. Sonderbar. Ihr Name klang wie ein Buchstabe. Hmm. Darüber müsste sie länger nachdenken.

Nach der wochenlangen harten Arbeit sehnte sie sich nach ein wenig sorgloser Entspannung und wollte ihm den Strohhalm aus dem Mund ziehen. Er warf den Arm in die Luft, um ihre Hand abzuwehren. Es folgte eine kleine Rauferei, während sie immer noch versuchte, ihm den Strohhalm wegzunehmen, und er sie daran hindern wollte.

„*Schick dich*, Hannah. *Schick dich.*" Er packte eine Handvoll Heu und rieb es auf ihren Kopf. „*Du bischt Druwwel.*"

Sie stand auf und warf seine Jacke zum Fuß der Leiter hinab.

„Danke, Hannah."

Hannah macht einen Knicks. „Gern geschehen."

„Warum hast du das gemacht?"

Sie stellte sich unschuldig und sagte: „Sie ist ganz allein hinuntergefallen."

„Aha! Jetzt habe ich den Beweis! Du bist eine Lügnerin!" Er warf triumphierend die Schultern zurück und genoss es sichtlich, dass er diese Runde gewonnen hatte.

„Hallo!" Eine tiefe Stimme donnerte durch die Luft.

Hannah erstarrte und bekam plötzlich keine Luft mehr. Das war die Stimme des Bischofs.

Matthew legte den Kopf schief und schaute sie fragend an. „Mach dir keine Sorgen, Hannah. Wir haben nichts Schlimmes gemacht." Er stellte beide Füße auf die Leiter und begann hinunterzuklettern. Nach drei Sprossen blieb er stehen. „Vielleicht fällt eines Tages das Los auf mich, und ich werde Bischof." Die Worte waren nur ein leises Flüstern, sodass der Bischof sie nicht hören konnte. „Vielleicht benimmst du dich dann mir gegenüber respektvoller, *jah*?" Er lächelte und rückte seinen Hut zurecht, bevor er die Leiter ganz hinunterstieg.

Sein Humor konnte das Entsetzen, das Hannahs ganzen Körper ergriff, nicht vertreiben. Es gab so viele Ebenen, auf denen sie den

Bischof fürchtete. Sie wollte alles sein, was er und ihre Eltern erwarteten. Das wollte sie wirklich. Es schien nur nie richtig zu klappen, egal wie sehr sie sich bemühte. Der Bischof würde ihr Denken als Sünde bezeichnen. Dr. Greenfield würde es wahrscheinlich einfach als freien Willen bezeichnen.

Sie selbst empfand es als völlige Verwirrung.

Sie spähte durch das Loch nach unten. Der Bischof reichte Matthew seine Jacke und schaute dann streng zum Heuboden hinauf. Ihre Hände bewegten sich zitternd über ihre Schürze und versuchten sie vom Heu zu befreien. Sie tastete nach ihrer Gebetshaube. Sie saß schief; eine Seite berührte fast ihre Schulter, und ihre Haare hatten sich aus dem Knoten gelöst.

Der harte Blick des Bischofs bohrte sich in Hannah. Große Schuldgefühle erdrückten sie – Schuldgefühle wegen jedes unfrommen Gedankens, den sie je in ihrem Leben gehabt hatte. Der Bischof rieb seine Handflächen aneinander und erzeugte damit ein Geräusch wie Sandpapier, das über Holz gerieben wird. „Ich wollte John Yoder sprechen. Wie ich sehe, ist außer euch beiden niemand zu Hause."

Matthew schaute zu ihr hinauf, und sie sah, dass ihm das selbst erst in diesem Moment bewusst wurde.

Der Bischof räusperte sich. „Ich denke, es ist für dich an der Zeit, nach Hause zu gehen, Matthew. Hannah, ich bin sicher, dass es bessere Möglichkeiten gibt, den Sabbat des Herrn zu verbringen. Sag Marys Vater, dass ich ihn besuchen wollte und dass ich in dieser Woche noch einmal zu ihm kommen werde."

Die zwei Männer verschwanden aus ihrem winzigen, quadratischen Blickfeld. Mit schwerem Herzen stieg sie die Leiter hinab.

Kapitel 17

Hannah verrührte den Schokoladenguss mit aller Kraft, die sie aufbringen konnte. Ein elektrischer Mixer wäre an Tagen wie diesem eine große Erleichterung. Ihre Arme waren müde davon, dass sie den ganzen Vormittag Wäsche gewaschen hatte. Sie hatte schon immer gewusst, dass Mary als der einzigen Tochter von zehn Kindern viel Arbeit zufiel, aber das ganze Ausmaß ihrer Arbeitslast war ihr nicht bewusst gewesen. Zum Glück waren vier von Marys Brüdern inzwischen verheiratet und hatten ihren eigenen Haushalt. Somit mussten Becky, *Mammi* Annie und Hannah nur sechs Männer versorgen. Die Aufgaben waren in den ersten Tagen nach Marys Rückkehr aus dem Krankenhaus gering gewesen, aber seit die anderen amischen Frauen wieder in ihre eigenen Häuser zurückgekehrt waren, wuchs Hannahs und Beckys Arbeit stetig.

Hannah legte eine Kuchenschicht auf einen Teller und begann, mit Hilfe eines Messers den Guss darüber zu verteilen. Sie hatte heute mehrere Wäscheberge abgetragen, darunter eine ganze Wanne voll Handtücher. Von allen Teilen, die in der mit Gas betriebenen Waschtrommel gedreht und dann durch die von Hand betriebene Schleuder gezogen werden mussten, um die Seife auszudrücken, und die anschließend von Hand in einer Wanne mit klarem Wasser gespült und noch einmal durch die Schleuder gezogen werden mussten, waren die Handtücher am anstrengendsten. Sie wurden ziemlich schwer, wenn Hannah sie in das Spülwasser tauchte und sie in die Luft hob und diesen Vorgang so oft wiederholte, bis die ganze Seife ausgespült war. Natürlich waren die Hemden der Jungen und Männer, die es im Yoderhaushalt genauso reichlich gab, auch kein Pappenstiel. Sie waren nicht schwer auszuspülen, aber die Schleuder zerbrach oft die Knöpfe. Wenigstens fühlte sich Mary inzwischen wieder so gut, dass sie neue Knöpfe annähen konnte.

Hannah legte die zweite Kuchenschicht auf die erste, die bereits mit Schokoguss überzogen war, und verteilte eine dicke Schicht Guss darauf. Während sie den Guss auf der Oberseite und über den Rändern glatt strich, ließ sie ihre Gedanken schweifen. Wieder waren einige Wochen vergangen, in denen sie alle Hände voll damit zu tun gehabt hatte, Mary zu helfen, wieder zu Kräften zu kommen, und bei den Yoders im Haushalt mitzuarbeiten.

Einen Vorteil hatten diese vielen Aufgaben, die sie ihre ganze Kraft und Konzentration kosteten: Dadurch verging die Zeit schneller, in der sie davon träumte, Paul wiederzusehen. Ohne Briefe auszukommen erwies sich als härter, als sie sich vorgestellt hatte. Aber da nur noch knapp sechs Wochen bis Weihnachten waren, hatte sie die schlimmste Dürrezeit fast schon überstanden. Sie fühlte sich allmählich wieder wohler. Mit großer Willenskraft ignorierte sie ihre Gefühle und ging ihren Aufgaben nach.

Aber Hannah verstand Großmutter Waddells lächerliches Edikt, dass sie und Paul einander nicht schreiben durften, einfach nicht. Zum tausendsten Mal fragte sie sich, ob es irgendeine andere Möglichkeit gäbe, wie sie sich Briefe schreiben könnten, ohne dass ihre Familie etwas davon merkte.

Mit der Gehhilfe unter dem Arm schlurfte Mary in die Küche. Ein Patchwork-Topflappen, den sie genäht hatte, steckte zwischen ihrer Handfläche und dem Griff der Krücke. „Ich fürchte, die ganze Heiratssaison geht vorbei, ohne dass ich an irgendeiner Hochzeit teilnehmen kann."

Hannah stellte den Schokoladenguss auf die Seite. Sie zog einen goldbraunen Brotlaib aus dem Gasofen und stellte das Blech zum Auskühlen auf ein Backgitter. Dann schob sie ein weiteres Blech mit noch ungebackenem Brot in den Ofen und schloss die Tür. „Jede Braut und jeder Bräutigam sind vor ihrer Hochzeit zu dir zu Besuch gekommen, nicht wahr?"

Mary brach sich ein Stück des frisch glasierten Kuchens ab und nickte, bevor sie sich das Kuchenstück in den Mund schob. „Mmm, *daf meckt* wirklich lecker."

„Mampfmampf", spottete Hannah gut gelaunt. „Wie soll ich dieses Kauderwelsch verstehen? Das ist weder Englisch noch Pennsylvania Dutch. Schäm dich." Hannah schnitt an der Stelle, an der Mary sich ein Stück abgebrochen hatte, den Kuchen klein und schob ein

Stück auf einen Teller. „Du hast heute genug Vitamine und solche Sachen geschluckt. Es wird Zeit für ein paar Kalorien. Die brauchst du genauso dringend.“ Sie holte eine Gabel aus einer Schublade und legte sie neben den Teller.

Mary setzte sich auf den Stuhl. „Ich bin eigentlich gekommen, um dir zu helfen, aber wie immer sitze ich nur da und lasse es mir gut gehen, während du alle Arbeit machst.“

Hannah nahm ein Glas und füllte es mit Milch. Dann stellte sie es Mary hin. „Du machst genau das, was du tun sollst.“

Mary trank mehrere große Schlucke Milch, bevor sie das Glas wieder auf den Tisch stellte. „Ich werde es eines Tages wieder gutmachen, Hannah. Du wirst schon sehen.“

Hannah holte den Kessel mit dem kochenden Wasser vom Ofen und goss die dampfende Flüssigkeit in eine Tasse, in der sich ein Teebeutel und der letzte Rest Honig vom Eshhof befand. „Wie ich sehe, ist meine Freundin schon wieder stark genug, um vieles tun zu wollen, aber noch zu schwach, um das alles jetzt schon zu schaffen, *jah*?“

Mary seufzte. „Es ist frustrierend. Ich liege im Bett und träume davon, alles Mögliche zu machen, aber sobald ich aufstehe, ist meine ganze Kraft fort.“

„Die Kraft wird schon wiederkommen.“

„Aber nach meinem Ausflug mit Luke habe ich tagelang geschlafen.“

„Ich weiß. Wenn deine Kraft wieder zurückkommt, wird es bestimmt schnell gehen.“ Hannah stellte die Tasse mit dem heißen Tee vor Mary auf den Tisch. „Die Frauen werden jeden Augenblick mit ihren Quiltsachen hier sein. Ich will, dass wir alle an deiner Quiltdecke arbeiten, und sie wollen dich besuchen und ein wenig aufmuntern. Aber wenn du müde wirst, dann sag es, und ich bringe dich in dein Bett.“

Mary runzelte die Stirn. „Ich soll ins Bett gehen, während alle anderen an der Quiltdecke arbeiten, die du für mich entworfen hast?“

Hannah öffnete den Ofen und schaute nach dem nächsten Brot. Dann schloss sie die Ofentür wieder und stellte den anderen Brotlaib auf ein Gitter, damit er abkühlen konnte, ohne feucht und klebrig zu werden. „Du tust das, was dein Körper verlangt.“

Mary nahm einen weiteren Bissen von dem Kuchen. „Es war wunderbar von dir, dass du unsere Quiltdecke geplant hast und den ganzen Stoff dafür zusammengetragen hast." Sie schwieg einen Moment und betrachtete Hannah mit einer tiefen Zuneigung in den Augen, die nur Mary für sie empfand. „Hannah, ich bin nicht so müde und ich bin auch durch die Medikamente nicht so durcheinander, dass mir nicht aufgefallen wäre, wie traurig du bist. Zuerst habe ich angenommen, meine Verletzungen wären der Grund dafür. Aber das stimmt nicht. Etwas viel Tieferes ist mit dir los. Es quält dich sogar im Schlaf und treibt dir Tränen in die Augen, wenn du glaubst, niemand würde hinschauen. Wenn sich nicht alle so sehr um mich und Luke kümmern würden, wären sie bestimmt vor Sorge um dich ganz krank. Kannst du mir sagen, was los ist?"

Hannah kratzte den letzten Rest der Glasur aus der Schüssel und verteilte ihn auf dem Kuchen. Sie überlegte, ob Mary schon stark genug wäre, um die ganze, furchtbare Geschichte zu verkraften. Obwohl Hannah ihre und Pauls Freundschaft sogar vor ihrer besten Freundin geheim hielt, hatte sie Mary immer alles erzählt.

Die Erklärung, warum sie so unglücklich war, wäre für Mary ein schmerzlicher Schock. Einerseits wollte Hannah Mary vor der hässlichen Wahrheit schützen; andererseits sehnte sie sich verzweifelt danach, mit ihr zu sprechen, brauchte sie dringend einen Menschen, mit dem sie die Last teilen konnte, die sie Tag und Nacht quälte. Seit sie hier lebte, hatten ihre Eltern anscheinend vergessen, dass das alles überhaupt jemals passiert war.

Hannah zwang sich zu einem Lächeln, das trotz ihrer Bemühungen unecht aussehen musste.

In Marys Augen traten Tränen. „Es ist etwas Schlimmes passiert, und das tut mir so leid. Ich komme mir so egoistisch vor mit meiner Freude über die neue Wohnung und die Sattlerei." Mary stützte sich am Tisch auf und stand auf. Ihre kühlen, weichen Hände legten sich auf Hannahs Arm. *„Mei liewe, liewe Bobbeli, was iss es?"*

Mein liebes, liebes Baby. Diese Anrede hätte Hannah ein lautes Lachen entlockt, wenn die Situation nicht so traurig gewesen wäre.

Ein starkes Grauen erfüllte Hannah. Wie konnte sie von dem Überfall erzählen, wenn Mary nur wenig oder überhaupt nichts von dem wusste, was Dr. Greenfield Sex nannte? Für Hannah wäre es schon schwer genug, die Dinge über die Lippen zu bringen, wenn Mary bereits die Zusammenhänge begreifen würde.

Hannah legte das Messer auf den Teller. Sie drehte sich um und schaute ihre Freundin an. So viel Liebe und Mitgefühl leuchteten aus Marys Augen.

Sie schluckte. *„Du kannscht net saage …“*

Mary schüttelte den Kopf. „Das werde ich nicht, liebe Hannah. Du weißt, dass ich keiner Menschenseele ein Wort verraten werde.“

Hannahs Knie zitterten so stark, dass sie sich auf einen Küchenstuhl setzen musste. Mary setzte sich neben sie und hielt ihre Hände. Hannah schluckte. „Ein paar Wochen vor deinem Unfall …“

Ein lautes Klopfen an der Tür ließ beide zusammenzucken. Mary drückte Hannah in einer herzlichen Umarmung an sich. „Es ist wahrscheinlich nur *Mamm*, die jetzt schon ein paar Sachen zum Nähen bringt. Ich habe vergessen, die Tür aufzuschließen. Ich werde sie bitten, uns noch ein wenig allein zu lassen.“

Hannah drückte Mary liebevoll. Während Mary mit ihrer Krücke zur Tür schlurfte, wusch sich Hannah an der Spüle das Gesicht und konnte sich immer noch nicht entscheiden, wie viel sie Mary verraten sollte. Sie könnte ihr nur von Paul erzählen und davon, wie schwer es war, von ihm getrennt zu sein. Könnte es der Gesundheit ihrer Freundin schaden, wenn sie ihr mehr erzählte? Wäre das mit Paul vielleicht schon zu viel für sie? Mary hatte eine ganze Woche Ruhe gebraucht, um sich von ihrem Besuch in der Sattlerei zu erholen, und dabei hatte Luke ihr nicht einmal erlaubt, die Stufen hinaufzusteigen, um einen Blick in ihr künftiges Zuhause zu werfen. Sie war noch schwächer, als ihr selbst bewusst war.

Mary öffnete die Haustür. Dann drehte sie sich um und schaute Hannah an. Ihre niedergeschlagene Miene verriet alles: Sie hatten die Zeit verplaudert. Die Frauen waren zum Quilttag gekommen.

„Geht es dir gut, Mary?“ Naomi Esh schaute an ihr vorbei und suchte Hannah. Hinter Naomi standen Deborah Miller und Grace Hostetler, alle mit sehr besorgten Mienen.

Hannah trat vor und legte die Hände auf Marys Schultern. „Es geht ihr gut.“ Dann fügte sie hinzu: *„Kumm uff rei“*, und lud sie ins Haus ein. Hannah half Mary, mithilfe ihrer Krücke einige Schritte zurückzugehen, sodass die Frauen mit ihren ganzen Nähsachen ins

Haus kommen konnten. Vielleicht war diese Störung ganz gut. Marys unerwartete Fragen hatten Hannah ein wenig überrumpelt. Sie brauchte Zeit, um ihre Worte abzuwägen und zu entscheiden, wie viel Mary verkraften konnte.

Die Frauen räumten das Essen vom Küchentisch und wischten die Tischplatte sauber, bevor sie die halbfertige „Vergangenheit-und-Zukunft"-Quiltdecke darauf ausbreiteten.

Mary blieb an der Tür stehen und stützte sich auf Hannah. „Es geht immer nur um mich. Das tut mir so leid." Ihr Körper zitterte wie der eines neu geborenen Kalbes.

„Psch, *Liewi*. Psch." Hannah zwang sich zu einem Lächeln und hoffte, es sehe echt aus. „Auf den heutigen Tag haben wir uns doch beide gefreut, nicht wahr?"

Mary legte den Kopf auf Hannahs Schulter und weinte. In diesem Moment wusste Hannah ohne jeden Zweifel, dass ihre Freundin nicht stark oder gesund genug war, um die Wahrheit über das, was ihr zugestoßen war, zu verkraften. Allein schon beim Gedanken, dass Hannah unglücklich war, hatte Mary gezittert und geweint.

Es kamen noch mehr Frauen, darunter auch Marys Mutter und Großmutter. Als sie Mary in Hannahs Armen weinen sah, trat eine große Besorgnis in Beckys Augen. *Mammi* Annie runzelte vor Sorge die Stirn. Hannah nickte beruhigend, um beiden Frauen zu versichern, dass es Mary in ein paar Minuten wieder gut gehen würde. Becky half *Mammi* Annie ins Zimmer und auf einen Stuhl.

Sarah tänzelte als Nächste durch die Tür und plapperte, wie das nur fünfzehnjährige Mädchen können, ohne die bedrückte Stimmung im Raum zu bemerken. Hannahs Schwester sprach nicht einmal mit ihr. Aber vielleicht wollte Sarah Hannah und Mary nur nicht stören.

Ein schneller Blick aus dem Fenster verriet Hannah, dass ihre *Mamm* nicht mitgekommen war. Sarah war wahrscheinlich mit Edna Smucker gekommen, ihrer nächsten amischen Nachbarin, die mit einem kleinen Stoß schon zusammengenähter Quiltteile zum Haus marschierte.

„Kumm", flüsterte Hannah Mary zu. Sie lehnte die Gehhilfe an die Wand und führte Mary an den besten Platz am Tisch, den Platz

neben dem Holzofen, damit sie nicht ausweichen musste, wenn die anderen ihre Plätze einnahmen.

Mary wischte sich die Augen. Ihre Hände zitterten immer noch. Während sie auf den Stuhl sank, klammerte sie sich wie ein verängstigtes Kind an Hannahs Hand.

Hannah küsste sie auf die Wange und flüsterte: „Reg dich nicht wegen meiner kindischen Dummheit auf. Diese Phase wird bald wieder vergehen, nicht wahr?"

„Ehrlich?", fragte Mary, deren gedämpfte Stimme von den fröhlich plaudernden Frauen, die die Unterseite der Quiltdecke auf dem Tisch ausbreiteten, nicht gehört wurde.

Hannah holte tief Luft. Nein, es war nicht ehrlich, aber es war irgendwie eine Wahrheit, mit der Mary umgehen konnte. Hannah würde diese Phase hinter sich lassen und dann glücklich sein. Alles, was sie brauchte, war Paul. *„Jah."* Hannah tätschelte Marys Schulter. *„Jah."*

Die Frauen unterhielten sich gemütlich, während sie die kleinen Stoffstücke auf den weißen Hintergrund legten. Alle schienen Marys Zerbrechlichkeit zu spüren, taten aber, als merkten sie es nicht, und bemühten sich, sich unbefangen zu benehmen.

Hannah nahm zwei Stoffstücke vom Tisch, eines in einem tiefen Lila und eines in einem leuchtenden Magentarot. Sie hielt beide vor Mary hoch. „Diejenige unter uns, die am besten Blumen nähen kann, darf daraus Fleißige Lieschen in diese Quiltdecke nähen." Sie legte den Stoff vor Mary auf den Tisch. Es war allgemein bekannt, dass Mary jede andere Näherin übertraf, wenn es darum ging, Blumen in Quiltdecken zu nähen. Als Marys Hände sich zu dem Stoff bewegten, den Hannah ihr hingehalten hatte, zog Hannah die Quadrate zurück und hielt sie stattdessen Becky hin.

Der ganze Raum, einschließlich Mary, brach in schallendes Gelächter aus. Obwohl Becky Yoder sehr gut alle möglichen Motive aus der Natur nähen konnte, klagte sie oft, dass sie keine Blume nähen könne, selbst wenn ihr Leben davon abhinge, aber dass ihre Tochter das im Schlaf zustande bringe.

Mary lachte. „Ich dachte, du wolltest Fleißige Lieschen und nicht dicke Kügelchen."

Becky drohte ihrer Tochter lachend mit dem Finger. „Bis jetzt musste keines meiner Kinder leiden, weil ich irgendetwas nicht gut genug könnte."

Das war das Mantra jeder Mutter: Dass ihre Kinder nicht leiden mussten, weil sie etwas nicht gut genug konnte. Hannah räusperte sich und zog dadurch die Aufmerksamkeit aller anderen auf sich. „So weit wird es hoffentlich nicht kommen, oder?" Sie warf einen Blick auf Mary, deren Gesicht von Sekunde zu Sekunde fröhlicher strahlte.

Mary nickte. „Als Robert unter dieser Decke lag, die du für ihn gemacht hast, dachte er, eine deiner Blumen sei ein Ungeheuer, das ihn im Schlaf fressen würde."

Während alle fröhlich lachten, kehrte Hannah zum Ofen zurück, um nach dem Brot zu schauen, das sie in der Röhre vergessen hatte. Beckys Blumen waren bei Weitem nicht so schlecht, wie im Moment alle taten. Aber sie liebte das Lachen und forderte es teilweise sogar selbst heraus. Oft sagte sie, wenn man über sich selbst lachen könne, sei das Nahrung für die Seele und auch für die Seelen der anderen.

Hannah zog die Brotform aus dem Ofen und zeigte sie mit großer Theatralik den Frauen. Bei ihrem lauten Lachen und Rufen zitterte der ganze Raum. Ihr Brotlaib war an den Rändern verbrannt und verbreitete einen schrecklichen Geruch. „Eigentlich hätte eine von euch das verbrannte Brot schon längst riechen müssen."

Naomi fuchtelte mit gespreizten Fingern wie eine viktorianische Dame durch die Luft und legte sich dann die Hand aufs Herz. „Wie hätten wir diesen Geruch erkennen sollen? Schließlich haben wir noch nie im Leben ein Brot verbrennen lassen."

Ein neuerliches Lachen erfüllte das Haus. Jede Frau hatte schon Essen anbrennen lassen. Die Tage waren zu sehr gefüllt mit der Beaufsichtigung der kleinen Kinder, den Essensvorbereitungen und den vielen anderen Aufgaben im Haus, um alles immer perfekt schaffen zu können.

Hannah ging mit der Backform zur Tür. Becky beeilte sich, ihr die Tür aufzuhalten. Als Hannah draußen war, flüsterte sie: „Ich würde gern ein paar Augenblicke für mich haben, solange Mary abgelenkt ist. Hast du etwas dagegen?"

„Nein, Kind." Becky schaute Hannah liebevoll an. „Annie und ich kümmern uns um das Mittagessen." Becky schloss die Tür, um den kalten Wind nicht ins Haus zu lassen.

Die kalte Luft raubte Hannah fast den Atem. Sie hätte daran denken sollen, ein Tuch mitzunehmen. Sie eilte zum Rand des Hofes und kippte die Backform um, damit das angebrannte Brot herausfiel.

Dann richtete sie sich hoch auf und ließ ihren Blick über die braunen Felder schweifen. Die Männer der fröhlichen Quilterinnen waren heute unterwegs, um Fasane und Wachteln zu jagen und hofften, ein paar gute Vögel für das Thanksgivingfest nächste Woche nach Hause zu bringen. Einige Männer hatten vor ein paar Wochen sogar wilde Truthähne erlegt, aber deren Jagdzeit war jetzt vorbei, und so waren die anderen Männer jetzt hinter kleineren Vögeln her.

Die Kraft und die Freude der Frauen, die liebten, lachten, Kinder gebaren, sich für ihre Familien und ihre Gemeinschaft einsetzten und schließlich starben, nachdem sie ihr Leben lang versucht hatten, Gottes Berufung für ihr Leben zu gehorchen, erwärmte Hannahs Herz wie nichts anderes. Die Zärtlichkeit der Menschen, die sie schon ihr ganzes Leben lang kannten – die ihre Mutter, Großmutter und sogar ihre Urgroßmutter gekannt hatten – ließ die eisigen Ränder, die sich um ihr Herz gebildet hatten, schmelzen.

Hannah ging auf Becky Yoders Haus zu. Sie wollte für Becky das Geschirr spülen, während die Frauen nähten.

Kapitel 18

Sarahs Hoffnungen, Jacob zu sehen, zerschlugen sich schmerzlich, als sie erfuhr, dass alle Yodermänner heute auf die Jagd gegangen waren. Sie hatte sich wochenlang darauf gefreut, ein paar Worte mit ihm zu wechseln, selbst wenn sie den halben Tag über das Gelände streifen müsste, um ihn zu sehen.

So eine traurige Enttäuschung.

Sie fragte sich, wie oft Hannah es darauf anlegte, Jacob zu sehen, ohne dass jemand aus der Familie etwas davon bemerkte. Als die Nähnadel sich in Sarahs Zeigefinger bohrte, stieß sie einen lauten Schrei aus. Einige Frauen lachten fröhlich. Mary blickte kaum auf. Ihre Reaktion traf Sarah zutiefst. Es schien Mary überhaupt nicht zu interessieren, dass vor Jahren, bevor Mary und Hannah in die Schule gekommen waren, Mary Sarahs beste Freundin gewesen war und nicht Hannahs. Alle in diesem Raum äußerten sich lobend über Hannah, sogar Grace Hostetler. Offenbar hatte Graces Mann, Bischof Eli, seiner Frau noch nicht verraten, was Sarah ihm über Hannahs mitternächtliche Ausfahrt in ihrem Nachthemd erzählt hatte. Wenn diese Frauen die Wahrheit über das ausschweifende Leben ihrer Schwester wüssten, wäre Hannah hier nicht länger die Königin. Sarah steckte sich den Finger in den Mund, damit kein Blut auf die Quiltdecke tropfte.

Mary reichte ihr ein Taschentuch, das Sarah schnell über ihre Wunde wickelte. Als Mary vom Stuhl aufstand, beeilte sich Grace, ihr die Krücken zu bringen.

„Danke." Mary umklammerte die Griffe und schlurfte vom Tisch weg. „Komm mit mir ins Badezimmer, Sarah. Ich habe ein Pflaster für deinen Finger."

Überrascht und ein wenig geehrt, folgte Sarah Mary und überlegte, was sie sagen könnte, um Mary zu beeindrucken und sie als Freundin zurückzugewinnen.

Mary öffnete den Arzneischrank. Sie zog eine Schachtel mit Pflaster heraus und drehte dann den Wasserhahn auf. „Halte den Finger einen Moment unter das Wasser."

Sarah wickelte das Taschentuch ab und steckte den Finger unter den Strahl. „*Daed* hat bei uns auch die Wasseranschlüsse im Haus endlich fertig."

Mary nahm Sarahs Finger und drückte noch ein paar Bluttropfen aus. „Ich bin sicher, das macht euch das Leben viel leichter, besonders da Hannah die ganze Zeit hier ist."

Zorn loderte in Sarahs Brust auf. Warum redete jeder so, als wäre Hannah alles und Sarah überhaupt nichts? „So großartig ist Hannah auch wieder nicht."

Mary drehte das Wasser ab. „Die kleine Stichwunde dürfte jetzt sauber sein." Sie deutete auf den Schrank unter der Spüle. „Da unten sind saubere Handtücher, aber du musst dir selbst eines nehmen. Ich kann mich noch nicht so tief bücken."

„Das mache ich schon." Sarah nahm ein Tuch und trocknete sich die nasse Hand ab.

Marys Reaktion auf ihre Bemerkung über Hannah verriet deutlich, wem ihre Loyalität gehörte. Wenn sie nur die Wahrheit wüsste! „Da ihr beide die besten Freundinnen seid, hat Hannah dir sicher erzählt, dass sie mitten in der Nacht mit irgendeinem *Englischen* davongefahren ist." Sarah bemühte sich um ihr süßestes Lächeln und hoffte, sie hätte diese Nachricht so formuliert, dass sie ehrlich und unschuldig klang.

Mary wickelte das Pflaster aus dem Papier. „Das Pflaster dürfte verhindern, dass dein Finger auf den Stoff blutet."

Sarah schnaubte. „Anscheinend hat sie es dir nicht erzählt. Aber es ist wahr. Ich habe es mit eigenen Augen gesehen." Sie warf einen Blick in den kleinen Spiegel und tat so, als vergewissere sie sich nur, dass ihre blonden Locken ordentlich in ihre Haube gesteckt waren. „*Daed* und der Bischof haben sie im Krankenhaus mit einem englischen Doktor gesehen. In seinen Armen, und das mitten am helllichten Tag! Ich habe zufällig gehört, wie *Daed Mamm* davon erzählt hat. Er ist stinksauer auf sie."

Mary verstärkte den Griff um ihre Krücken und bedachte Sarah mit einem wütenden Blick im Spiegel. „Warum erzählst du mir das alles?"

„Da du ihre beste Freundin bist, dachte ich, du willst ihr vielleicht helfen, auf dem schmalen Weg zu bleiben. Es wäre eine Schande, wenn sie …"

„Wem hast du diese Sachen sonst noch erzählt?"

Sarah wurde ärgerlich. „Hör zu, du kannst für sie ein Geheimnis daraus machen, wenn du willst, aber ich werde das nicht tun. Sie kann nicht so tun, als wäre sie jemand, der sie nicht ist."

„So, wirklich?" Marys Stimme zitterte wie ein Topf, dessen Inhalt gleich überkocht. „Machst du nicht genau das? Du versuchst, mir einzureden, du würdest mir etwas um Hannahs willen erzählen, obwohl du es in Wirklichkeit einfach nur aus Bosheit tust. Auch wenn ich nicht begreife, warum du deiner eigenen Schwester Schaden zufügen willst." Zitternd ergriff Mary die Krücken und humpelte zur Tür hinaus.

Sarah folgte ihr ins Schlafzimmer. Mary zitterte so stark, dass Sarah Angst bekam, sie könnte etwas Schlimmes ausgelöst haben. Sie hatte Mary nicht aufregen wollen, aber es war nur richtig, dass das Mädchen sah, wie Hannah wirklich war.

Mary setzte sich auf die Bettkante und konnte nur mühsam atmen. „Hast du …" Mary atmete schnell ein und konnte nur abgehackt sprechen. „… Hannah darauf angesprochen … bevor du deine Version von dem … was du … angeblich gesehen hast, weiterverbreitest?"

Marys Anklage tat weh, aber Sarah war nicht bereit aufzugeben. „Hannah ist viel zu sehr mit sich selbst beschäftigt, als dass ich sie auf irgendetwas ansprechen könnte."

Mary schaute Sarah finster an. „Was für ein *deerich* Mädchen du bist. Was für ein dummes, dummes Mädchen!" Ihre Augen rollten nach hinten, und sie fiel kraftlos aufs Bett zurück.

„Mary!", schrie Sarah.

Innerhalb weniger Sekunden kam die ganze Frauenschar ins Schlafzimmer gerannt.

Becky nahm den Kopf ihrer Tochter und suchte offensichtlich nach einem Zeichen dafür, dass sie wach war. „Mary!" Es kam keine Antwort. „Geh und hol Hannah. Sie ist irgendwo draußen. Beeil dich."

Verwirrt und verängstigt lief Sarah aus dem Schlafzimmer und durch die Haustür in den Hof. „Hannah! Hannah!" Sie rannte zur Straße und schaute sich überall nach ihrer Schwester um. Oh, warum hatte sie nur versucht, Marys Gunst zu gewinnen, indem sie ihr dieses Geheimnis verraten hatte? Sie hätte wissen sollen, dass es ein aussichtsloses Unterfangen war. Mary war jetzt Hannahs beste Freundin, und nichts, was Sarah sagte, würde daran etwas ändern. Selbst wenn sie die Wahrheit über sie erfuhr, würde Mary trotzdem loyal zu ihr stehen.

Wenn die Frauen erführen, dass sie der Grund war, warum Mary sich so aufgeregt hatte, würden sie sich noch in Jahren den Mund über Hannahs böse kleine Schwester zerreißen. Sie suchte verzweifelt nach einer Möglichkeit, dem Tadel, der sie sicher erwartete, zu entgehen.

Als sie am Haus der Yoders vorbeilief, sah sie Hannah aus der Hintertür kommen. Sie sah entspannt und sorglos aus und wischte sich die Hände an ihrer Schürze ab.

„Hannah", schrie sie. „Mary hat irgendwie einen Anfall. Sie ist zusammengebrochen. *Dabber schpring!*"

Noch während Sarah das schrie, stürmte Hannah die Auffahrt hinauf zum *Daadi-Haus*.

Nach dem kurzen Sprint völlig außer Atem, rannte Hannah durch die Seitentür ins Haus.

Grace deutete zum Schlafzimmer. „In der Kammer."

Als Hannah das kleine Zimmer betrat, sah sie, dass die übrigen Frauen um das Bett herumstanden. „Was ist passiert?"

Bei der Angst in Beckys Augen wurden Hannahs Knie ganz weich. *„Ich kann net saage."*

Warum konnte sie es nicht sagen?

Hannah holte die Manschette des Blutdruckmessgeräts und das Stethoskop aus der Kommode in der anderen Ecke des Zimmers. Wenn Becky nicht wusste, was passiert war, musste Mary sich wegen des Geheimnisses, das Hannah ihr nicht erzählt hatte, stärker aufgeregt haben, als Hannah bewusst gewesen war.

Als Hannah an die Bettkante trat, machten die Frauen ihr Platz. Marys Gesicht war gerötet, aber sie sah aus, als könne sie klar denken, ja, als ärgere sie sich sogar ein wenig. Hannah reichte Grace die Sachen, die sie in der Hand hielt.

„Deerich", murmelte Mary.

„Liewe Mary, du bist überhaupt nicht dumm. Jetzt entspann dich einfach." Hannah legte die Hand auf Marys Rücken, half ihr nach vorne und entfernte die Kissen, die sie stützten. Sie half Mary, sich ins Bett zu legen, wobei die liebevollen Hände von mehreren Frauen ihr zu einer flachen Stellung verhalfen.

Hannah legte Mary die Kissen unter die Füße. „Mach die Augen zu. Atme langsam und tief ein. Alles wird wieder gut werden." Sie ließ sich von Grace die Blutdruckmanschette und das Stethoskop geben. Hannah redete beruhigend auf Mary ein, während sie Mary die Manschette um den Arm legte. Hannah pumpte die Blutdruckmanschette auf. Nach der entsprechenden Anzahl von Pumpvorgängen hörte sie auf, um das Messergebnis abzulesen; der Blutdruck lag bei 112 zu 71. Das war für Mary normal. Hannah löste die Manschette und ließ sie hängen. Sie warf das Stethoskop aufs Bett und nahm Marys Handgelenk, um ihren Puls zu messen.

Mary deutete mit einer Hand. *„Du muscht verschteh."*

„Ich verstehe dich. Still jetzt. Ich muss denken." Sie zählte dreißig Sekunden lang die Herzschläge, verdoppelte dann das Ergebnis und kam auf 134 Schläge pro Minute. Das war hoch, eindeutig ein Grund, im Krankenhaus anzurufen. „Sarah?"

Sarah trat langsam vor. *„Jah?"*

„In der oberen Kommodenschublade ist ein kleines Heft. Könntest du es bitte holen?"

Sie tat eilig, worum Hannah sie gebeten hatte.

„Darauf steht die Durchwahlnummer einer Krankenschwester. Geh mit dem Heft zum Telefonhäuschen und wähle diese Nummer. Wenn sich jemand meldet, dann sag, wer du bist und was los ist. Ich komme zum Telefon, bevor die Schwester dran ist."

„Deerich." Mary stützte sich auf die Ellbogen und schaute Sarah finster an. *„Die entsetzlich Druwwel du duscht."*

„Mary", flüsterte Hannah. „Leg dich zurück. Du redest Unsinn. Sarah hat keine Schwierigkeiten gemacht." Hannah warf einen Blick auf Sarah. Das Mädchen sah tief besorgt aus. „Ist schon in Ordnung, Sarah. Geh einfach und ruf diese Nummer an. Ich bin in ein paar Minuten bei dir. Ich will nur noch einmal ihren Blutdruck und ihren Puls messen."

Sarah rannte zur Tür hinaus.

„Hannah." Mary zog sie am Arm und deutete mit dem Kopf auf die Frauen im Raum und dann zur Tür.

Mary wollte eindeutig allein mit Hannah sprechen. Das wäre grob und unhöflich, aber Hannah wollte jetzt nicht mit ihr diskutieren. „Becky, ich denke, eine selbst gekochte Hühnersuppe würde Mary jetzt sehr gut tun."

Die Frauen verließen nacheinander das Schlafzimmer. Sie hatten jetzt einen neuen Auftrag: Sie sollten so schnell wie möglich eine Suppe auf den Tisch bringen. Als letzte Frau verließ Edna das Zimmer und schloss die Tür hinter sich.

Hannah machte die lockere Blutdruckmanschette fest und legte das Stethoskop, so wie sie es gelernt hatte, in Marys Ellbeuge. „Mary, was ist passiert?"

Marys grüne Augen waren weit offen, ihre Pupillen waren geweitet. „Sarah hat mir ein paar Dinge erzählt. Furchtbare Dinge. Hannah, ich glaube, deine Schwester verleumdet dich in der Gemeinde, und du wirst jahrelang dafür zahlen müssen. Du musst sie aufhalten. Unbedingt."

Hannahs Herz raste. Sie war hin- und hergerissen zwischen ihrem Mitgefühl für ihre jüngere Schwester, die oft zuerst redete und dann überlegte, und einem starken Zorn darüber, dass Sarah ihre Zunge nicht besser im Griff hatte. Aber was hatte das Mädchen Mary über sie gesagt? Was wusste sie, das Hannah so sehr schaden könnte? Hatte Mrs Waddell ihr von Hannahs Beziehung zu Paul erzählt? Oder hatte sie gehört, wie ihre Eltern über das Unaussprechliche gesprochen hatten?

Als sie erneut sah, dass Marys Blutdruck normal war, legte sie das Stethoskop weg. „Was hat Sarah dir erzählt?", fragte sie mit zitternder Stimme.

„Sie sagte, irgendein Doktor hätte dich in den Armen gehalten, und sie hätte gesehen, wie du mitten in der Nacht in deinem Nachthemd mit einem Mann ausgefahren bist."

Ein Schlag ins Gesicht hätte nicht schlimmer schmerzen können. Hannah zwang sich zu einem Lächeln. „So etwas machen kleine Schwestern manchmal – sie plappern und wollen Unruhe stiften.

Da du keine Schwestern hast, wusstest du das bis jetzt nicht." Hannah streichelte Marys Bein. „Ich muss zum Telefon und herausfinden, ob die Krankenschwester das Gleiche denkt wie ich. Ruh dich jetzt aus. Ich bin bald zurück."

Als Hannah aus dem Schlafzimmer trat, fragte Becky: „Glaubst du, sie braucht einen Arzt?"

Hannah verbarg ihre Entrüstung über Sarah und bemühte sich um einen ruhigen Tonfall, als sie ihr antwortete. „Ich bin nicht sicher, aber ich denke, es ist nichts Schlimmes. Sie ist nur noch ein bisschen schwach."

Becky ergriff Hannahs Hand. „Ich gehe zu ihr."

Hannah nickte und huschte durch die Seitentür und lief dann die Auffahrt hinab zum Telefonhäuschen. Sie hätte gute Lust, Sarah eine Ohrfeige zu geben. Was hatte sich das Mädchen nur dabei gedacht, dass sie so unnötige Gerüchte in die Welt setzte? Ihr Vater hatte anscheinend etwas über den Arzt gesagt, aber bestimmt nicht in der Absicht, dass Sarah oder eines ihrer anderen Geschwister das hörte. Hannah ballte die Fäuste.

Vater, Gott, hilf mir, mich nicht von meinem Zorn blenden zu lassen.

Sie schaute zum Himmel hinauf. Die grauen Wolken hingen tief am Himmel, und der Geruch nach Schnee lag in der Luft. Bald war Weihnachten, und Hannah würde Paul sehen. Dankbar für diesen angenehmen Gedanken, holte sie tief Luft.

Während sie die Bewegung der Wolkenfetzen beobachtete, dachte sie an Vento. Matthew hatte recht gehabt; der Trab des Pferdes war genauso sanft gewesen wie die Bewegung der Wolken, mit denen er das Pferd verglichen hatte.

Eine plötzliche Sorge regte sich in ihrem Herzen. *Matthew.* Wenn Sarahs Geschwätz Matthews Freundin zu Ohren käme, wäre zwischen den beiden bestimmt alles aus.

Durch die Fenster der kleinen Hütte sah Hannah, wie Sarah sich das Telefon ans Ohr hielt. Hannah öffnete die Tür.

Sarah senkte das Telefon. „Ich warte immer noch, bis ich weiterverbunden werde. Wie geht es Mary?"

„Was hast du zu ihr gesagt?", fauchte Hannah.

„Ich … ich …", stammelte Sarah und sah aus wie ein verängstigtes kleines Mädchen.

„Heraus mit der Sprache, Sarah. Was hast du Mary von der Einspännerfahrt erzählt?“

Sie knirschte mit den Zähnen und gab den „tscht“-Ton von sich, für den sie berühmt war. „Ich habe nur die Wahrheit gesagt: Dass du mitten in der Nacht im Nachthemd mit irgendeinem *Englischen* unterwegs warst.“

Mit einem Englischen? Der Ärger über ihre Schwester wich einer großen Erleichterung. Sarah hatte keine Ahnung, dass Matthew der Fahrer gewesen war. „Wir waren nur fünf Minuten weg. Wie viel Aufhebens hast du darum gemacht?“

Sarahs rechte Wange zuckte. „Fünf Minuten? Dass ich nicht lache! Ich habe dich gesehen. Du warst über eine halbe Stunde fort.“

Hannah schaute sie böse an. „Lügnerin!“

Eine Stimme sprach durch das Telefon. Sarah warf Hannah den Hörer hin. Während sie sich an Hannah vorbeidrückte, um die Hütte zu verlassen, hatten beide den Rücken wie zwei kämpfende Katzen steif hochgezogen.

Die Frau am Telefon sprach wieder. Hannah legte sich den Hörer ans Ohr. „Ja, hier ist Hannah Lapp. Ich rufe wegen Mary Yoder an. Sie war vor sechs Wochen wegen einer Kopfverletzung auf der Intensivstation.“

„Warten Sie bitte.“

Sie würde sich nicht wegen irgendeines Streits mit Sarah ablenken lassen. Nur zwei Dinge waren im Moment wichtig: Dafür zu sorgen, dass es Mary wieder gut ging, und irgendwie Matthew zu warnen, dass er auf keinen Fall erzählen sollte, dass er in jener Nacht den Einspänner gefahren hatte. Aber wie sollte sie es einfädeln, mit ihm allein reden zu können?

Kapitel 19

Hannah legte den Telefonhörer auf und war erleichtert, dass die Krankenschwester der Meinung war, Mary gehe es wahrscheinlich gut, sie sei nur noch zu schwach für so viel Besuch und Aufregung. Sie brauchte Ruhe, gutes Essen und viel Schlaf.

Hannah notierte sich die Anweisungen der Krankenschwester, damit sie nichts vergessen würde. Sie sollte in den nächsten Tagen Marys Blutdruck messen und die Ergebnisse aufschreiben. Außerdem sollte sie ihr helfen, ihr eigenes Tempo zu finden, Krankengymnastik mit ihr machen, aber vorerst keine weiteren Nähfeste veranstalten. Mary brauchte viel Flüssigkeit, und Hannah sollte dafür sorgen, dass sie zusätzliche Kalorien zu sich nahm, wie sie es heute schon mit dem Kuchen getan hatte. Ein kräftiger Windstoß würde im Moment genügen, um Mary umzuwerfen.

Als sie das Telefonhäuschen verließ, drehten sich Hannahs Gedanken darum, wie sie die Sorgen der anderen um Mary beruhigen könnte. Wenn das geschafft wäre, müsste sie einen Weg finden, mit Matthew zu sprechen. Aber wie? Sie konnte den anderen keinen triftigen Grund nennen, warum sie ihn besuchen wollte.

Sie lief den kleinen Hang zum *Daadi-Haus* hinauf. Besorgte Gesichter begrüßten sie, als sie eintrat. Wie war sie in diese Rolle geraten, dass die anderen von ihr medizinischen Rat erwarteten? Sie war zu jung, als dass diese ganzen Mütter und Großmütter sie mit solcher Hoffnung und Zuversicht anschauten. Hannah lächelte so freundlich wie möglich. „Die Krankenschwester glaubt, dass alles in Ordnung ist. Sie ist nur ein wenig schwach, weil hier so viel los ist. Sie soll in den nächsten Wochen viel schlafen, essen, sich ausruhen und nicht viel Besuch oder Aufregung haben."

Ein zustimmendes Nicken machte die Runde.

Becky kam aus dem Schlafzimmer. „Sie schläft jetzt, aber sie hat nach dir gefragt." Sie zog die Tür hinter sich zu. „Was hat die Schwester gesagt?"

„Im Grunde, dass wir ein zu wilder Haufen sind für eine schwache, junge Frau, die sich erst noch ganz von ihrer Operation erholen muss." Hannah bedachte sie mit einem breiten Lächeln und hoffte, niemand durchschaue sie und könne ihren Ärger auf Sarah sehen.

Die Frauen gingen eifrig daran, die ganzen Nähsachen, die ihnen nicht selbst gehörten, wieder in die Ecke im Wohnzimmer zu räumen. Dann strömten sie aus der Tür und verabschiedeten sich von Hannah, Becky und Marys Großmutter. Sarah ging, ohne ein Wort zu sagen, an ihrer Schwester vorbei.

Edna umarmte Hannah schnell. „Wir werden es weitersagen, dass Mary keinen Besuch bekommen soll. Lass es bitte alle wissen, wenn sie sich wieder besser fühlt und Besuch vertragen kann."

Hannah streichelte Ednas Rücken und versicherte ihr, dass sie die Frauen über Marys Fortschritte auf dem Laufenden halten würde. Während sie zuschaute, wie ihre Schwester in Ednas Einspänner stieg, fragte sich Hannah, welche üblen Sachen Sarah ihr wohl auf der Heimfahrt erzählen würde.

Naomi Esh blieb mit einem großen Korb voll Nähutensilien vor Hannah stehen. „Ich wohne nur einen Steinwurf weit von hier. Wenn dir etwas einfällt, das ich für Mary, die Yoders oder für dich tun kann, brauchst du nur rufen."

Immer noch auf der Suche nach einer Möglichkeit, mit Matthew zu sprechen, sagte Hannah: „Dieser Korb sieht aber ziemlich schwer aus."

Naomi stieß ein lautes Seufzen aus. „Matthew hat mich hierhergefahren. Aber da unser Nähtag früher zu Ende geht, als ich erwartet hatte, sieht es so aus, als müsste ich mit diesem Korb zu Fuß nach Hause laufen."

Hannah warf einen Blick in die Küche, wo Marys Mutter und Großmutter alles aufräumten. „Ich begleite dich gern, solange Mary schläft." Es wäre für jeden ein großer Umweg, Naomi nach Hause zu fahren, da die Straße in einem weiten Bogen um die Felder herum zum Haus der Eshs führte. Aber es war ein ziemlich kurzer Weg zu Fuß über die Felder, auf denen die gemeinsame Grenze zwischen dem Land der Eshs und dem der Yoders verlief.

„Du hast hier genug zu tun. Ich komme schon zurecht."

Hannah verließ der Mut. Doch dann fiel ihr etwas ein. „Ich habe heute Vormittag den letzten Honig in Marys Tee getan. Wenn ich mit dir gehe, kann ich gleich wieder frischen Honig mitbringen."

Naomi hielt ihr den Korb hin. *„Kumm."*

Die zwei Frauen gingen schweigend über die freien Felder vom Yoderhof zum Eshhof. Hannah konnte an nichts anderes denken als daran, wie Sarahs Geschwätz Matthews Zukunft schaden konnte. Deshalb reagierte sie auf Naomis Versuche, ein Gespräch mit ihr zu beginnen, nur mit einem gelegentlichen Nicken oder Brummen. Schließlich gab es Naomi auf, und sie gingen schweigend nebeneinander her.

Als ihnen der eisige Wind ins Gesicht schlug und sich ihr Ärger allmählich legte, merkte Hannah, wie kalt ihr wurde. Sie hatte schon wieder vergessen, ihr Tuch mitzunehmen. Sie zog den Korb ein wenig näher an sich, als ihr plötzlich ein neuer Gedanke durch den Kopf schoss und sie Mühe hatte, sich auf den Beinen zu halten.

Falls sie tatsächlich schwanger sein sollte und Matthews Name mit ihrem nächtlichen Ausflug im Nachthemd in Verbindung gebracht würde, könnte er seine Chancen, irgendwo in dieser Gegend eine Frau zu finden, für immer begraben. Als diese Sorge sich in ihr festsetzte, beschleunigten sich ihre Schritte.

„Hetz eine alte Frau doch nicht so, Hannah. Wenn du so schnell gehst, komme ich nicht mit."

Gequält verlangsamte Hannah ihr Tempo. Sie war nicht schwanger. Sie konnte nicht schwanger sein. Das Kind dieses Ungeheuers in sich zu tragen wäre mehr, als sie verkraften könnte. Es kostete sie schon alle Kraft, die Vergewaltigung vor Paul geheim zu halten. Wie sollte sie eine Schwangerschaft vor ihm verbergen? Und was würde sie mit einem Baby anfangen? Sie erschauderte.

Denk einfach nicht an so etwas. Es ist nicht wahr. Es ist nicht wahr.

Diese Sprüche wirkten, wie schon seit über einem Monat, und ihre Ängste beruhigten sich, bis sie ein erträgliches Maß angenommen hatten.

Naomi und Hannah verließen den unebenen Untergrund der Felder und erreichten einen von den Pferden ausgetretenen Pfad. Sie überquerten die Auffahrt und betraten kurz danach das Eshhaus. Hannah war schon mehrere Male hier gewesen und war an vielen gottesdienstfreien Sonntagen auf der Veranda gesessen. Obwohl der Hof ein wenig anders aufgeteilt war als bei ihren Eltern, hatte er große Ähnlichkeit mit ihrem Zuhause, zum Beispiel was die Farbe des Sofas und die Form der Wanduhr anging. Wenn sie nicht so sauer auf Sarah wäre und es so satt hätte, dass Luke sie so unfreundlich behandelte, hätte sie bei diesem Anblick Heimweh bekommen können.

Hannah stellte den Korb auf den Tisch, während Naomi zum Fuß der Treppe schritt. „Peter? David?"

Ein lautes, unbeholfenes, rhythmisches Stampfen hallte auf der Treppe wider. „Sie sind bei den Millers, *Mamm*, und rupfen die Vögel, die sie heute erlegt haben."

Oben auf der gewundenen Treppe sah Hannah durch das rote Kirschholzgeländer Matthews Füße, einen nur in einer Socke und den anderen mit Socke und Schuh.

Er humpelte eine weitere Stufe hinab, wobei er sich am Geländer festhielt und den Fuß, der nur in einer Socke steckte, hochhielt. „Was brauchst du denn?"

Seine Beine waren jetzt vollständig zu sehen. Als er auf einem Bein hüpfend auf halber Höhe angelangt war, leuchteten seine Augen auf. „Hannah. Hallo."

Sie deutete auf den Fuß, den er vom Boden hochhielt. „Was ist denn mit dir passiert?"

Sein Mundwinkel zog sich nach oben. „Ich bin gestürzt ... und mir ist noch einiges mehr passiert." Er zog die Augenbrauen einige Male kurz hoch.

Naomi fuchtelte mit der Hand durch die Luft. „Ich will das alles jetzt nicht hören." Sie eilte die Treppe hinauf und an ihrem Sohn vorbei. „Hannah braucht Honig. Geh in die Vorratskammer und hol ihr zwei Gläser, *jah*?"

„Wird gemacht, *Mamm*." Mithilfe des Geländers humpelte Matthew die letzten zehn Stufen hinab.

Hannah deutete auf seinen verletzten Fuß. „Wann? Wo?"

Er deutete zur Ecke. „Rate mal."

Hannah drehte sich um und schaute, wohin er deutete. Zwei Krücken lehnten in der Ecke an der Wand. „Wir haben keine Zeit für Spiele, Matthew. Wir müssen reden.“ Sie holte die Krücken und reichte sie ihm.

„Ach, komm schon, Hannah.“ Er schwieg kurz, während er sich auf die Krücken stützte und Hannah fragend anschaute. „Also gut, die kurze Version. Aber dann ist es nur halb so lustig.“ Er hantierte mit den Stützen in alle möglichen Richtungen, bis er schließlich richtig stand.

Hannah ging hinter Matthew her, während sie sich im Schneckentempo durch das Haus zur Vorratskammer bewegten, die früher eine kleine hintere Veranda gewesen war. Er legte den Kopf schief und erzählte über die Schulter: „Als ich Peter und David letzte Woche am Montag zur Schule brachte, sah ich Rauch aus den Fenstern und den Türen kommen. Die Lehrerin war völlig aufgeregt und versuchte, das Feuer zu löschen, das sie im Holzofen angezündet hatte, um den Raum aufzuwärmen, bevor die Kinder kämen. Sobald ich den Rauch sah, fiel mir ein, dass einige der älteren Jungen im Spaß darüber gesprochen hatten, dass sie den Kamin verstopfen könnten. Also rannte ich hinein, um der guten Frau zu helfen, und sagte ihr, dass sie dadurch, dass sie das Feuer ausgemacht hatte, nur noch mehr Rauch produziert habe. Dann erklärte ich ihr, dass wahrscheinlich der Kamin verstopft sei. Mit einer Leiter kletterte ich auf den untersten Ast des roten Ahorns neben der Schule, und es gelang mir, das Zeug aus dem Kamin zu holen. Aber als ich wieder vom Baum herunterklettern wollte, stürzte ich.“

Sie traten durch den schmalen Eingang in die Vorratskammer. Die Kammer war vom Boden bis zur Decke mit Regalen gesäumt, die mit Honiggläsern in verschiedenen Größen gefüllt waren.

„Ich blieb an der Schule, während die Lehrerin zu den Bylers fuhr und jemanden holte, der für sie einspringen könnte. Dann fuhr sie mich zum Arzt und brachte mich anschließend heim und machte mir etwas zu essen.“

„Wirklich?“, fragte Hannah erstaunt und war beeindruckt, dass die Frau sich so sehr um Matthew gekümmert hatte. „Wer ist in diesem Jahr denn Lehrerin?“

Matthew drehte sich mühsam auf seinen Holzkrücken herum, bis er sie anschaute. Seine Augen strahlten. „Das Mädchen, von dem ich dir erzählt habe. Ich habe ihr gesagt, dass diese Verletzung meinen Plan, am nächsten Sonntag zum Singen zu fahren, völlig durchkreuze. Sie willigte ein, mich abzuholen, wenn ich sie nicht zu meinem Chauffeur mache und dann irgendein anderes Mädchen einlade, mit uns nach Hause zu fahren. Natürlich war ich damit einverstanden. Und so kam sie und holte mich ab." Matthew lachte. „Die Zeit mit ihr war wunderschön. Für das nächste Singen haben wir ausgemacht, dass sie mich wieder abholt."

Hannah freute sich so sehr für ihn, dass sie eine Gänsehaut bekam. „Das ist die beste Nachricht, die ich seit Langem gehört habe. Ich freue mich so sehr für dich, Matthew. Aber ..." Sie schloss die Holztür mit dem Glasfenster zum Haupthaus. „Matthew, wir müssen reden."

Sein Lächeln wurde schwächer. *„Was iss es?"*

„Sarah hat uns gesehen, als wir um Mitternacht mit Vento unterwegs waren."

Matthew gluckste. „Du nimmst alles viel zu ernst, Hannah. Der Bischof wird dich deshalb nicht auffressen. Er wird uns nur ermahnen. Wir haben bei dieser kürzesten Einspännerfahrt der Welt nichts Schlimmes gemacht."

Mit einem Kopfschütteln nahm Hannah eine Plastiktüte vom Regal. *„Du muscht verschteh."*

Matthew balancierte sein Gewicht mit Hilfe seiner Arme auf den Krücken und hob beide Füße vom Boden hoch, um ihr zu zeigen, wie akrobatisch er war. „Dann erkläre es mir. Vielleicht verstehe ich dich dann."

Hannah nahm ein großes Honigglas aus dem Regal und steckte es in die Tüte. „Sie sagt, wir wären sehr lange fort gewesen."

Er zuckte die Achseln. „Und wen interessiert das?"

„Matthew, der Bischof hat schon eine schlechte Meinung von mir. Mein Vater weiß in letzter Zeit nicht mehr, was er von seiner ältesten Tochter halten soll. Luke gibt mir die Schuld an seinem und Marys Unfall."

Matthew stellte seinen unverletzten Fuß auf den Boden und zog die Stirn in Falten. „Das ist nicht fair."

„Ach, es ist lächerlich." Die Worte klangen bitter, als sich ihr Groll ein wenig tiefer in ihr festsetzte und immer mehr ihren Wunsch erstickte, das zu tun, was richtig war. „Sarah weiß nicht, dass du in jener Nacht den Einspänner gefahren hast. Bitte, um deinetwillen, verrate es niemandem."

Matthew legte die Hände fester um die Griffe seine Krücken. „Ich kann doch helfen, diese Angelegenheit zu klären, Hannah. Wir können miteinander zu deinem Vater und zum Bischof gehen und ihnen die Wahrheit sagen."

„Nein, Matthew. Es gibt noch mehr Gerüchte als das, was ich dir gerade gesagt habe."

„Noch mehr?"

„Ja, einiges mehr." Hannah steckte ein zweites Honigglas in die Tüte.

„Erzählt Sarah noch andere Sachen?"

„Ich ... ich glaube nicht."

Matthew hielt ihr die Hand hin, um ihr die Tüte abzunehmen. Als sie den Griff der schweren Tüte an sein Handgelenk hängte, verlor er das Gleichgewicht und taumelte nach vorne. Er suchte Halt an dem frei stehenden Regal. Es kippte auf ihn zu. Die Gläser klirrten. Matthew versuchte, das Regal wieder gerade hinzustellen und gleichzeitig das Gleichgewicht wiederzuerlangen. Eine seiner Krücken fiel klappernd auf den Boden, die andere polterte gegen das Regal. „Oh Mann!" Matthew wackelte auf einem Bein. „Wenn wir *Mamms* ganzes Honigregal umwerfen, brauchen wir uns nie wieder Sorgen um irgendwelche Gerüchte – oder um irgendetwas anderes – machen."

Hannah schob ihre Schulter unter seinen Arm und legte den Arm um ihn herum, um ihm die Tüte aus der Hand zu nehmen. „Das Gewicht der Tüte, die du in der Hand hast, mit der du das Regal halten willst, zieht alles nach vorne."

„Du musst den Griff der Tüte herausziehen. Er klemmt zwischen meiner Hand und dem Regal. Wenn ich sie bewege, fällt das Regal um."

Während sie mit der Schulter Matthews linke Seite stützte und gleichzeitig versuchte, die Tüte aus seiner rechten Hand zu befreien, fragte sich Hannah, ob sie unbeschadet aus dieser Situation herauskämen, ohne dass das Regal oder die Honiggläser sie unter sich begrüben. Als jemand am Türgriff rüttelte, hoffte Hannah, Matthews

Mutter käme ihnen zu Hilfe. Aber als sie einen kurzen Blick zur Tür warf, sah Hannah eine schöne, junge Frau durch das Fenster. Die Miene der Frau verwandelte sich schlagartig von erwartungsvoller Vorfreude in völlige Bestürzung.

„Elle“, flüsterte Matthew.

Als sie die Verzweiflung in Matthews Stimme hörte, wusste Hannah, dass dies die junge Frau war, mit der er sich eine gemeinsame Zukunft erhoffte.

Kapitel 20

Paul schritt wieder zu Mr Yoders Stall und hielt nach Hannah Ausschau. Es hatte ihn tagelange Vorarbeit gekostet, diese Fahrt zu organisieren, und er hatte gehofft, dass er Hannah unauffällig den Brief geben könnte, der in seiner Jackentasche steckte.

Komm schon, Hannah.

Seine Großmutter war bei Mrs Yoder im Haus und unterhielt sich mit ihr, während Mary schlief. Er hatte Wochen gebraucht, um seine Großmutter zu überreden, hierherzukommen; wahrscheinlich würde sie nicht lang bleiben.

Er steckte die Hände in seine Hosentaschen und seufzte. So hatte er sich diesen Besuch gewiss nicht vorgestellt. Nicht nach den ganzen Plänen und Vorbereitungen, die nötig gewesen waren, um heute hierherzukommen. Wenn er und Hannah überhaupt eine Chance hätten, sich am Tag vor Thanksgiving zu sehen, musste er ihr heute diesen Brief geben.

Zu seiner Überraschung hatte seine Großmutter seinem Plan bereitwillig zugestimmt, zu dem gehörte, dass sie Hannah bäte, am Tag vor Thanksgiving zu ihr zu kommen und ihr beim Kochen zu helfen, während er nicht an der Uni war. Er hatte Hannah den Brief geschrieben, in dem er erklärte, wie wichtig es sei, dass sie die Erlaubnis ihrer Eltern bekäme, Großmutters Bitte, dass Hannah an jenem Tag bei ihr arbeiten würde, zuzustimmen, damit sie ein wenig Zeit miteinander verbringen könnten. Da er fest entschlossen war, Hannah diesen Brief persönlich in die Hand zu drücken, hatte er seiner Großmutter gesagt, sie sollten die Yoders besuchen, um sich nach Mary zu erkundigen, aber er hatte keine Sekunde damit gerechnet, dass Hannah nicht hier wäre, wenn er käme.

Als sie an die Tür des *Daadi-Hauses* geklopft hatten, in dem Mary wohnte, bis sie wieder ganz gesund wäre, hatte Marys Mutter Katie Waddell herzlich begrüßt, und seine Großmutter hatte ihr ihren

Enkel vorgestellt. Großmutter hatte sich nach Hannah erkundigt, und Mrs Yoder hatte ihnen erzählt, dass sie bei Naomi Esh sei, um Honig zu holen.

Paul hatte sich entschuldigt und war hinausgegangen. Seitdem lief er hier im Hof ungeduldig auf und ab. Paul rieb sich den Nacken, ohne auch nur für eine Sekunde den Horizont aus den Augen zu lassen. Seine Muskeln spannten sich mit jeder Minute, die verging, mehr an. Er konnte den Brief nicht Mrs Yoder oder Mary geben. Falls er das täte, würde er wahrscheinlich einen ziemlichen Aufruhr auslösen.

Er hob einen Stein auf und warf ihn, so weit er konnte. Er hatte heute seine letzte Vorlesung ausfallen lassen und sich im Reifengeschäft freigenommen, um diesen Besuch einzuschieben, und jetzt war sie nicht da. Er ließ seinen Blick über die Kuppe schweifen und war ziemlich sicher, dass er genau in die Richtung schaute, in der laut Mrs Yoders Worten die Eshs wohnten.

Er ging einige Schritte in diese Richtung. Vielleicht war sie gleich hinter diesem Hügel und genoss die Zeit, in der Mary schlief.

Durch das Fenster sah Hannah, wie die deprimierte Frau sich zum Gehen wandte. Matthew ließ Hannah los.

„Elle." Er machte einen Satz zur Tür und stolperte. Das Regal begann wieder, nach vorne zu kippen. Hannah ergriff das Regal, und Matthew hielt Hannah fest. Mehrere leere Gläser krachten auf den Boden.

Bei dem Lärm drehte sich Elle mit einem besorgten Blick wieder um. Sie trat ins Zimmer und stützte Matthew. Er taumelte unbeholfen auf einem Fuß und hatte immer noch Mühe, das Gleichgewicht nicht zu verlieren. Hannah legte ihre ganze Kraft unter seinen anderen Arm. Mit vereinten Kräften halfen die beiden jungen Frauen Matthew, nicht umzufallen.

Hannah schob die Krücken zur Seite. „Komm, wir bringen ihn in die Küche." Elle nickte, und gemeinsam führten sie Matthew durch den Flur.

Abgesehen von ihrer traditionellen Kleidung sah Elle ganz anders aus als alle amischen Frauen, die Hannah bis jetzt in ihrem Leben gesehen hatte. Sie hatte rotblonde Haare, von denen ihr trotz des traditionellen Knotens und ihrer *Kapp* einige ins Gesicht hingen. Ihre Haut war glatt und cremig weiß. Hannah konnte sich gut vorstellen, warum Matthew sich in sie verliebt hatte.

Als sie die Küche erreichten, setzte er sich. Elle schob ihm einen zweiten Stuhl heran und bedeutete ihm, seinen verletzten Fuß daraufzulegen. Dann huschte sie aus der Küche ins Wohnzimmer. Matthew stöhnte und lachte, während er seinen Fuß auf den Stuhl legte und ihr nachrief: „Es sieht so aus, als müsste ich jedes Mal umfallen, wenn du in der Nähe bist."

„Oh, es ist also meine Schuld, dass du so ungeschickt bist", rief Elle über ihre Schulter, während sie ins Wohnzimmer ging. „Genauso wie es meine Schuld war, dass der Kamin in der Schule verstopft war."

Matthew zuckte die Achseln, aber die fröhliche Verspieltheit war in seine Augen zurückgekehrt. „Sie hat sich noch nicht entschieden, ob ich an dem Vorfall mit dem Ofen schuld war oder nicht."

Hannahs Interesse wanderte von Matthew zurück zu Elle, als die junge Frau mit einem Kissen in der Hand wieder in die Küche kam. Sie war mit ihren zarten Gesichtszügen und ihren langen, braunen Wimpern, obwohl ihre Haare viel heller waren, und den schwachen Sommersprossen auf ihrem Nasenrücken auf ungewöhnliche Weise faszinierend. Elle schaute Hannah kurz an. Ihre Augen hatten eine Farbe, die Hannah nie zuvor gesehen hatte. Ein helles Violett, mit Blau gemischt. Absolut atemberaubend.

Sie hatte noch nie von einer amischen Frau gehört, die Elle hieß, aber die jüngere Generation forderte die ältere in vielen Bereichen heraus, und Namen waren nur einer dieser Bereiche, in denen die Leute aus den engen Schranken ausbrachen. Nicht mehr jedes Kind bekam einen biblischen Namen.

„Hannah Lapp, das ist Elle Leggett."

Leggett? Das war doch kein amischer Nachname.

Die junge Frau reichte ihr die Hand. Als Hannah ihr die Hand schüttelte, bemerkte sie, dass diese Frau ein Selbstvertrauen ausstrahlte, von dem Hannah nur träumen konnte.

Elle blieb neben Matthews Stuhl stehen und wartete, bis er den Fuß hochhob, damit sie das Kissen darunterschieben konnte.

Hannah drehte den Knopf an der Petroleumlampe, die auf dem Küchentisch stand, und machte den Raum ein wenig heller.

Elle wischte mit der Handfläche noch einmal über das Kissen, auf dem Matthews Bein lag. „Ich … ich wollte euch nicht stören.“ Ihre Augen huschten über Hannah. „Ich habe Matthews Mutter getroffen, als sie gerade zum Stall ging. Sie sagte, er sei in der Vorratskammer und ich solle einfach hineingehen. Sie hat nicht gesagt, dass er nicht allein ist.“

Die Besorgnis, die in Matthews Augen zog, machte Hannah traurig, und sie sah, dass er allmählich begriff, was sie ihm zu erklären versucht hatte. Hannahs Ruf wurde von ihrer eigenen Schwester beschmutzt, und Matthews neu aufblühende Freundschaft mit Elle könnte mitsamt den Wurzeln ausgerissen werden, bevor sie Zeit hätte, stärker zu werden und zu wachsen.

Elle reichte ihr wieder die Hand. „Hannah, es war schön, dich kennenzulernen. Samuel ist furchtbar stolz auf seine älteste Schwester. Er spricht in der Schule oft von dir.“ Sie lächelte. In Elles Gesicht lag keine Bosheit oder kleinliche Eifersucht, sondern nur eine große Enttäuschung. Sie nickte Matthew zu und wandte sich zum Gehen.

„Nein.“ Matthew schlug leicht auf den Tisch. „Geh nicht.“

Elle schaute von ihm zu Hannah.

„Bitte bleib hier.“ Hannah setzte sich auf einen Küchenstuhl und schob auch für Elle einen heraus. „Du unterrichtest also in unserem Bezirk?“

Matthew verdrehte die Augen und zog Hannah grinsend auf. „Sie weiß nicht mehr, was hier los ist, seit sie bei Luke und Mary im Krankenhaus war und jetzt schon seit Wochen nicht mehr vom Yoderhof wegkommt, solange es Mary noch nicht besser geht.“

Elle schaute sie fragend an. „Und du bist jetzt hier, weil …“

Hannah warf einen schnellen Blick auf Matthew. Ihr gefiel diese Frau. Ihre direkte, aber höfliche Art ließ keinen Zweifel daran aufkommen, was sie wissen wollte. „Ich … ich bin mehr oder weniger gekommen, um Honig zu holen.“ Ihre Wangen begannen zu glühen. *Mehr oder weniger?* Sie hatte es nicht so formulieren wollen, aber jetzt gab es kein Zurück mehr.

Matthew beugte sich vor. „Eigentlich ist sie gekommen, um mit mir zu sprechen. Wir sind Freunde, Elle.“

Elle setzte sich auf den Stuhl, den Hannah ihr hingeschoben hatte.

Hannah bemerkte in Elles Augen den gleichen Übermut, der so typisch für Matthew war, aber sie strahlte noch etwas anderes aus, mehr Härte, mehr Durchsetzungskraft.

Elle beugte sich auf ihrem Stuhl vor. „Wenn ihr mich jetzt nicht aufklärt oder mich gehen lasst, ohne dass ich meinen Stolz verliere, musst du noch einmal zum Arzt, Matthew Esh, und dieses Mal werde *ich* dich nicht hinfahren."

Matthew legte den Kopf schief. „Zwischen Hannah und mir ist nicht mehr als zwischen dir und ihrem Bruder Samuel."

Elle betrachtete Hannah.

Hannah überlegte, was sie Nettes sagen könnte. „Ich habe bei unseren Leuten noch nie den Namen Elle gehört. Er ist schön."

Das Mädchen warf einen kurzen Blick auf Matthew. „Ich bin in Pennsylvania geboren, aber nicht in einer amischen Familie."

Hannah versuchte, ihre Überraschung zu verbergen, und stammelte. „A-aber du bist jetzt amisch? Wie ist das möglich?"

Elle lehnte sich ein wenig auf dem Stuhl zurück und legte die Hände auf ihren Schoß. „Als ich zehn war, wurde meine Mutter sehr krank. Abigail Zook, die beste Freundin meiner Mutter und eine sehr freundliche amische Frau, kümmerte sich in dieser Zeit um mich. Bald nachdem meine Mutter starb, ging mein Vater weg … und kam nie zurück. Damit mich der Staat nicht in ein Waisenhaus steckte, nahmen Abigail und ihr Mann, Hezekiah, mich auf, während Nachforschungen angestellt wurden, ob ich irgendwelche Verwandten hätte. Es wurden keine gefunden." Elle sprach davon, als gäbe sie auswendig gelernte Zeilen aus einem Buch wieder, und als spräche sie nicht von ihrer eigenen Vergangenheit mit all ihrem Leid und ihrer Hoffnung. Sie besaß eine innere Stärke, die Hannah faszinierte.

Matthews Augen waren auf Elle geheftet, während er Hannah erklärte: „Abigail und Hezekiah sind seit ungefähr fünfzehn Jahren verheiratet, aber sie bekamen leider keine eigenen Kinder. Sie haben nur Elle, und jetzt hat sie vor, sich in unserer Kirche taufen zu lassen, sobald der Bischof es erlaubt."

Die Blicke, die zwischen Elle und Matthew hin- und hergingen, ließen keinen Zweifel daran aufkommen, dass sie an ihm genauso sehr interessiert war wie er an ihr.

Matthew hatte die Wahrheit gesagt. Es war wirklich das Sonderbarste, was Hannah je gehört hatte. Aber sie konnte das Thema nicht so schnell fallen lassen, ohne sich zu vergewissern, dass Elle sich die Sache wirklich gründlich überlegt hatte. „Es ist schwer, ohne elektrischen Strom zu leben, wenn man es früher anders gewohnt war."

Elles Augen wurden groß, als sie zustimmend nickte. „Zweifellos. Aber Kiah – so nenne ich Hezekiah – erlaubt mir, ein paar Regeln lockerer zu handhaben." Sie zog ein Handy aus ihrer versteckten Rocktasche. „Und auf die Dinge, bei denen er nicht bereit ist, an den Regeln zu rütteln, kann ich verzichten."

Hannah starrte sie an. „Wie kannst du dir da so sicher sein?"

Elle lachte. „Im Leben muss man immer Opfer bringen. Ich habe beide Seiten gesehen, die moderne und die schlichte. Ich habe mich für die schlichte entschieden. Nicht weil ich dadurch erlöst würde, denn ich werde dadurch nicht erlöst. Einfach weil hier mein Leben ist, bei Kiah und Abigail. Wenn ich Kinder habe, will ich, dass Abigail meine Babys auf den Armen hält und weiß, dass sie ihre Enkelkinder sind, obwohl sie dann immer noch jung genug sein wird, um eigene Kinder zu bekommen, wenn sie nicht unfruchtbar wäre."

Hannah nickte leicht, als verstünde sie die tiefe Verbundenheit, die Elle zu Abigail und Hezekiah empfand. Aber sie war nicht sicher, ob sie es wirklich verstand.

Matthew fuhr mit den Handflächen über die Tischplatte. „Sie fährt mit dem Einspänner durch den Bezirk, um die Familien ihrer Schüler zu besuchen und solche Sachen, aber da sie so weit weg wohnt, lässt sie das Pferd und den Einspänner dann bei den Bylers, und ein Fahrer bringt sie nach Hause."

Elle lachte. „Besser gesagt, fahren das Pferd und der Einspänner mit mir. Ich kann nicht behaupten, dass ich es schon richtig schaffen würde, das Pferd dazu zu bringen, das zu tun, was ich will."

„Ich glaube, die Bylers brauchen ein besser trainiertes Pferd. Ich arbeite zurzeit mit einem Pferd, das in ein paar Wochen verkauft werden kann, falls sie Interesse haben sollten." Matthew beugte sich vor und warf einen Blick auf die Uhr. „Du solltest jetzt besser gehen, sonst fährt der Fahrer ohne dich und du musst heute Nacht bei den Bylers schlafen."

Elle stand auf. „Ja, ich gehe jetzt lieber. Hannah, es war schön, dich kennenzulernen. Samuel wird sich freuen, dass ich dich endlich getroffen habe."

„Ich freue mich auch, dass wir ein wenig Zeit hatten, uns zu unterhalten, Elle." Hannah stand auf. „Ich hole noch den Honig. Dann muss ich auch gehen. Aber vorher mache ich noch die Unordnung in der Vorratskammer sauber." Sie nahm den Besen und die Kehrschaufel und verließ die Küche, um Matthew und Elle ein paar Minuten zu zweit zu gönnen.

Während sie die umgestürzten Krücken aufhob, hörte Hannah in der Ferne ein leises Donnerrollen. Sie lehnte die Krücken an das Regal und fegte die Glasscherben auf die Kehrschaufel. Ihr graute davor, nach Hause zu gehen. Sie war seit dem Überfall nicht mehr allein zu Fuß unterwegs gewesen, außer vom Haus zum Stall. Ihre Handflächen wurden bei diesem Gedanken ganz feucht.

Nachdem sie den Besen und die Kehrschaufel in eine Ecke gestellt hatte, nahm sie die Tüte mit den Honiggläsern. Die schweren Gläser könnten, wenn nötig, als Waffe benutzt werden.

Als sie auf die Veranda trat, saß Elle bereits in ihrem Einspänner und rollte die Auffahrt hinab.

Namoi kam mit einem Wagen, vor den schon ein Pferd gespannt war, über den Hof. „Jemand muss Hannah nach Hause bringen, bevor es anfängt zu regnen. Da du im Haus und auf dem Hof zurzeit nicht zu gebrauchen bist, habe ich entschieden, dass du das machen darfst."

Erleichterung und Belustigung erfüllten Hannah. Sie musste lachen.

Matthew knurrte im Spaß. „Danke, *Mamm.*" Er ging langsam und mühsam die Verandastufen hinab.

Mit einem Lächeln im Gesicht deutete Naomi zu dem kleinen Wagen. „Ich habe den Ponywagen für dich angespannt, damit du leichter ein- und aussteigen kannst, da er nicht so hoch ist." Sie zwinkerte Hannah zu. „Jetzt fahr, mein Sohn. Und falls der Regen dich erwischt, solltest du über Nacht lieber auf dem Yoderhof bleiben."

„*Mamm,* willst du mich loswerden?“

Naomi lachte und ging ins Haus.

Dankbar für die Begleitung stieg Hannah in den alten Ponywagen. Nachdem er sich schwerfällig auf der Sitzbank niedergelassen hatte, legte Matthew seine Krücken zwischen sich und Hannah. Er nahm die Zügel und ließ sie auf den Rücken des Pferdes schnalzen. Hannah stellte die Tüte mit dem Honig auf den Sitz und wurde ein wenig nervös, weil sie schon so lange von Mary fort war.

Das Pony trabte über die Anhöhe und in den Hof der Yoders, wo Matthew den Wagen zum Stehen brachte. „Ich bin froh, dass du Elle kennengelernt hast.“

Hannah stieg aus dem Wagen. „Ich auch. Aber vergiss nicht, was ich dir wegen unserer Fahrt mit Vento gesagt habe. Verrate einfach niemandem, dass du das warst. Dann leidet deine Beziehung mit Elle nicht unter den Gerüchten.“

Matthew zuckte die Achseln und ließ seinen Blick über den Hof schweifen. „Sieht so aus, als hätte Mary *Englische* zu Besuch gehabt.“

Paul fuhr in diesem Moment mit dem Auto seiner Großmutter rückwärts die Auffahrt hinab.

Hannahs Herz wollte stehen bleiben.

Kapitel 21

Paul bog auf die Straße. Seine Enttäuschung war so groß, dass er nicht mehr klar denken konnte. Vielleicht wäre es besser, wenn seine Großmutter fahren würde, da er vor Traurigkeit fast blind war. Seine wochenlangen Planungen waren zunichtegemacht worden, und da er Hannah heute nicht gesehen hatte, bekäme er wahrscheinlich auch an Thanksgiving keine Chance, sie zu sehen. Er bezweifelte, dass er seinen Vater veranlassen könnte, seine Pläne, über die Weihnachtstage in den Urlaub zu fahren, zu ändern. Sein Vater war ohnehin schon enttäuscht, weil sein Sohn in den letzten Jahren so wenig zu Hause gewesen war. Deshalb konnte er das Weihnachtsgeschenk seines Vaters, mit der ganzen Familie Urlaub am Strand zu machen, nicht ausschlagen. Abgesehen davon, dass das lieblos wäre, würde es eine Kluft zwischen ihnen aufreißen, und er brauchte die Unterstützung seines Vaters, da es wahrscheinlich lang dauern würde, bis er die Zustimmung von Hannahs Familie gewinnen konnte.

Paul seufzte. Er konnte sich nicht erinnern, schon jemals so enttäuscht gewesen zu sein. Jetzt würde er Hannah vielleicht bis zum Mai nicht wiedersehen. Würde sie trotz dieser ganzen nicht vorhersehbaren Hindernisse weiterhin auf ihn warten? Wieder kam ein verärgertes Seufzen über seine Lippen. Der Mai war viel zu weit weg. Es musste etwas geschehen.

Er warf einen Blick auf seine Großmutter. „Großmutter, du musst mir helfen, dass Hannah einen Brief von mir bekommt."

Die Falten seiner Großmutter waren in den letzten Wochen tiefer geworden. Er vermutete, dass sie Hannah genauso sehr vermisste wie er. Hannah war einer der wenigen Menschen, die darüber hinwegsahen, dass seine Großmutter oft kurz angebunden und eigensinnig war. Großmutter konnte für die Arbeit auf dem Hof Leute anstellen, aber auch mit Geld konnte sie niemanden dazu bewegen, sie wirklich zu mögen. Und Hannah hatte seine Großmutter wirklich gern.

Seine Großmutter schnaubte. „Das kann ich nicht, Paul. Ich bin heute hierhergekommen. Das muss genügen."

Er drückte die Finger fest um das Lenkrad. „Bitte, Großmutter. Du kannst ihr doch sicher einen einzigen Brief geben."

Sie schüttelte den Kopf. „Ich habe es versprochen ..." Sie brach mitten im Satz ab und wand sich unbehaglich auf ihrem Sitz.

Paul trat auf die Bremse, ohne sich dafür zu interessieren, dass er sich mitten auf der Straße befand. „Sprich weiter."

Die Furchen im Gesicht seiner Großmutter wurden hart. „Ihr beide kommt zusammen ... wenn ihr zusammenkommen sollt. Das ist alles, was es dazu zu sagen gibt."

„Wem hast du versprochen, dass du Hannah keine Briefe gibst?" Paul flüsterte die Worte und hatte große Mühe, freundlich und respektvoll mit seiner Großmutter zu sprechen. Es gab nur wenige Menschen, die von seiner Großmutter ein solches Versprechen verlangen konnten: Hannahs Vater, ihre Mutter oder einer ihrer älteren Brüder. Paul beschloss, die Person zu nennen, die am wahrscheinlichsten war: „Ist ihr Vater zu dir gekommen?"

Großmutter rührte keinen Muskel. „Sie ist seine Tochter, Paul. Und ob du es glaubst oder nicht, er hat in Hannahs Leben mehr Rechte als du."

Eine tiefe Enttäuschung machte sich in seiner Brust breit. Mr Lapp sollte eigentlich nichts wissen. Noch nicht. Er sollte es erst erfahren, wenn Hannah vor dem Gesetz erwachsen war, damit sie mit ihrem Vater keine zu großen Probleme bekäme. „Was hat er gesagt?"

Ihr Gesicht wurde weicher, und in ihren Augen glänzten Tränen. Paul begriff, dass er sie monatelang in einen großen Gewissenskonflikt gebracht hatte, weil er von ihr das eine wollte, während Hannahs Vater etwas ganz anderes von ihr verlangte.

Sie zog ein Taschentuch aus ihrer Handtasche und tupfte sich die Augen. „Ihm kam zu Ohren, dass Hannah auf Briefe wartet, die für sie bei mir ankommen sollten. Ihr Vater hat den Verdacht, dass ein *Englischer* oder ein Mennonit, der für mich arbeitet, versucht, seine Tochter von dem Ort wegzulocken, an den Gott sie gestellt hat. Er hat nicht nach konkreten Informationen gefragt, und ich habe ihm auch keine verraten. Allerdings habe ich eingewilligt, keine Briefe mehr zuzulassen." Sie steckte das Taschentuch wieder in ihre Handtasche. „Paul, es tut mir leid, aber der Mann hat triftige Gründe. Sie ist seine Tochter, und nach dem Gesetz ist sie minderjährig." Sie klatschte die Hände zusammen und bedeutete Paul, das Auto wieder in Bewegung zu setzen.

Er stellte den Fuß auf das Gaspedal und fuhr zu ihrem Haus, ohne viel von dem, was um ihn herum geschah, wahrzunehmen. „Wie hat er von den Briefen erfahren?"

„Ich vermute, dass Sarah etwas verraten hat."

Also war sogar ihre eigene Schwester dagegen, dass er und Hannah zusammen waren. Es gab so vieles, das sich gegen ihn und Hannah stellte. Er hatte das Gefühl, darunter zusammenzubrechen.

Großmutter rieb sich die Stirn. „Als Hannah, gleich nachdem du wegfuhrst, krank wurde, kam Sarah an ihrer Stelle. Sie fragte mich, ob ich irgendwelche Briefe für Hannah hätte. Ich vermute, dass Hannah sie gebeten hat, alles mitzubringen, was für sie bei mir ankommt."

Sie kamen zu einem Stoppschild, und Paul brachte das Auto zum Stehen. „Also tut ihr Vater hinter ihrem Rücken alles, um unsere Beziehung zu beenden. Das ist nicht gut. Ich wollte eine Chance bekommen, mir seine Zustimmung zu erarbeiten."

Seine Großmutter schaute ihn nüchtern an. „Es wird ziemlich schwer sein, dir die Zustimmung des Mannes zu erarbeiten, wenn du hinter seinem Rücken herumschleichst."

Paul beschleunigte das Auto so schnell, dass die Reifen quietschten. „Ich weiß nicht, was ich sonst tun soll, Großmutter. Soll ich sie vergessen, obwohl wir das beide nicht wollen? Wenn Gottes Wort sagen würde, dass zwei Menschen, die ihn lieben, sich nicht ineinander verlieben dürfen, dann würde ich einen Rückzieher machen. Aber sonst nicht."

Hannah stand am Straßenrand und schaute dem Auto nach, wie es um eine Kurve verschwand. Das Leben war so unfair. Sie hatte das alles so satt, dass sie sich am liebsten in ein Loch verkrochen hätte und nie wieder herausgekommen wäre. Sie wartete und hoffte, Paul würde sie im Rückspiegel sehen. Aber je weiter das Auto hinter der nächsten Kurve verschwand, umso mehr verließ sie ihr Mut. Sie drehte sich um und trottete die Auffahrt hinauf.

Sie hörte ein Pferd schnauben und blickte auf. Matthew war die Auffahrt herabgefahren.

Er stand neben dem Einspänner und hielt den Beutel mit den Honiggläsern hoch. „Du hast den Honig vergessen."

Sie nahm die Tüte. „Danke." Sie drückte sich den Honig an die Brust und schaute in den Wind. Dabei atmete sie tief ein und versuchte verzweifelt, ihre Gefühle in den Griff zu bekommen.

Matthew deutete zur Straße. „Ich schätze, wer auch immer in diesem Auto saß, er war der Grund, warum du nicht zum Singen kommst."

Hannah schloss die Augen. Sie hatte die Geheimnisse, die Halbwahrheiten und das Gefühl, durchs Leben schleichen zu müssen, als wäre sie eine schlimme Sünderin, so leid. Nicht einmal Matthew verstand sie. Sie sah es in seinen Augen. Trotz Elles englischer Herkunft verstand er nicht, dass sie nichts anderes wollte als ein Leben mit Paul. Mehr wollte sie nicht.

Der Wind peitschte gegen ihre Wangen, während ein Donner rollte und ein Blitz über den Himmel zuckte. Sie wünschte, der Wind könnte sie hochheben und an einen Ort tragen, an dem das Leben nicht ständig schwere Entscheidungen von ihr verlangte.

„Du solltest lieber hineingehen, Matthew. Es fängt bestimmt an zu regnen, noch bevor du den Rand des Feldes erreichst."

Hannah nahm das Pony am Halfter. „Geh ins Haus. Ich bringe den Wagen in die Scheune und das Pony in den Stall. Wenn das Gewitter vorbei ist, kannst du nach Hause fahren."

Matthew schaute zum Himmel hinauf. Dann nahm er seine Krücken und stieg aus dem Wagen.

Bevor er noch ein Wort sagen konnte, führte Hannah das Pony in den Stall. Während sie das Tier ausspannte, schoss ihr ein reizvoller neuer Gedanke durch den Kopf. Vielleicht, nur vielleicht, könnte sie das Telefon der Yoders benutzen, um Paul anzurufen. Warum war sie nicht schon früher darauf gekommen? Das Telefongespräch heute Mittag hatte gezeigt, wie leicht es war, jemanden anzurufen. Sie wurde ganz aufgeregt.

Während sie das Pony in eine Box führte, krachte der nächste Donner am Himmel und ließ die Luft um sie herum erzittern. Als sie kurz danach die schnellen Hufschläge eines anderen Pferdes hörte, das in ihre Richtung unterwegs war, verriegelte sie schnell das Boxentor und eilte zur Stalltür.

Luke.

Er war blass vor Sorge, als er direkt vor dem Stall anhielt und von seinem Pferd glitt. Er hielt die Zügel fest und lief in den Schutz des Stalls. „Wie geht es Mary?"

„Sie schläft noch, soviel ich weiß." *Becky würde mich rufen, wenn es anders wäre.*

Er warf ihr die Zügel zu. „Edna hat gesagt, sie hätte heute so etwas wie einen Anfall gehabt."

„Einen kleinen, ja." Hannah nahm die Lederriemen in die Hand, da sie wusste, dass er von ihr erwartete, das Pferd durch den Stall zu führen, bis es sich abgekühlt hatte, und dass sie dann das schweißtriefende Tier abreiben sollte. „Wir müssen nur dafür sorgen, dass sie weniger Aufregung hat." Sie streichelte dem Pferd den Hals und fühlte den Schweiß auf seinem Fell. „Sie konnte mit Gerüchten noch nie gut umgehen, und ein Quilttag ist im Moment nicht der richtige Ort für sie."

Aufgrund seiner Sorge um Mary und des sich zusammenbrauenden Gewitters würde ihr Bruder die Nacht hier verbringen. Wenn Luke hier war, musste Hannah die Hoffnung, sich lang genug aus dem Haus zu schleichen, um Paul anrufen zu können, aufgeben. Sie nahm das Sacktuch und begann, dem Pferd den Hals abzureiben.

Luke holte ein Streichholz heraus und zündete eine Petroleumlampe an. „Deshalb wollte sie an dem Abend, als der Unfall passierte, nicht ohne dich auf unseren Hof kommen. Sie hatte Angst, das könnte unbegründete Gerüchte über uns in Umlauf bringen."

„Sie wollte in Bezug auf dich nicht zur Zielscheibe von Spekulationen werden." Sie hängte das nasse Tuch auf das Geländer und holte sich ein trockenes.

„Ach", knurrte er. „Es ist also meine Schuld?"

„Das wollte ich damit nicht sagen. Luke, es ... es tut mir leid, dass ich an jenem Abend nicht mitgekommen bin. Ehrlich." Hannah konnte ihm nur glauben, dass ihre Entscheidung, zu Hause zu bleiben, zu dem Unfall geführt hatte.

„Dadurch, dass es dir leid tut, wird es jetzt auch nicht besser, oder? Sie ist deine beste Freundin, Hannah. Du wusstest, dass sie nicht mit mir auf unserem Hof gesehen werden wollte, ohne dass du dabei bist und es so aussieht, als würden nur ein paar Freunde einen schönen Abend miteinander verbringen. Das wusstest du genau!" Luke drehte ihr den Rücken zu und stürmte zum Haus.

Große Regentropfen prasselten auf das Blechdach. Hannah rieb das Tuch über die andere Seite des Pferdes. Lukes Worte konnten sie dieses Mal nicht noch tiefer verletzen. Sein Groll gegen sie war lächerlich. Er hatte Mary erzählt, dass er dem Mann vergeben habe, der das Auto gefahren hatte, mit dem sie zusammengestoßen waren. Warum konnte Luke also nicht auch seiner eigenen Schwester vergeben? Sie hatte allmählich die Nase voll von ihrem Bruder. Er hatte viel zu viel Ähnlichkeit mit ihrem Vater – er war nett zu den Menschen, mit denen er einverstanden war, und wütend und fordernd gegenüber denen, mit denen er nicht einverstanden war.

Die Sehnsucht, mit jemandem zu sprechen, der sie wirklich kannte, keimte in ihrem Herzen auf. Sie musste Paul anrufen, selbst wenn Luke hier auf dem Hof war. Vielleicht war jetzt der beste Zeitpunkt dafür, während alle dachten, sie versorge die Tiere. Hannah beeilte sich mit dem Pferd, damit sie sich hinter dem Stall zum Telefon schleichen könnte. Wenn sie nur seine Stimme hörte, könnte sie es bis Weihnachten aushalten.

Während sie Futter in einen Trog schüttete, bemerkte sie John Yoders Pferd. Die Männer und Jungen der Yoders mussten also von der Jagd und von der Schule zurückgekehrt sein, während sie auf dem Eshhof war. Ihr Magen knurrte. Die Zeit für das Abendessen war schon vorbei, und sie hatte nicht einmal ein Mittagessen gehabt.

Sie drehte die Petroleumlampe aus und schloss die Stalltür hinter sich. Während sie unter dem Dachvorsprung des Stalls stand, überlegte sie sich den besten Weg zum Telefon, ohne dass jemand sie sehen würde. Nachdem sie sich für einen Weg entschieden hatte, der hinter den Bäumen und Büschen verlief, begann sie zu laufen.

Zitternd vor Aufregung und wegen des kalten Regens riss Hannah die Hüttentür auf. Sie wählte die Nummer der Auskunft und bat um die Telefonnummer von Edgar Waddell, Großmutters verstorbenem Mann. Mit Hilfe des Stiftes und des Papiers, die neben dem Telefon lagen, hatte Hannah bald die Nummer in der Hand. In der modernen Welt gab es Dinge, die ihr wirklich gefielen. Zum ersten Mal in ihrem Leben spürte sie so etwas wie Triumph, als sie Mrs Waddells Nummer wählte.

Als jemand das Telefon abhob, war sie sicher, dass es Paul sein müsste.

„Hallo", meldete sich seine Großmutter.

Es tat gut, die Stimme der Frau zu hören. „Hallo, Großmutter Waddell. Hier ist Hannah. Die Yoders haben ein Telefon, und … ist … ist Paul da?"

„Nein, Liebes. Wahrscheinlich hat Becky dir gesagt, dass wir dort waren, aber er ist gefahren, sobald er mich hier abgesetzt hatte. Wie geht es dir denn?"

Hannah hatte Mühe, ihre Stimme zu finden, und murmelte ein paar Nettigkeiten, um die Frage zu beantworten, bevor sie sich verabschiedete und wieder auflegte.

Sie lehnte den Kopf an die Wand der kleinen Hütte und sehnte sich schmerzlich danach, Pauls Stimme zu hören.

Vor Traurigkeit und aufgrund der nassen Kleider, die an ihr klebten, zitterte Hannah am ganzen Körper. Sie schloss die Hüttentür hinter sich und lief um die Rückseite des Hauses. Jetzt regnete es nicht mehr so stark. Es nieselte nur noch.

Ihr Körper schmerzte nach den Ereignissen dieses Tages, und die Hoffnungslosigkeit in ihrem Herzen erhöhte ihren Schmerz noch mehr. Genauso wie die nassen Kleider an ihrem Körper klebten, hafteten die Schmerzen und das Leid der letzten Monate an ihrer Seele und zogen sie immer mehr in die Tiefe.

Sie hörte ein Auto, das ungefähr zehn Meter entfernt über die Teerstraße fuhr. Hannah eilte in den Schutz des Schattens. Eine Hupe ertönte kurz, und die Scheinwerfer leuchteten auf. Sie drehte sich um. Durch den Nieselregen und die Nacht hindurch sah sie ein altes, dunkelblaues Auto. Die Tür ging auf, und Paul sprang heraus. Er lief auf sie zu. Anscheinend hatte er sie entdeckt, bevor sie sich in den Schatten geflüchtet hatte. Bei seinem Anblick, als er in seiner

Jeans und in seinem Hemd auf sie zugelaufen kam, wollten ihre Knie unter ihr nachgeben. Sie lief den Hang hinab und warf die Arme um seinen Hals. Mit seinen starken Händen hob er sie vom Boden hoch und hielt sie fest.

Er drückte sein Gesicht in ihren Nacken und gab ihr sogar einen Kuss auf ihre kalte, feuchte Haut. Ihre Arme hielten ihn noch fester. *Oh, bitte, sag mir, dass ich nicht träume.*

Er stellte sie auf den Boden. Seine Hände bewegten sich zu ihrem Gesicht und streichelten es. Sie schaute ihn aufmerksam an und rechnete damit, dass er etwas sagen würde. Langsam zog ein Lächeln über seine angespannten Gesichtszüge, und sie hörte, wie er mühsam Luft holte. Er bewegte sein Gesicht nach unten, bis seine Lippen ihren Mund berührten. Etwas Warmes und Starkes durchflutete sie. Sie hatte keine Ahnung gehabt, dass sich ein Kuss so anfühlte. In dem verzweifelten Wunsch, den ganzen Schmerz, den ihre Familie ihr zugefügt hatte, zu begraben, ging sie ganz in Pauls Berührung auf. Sie küsste ihn und wollte nie wieder damit aufhören.

Erstaunen erfasste sie. Sie zog ihn näher heran und fuhr mit ihrer Hand über seinen Hinterkopf. Seine weichen, warmen, zärtlichen Lippen bewegten sich über ihren Mund, und Hannah machte das Gleiche bei ihm, bis sie glaubte, sie würden beide jeden Augenblick abheben und davonfliegen. Schließlich lösten sie sich voneinander, um Luft zu schnappen.

Paul legte die Hand auf seine Brust. „Wow." Er atmete tief ein. „Das habe ich so sehr gebraucht." Er schaute ihr tief in die Augen. Dann lächelte er. „Hallo."

Hannah biss sich auf die Unterlippe. Sie war zu aufgeregt und zu verlegen, um ihm in die Augen zu schauen. „Ich habe deine Großmutter angerufen. Sie sagte, du wärst schon wieder fort."

Er griff in seine Hosentasche. „Ich konnte nicht wegfahren, ohne noch ein letztes Mal zu versuchen, dir das zu geben." Er reichte ihr einen Brief. „Er erklärt alles Mögliche. Ich … es tut mir leid, aber ich kann an Weihnachten nicht hier sein. Aber am Tag vor Thanksgiving bin ich bei Großmutter. Das ist wahrscheinlich unsere einzige Chance bis zum Frühling. Bitte sag mir, dass du zu ihr kommen kannst."

Sie nahm den Brief aus seiner Hand und steckte ihn in ihre Schürze. Dann ergriff sie Pauls Hand. „Ich werde eine Möglichkeit finden."

Seine Lippen berührten erneut ihren Mund, und dann noch einmal und noch einmal. Plötzlich verstand sie den Wunsch einer Frau, sich ihrem Mann im Ehebett hinzugeben.

„Ich vermisse dich so sehr, Hannah. Du kannst dir gar nicht vorstellen, wie du mir fehlst." Er flüsterte diese Worte, während er ihren Hals küsste.

„Hannah?", übertönte eine tiefe Stimme das Donnerrollen in der Ferne.

Hannah fuhr zusammen und drehte den Kopf in die Richtung, aus der Matthews Stimme kam. Sie sah ihn nicht, was wahrscheinlich bedeutete, dass er sie auch nicht gesehen hatte. Sie schmiegte sich noch einen Moment an Pauls Brust und trat dann einen Schritt zurück. „Das ist Matthew", flüsterte sie. „Mary fragt wahrscheinlich nach mir. Ich muss gehen."

Frustration zog über Pauls Gesicht.

„Hannah!", rief Matthew wieder.

„Geh", flüsterte Paul und deutete mit dem Kopf zum *Daadi-Haus.* „Ich liebe dich."

„Immer und ewig, Paul", flüsterte Hannah. „Immer und ewig." Sie schob das Kinn leicht vor, als sie sich wieder ein wenig stärker fühlte. Dann biss sie sich auf die Unterlippe und zwinkerte ihm zu, bevor sie den matschigen Weg hinauftrottete.

Paul stieg in sein Auto. Er war völlig durchnässt, aber in einer ekstatischen Stimmung. Sein Herz pochte laut in seiner Brust. Er wollte nichts anderes, als die Augen schließen und die Freude über das, was gerade geschehen war, genießen. Er fuhr sich mit dem Daumen über die Lippen.

Wow.

Diese Begegnung war etwas, das er nie für möglich gehalten hätte, es sei denn, er träumte von ihrer Hochzeitsnacht. Aber selbst dann hätte er eine solche ungezügelte Leidenschaft bei Hannah nicht erwartet.

Da er nicht vor dem Yoderhaus vorbeifahren wollte, legte er den Rückwärtsgang ein. Endlich hatten seine wochenlangen Planungen Früchte gebracht. Gerade als er kurz davor gestanden war, vor Frustration alles aufzugeben, war es zu der erstaunlichsten Begegnung seines ganzen Lebens gekommen. Paul holte tief Luft und war fest entschlossen, sich immer an diese kurzen Momente zu erinnern, wenn die Mutlosigkeit versuchte, ihm seine Zuversicht auf eine gemeinsame Zukunft mit Hannah zu rauben. In Gedanken noch ganz bei dieser Begegnung, steuerte er das Auto rückwärts auf eine Straße links von ihm und fuhr dann vorwärts weiter.

Jedes Mal, wenn er daran gedacht hatte, Hannah an Thanksgiving zu sehen, hatte er gehofft, er könnte ihr wenigstens einen Kuss auf die Wange geben, vielleicht sogar kurz ihre Lippen berühren. Aber das, was gerade passiert war … Diese Begegnung war tausendmal besser gewesen als die tränenreiche, verwirrende Szene im Krankenhaus. Es war schon seltsam: Er war in der Erwartung auf eine herzliche Begrüßung zum Krankenhaus gefahren und hatte stattdessen eine überlastete, weinende, verwirrte Hannah vorgefunden. Heute Nachmittag hatte er sich darauf gefreut, ihr den Brief zuzustecken und ihr von der anderen Seite des Raumes in die Augen zu schauen. Er war wieder bitter enttäuscht worden. Aber heute Abend war er hierhergefahren und hatte nur noch gehofft, eine Möglichkeit zu finden, ihr seinen Brief zu geben oder durch ein Fenster einen Blick auf sie zu erhaschen. Was er bekommen hatte, war viel, viel mehr gewesen, als er sich je erhofft hätte.

Das Leben – es ist sonderbar.

Wenn Hannah es jetzt noch bewerkstelligen könnte, nächste Woche zu seiner Großmutter zu kommen, könnten sie einen ganzen Tag miteinander verbringen, bevor sie bis zu seinen Frühlingsferien oder vielleicht sogar bis zu seinem Studienabschluss wieder voneinander getrennt wären.

Paul sinnierte über die Situation mit Hannahs Vater nach. Keinem Vater gefiel der Gedanke, dass sein Kind, besonders seine Tochter, sich für etwas anderes entschied als das, was ihr Vater für sie beabsichtigte. Aber Mr Lapp könnte sich doch sicher an diesen Gedanken gewöhnen.

Kapitel 22

Hannah steckte ihre Nähnadel in das kleine Tomatenkissen und schüttelte die Hände aus, um die Durchblutung in ihren Händen wieder zu verbessern. Während sie Samuels Hemd auf den fertigen Stoß legte, dachte sie über die ganze Arbeit nach, die sie für ihre Familie geschafft hatte, seit sie im Haus von Marys Großmutter wohnte. Seit Paul sie kurz besucht hatte, hatte sie noch mehr als sonst gearbeitet. Sie hatte Kuchen und Brot gebacken und die Sachen mit Luke nach Hause geschickt. Im Gegenzug hatte er ihr Berge von Flickwäsche gebracht, und sie hatte jede freie Minute daran gesessen. Sie stand immer lange vor Tagesanbruch auf und erledigte alles, was die Yoders brauchten, noch bevor sie sie darum bitten mussten, und war fest entschlossen, sich das Recht zu erarbeiten, am Tag vor Thanksgiving zu Mrs Waddell gehen zu dürfen.

Heute war der Tag, an dem sie um die Erlaubnis zu diesem Besuch bitten würde. Ihre Eltern würden heute mit der ganzen Familie nach dem Gottesdienst zu Mary kommen.

Nur mit Hilfe eines Stockes humpelte Mary ins Zimmer. Ihr Gang war langsam und ein wenig unsicher. Ihre Augen zogen sich zusammen, als sie zum Nähkorb und dem Wäschestoß deutete. „An einem Sonntag?“

In Hannah regten sich leichte Schuldgefühle. „Da außer uns alle in der Kirche sind, war es ein guter Zeitpunkt, um das zu erledigen. Ich hatte die Füße hochgelegt und hatte keinen Stress.“

Mary schmunzelte. „Du und entspannen? Kannst du das überhaupt?“

Das Knarren von Einspännerrädern und der Klang von Stimmen kündigten an, dass die Familien aus der Kirche zurückkamen. Hannah nahm ihre Schere und ihr Nadelkissen und steckte alles in den Nähkorb. Dann stapelte sie die geflickten Sachen oben darauf und eilte ins Schlafzimmer, wo sie die Beweise für ihre Sonntagsarbeit in einer Ecke versteckte.

Als ihre Eltern Annie Yoders Haus betraten, erzählten sie, dass Sarah mit Edna von der Kirche nach Hause gefahren sei. Sie war die Einzige aus der Familie, die Mary heute nicht besuchen kam. Wenigstens zeigte das Mädchen ein bisschen gesunden Menschenverstand. Solange sie sich nicht entschuldigte und die Gerüchte, die sie verbreitet hatte, zurücknahm, wollte Mary bestimmt nichts mit ihr zu tun haben.

Als sie mit dem Mittagessen fertig waren und der Tisch abgeräumt war, befand sich Hannah mit ihren Eltern allein in der Küche. Dieser seltene ruhige Augenblick war die Gelegenheit, auf die sie gehofft hatte. *Daed* ließ sich Zeit mit seiner Tasse Kaffee, und *Mamm* schaute ihm zu. Der Rest der Familie spielte nebenan im Wohnzimmer Brettspiele. Hannah tauchte das letzte Geschirr in das warme Spülwasser und ließ es darin liegen, da sie wusste, dass ihr Vater wollte, dass sie das Geschirr erst nach Sonnenuntergang spülte.

Als sie sich umdrehte, hatten ihre Eltern die Köpfe zusammengesteckt und flüsterten miteinander. Sie fragte sich, ob sie über Tante Zabeth sprachen. Vielleicht dachten sie, Hannah sei alt genug, um etwas über die Tante zu erfahren, deren Existenz sie vor Monaten entdeckt hatte.

Ihr Gespräch brach ab, als sie bemerkten, dass Hannah sie anschaute. Sie schüttelten beide leicht den Kopf und gaben ihr damit zu verstehen, dass sie keine Fragen stellen sollte. Auch gut. Sie wollte sowieso über etwas anderes mit ihnen sprechen.

Sie trocknete sich die Hände an einem Geschirrtuch ab und atmete tief ein. „*Mamm, Daed,* ich wollte euch etwas fragen … Ich helfe Mrs Waddell doch immer vor Thanksgiving beim Kochen. Sie packt dann alles in Kühltaschen und fährt an Thanksgiving ganz früh am Morgen zur Familie ihres Sohnes nach Maryland." Sie hielt den Atem an und wartete auf ihre Reaktion. Hannahs Erklärung von Mrs Waddells Thanksgivingtradition entsprach nicht hundertprozentig der Wahrheit, aber sie kam ihr ziemlich nahe. Wenn ihre Eltern wüssten, dass in den letzten zwei Jahren Paul ihr bei dieser Arbeit geholfen hatte, bevor er seine Großmutter für das Wochenende nach

Maryland mitgenommen hatte, hätte Hannah mit ihrer Bitte überhaupt keine Chance.

Eine Mischung aus Triumph und Überraschung spielte sich in den Mienen ihrer Eltern. Hannah hatte das dumpfe Gefühl, in eine Falle getappt zu sein. Ihre Mutter nickte ihrem Vater leicht zu. Er drehte die Kaffeetasse in seiner Hand. „Wenn … wenn du vorher etwas für deine Mutter tust, erlauben wir es dir."

Sie trat zu einem Stuhl. „Was soll ich tun?"

Daed schob die Tasse von sich weg. „Wir wollen, dass du auf dem Weg zu Mrs Waddell bei uns vorbeikommst." Seine Augen wanderten zum Gesicht seiner Frau. Ein unbehaglicher Blick trat jetzt an die Stelle der siegessicheren Mienen, die noch vor einigen Momenten in ihren Gesichtern zu sehen gewesen waren.

„Einverstanden." Das Wort kam langsam aus ihrem Mund. „Aber warum?"

Ihr Vater zuckte die Achseln und schaute auf die Tischplatte. „Könntest du tun, was wir sagen, ohne uns mit Fragen zu nerven?"

Hannah schaute ihre Mutter an, die mit ihrem Blick ein Loch in die Tischplatte bohrte. Was wollten die beiden? Was es auch war, sie wollten nicht darüber sprechen, solange die übrige Familie im Zimmer nebenan war. Aus ihren knappen Antworten schloss sie, dass es etwas war, von dem sie genau wussten, dass Hannah dagegen wäre. Höchstwahrscheinlich hatten sie von der Kluft zwischen ihr und Sarah gehört und beabsichtigten, sie zu zwingen, den Streit zu beenden.

Aber es spielte eigentlich keine Rolle, welche Pläne sie hatten. Sie waren ihre Eltern, und Hannah müsste tun, was sie wollten. Andernfalls bekäme sie keinen Tag bei Großmutter Waddell mit Paul.

Samuel kam mit Marys siebenjährigem Bruder Robert ins Zimmer gelaufen. Der neunjährige Jesse verfolgte und ärgerte die beiden mit einem Spucktuch vom Säugling ihres ältesten Bruders. Der Geräuschpegel im Raum wurde schlagartig höher.

Hannah stand von ihrem Stuhl auf. Ihre Eltern beobachteten jede ihrer Bewegungen. Ihr Unbehagen wurde immer größer. Aber es war egal, was sie von ihr verlangen wollten. Ihr war kein Preis zu hoch, um Paul sehen zu dürfen.

Hannah öffnete die Augen. Sie warf die Decke zurück und sprang aus dem Bett. Heute würde sie Paul sehen. Mit schnellen Bewegungen machte sie sich so leise wie möglich in dem dunklen, kalten Zimmer für den Tag fertig. Hannah ließ Mary schlafen und huschte aus der Tür und begab sich zum Stall.

Der Tag vor Thanksgiving begann mit einer kalten und wolkenverhangenen Morgendämmerung. Als der Himmel anfing, ein fahles Licht auszustrahlen, hatte Hannah schon John Yoders Pferd an einen Einspänner gespannt. Nach einem schnellen Besuch bei ihren Eltern würde sie endlich zu Mrs Waddell fahren. Mit ihrem kostbaren Anatomiebuch, das sie Paul unbedingt zeigen wollte, auf dem Sitz neben sich ließ sie die Zügel leicht schnalzen.

Doch bevor sie überhaupt den Stall der Yoders verlassen konnte, erblickte sie Matthew Esh, der einige Kühe zusammentrieb. Als sie seinen Namen rief und fragte, was los sei, antwortete er, dass einer seiner Brüder das Gatter offengelassen habe. Ausgebrochene Kühe waren eine Gefahr für Autofahrer. Hannah spannte den Einspänner wieder aus. Sie brachte das Pferd in seine Box zurück und half dann, die Kühe wieder auf das Land der Eshs zurückzutreiben.

Bald gesellten sich Marys Vater, vier von Marys Brüdern und Matthews Brüder zu ihnen. Gemeinsam gelang es ihnen, die dummen Kühe dorthin zurückzutreiben, wohin sie gehörten. Nachdem sie und Matthew die letzten zwei Kühe zurückgebracht hatten, gingen sie ins Haus seiner Eltern, um etwas zu trinken. Matthew entschuldigte sich dafür, dass er ihren Morgen durcheinandergebracht hatte, dann heizte er Ziegelsteine für ihre Füße auf und spannte seinen wärmsten Einspänner für sie an. Als sie sagte, dass sie ihr Buch aus dem anderen Einspänner brauche, schickte er Peter los, um es zu holen.

Als Peter zurückkehrte, stellte Hannah bestürzt fest, wie viel Zeit schon vergangen war. Aber weder der späte Start noch der bewölkte Himmel konnten ihre Freude trüben. Sie ließ die Zügel schnalzen und trieb das Pferd an, schneller zu laufen. Obwohl sie immer noch nicht wusste, was ihre Eltern wollten, war Hannah fest entschlossen, es schnell hinter sich zu bringen – selbst wenn sie sich bei Sarah für Dinge entschuldigen müsste, an denen sie nicht schuld war.

Das Pferd lief für Hannahs Geschmack viel zu langsam. Sie legte die Hand auf den Einband des Anatomiebuchs, das auf dem Sitz neben ihr lag, und freute sich darauf, es heute mit Paul anzuschauen, wenn dafür Zeit bliebe. Sie verstand jetzt so viel mehr als im letzten Sommer, als er ihr aus seinen Büchern einiges beigebracht hatte.

Als Hannah sich ihrem Elternhaus näherte, sah sie ihre Mutter am Straßenrand stehen. Überrascht zog sie an den Zügeln und brachte den Einspänner zum Stehen. Dann öffnete sie die Tür. „Ein bisschen kalt hier draußen, oder?"

Mamm strich über etwas, das sie in ihrer Schürze hatte, und ging, ohne ein Wort zu sagen, zur Beifahrerseite des Einspänners herum. Hannah beschloss, ihrer Mutter keinen Anlass für eine Diskussion zu geben, und schob das Buch unter den Sitz.

Mamm stieg ein und legte ihr Tuch enger um sich. „Ich muss dich etwas fragen."

Hannah schnalzte mit der Zunge, und das Pferd trabte los. „Was?"

„Etwas lässt mir keine Ruhe. Ich habe letzte Woche davon geträumt, und … also, Hannah, hattest du seit jenem Vorfall deine Tage?"

Hannahs Kehle war plötzlich wie zugeschnürt. Darüber wollte sie nicht nachdenken. Niemals, und heute schon gleich gar nicht. Sie schüttelte den Kopf. „Aber Mary hatte sie seit ihrem Unfall auch nicht. Dr. Greenfield sagte, ein Schock könne bei Frauen so etwas auslösen."

Mamm griff in ihre Schürzentasche und zog eine kleine, rechteckige Schachtel heraus. „Befolge die Anweisungen auf der Rückseite der Packung."

„Was ist das?"

Ihre Mutter holte tief Luft. „Das ist ein Schwangerschaftstest."

Vor Hannahs Augen verschwamm alles. „*Mamm*, nein. Ich bin nicht … ich bin nicht schwanger."

„Es ist drei Monate her, Kind. Höchste Zeit, Klarheit zu bekommen."

Allein schon dieser Gedanke brachte Hannah völlig aus der Fassung. Sie sagte kein Wort.

Daed kam aus dem Haus. Er sah ebenfalls beunruhigt aus, als er zum Einspänner kam und Hannahs Tür öffnete. Sie hatten sie in die Ecke gedrängt. Sie müsste sich fügen, wenn sie Paul heute sehen wollte, aber wenn der Test positiv ausfiele, könnte sie ihm nicht unter die Augen treten. Kein Wunder, dass ihre Eltern bei Hannahs Bitte, zu Mrs Waddell gehen zu dürfen, triumphiert hatten. Denn das bedeutete, dass sie ohne Widerrede den Test machen würde.

Sie fühlte sich so machtlos. Selbst wenn der Test positiv wäre, könnte sie ihr Versprechen nicht brechen, das sie Großmutter Waddell gegeben hatte, und müsste heute zu ihr kommen, um ihr zu helfen. Damit rechneten ihre Eltern anscheinend.

Hannah verschränkte die Arme vor sich. In ihr rebellierte alles. Am liebsten wäre sie auf die beiden losgegangen und hätte ihnen an den Kopf geworfen, wie berechnend und gemein sie waren.

„Das ist doch lächerlich", entfuhr es Hannah, der es im Moment egal war, ob sie ihren Eltern widersprach. Aber das Beängstigende war, dass ihre Forderung alles andere als lächerlich war. So sehr sie es auch leugnen wollte, dass sie möglicherweise ein Kind erwartete, stellte sie Veränderungen an ihrem Körper fest, mit denen sie nie gerechnet hätte. Ihr Kinn hob sich leicht nach oben, und ihre Schultern wurden steif.

Mamm hielt ihr die Schachtel hin. „Nimm das."

Hannah nahm die Schachtel. „Ich bin nicht schwanger."

Ihr Vater hielt ihr die Tür auf und bedeutete Hannah, aus dem Wagen zu steigen. „Komm. Geh mit mir ein Stück spazieren." Er sagte das mit der freundlichen, liebevollen Stimme, die sie aus ihrer Kindheit kannte.

Mit der eckigen Schachtel in der Hand folgte Hannah ihm den Hang hinauf zu derselben Bank, auf die sie sich nach ihrem Überfall gesetzt hatten. Die gleichen wütenden und verwirrten Gefühle ergriffen sie. *Daed* setzte sich auf die Bank und deutete auf den Platz an seiner Seite. Er nahm ihre Hand. „Hannah, du bist meine Tochter. Egal, was kommt, ich werde mich um dich kümmern."

Oh, Gott, ich will nicht schwanger sein. Bitte.

Was ist das für ein unsinniges Gebet, stellte sie fest. Entweder war sie schwanger, oder sie war nicht schwanger. Wenn sie jetzt Gott etwas vorjammerte, würde sich an diesem Umstand nichts ändern.

Und auch nicht, wenn sie die Augen vor der Realität verschloss. Aber sie wollte es nicht wissen. Nicht heute. Nicht an ihrem letzten Tag mit Paul bis zum Frühling.

Sie blinzelte und versuchte wieder klar sehen zu können und die Anweisungen für den Schwangerschaftstest zu lesen. „Ich mache es", sagte sie mit knirschenden Zähnen. „Aber ich bleibe nicht hier, bis das Ergebnis feststeht."

Hannah zog an den Zügeln und brachte das Pferd dazu, im Schneckentempo zu laufen, um Zeit zu gewinnen und ihr Zittern wieder ein wenig in den Griff zu bekommen. Als Mrs Waddells Hof vor ihren Augen auftauchte, sah Hannah Pauls Auto in der Auffahrt stehen.

Sie zog am rechten Zügel und lenkte das Pferd hinter das Auto. Paul kam heraus, noch bevor er den Einspänner hatte hören können. Er winkte. Sein Gesicht strahlte.

In diesem Moment fasste sie einen Entschluss: Sie würde nicht zusammenbrechen. Nicht heute. Wenn sie wieder nach Hause käme, würde sie bestimmt erfahren, dass der Schwangerschaftstest ein negatives Ergebnis anzeigte und sie nicht schwanger war.

Während sie den Wagen näher zum Stall lenkte, ging Paul neben ihr her. Sobald sie im Stall waren, zog sie an den Zügeln und legte die Bremse ein. Paul öffnete die Wagentür und hielt ihr die Hand hin. „Ich habe mir schon Sorgen gemacht, dass du vielleicht nicht kommen könntest."

Sie holte das Buch unter ihrem Sitz hervor und ergriff seine Hand. „Die Kühe der Eshs waren ausgebrochen."

Sobald ihre Füße auf dem Boden landeten, drückte Paul sie in einer liebevollen Umarmung an sich. „Du zitterst ja." Er ließ sie los und schaute sie mitfühlend an. „Geh ins Haus und wärme dich auf. Ich versorge das Pferd. Vielleicht haben wir später ein wenig Zeit, um allein miteinander zu reden, wenn Großmutter einen Mittagsschlaf macht."

Hannah hielt ihm das Buch hin. „Das habe ich von einem Arzt im Krankenhaus bekommen. Ich will dir unbedingt zeigen, was alles in dem Buch steht."

Paul schmunzelte. „Du und deine Liebe zu wissenschaftlichen Büchern."

Sie schaute durch die offene Stalltür auf den grauen Himmel. „Die Luft riecht nach Schnee, *jah?*"

Paul löste die Führstricke des Pferdes vom Einspänner. „Es ist schwer zu glauben, dass es schon so früh im Jahr schneien soll, aber heute könnte tatsächlich Schnee fallen." Er deutete zum Haus. „Geh hinein."

Obwohl sie so schnell wie möglich in ein warmes Haus kommen wollte, fehlte Hannah die Energie, um schnell über den Hof zu laufen.

Ohne zu klopfen, öffnete sie die Hintertür und ging ins Haus, wie sie das immer tat. Großmutter Waddell stand am Küchenofen und rührte etwas in einem Topf um. Die vielen wunderbaren Gerüche verrieten Hannah, dass Pauls Großmutter bereits angefangen hatte, für das morgige Festessen zu kochen.

„Hannah." Großmutter klopfte den Kochlöffel an die Seite des Topfes, um ihn von dem tropfenden Brei zu befreien, bevor sie ihn auf einen kleinen Teller legte.

Hannah legte das Anatomiebuch auf den Eichentisch, durchquerte die Küche und umarmte Pauls Großmutter. Diese Umarmung tat Hannah unbeschreiblich gut. Sie hatte Großmutter sehr vermisst – nicht so sehr, wie sie Paul vermisst hatte, aber die Trennung von seiner Großmutter war trotzdem sehr schmerzlich gewesen.

Paul war immer so eng mit Hannahs Wunsch, hierherzukommen, verbunden, dass Hannah nicht bewusst gewesen war, wie sehr sie diese Frau liebte. Selbst in den langen Wintermonaten, in denen Paul nicht oft zu Besuch kommen konnte, war Hannah immer mit der Erwartung, Briefe zu bekommen und ihm selbst welche zu schicken, zu Großmutter Waddell gekommen. Aber jetzt, da sie und die alte Frau sich herzlich umarmten und damit die Monate der Trennung auslöschten, erkannte Hannah, dass sie Pauls Großmutter um ihrer selbst liebte.

„Du zitterst ja wie Espenlaub, mein Kind." Großmutter ließ sie los. „Paul hat für dich Feuer im Kamin gemacht, und ich habe frischen Kaffee gekocht."

Hannah drehte sich zum großen Kamin herum. „Für mich keinen

Kaffee. Danke." Das Wohnzimmer, das abwechselnd in einem bernsteinfarbenen und gelbbraunen Licht funkelte und die tanzenden Flammen widerspiegelte, vertrieb die erdrückenden Ängste, die der Grund für ihr Zittern gewesen waren. Sie liebte das knisternde Feuer in einem offenen Kaminofen. Es wärmte ein Haus viel mehr als ein Gas-, Öl- oder ein Holzofen. Während sie zu den tanzenden Flammen schlenderte, erinnerte sie sich an die Jahre, in denen sie in diesem Raum mit Paul und seiner Großmutter gearbeitet, gespielt und die beiden lieb gewonnen hatte.

Bald würden sie ein gemeinsames Leben beginnen, und nichts könnte sie wieder auseinanderbringen. Vielleicht könnten sie und Paul, wenn sie verheiratet waren, sich sogar hier auf diesem Grundstück ein Haus bauen. Dann könnte sie immer für seine Großmutter da sein.

Als sie eine Diele knarren hörte, drehte sie sich um. Ihr stockte der Atem.

Paul.

Er lehnte lächelnd mit der Schulter am Türrahmen und sah entspannt und zuversichtlich aus. Sie wusste nicht, wie lang er schon dort gestanden war, während sie in den Erinnerungen an ihre gemeinsame Vergangenheit und in den Träumen an ihre gemeinsame Zukunft versunken gewesen war. Während sie einige Meter voneinander entfernt standen und sich anschauten, wurden ihre Träume an eine Zukunft mit ihm immer realer. Ein warmes Zuhause, Kinder, der Duft von gutem Essen, und eine so starke Liebe, dass nichts sie zerstören konnte – das wünschte sie sich für ihre Zukunft.

Er hielt ihr eine dampfende Tasse hin. „Großmutter sagte, du trinkst heute Morgen keinen Kaffee."

„Dr. Greenfield, der Mann, der mir das Buch geschenkt hat, das ich mitgebracht habe, meinte, ich sei zu jung für Kaffee."

„Oh." Paul zuckte die Achseln und nahm einen Schluck von dem dampfenden Gebräu. „Ich glaube, wenn er wüsste, wie schwer du immer arbeitest und wie gut eine Tasse Kaffee an einem kalten Morgen tut, würde er das nicht mehr sagen." Er rieb sich das Kinn. „Auf dem Boden des Wagens waren Ziegelsteine. Habe ich irgendetwas nicht mitgekriegt?"

Hannah löste die Schleife an ihrem Winterhut und nahm den Hut ab. „Ich dachte, du stammst von Mennoniten der Alten Ordnung ab. Dann müsstest du doch wissen, wozu man Ziegelsteine im Winter benutzt?" Während sie leichtfüßig in die Küche lief, stieß sie ihn verspielt an die Schulter.

Großmutter holte ein paar grüne Äpfel vom Schrank. „Da hat sie recht, Paul."

Paul schüttelte den Kopf. „Die Mennoniten der Alten Ordnung in meiner Verwandtschaft sind so weit entfernt, dass man einen Ahnenforscher bräuchte, um sie zu finden."

„Die Ziegelsteine speichern die Wärme und halten die Füße warm. Matthew hat die Steine in den Wagen gelegt, als er für mich das Pferd anspannte." Hannah stellte einen Kessel mit Wasser auf den Ofen. „Großmutter, hast du eine Liste mit allem, was wir heute kochen?"

Großmutter zog ein langes, dünnes Blatt Papier aus ihrer Schürzentasche.

„Matthew?", knurrte Paul. „Wie kommt es, dass sein Name in letzter Zeit in jedem Gespräch auftaucht?"

Hannah nahm die Liste und las sie durch. „Das ist mir nicht aufgefallen. Großmutter, ist das eine Drei oder eine Fünf neben den Butternuss-Kürbis-Strudeln?"

Großmutter stellte einen Mehlsack auf den Tisch. „Fünf. Hazel, Pauls Mutter, hat zu Thanksgiving die ganze Verwandtschaft eingeladen. Und auch die Millers." Großmutter drehte sich um, um auf dem Ofen einen Topf mit Suppe umzurühren. „Paul hat dir doch sicher von den Millers erzählt. Er und Dorcas kennen sich sehr gut."

Hannah schaute Paul an. Er verdrehte die Augen. „Die Millers und meine Eltern kennen sich sehr gut. Dorcas ist eine ihrer Töchter."

Eine sonderbare Unruhe regte sich in Hannahs Herz, aber da war noch etwas anderes. So etwas wie Groll stieg in ihr auf. Es störte sie nicht so sehr, dass er mit einem Mädchen befreundet war. Was sie störte, war die Erkenntnis, dass sie ihn nie in seinem Alltag erleben würde – und Dorcas schon.

Kapitel 23

Paul blätterte in den Seiten des Anatomiebuches, das Hannah mitgebracht hatte, ohne viel von dem Inhalt zu erfassen. Was ihm jedoch auffiel, war die lange Liste mit Telefonnummern, die der Arzt auf die Innenseite des Buchdeckels geschrieben hatte. Er fand das ein wenig sonderbar, aber anscheinend hatte der Mann gedacht, das Buch sei der beste Platz für die Nummern, die Hannah bräuchte, falls sie wegen Mary irgendwann anrufen müsste. Er hörte, wie Hannah leise die Treppe herabkam. Er klappte das Buch zu. Wenn seine Großmutter einen Mittagsschlaf machte, wie sie erklärt hatte, hätten er und Hannah ein paar Stunden für sich. Hannah kam auf Zehenspitzen in die Küche.

Paul stand auf. „Schläft sie?"

Hannah trat zum Ofen, um nach einem Nussstrudel zu schauen. „Fast. Sie wollte alles über Lukes und Marys Unfall hören und hat sich erkundigt, wie es den beiden jetzt geht. Wir haben uns lange unterhalten, bevor sie schläfrig wurde."

Er reichte ihr zwei Topflappen. „Hannah, wegen Großmutters Bemerkung: Dorcas ist eine Freundin der Familie, weil ihre Mutter und meine Mutter gute Freundinnen sind. Ende der Geschichte."

Während sie den Strudel zum Abkühlen auf das Gitter stellte, schaute Hannah ihn mit ihren braunen Augen offen an. „Ich habe nie etwas anderes gedacht. Die Mädchen bei dir an der Uni haben mich in den letzten Jahren ein wenig nervös gemacht, aber …" Sie holte kalten Aufschnitt aus dem Kühlschrank. „Das war wahrscheinlich zu erwarten." Sie schnitt einen Laib Brot an und machte zwei belegte Brote.

Paul öffnete den Spieleschrank und zog Scrabble heraus. Mehr als alles andere liebte er es, mit ihr Brettspiele zu spielen … abgesehen von den Küssen, die er letzte Woche von ihr bekommen hatte. Das versetzte ihn immer noch in Erstaunen, und er hätte nichts gegen eine Wiederholung einzuwenden. Aber wenn sie spielten, unterhielten sie sich immer über alles Mögliche. Dadurch wuchs ihre Beziehung enger zusammen, und dieses enge Band zu ihr war so wunderbar, dass er noch lange davon zehren konnte, wenn sie wieder getrennt waren.

Er gab es nur ungern zu, aber sein Bedürfnis nach ausgiebigen Gesprächen war größer als Hannahs. Anscheinend hatte der Wunsch nach langen, offenen Gesprächen in der Familie, in der Hannah aufgewachsen war, keinen Platz. Aber ob es nun an ihrer Erziehung oder an etwas anderem lag, es ließ sich nicht leugnen, dass Hannah die Ereignisse in ihrem Leben lieber in ihrem Herzen vergrub, als darüber zu sprechen. Jedes Mal, wenn sie zusammen waren, musste er sie erst geduldig aus ihrem Schneckenhaus herausholen, bis sie bereit war, offen über das zu sprechen, was sie bewegte, und ihn an ihren Gedanken teilhaben ließ. Ein Nachmittag, an dem er sich offen mit ihr unterhalten konnte, gab ihm Kraft für die nächsten Monate.

Sie reichte ihm einen Teller mit einem belegten Brot und eine Schale mit Obst. Dann stellte sie noch eine Dose Fertigsahne neben das Scrabblebrett auf den Küchentisch. Er drückte auf den Knopf der Dose und verteilte die Schlagsahne auf seinem Obst. Dann legte er zwei Buchstaben auf das Spielbrett und fragte sich kurz, ob ein so kurzes Wort überhaupt erlaubt war, aber dann beschloss er, dass das keine Rolle spielte, da sie ohnehin nach ihren eigenen Regeln spielten.

Sie runzelte die Stirn. „Ya?“

„Das ist ein Wort.“ Er beugte sich vor, um die Zahlen auf den quadratischen Holzplättchen zu lesen. „Und bringt elf Punkte.“

Ihre Augen funkelten belustigt. „So, so, Paul Waddell. Und was kommt als Nächstes? YaMama?“

Paul lachte. „Das ist kein Wort. Das weißt du genau.“

Sie schaute die sieben Buchstaben an, die er ihr gegeben hatte, und seufzte. „Schummelst du schon wieder?“

„Hannah“, tadelte er sie im Spaß.

Sie schob ihre Buchstaben herum und schaute sie stirnrunzelnd an. „Ja, ich weiß, ich weiß, du brauchst nicht schummeln, um zu verlieren. Das schaffst du auch so.“

Paul musste laut lachen. „Ich glaube, das hast du falsch verstanden."

Hannah zog eine Braue in die Höhe. „Ich glaube, das habe ich genau richtig verstanden." Sie schüttelte den Kopf. „Jetzt schauen wir einmal. H, E, E, A, E, A, P. Wie soll ich so viele Vokale auf einmal unterbringen?"

„Das schaffst du bestimmt. Auch ein blindes Huhn findet mal ein Korn."

Sie legte ein A und ein H unter das Y. „Das sind neun Punkte, du Genie."

„Das ist kein Wort."

„Yah. Und ob das ein Wort ist! Wenn du *Ya* statt *Ja* schreibst, darf ich das auch."

Er schüttelte den Kopf. „Das sind null Punkte für dich, liebe Frau."

„Du meinst *liewe Fraa.*"

„Wie bitte?"

„Liebe Frau heißt in Pennsylvania Dutch *liewe Fraa.* Natürlich bedeutet *Fraa* auch ‚Ehefrau', aber …"

„Ach so, *Yah* ist also ein amisches Wort."

„Ganz genau, guter Mann."

„Verstehe, meine *liewe Fraa.*"

„Jah, liewe Dummkopp Buhnesupp."

„Hey, das Wort *dumm* habe ich verstanden."

Hannah legte sich die Hand auf den Mund, während ihre Augen ihn verschmitzt anlachten. „Es muss nicht unbedingt *dumm* heißen. Es kann auch *bekloppt* oder *einfältig* heißen."

Er versuchte, sie böse anzuschauen, aber aus ihren Augen sprach eine solche Freude, dass er nicht einmal so tun konnte, als würde er sich ärgern. „Ich habe keine Ahnung, warum ich glaube, ich könnte dieses Spiel gewinnen. Und was bedeutet jetzt das andere Wort, das du gesagt hast?"

„Du meinst *Buhnesupp?*"

„Genau, das meine ich."

„Bohnensuppe."

„Du hast mich also deine liebe, dumme Bohnensuppe genannt?" Er versuchte sie streng anzuschauen, während sie so sehr lachen musste, dass sie sich die Hand vor das Gesicht hielt. Er betrachtete seine Buchstaben und versuchte sich etwas auszudenken, das sie noch mehr zum Lachen bringen würde. Er legte zwei Os hinter ihr Yah.

Sie runzelte die Stirn. „Yahoo?“

„Yahoo ist eine Suchmachine, ein E-Mail-Programm, ein Chatroom. Yahoo bietet im Internet alles Mögliche an.“

Sie streichelte herablassend seine Hand. „So so, das Internet. Ist das wieder dein angeblicher Freund, von dem du sagst, er gebe dir Antworten auf Fragen, verschicke Briefe ohne Papier und könne Bilder ohne Film zeigen?“

Er zog seine Hand unter ihrer hervor und streichelte genauso herablassend ihre Hand. „Du musst mir auch einmal etwas glauben.“

„Ich weiß, dass das ein Wort ist. Ich glaube, du hast es vor einer Woche in die Nacht hinausgerufen, oder?“

Er war überrascht, dass sie die Küsse erwähnte, wenn auch sehr indirekt. Er erkannte immer mehr, dass dieses Mädchen voller Überraschungen steckte.

Paul beugte sich vor. „Ich kann mich nicht erinnern, dass ich es gerufen … oder auch nur geflüstert hätte. Aber wenn du mich wieder küsst, tue ich dir gern den Gefallen und rufe *yahoo.*“

Ihre Wangen nahmen eine herrliche rosa Farbe an. Sie hob die Dose mit der Schlagsahne.

Er schmunzelte. „Drohst du mir mit der Sahne? Ich weiß, dass du das nie tun würdest …“

Kalte Schlagsahne landete mitten in seinem Gesicht. Er keuchte und beugte sich über den Tisch, um sie festzuhalten. Sie sprang auf und rannte zur Hintertür hinaus. Er nahm den Sahnebehälter und verfolgte sie.

Sie sprang die Stufen hinab und über den Hof. Als sie sich umdrehte, sah er die Überraschung in ihrem Gesicht. „Schnee!“ Sie streckte die Hände zum Himmel hinauf und schaute zu, wie die federleichten, weißen Flocken nach unten schwebten.

„Schlagsahne“, erwiderte Paul. Er lief ihr nach.

Sie kreischte und wollte schnell davonlaufen. Er legte von hinten die Arme um sie und hielt sie fest. Sie lachte und kreischte gleichzeitig. Pauls Herz überschlug sich vor Freude. Sie waren füreinander geschaffen. Daran gab es keinen Zweifel. „Entschuldige dich, Hannah.“

Sie nickte. „Also gut. Einverstanden."

Er drückte ihren Rücken fester an seine Brust, hob sie vom Boden hoch und streichelte mit dem Mund ihren Nacken, bevor er ihr einen Kuss gab.

„Paul, bitte." Sie wand sich in seinen Armen.

Er ließ sie los, schüttelte den Behälter mit der Schlagsahne und richtete die Düse auf sie. „Sag es."

Ihr Lächeln verschwand. Sie senkte den Kopf und strich mit den Handflächen ihren Rock und ihre Schürze glatt. Plötzlich war sie total unterwürfig.

„Gespielte Unterwürfigkeit zählt nicht. Nicht bei mir." Er ergriff ihr Handgelenk.

Sie schaute ihn unschuldig an. „Aber ich spiele nicht. Ich bin ganz ernst." Sie holte tief Luft. *„Du kannscht net verschteh, Sitzschtupp Bobbeli."* Sie hob den Kopf und schaute ihn vollkommen demütig an.

Paul senkte die Dose und schaute sie an. Sie hatte die Worte ernst gemeint, egal, was sie bedeuteten. Er reichte ihr die Sahne. „Du hast gewonnen."

„Danke." Sie machte einen Knicks.

„Verrätst du mir, was du gesagt hast?"

Sie begann zu lachen, bespritzte ihn mit Sahne und lief eilig davon.

In weniger als zehn Sekunden hatte er sie eingeholt, ihren Arm gepackt und ihr die Sahne wieder abgenommen. Aber er wagte es nicht, sie zu bespritzen. Sie hatte nichts anderes zum Anziehen hier. „Ich bin tatsächlich darauf hereingefallen. Du bist hinterhältig geworden, seit ich fort war, *jah?"* Er benutzte seinen besten amischen Akzent.

Sie rutschte auf dem Schnee aus und fiel lachend auf die Knie.

Er half ihr wieder auf und zog sie an sich heran. „Was hast du zu mir gesagt, Hannah Lapp?"

Sie schaute ihm kühn in die Augen, was ihn erneut überraschte. „Ich habe gesagt: ‚Du kannst mich nicht verstehen, du Wohnzimmerbaby.'"

„Du hast mich *Wohnzimmerbaby* genannt? Und ich dachte, du hättest gesagt: ‚Vergib mir.' Das ist nicht fair."

Sie lächelte und schaute ihn mit leuchtenden Augen verliebt an.

„Ist das bei den Amisch eine übliche Beschimpfung?"

Sie grinste. „Ich habe das gerade erfunden, weil es so gut passt."

Paul lachte. „Danke."

Er legte die Arme um sie und schaute zu, wie ihr der Schnee ins Gesicht fiel. Langsam beugte er sich vor und berührte ihre Lippen mit einem zärtlichen Kuss. „Du bist unglaublich, Hannah. Jedes Mal, wenn ich ein paar Minuten mit dir verbringen kann, werde ich neu daran erinnert, wie erstaunlich du bist." Er streichelte liebevoll ihr Gesicht und schaute tief in ihre Seele.

Ihr Blick wanderte in die Ferne. „Ich würde ohne dich sterben, Paul."

Er zog sie näher an sich heran. „Mir geht es mit dir genauso."

Sie bewegte ihre Finger hinter seinen Kopf und zog sein Gesicht zu ihrem heran. Die Schneeflocken wirbelten um sie herum, während sich dieser wunderbare Moment tief in sein Herz brannte. Sie küssten sich, bis von ihren Gesichtern Dampf aufstieg und sich eine Dampfkrone über ihnen bildete. Sie war die einzige Frau, die es für ihn je geben konnte. Er würde nie vergessen, welche Freude sie heute miteinander hatten – selbst wenn er die Uni so satt hätte, dass er kein einziges Mal mehr in eine Vorlesung gehen wollte.

Sie könnten es schaffen, egal, ob sie in Owl's Perch oder in Maryland lebten. Wichtig war nur, dass sie zusammen waren und eine Chance bekamen. Seine Lippen bewegten sich über die kühle Haut auf ihren Wangen und fühlten die Feuchtigkeit der geschmolzenen Schneeflocken.

Paul blickte ihr tief in die Augen und nahm eine lose Strähne ihrer gewellten Haare in seine Handfläche. „Ich wusste nicht, dass deine Haare so …"

Sie zog eine Augenbraue in die Höhe. „… So *widerspenstig* sind, wolltest du bestimmt sagen. Es ist ein ständiger Kampf, sie zu zähmen."

Paul wickelte die weichen Locken um seinen Finger. „Genauso wie das Mädchen, dem diese Haare gehören?"

Sie zuckte die Achseln und senkte den Blick, aber er hatte trotzdem einen gewissen Trotz in ihren Augen aufflackern gesehen. Sie war in vielerlei Hinsicht ein Widerspruch in sich selbst: unterwürfig, aber trotzig, liebevoll, aber distanziert, sie gehörte zu ihm und

… doch wieder nicht. Manchmal, wenn die Nächte lang und still waren, machte er sich Sorgen, dass ihre unbestreitbare Schönheit dazu führen könnte, dass sie einen der jungen Männer in ihrer Gemeinde heiratete und er leer ausginge.

„Hannah." Er ließ ihre Haare los, legte die Hände auf ihre Schultern und schaute ihr direkt in die Augen. „Sei vorsichtig, wenn ich weg bin. Jede Menge Männer werden dich für sich haben wollen." Er fuhr mit den Handflächen über ihre Arme nach unten und ergriff ihre Hände. „Wie dieser Matthew, der überall auftaucht, wo du bist."

Sie schüttelte den Kopf. „Mit Matthew ist das etwas anderes."

Paul drückte ihre Hände und zwang sich zu einem Lächeln. Er konnte sich nicht vorstellen, dass es auf der Welt irgendeinen Mann gab, der sich nicht zu ihr hingezogen fühlte. „Ich vertraue dir. Das ist nicht das Problem. Es ist nur so … ich würde den Verstand verlieren, wenn sich jemand zwischen uns stellen würde. Du musst mit den Matthews dieser Welt vorsichtig sein. Sie hängen herum und warten auf …" Paul zog ihre Hände zu seinen Lippen. Der Blick in ihren Augen verriet ihm, dass er sie verwirrte. „Ich will nicht, dass du irgendetwas von dir einem anderen gibst, nicht dein Herz, nicht deine Träume und nicht … deine Lippen."

„Ach, du bischt hatt."

Paul schmunzelte. „Ich weiß, dass ich zu weit gegangen bin, wenn du mich frustriert in deiner Muttersprache anredest. Ich möchte dich … uns doch nur beschützen. Und Weisheit ist der beste Schutz vor Fehlern." Er legte den Kopf schief und versuchte in ihren Augen abzulesen, was sie dachte.

Er sah einen tiefen Schmerz in ihren Augen, aber warum? Er sprach offen über die Realität und wollte ihr begreiflich machen, wie Männer tickten, und bereitete sie auf das vor, was sicher kommen würde, sobald sie achtzehn wäre und in einer Gesellschaft lebte, die wie kaum eine andere darauf drängte, dass unverheiratete junge Menschen schnell einen Partner fanden, und zwar einen Partner aus ihren eigenen Reihen.

Er beugte sich vor, um ihre Lippen zu küssen, aber sie drehte den Kopf weg. „Sag mir, dass du verstehst, was ich meine."

„Ich verstehe es." Sie räusperte sich. „Du hast gesagt, dass du nichts mehr mit mir zu tun haben willst, falls ich mir von einem anderen auch nur einen Kuss abluchsen lasse."

Er küsste sie auf die Stirn und wollte dieses Thema beenden, bevor er damit ihre gemeinsame Zeit kaputt machte. „Ja, so ungefähr könnte man es zusammenfassen." Er sagte diesen Satz mit seinem lustigsten Tonfall.

Sie wurde steif und entzog sich seiner Umarmung. Angespannt suchte sie den Horizont ab.

Pauls Augen folgten ihrem Blick. „Was ist?"

Sie rieb sich den Nacken und schüttelte den Kopf. „Ich … habe das Gefühl, wir werden beobachtet."

Paul wurde vor Sorge ganz hieß. Er schaute über die weiten Felder. Großmutters Hof lag so weit weg von der Hauptstraße vor dem Haus und dem Schotterweg dahinter, dass sie kaum gesehen werden konnten. Das einzige sichtbare Gebäude war Lukes neue Sattlerei, aber dort war heute niemand. Hoffte er. Er betrachtete die Sattlerei in der Ferne. „Es dürfte schwer sein, etwas durch das Schneetreiben zu sehen. Aber gehen wir lieber ins Haus. Ich muss schließlich dieses Scrabblespiel gewinnen, *jah?"*

Hannah suchte beim Gehen mit den Augen die Felder ab. *„Jah."*

Paul ging dicht hinter ihr und hatte die Hände auf ihren Schultern liegen. Er wollte ihr Zeit lassen, ihre Gedanken und Gefühle zu verarbeiten. Seit sie verlobt waren, waren ihre Gefühle ziemlich unberechenbar. Aber daraus konnte er ihr keinen Vorwurf machen. Sie befanden sich in einer schwierigen Situation, da sie die meiste Zeit getrennt waren und es so ungewiss war, wie ihre Familie die Nachricht von ihrer Verlobung aufnehmen würde. Er hatte schon vor Jahren beschlossen, als sie nur Freunde gewesen waren, dass er alles tun müsste, um ihr mehr Freiheit und den nötigen Raum zu geben, dass sie nachdenken und nach ihren Gefühlen handeln konnte. Dass Hannah jetzt so schnell emotional wurde, war beunruhigend. Andererseits musste eine Frau, die das Leben so ernst nahm wie seine Hannah, starke Gefühle haben. Er war nur froh, dass sie so stark für ihn empfand.

Sie stiegen die wenigen Stufen zu Großmutters Veranda hinauf. Als Hannah tief einatmete und die Muskeln unter seinen Handflächen sich ein wenig entspannten, fand er, dass es an der Zeit war, sie wieder zum Lachen zu bringen. Aber wie? Sie gingen über die überdachte Veranda. Paul war direkt hinter ihr und hatte die Hände immer noch auf ihren Schultern liegen.

Yahoo.

Das war es. Paul drückte ihre Schulter, dann lief er zur Verandatür hinaus und auf die verschneiten Stufen. „Yahoooooo." Er flüsterte es leise zum weißen, schneebedeckten Himmel hinauf.

Er fühlte Hannahs Stiefel von hinten. Sie gab ihm einen Schubs. Mit großer Theatralik stolperte er die wenigen Stufen hinab und landete auf den Knien. „Yahoo?"

Sie verdrehte die Augen und schüttelte den Kopf. Aber er hatte sie zum Lachen gebracht.

Er holte tief Luft, als wollte er gleich aus vollem Hals schreien. Doch dann sah er seine Großmutter hinter Hannah auftauchen. Im nächsten Moment rief die alte Frau seinen Namen. Er atmete aus und tat so, als müsse er ersticken. Hannah gluckste.

Großmutter klopfte mit ihrem Stock auf die Holzveranda. „Paul, Waddell, was machst du denn da?"

Er stand auf und verbeugte sich. „Ich teile dem Himmel meine große Freude mit, Großmutter."

„Hör auf damit und komm ins Haus." Sie drehte sich um und begab sich mit ihrem Stock klappernd in die Küche.

Hannah schmunzelte immer noch, als sie sich umdrehte, um seiner Großmutter zu folgen. Paul stürmte die Stufen hinauf, legte die Finger um Hannahs Taille und flüsterte in ihren Nacken: „Yahoo."

Hannah kicherte, als sie in die Küche traten. Paul ging zur Arbeitsplatte und lehnte sich daran. Er schaute seine Großmutter mit einem unschuldigen Achselzucken an und zwinkerte Hannah heimlich zu. Hannah biss sich auf die Unterlippe und senkte den Kopf.

Paul zog einen Stuhl mit gerader Rückenlehne heraus, drehte ihn herum und setzte sich verkehrt herum darauf. „Großmutter, hast du Hannah verraten, was ich ihr dieses Jahr zu Weihnachten schenken will?"

Seine Großmutter holte ein Glas aus dem Schrank und füllte es mit Wasser. „Ich habe eingewilligt, dass er zu Weihnachten mit dir sprechen darf. Du kommst am Tag nach Weihnachten zu mir. Paul ist dann mit seiner Familie in Florida, aber ich werde zu Hause sein.

Ich habe eine Nummer, unter der du ihn erreichen kannst, und ihr zwei könnt stundenlang miteinander reden." Sie verzog das Gesicht. „Ich hoffe, ich mache damit nichts Falsches. Aber ich habe nie versprochen, keine Telefongespräche zu erlauben. Es ging nur um Briefe."

Hannah kniff die Augen zusammen, aber sie fragte nicht, wem Pauls Großmutter versprochen hatte, keine Briefe zu erlauben. In diesem Moment war Paul klar, dass Hannah mehr begriff, als sie verriet.

Sie sah seine Großmutter dankbar an. „Ein langes Telefongespräch wäre ein wunderbares Weihnachtsgeschenk. Danke."

Er deutete mit dem Kopf zum Scrabblebrett. „Wir müssen unser Spiel noch zu Ende bringen."

Paul legte nach einem der Os in YAHOO die Buchstaben O-G-L-E und warf triumphierend die Schultern zurück. „Wenn ich noch ein G hätte, könnte ich GOOGLE schreiben."

Hannah drohte ihm mit dem Finger. „Du weißt, dass du diese angeblichen Freunde vergessen sollst."

Paul zuckte die Achseln. „Wir werden nie wissen, wer gewonnen hat, wenn wir ständig Wörter benutzen, von denen der andere nicht weiß, ob es sie wirklich gibt."

Hannah schaute ihn eindringlich an. „Es geht doch gar nicht darum, das Spiel zu gewinnen, oder?"

Paul zwinkerte und schüttelte den Kopf.

Er folgte Hannahs Einspänner in seinem Auto und blieb während der ganzen Fahrt ungefähr zehn Meter hinter ihr. Er war nicht sicher, ob Hannahs Bitte an ihn, hinter ihr herzufahren, mit dem Irren zu tun hatte, der sie mit dem Auto angefahren hatte, oder damit, dass sie immer noch dachte, jemand würde sie beobachten. Ein Einspänner bot leider wirklich keinen großen Schutz, weder vor dem Wetter noch vor Menschen. Aber es war besser, als zu Fuß unterwegs zu sein. Seit dem Unfall mit dem Auto wollte er nicht, dass Hannah wieder zu Fuß zu seiner Großmutter kam.

Als sie an der letzten Kurve vor ihrem Elternhaus ankamen, hielt er das Auto an und schaute ihrem Einspänner nach, der in einem weißen Nebel verschwand. Ihre Auffahrt war nur wenige Meter vor ihr.

Er hatte einen wunderbaren Tag mit Hannah verbracht. Er sprach ein kurzes Gebet für sie und legte dann den Rückwärtsgang ein.

Als er zurückkam, war das Auto seiner Großmutter schon gepackt, und sie war startbereit für Maryland.

Kapitel 24

Als Hannah den Einspänner in die Auffahrt lenkte, war sie von einer optimistischen Energie erfüllt. Paul war erstaunlich, und ab Ende Mai würde er nur eine Meile von ihrem Elternhaus entfernt wohnen. Sie sprang aus dem Einspänner und riss die Stalltüren auf. Falls sie vorher noch irgendwelche Zweifel gehabt hatte, so wusste sie jetzt mit Gewissheit, dass sie Paul nie ihr Geheimnis verraten könnte. Er könnte nicht damit umgehen.

Sie zog am Geschirr und führte das Pferd in den Stall. Sie würde es morgen zu Matthew zurückbringen. Während sie sich am Einspänner zu schaffen machte, bemerkte sie eine Bewegung in der Nähe des Hauses. Sie blickte auf und sah ihre Eltern die Auffahrt heraufkommen. Wenn sie beide kamen, um mit ihr zu sprechen …

Ihr Herz schrie vor Schmerz.

Sie schaute nach unten und löste mit zitternden Händen die Lederriemen. In dem Versuch, sich zu beruhigen, begann sie, ein Lied zu singen, das sie im Gottesdienst gelernt hatte. „Herr Jesu Christ, er führt mich."

„Hannah." Die Stimme ihres Vaters zitterte.

Ohne aufzuschauen, sang sie denselben Text immer wieder. Immer lauter und auf Englisch. „Herr Jesus Christ, er führt mich. Er führt mich." Sie klammerte sich verzweifelt an die Hoffnung, dass sie nicht schwanger war, dass sie und Paul eines Tages heirateten und Kinder bekamen und …

„Du musst uns zuhören, Kind", übertönte ihr Vater das Singen. Er legte seine Hände auf ihre.

Sie riss sich von ihm los, fuhr herum und schaute ihn direkt an. „Nein. Hörst du mich? Ich will nicht. Nein."

Er nickte. „Es ist so, wie es ist, Hannah. Wir werden uns um dich kümmern." Seine Schultern sackten nach unten, und er sah alt und schwach aus. „Aber du musst schleunigst zum Bischof gehen und ihm sagen, dass du schwanger bist, und wie es dazu kam."

„Nein!" Sie stampfte mit dem Fuß auf. „Das werde ich nicht tun. Dazu kannst du mich nicht zwingen."

Ihr Vater umklammerte seine Hosenträger und holte tief Luft. „Es ist schwer. Das weiß ich, Hannah. Aber nach unserer Berechnung kommt das Kind Mitte Mai. Bis dahin wirst du dich damit abgefunden haben."

Verwirrende Gedanken schrien in ihrem Kopf wild durcheinander. *Mai? Paul kommt Mitte Mai nach Owl's Perch, um hier zu wohnen.*

Könnte sie es vor ihm geheim halten, wenn er nur eine Meile von ihr entfernt wohnte?

„Hannah?" Die zittrige Stimme ihrer Mutter riss sie aus ihren Gedanken.

Hannah hob das Kinn. „Ich gehe nicht zum Bischof."

Das Mitgefühl ihres Vaters verwandelte sich in Zorn. „Ich bin immer noch dein Vater, und du wirst tun, was ich sage."

„Dann tu du, was du sagst, und geh selbst hin und erzähle es ihm." Hannah konnte nicht glauben, dass ein solcher Trotz aus ihr herausbrach.

Das Gesicht ihres Vaters wurde völlig gefühllos. „Das werde ich nicht. Wir haben zu lange gewartet, als dass ich es ihm sagen könnte. Er wird mir vorwerfen, deine Sünden für dich zu verbergen, und dann wird unser ganzes Haus für das Geheimnis bezahlen, das wir für uns behalten hatten." *Daed* begann auf und ab zu gehen. „Ich hätte dich nie zu Mrs Waddell gehen lassen sollen. Dann wäre das alles nicht passiert." Er blieb abrupt stehen und drehte sich zu ihr herum. „Ich verbiete dir und deiner Schwester, je wieder zu ihr zu gehen."

„Was?" Sie schaute ihn ungläubig an und fühlte sich so schwach, dass sie kaum atmen konnte.

„Ich werde mir deshalb in unserer Gemeinde keine Rüge einhandeln, Hannah. Du wirst mit dieser Sache zum Bischof gehen, oder du hast unter meinem Dach nichts mehr verloren." Er drehte sich um und schritt aus dem Stall.

Hannahs Mutter stand am Stalltor und schaute sie traurig an. „Es ist schwer. Glaube mir, ich verstehe das."

Hannah schnappte sich ein Halfter von der Stallwand, zog es Matthews Pferd über den Kopf und stieg ohne Sattel auf. „Du verstehst gar nichts!“ Hannah trieb das Pferd an und galoppierte an ihrer Mutter vorbei. Ohne zu wissen, wohin sie ritt, trieb Hannah das Pferd immer schneller an und hoffte, sie könnte irgendwie der Realität entfliehen, die sie verfolgte.

Schwanger.

Über die dünne, pulvrige Schneeschicht galoppierte Hannah von einem Feld zum anderen. Sie weinte so sehr, dass es ihr egal war, wohin sie ritt. Sie ließ die Zügel los und erlaubte dem Pferd, sich seinen eigenen Weg zu suchen. Ihr Verstand quälte sie mit tausend Fragen, während sich entsetzliche Szenen vor ihrem geistigen Auge abspielten. Wie konnte sie diese Schwangerschaft vor Paul geheim halten?

Ein rötlicher Abendhimmel breitete sich über ihr aus, als das Pferd stehen blieb. Sie wischte sich die Tränen aus dem Gesicht und schaute sich um, um herauszufinden, wo sie war. Das arme Tier war mit ihr nach Hause gelaufen. Sie glitt von dem müden Tier und nahm ihm das Zaumzeug ab. Es lief erschöpft in den Stall.

In dem panischen Wunsch, allein zu sein, schaute sie sich um, ob es irgendeinen Ort gab, an dem sie sich verstecken konnte. Mit tränenblinden Augen erblickte sie Matthews Einspännerwerkstatt, die ungefähr vierhundert Meter von allen anderen Gebäuden auf dem Eshgelände entfernt war.

Sie lief zur Werkstatt, trat durch die schmale Hintertür und stieg die Holzleiter zum Dachboden hinauf, den er als Lagerraum benutzte. Dort taumelte sie in die hinterste Ecke. Sie kauerte sich hinter Kisten und kaputte Wagenteile und schluchzte.

Es konnte nicht wahr sein; es konnte einfach nicht wahr sein.

Ihr Vater hatte gesagt, dass er sich um sie kümmern würde, aber sie kannte ihn. Wenn ihr Bauch wie Brotteig aufging, könnte er ihr nicht einmal mehr in die Augen schauen. Sie würde sich dann schrecklich und einsam fühlen. Aber was würde passieren, wenn Paul herausfände, dass sie ein Kind von einem anderen Mann bekam. Sie vergrub ihr Gesicht in ihrer Schürze und weinte, bis sie nicht mehr weinen konnte.

Mit pochendem Kopf schloss sie die Augen. Sie malte sich aus, sie lebe an einem anderen Ort und in einer anderen Zeit, bevor sie vergewaltigt worden war. Wenn sie nur wieder dorthin zurückkehren könnte.

„Hannah!“ In der Ferne rief die Stimme eines jungen Mannes nach ihr.

Sie fuhr hoch und stellte fest, dass sie eingeschlafen war. Sie stand auf. Ihre Glieder schmerzten, und sie fror am ganzen Körper. Als sie durch die Dachluke schaute, sah sie zwei Menschen mit Laternen durch den Schnee stapfen und nach ihr rufen.

Oh nein.

Sie schloss die Augen und wünschte, sie könnte sich in Luft auflösen. Als sie die Augen wieder aufschlug, war der helle Schein der Laternen immer noch auf den ansonsten dunklen Feldern zu sehen. Auch wenn sie es sich noch so sehr wünschte, konnte sie die Wirklichkeit nicht ändern.

Es musste schon fast Tag sein. Kein Wunder, dass ihr Vater Leute losgeschickt hatte, um sie zu suchen. Als sie sich durch den dunklen Raum zur Leiter tastete, fielen Lichtstrahlen durch die Öffnung, denen gleich darauf der schwarze Hut eines amischen Mannes folgte.

Hannah stand stocksteif da.

Der schwarze Hut wurde zurückgeschoben, und sie sah Jacob Yoder. „Hannah, hast du eigentlich eine Ahnung, wie viele Leute nach dir suchen? Was machst du hier oben?“

„Ich … ich bin eingeschlafen.“

Er stellte die Petroleumlampe auf den Boden, stieg aber nicht weiter die Leiter hinauf. „Ich habe mir schon gedacht, dass du irgendwo Schutz vor der Kälte gesucht hast. Seit Mitternacht durchsucht eine Gruppe Männer jedes Gebäude, das uns eingefallen ist.“ Er nahm die Laterne. „Komm jetzt.“

Als sie die Holzleiter hinabkletterte, versuchte sie, sich für den Tag, der vor ihr lag, zu wappnen.

Jacob saß auf einer Holzkiste. „Was ist mit dir los, Hannah?“

Sie schüttelte den Kopf. „Ich brauchte einfach Zeit, um ungestört nachdenken zu können, und …“

„Ja, du bist dabei eingeschlafen. Das habe ich schon gehört.“ Er schüttelte den Kopf und betrachtete sie von Kopf bis Fuß. „Du warst die ganze Nacht fort, und das weiß jetzt die ganze Gemeinde. Ist dir denn nicht bewusst, was das für deinen Ruf bedeutet? Ehrlich, Hannah Lapp, Männer mögen es, wenn eine Frau ein wenig Mumm hat, aber du treibst es eindeutig zu weit."

„Ich brauche deine Zustimmung nicht, Jacob."

Er stand mit verschränkten Armen da und starrte sie an. „Sarah hat recht: Wirbelstürme sind berechenbarer als du." Er nickte zur Tür. „Wir müssen die anderen wissen lassen, dass dir nichts passiert ist."

Jacob ging zu ihr und hielt ihr die Laterne hin. „Ich möchte nicht in deiner Haut stecken, wenn du dich vor deinem Vater verantworten musst. Die Gerüchte über dich haben sich in der letzten Nacht wie ein Strohfeuer ausgebreitet."

Die Hüttentür ging auf, und Matthews jüngere Brüder traten ein. Jeder von ihnen hatte eine Laterne in der Hand. David und Peter schauten sie mit offenem Mund an. Dann schauten sie einander an.

David senkte seine Laterne. „Die Leute suchen dich, Hannah." Sein Blick wanderte weiter zu Jacob. „Deine *Mamm* und dein *Daed* sagen, du bist seit Mitternacht fort, und wenn wir dich sehen, sollen wir dir sagen, dass es Zeit wird, nach Hause zu kommen."

Jacob öffnete den Mund, um etwas zu sagen, aber kein Ton wollte über seine Lippen kommen.

„Er hat mich gerade gefunden ... ich bin gestern Abend hierhergekommen und bin aus Versehen eingeschlafen ... und ..." Hannah brach ab. Sie wusste, wie gern Kinder in Davids und Peters Alter in der Schule Geschichten erzählten. Je skandalöser, umso besser.

David verdrehte die Augen. „Spar dir das für den Bischof und deinen Vater ..."

Hannah wurde übel. Sie war so machtlos gegen die bösen Gerüchte, die sie bei lebendigem Leib begraben würden. Ohne jeden Zweifel würde bald jeder wissen, dass man sie mit Jacob gefunden hatte. Und Sarah würde sie danach für immer hassen.

Plötzlich kam ihr Mary in den Sinn.

Hannah schaute Jacob an. „Weiß Mary, dass ich gesucht werde?"

„Sie glaubt, du hättest die Nacht bei deinen Eltern verbracht."

„Ich muss sofort zu ihr. Sag den anderen, dass du mich gefunden hast."

Die Bänder ihrer Gebetshaube wehten im Wind und schlugen ihr ins Gesicht, als sie über die Felder lief. Sie zog die Nadeln heraus, riss sich die Haube vom Kopf und steckte sie in ihre Schürzentasche. Sie hatte nicht die Absicht, jemals wieder zu beten. Sie würde die Haube also auch nicht mehr brauchen.

Kapitel 25

Während sie im Bett lag und in der Dunkelheit zur Decke starrte, bewegte Hannah die Hand zu ihrem leicht gewölbten Bauch. Eine winzige Kugel bildete sich unter ihrer warmen Handfläche, als wolle das Kind in ihrem Leib sie um ein wenig Liebe anflehen.

Seit Thanksgiving und auch noch nach Weihnachten und Neujahr kursierten die wildesten Gerüchte über Hannah: Dass sie versucht hätte, Matthew seiner Freundin auszuspannen und dass sie die ganze Nacht mit Jacob fort gewesen wäre. Aber noch schlimmer waren die Gerüchte, dass Hannah sich in der Zeit im Krankenhaus herumgetrieben hätte und in den Armen eines Arztes gesehen worden wäre.

In seinen Armen. Wie lächerlich.

Andere flüsterten von einem englischen Mann, dessen Identität niemand kannte, der sie nach Mitternacht mit einem Pferd und Einspänner abgeholt hätte. Keines dieser Gerüchte sprach jedoch davon, dass sie schwanger war. Gott sei Dank, wussten dieses Geheimnis bis jetzt nur sie und ihre Eltern.

Nach einer Weile hatte sich die Gerüchteküche beruhigt, obwohl Hannah sicher war, dass sich das Misstrauen ihr gegenüber tief in den Köpfen der Menschen festgesetzt hatte.

Da Hannah niemanden fragen konnte, ohne dass es falsch verstanden würde, wusste sie nicht, wie es zwischen Elle und Matthew lief. Am schlimmsten war, dass Weihnachten vergangen war, ohne dass sie Kontakt zu Paul gehabt hatte. Da ihr das Recht, je wieder zu seiner Großmutter zu gehen, verwehrt wurde, hatte sie Paul am Tag nach Weihnachten nicht anrufen können. Die quälenden Fragen, was Paul wohl davon halten würde, dass sie nicht gekommen war, ließen sie keine Sekunde los.

Sie hatte versucht, ihn über das Telefon der Yoders anzurufen, weil sie sich so sehr danach sehnte, seine Stimme zu hören und mit ihm über seine Pläne für ihre gemeinsame Zukunft zu sprechen. Aber

John Yoder hatte ein Schloss an die Tür zum Telefonhäuschen geschraubt. Er hatte sogar die Glasscheibe zugenagelt, damit niemand einbrechen konnte. Hannah fragte nicht, warum er das getan hatte. Sie vermutete, dass das entweder ihr Vater verlangt oder dass John die Gerüchte über sie gehört hatte und selbst beschlossen hatte, ihr den Weg zum Telefon zu verwehren.

Die Hoffnungen auf eine Zukunft mit Paul waren so ziemlich das Einzige, was sie noch hier hielt. Und Mary. Immer wieder tauchte die Idee auf, nach Ohio zu fahren und die Tante zu suchen, die sie nie kennengelernt hatte. Zabeth würde verstehen, wie elend man sich fühlte, wenn alle auf einen herabschauten.

Hannah lebte wie in einem Nebel voller Not.

Sie zog die Decke zurück, achtete aber darauf, dass sie Mary, die neben ihr schlief, nicht weckte. Langsam setzte sie sich auf. Sie fühlte sich wie in einer Falle gefangen. Wenigstens wusste Mary noch nichts von ihrer Schwangerschaft. Aber wie lange könnte Hannah das noch geheim halten? Ihr Bauch wuchs in den letzten Tagen mit einer erstaunlichen Geschwindigkeit.

Da Mary fast wieder ganz gesund war, könnten sie auch nicht länger von den Gottesdienstversammlungen fernbleiben. Ab dem ersten Gottesdienstsonntag im März sollten sie beide wieder kommen. Das bedeutete, dass sie und Mary nur noch ein bisschen mehr als zwei Wochen Zeit hatten, um die Kraft zu finden, zu den Versammlungen zurückzukehren.

Hannah schlich ins Badezimmer, um sich anzuziehen.

Paul war in ihren Gedanken immer anwesend. Sie dachte, sie hätte ihn eines Montagnachmittags Anfang Januar vorbeifahren gesehen, als sie und Becky Yoder die fast gefrorene Wäsche auf die Leine gehängt hatten. Wenn Hannah nicht schwanger gewesen wäre, wäre sie zu dem Auto gelaufen, und wenn Paul wirklich darin gesessen wäre, hätte sie sich auf den Beifahrersitz gesetzt und wäre nie wieder nach Owl's Perch zurückgekehrt. Nie wieder.

Angesichts der vielen Sünden, die sie angeblich begangen hatte, fand sie es erstaunlich, dass die Yoders ihr erlaubten, bei Mary zu bleiben. Zweifellos durfte sie nur hierbleiben, weil Mary sie in ihrer Nähe haben wollte. Mary wusste nichts von der Nacht, die Hannah in Matthews Werkstatt verbracht hatte, und auch nichts von den anderen Gerüchten über Hannah ... abgesehen von den wenigen Dingen, die Sarah ihr erzählt hatte.

Obwohl sie kaum Kontakt nach außen hatte, war Hannah klar, dass die Gemeinde sie seit Wochen nur noch duldete. Nicht mehr. Sie konnte es an den Gesichtern der Leute sehen, die Mary besuchten, und aus ihrem Tonfall heraushören.

Die Tatsache, dass sie sich weigerte, eine Gebetshaube zu tragen, verstärkte die Gerüchte nur noch mehr. Sie konnte nicht sagen, dass die hässlichen Geschichten, die über sie im Umlauf waren, sie kalt ließen. Die Gerüchte schmerzten sie zutiefst. Aber das war für sie trotzdem kein Grund, ihre *Kapp* zu tragen. Sie zog ihre Haare zu einem Knoten zusammen und versuchte sie mit Haarnadeln festzustecken.

Das einzig Positive war, dass es Mary in letzter Zeit erstaunlich gut ging. Eine Krankenschwester war zweimal gekommen, um zu sehen, wie es Mary ging. Aber auch ohne ihre Bestätigung wusste Hannah, dass Mary jeden Tag mehr zu Kräften kam. Ein Beweis für die Macht der Liebe und die Unterstützung durch die Gemeinde, vermutete Hannah.

Sie steckte ihre Schürze über ihrem ausgebeulten Kleid fest und war dankbar, dass die amische Kleidung ihre Figur gut verbarg. Dann schlüpfte sie in ihre schwarzen Strümpfe. Bei jedem Besuch, den ihre Eltern bei Mary machten, schafften sie es, Hannah hinter Marys Rücken festzunageln. Sie wollten unbedingt, dass Hannah dem Bischof von ihrer Schwangerschaft erzählte, bevor er es selbst herausfände.

Aber Hannah weigerte sich jedes Mal aufs Neue. Wenn sie zum Bischof ginge, würde auch Paul davon Wind bekommen. Außerdem kam ein solches Gespräch einer Beichte viel zu nahe, und Hannah hatte keine Sünde, die sie beichten musste, außer dem Hass in ihrem Herzen gegenüber dem Mann, der ihr das alles angetan hatte.

Aber weder ihr Ärger noch ihr Leugnen half ihr irgendwie weiter. Während sie zuerst den einen Fuß und dann den anderen in ihre Stiefel zwängte, ließ Hannah ihren Gedanken freien Lauf. Was wollte sie mit dem Baby machen, wenn es erst einmal auf der Welt war?

Es zu behalten kam für sie nicht in Frage. Ebenso wenig würde sie es jemandem geben, der in Owl's Perch lebte, weder einer amischen noch einer englischen Familie. Elle kam ihr in den Sinn, besonders die Dinge, die sie über ihre Pflegeeltern, Abigail und Hezekiah Zook, erzählt hatte. Elle hatte gesagt, dass Abigail zwar noch jung war, aber kein Kind bekommen konnte, weil sie unfruchtbar war. Sie würden ein Neugeborenes doch sicher in ihr Herz schließen. Sie lebten nach der Alten Ordnung, hatten aber ein großes Herz. Abigail und Hezekiah waren wahrscheinlich die beste Wahl, die sie treffen konnte, selbst wenn sie aus tausend Paaren jemanden aussuchen müsste. Und wenn sie ein wenig geschickt vorginge, würde niemand erfahren, woher das Baby kam.

Das Baby sollte Mitte Mai kommen. Wenn Paul seine Abschlussprüfungen abgelegt und danach ein paar Tage zu Hause verbracht hatte, wäre er wahrscheinlich noch vor dem ersten Juni in Owl's Perch. Wenn das Baby noch nicht da wäre, wenn er zurückkäme, müsste sie vielleicht einige Wochen bei den Zooks wohnen. Auf diese Weise könnte Paul sie nicht zufällig im Vorbeifahren sehen. Sobald das Baby aus ihrem Leben verschwunden wäre, wollte sie Paul heiraten, egal ob mit dem Segen ihres Vaters oder ohne seinen Segen. Die Gemeinde hatte für sie nichts anderes mehr übrig als kalte Höflichkeit. An diesem Verhalten würde sich auch nichts ändern, solange sie nicht Buße tat und in die Kirche einträte. Aber das würde nie geschehen. Sie könnte also genauso gut weggehen und mit Paul irgendwo anders ein neues Leben anfangen.

Hannah konnte sich sowieso nicht vorstellen, wieder nach Hause zu ziehen. Luke glaubte immer noch, der Unfall sei ihre Schuld gewesen. Sarah hatte Gerüchte verbreitet, die bis weit über ihren Gemeindebezirk hinaus Kreise zogen.

Hannah steckte eine weitere Haarnadel in ihren Knoten. Es war Zeit, ihre Augen für diesen Tag zu trocknen.

Das Knarren der Bodendielen verriet ihr, dass Mary aufgewacht war. Hannah sprang auf und wusch sich das Gesicht. Es war heller Tag, höchste Zeit, ihre Gefühle in den Griff zu bekommen.

Gestern hatte ihr Luke drei Briefe hingeworfen, als Mary kurz nicht hergeschaut hatte. Zu ihrer großen Enttäuschung war keiner von Paul dabei gewesen. Die Briefe waren mit der Post zu ihren Eltern geschickt worden. Sie kamen von verschiedenen amischen Familien in ihrer Gemeinde, die sie alle baten, Buße zu tun und in die Kirche einzutreten. Ganz Owl's Perch schien sie für eine Hure zu halten. Und ihr Vater wollte, dass sie diesen Leuten von ihrer Schwangerschaft erzählte?

Unmöglich. Ab dem neunten März wäre sie vor dem Gesetz volljährig. Aber dann konnte sie noch nicht weggehen. Das Baby käme erst Mitte Mai zur Welt, und erst dann wäre sie frei, um mit Paul fortzugehen.

„Hannah, *kumm uff*", hörte sie Marys Stimme durch die Holztür.

„Ich komme schon." Hannah spritzte sich noch eine Handvoll kaltes Wasser ins Gesicht. Mary glaubte, Hannahs Traurigkeit hätte mit den Gerüchten zu tun, die Sarah ins Rollen gebracht hatte. Wenn das doch nur ihr einziges Problem wäre! Hannah trat aus dem Badezimmer und ging ins Schlafzimmer. „Gut geschlafen?" Sie nahm einige Haarnadeln und steckte sie in ihren Haarknoten, um ihre Haare zu bändigen.

„Jah. Wenn wir rechtzeitig mit dem Waschen fertig sind, können wir Luke ein Mittagessen in die Sattlerei bringen." Marys Augenbrauen hüpften verschwörerisch auf und ab.

Hannah hatte keine Lust, zur Sattlerei zu fahren, aber das konnte sie Mary nicht sagen. Sie würde weiterhin so tun, als mache es ihr nichts aus, und hoffen, Mary würde nichts merken. Hannah nahm einen Korb mit schmutziger Wäsche. „Oh gut, heute ist also meine Lieblingsarbeit dran: Wäsche waschen."

Mary lachte und ergriff ihre Hand. „Während du im Badezimmer warst, kam *Mammi* Annie, um uns zu sagen, dass meine Tante gestern angerufen hat. Der Arzt denkt, die Zwillinge werden diese Woche auf die Welt kommen. *Mamm* und *Daed* haben vor, alle bis auf uns mit nach Ohio zu nehmen." Mary zuckte die Achseln. *„Daed* sagt, ich könne dieses Mal nicht mitfahren. Er hat Angst, das könnte noch zu anstrengend für mich sein, aber er sagt, er werde mich irgendwie dafür entschädigen. Das klingt gut, nicht wahr?" Mary lächelte Hannah breit an. „Komm doch und iss heute mit meiner Familie. Das könnte die letzte Gelegenheit sein, bevor sie wegfahren. Nach dem Frühstück holen wir ihre schmutzige Wäsche und fangen an."

Hannah verzog die Nase und versuchte locker zu klingen. „Ich habe keinen Hunger. Geh du nur. Ich fange schon einmal mit dem Waschen an." Sie hoffte, Mary hörte ihren knurrenden Magen nicht.

Sie hatte schon seit Wochen nicht mehr bei den Yoders am Tisch gesessen, und heute würde sie damit bestimmt nicht anfangen. Sie war dort nicht mehr willkommen. Die Liebe, die früher aus Beckys Augen geleuchtet hatte, war verschwunden. An ihre Stelle war eine unübersehbare Skepsis getreten. Luke hatte anscheinend Marys Brüder Jacob und Gerald auch noch gegen Hannah aufgehetzt. Keiner der Yoders war jemals grob, aber die Verachtung in ihren Augen war mehr, als sie ertragen konnte. Deshalb erfand Hannah jedes Mal, wenn Mary sie aufforderte, mit der Familie zu essen, Ausreden, um im *Daadi-Haus* bleiben zu können.

Während Mary mit ihrer Familie frühstückte, wusch Hannah drei Ladungen Wäsche und hängte sie auf. Sie war damit beschäftigt, ein Hemd immer wieder in das Spülwasser zu tauchen, als sie ein raschelndes Geräusch hinter sich hörte. Als sie aufblickte, sah sie Mary, die die drei Briefe in der Hand hielt, die Hannah gestern bekommen hatte.

Besorgnis sprach aus Marys Augen. „Ich habe das hier gefunden, als ich die Laken abzog."

Hannah tauchte das Hemd wieder ein. „Wenn ich gewusst hätte, dass du heute die Betten beziehen willst ..."

„Hannah, hör auf. Ich bin nicht mehr das schwache Mädchen, das ich noch vor ein paar Monaten war. Was ist los? Ich weiß, dass es dir in letzter Zeit nicht gut geht." Sie hielt Hannah die Briefe vors Gesicht. „Sprich mit mir."

Hannah räusperte sich und versuchte ihre Gefühle unter Kontrolle zu bekommen. Auch wenn sie Mary gern ihr Herz ausgeschüttet hätte, war ihre Freundin einfach nicht in der Lage, die ganze hässliche Wahrheit zu verkraften. Aber sie wartete jetzt auf eine Antwort von Hannah. „Was willst du wissen?"

„Du könntest damit anfangen, dass du mir von diesem Doktor erzählst, mit dem du erwischt wurdest."

Hannah zog das Hemd durch die Schleuder. „Ich stand mitten am Tag neben ihm und habe mich mit ihm unterhalten. Weiter nichts."

„Und der *Englische*, mit dem du angeblich weggefahren bist?"

Sie schüttelte das Hemd aus und legte es auf den Stoß, um es später zum Trocknen aufzuhängen. „Eine kurze Fahrt. Nur fünf Minuten. Es war dumm, das weiß ich. Ich hatte nur mein Nachthemd an und stand auf der Veranda, wo ich darauf wartete, dass Luke nach Hause kam. Ein … ein Freund kam mit einem schnellen Pferd und einem Einspänner vorbei. Ich bin mit ihm gefahren." Hannah nahm das in Seifenlauge eingeweichte Kleid, das durch die Schleuder gezogen worden war, und tauchte es in das Spülwasser.

„Wenn das wahr ist, dann sag doch allen, wie es wirklich war."

Hannah tauchte das Kleid ins Wasser und weigerte sich, sich zu Mary umzudrehen. *Wenn das wahr ist?* Hannah verließ der Mut. Glaubte Mary diese Gerüchte etwa auch? „Und wie soll ich das anstellen?"

Mary zerriss die Briefe. „Als Erstes musst du zum Gottesdienst gehen und ihnen zeigen, dass du fromm und anständig bist. Ich bin noch nicht fit genug für einen ganzen Gottesdienst, aber ich bin gesund genug, um allein hierzubleiben, während du gehst."

Hannah hob das Kleid aus dem Wasser und tauchte es wieder ein. „Und warum, glaubst du, habe ich noch nicht allen gesagt, wie es wirklich war, Mary?"

„Ich … ich weiß es nicht genau."

Hannah drehte sich zu ihr herum. „Der einzige Grund, warum jemand nicht versucht, solche Gerüchte zu widerlegen, ist der, dass unter den ganzen Lügen eine Wahrheit vergraben ist, die viel grauenhafter ist als jedes Gerücht." Sie wischte sich die Hände an ihrer Schürze ab. Ihre Wut und Bitterkeit brachen sich so schnell Bahn, dass sie es nicht verhindern konnte. „Wirf das mit in deinen Topf zu deiner Frage, *Wenn das wahr ist* … und sag mir dann, was ich tun soll."

Mary berührte Hannah an den Schultern. Entschlossenheit und Liebe sprachen aus ihrem Gesicht. „Ich zweifle nicht an deiner Unschuld, Hannah. Ich bin stark genug, die Wahrheit zu hören. Bist du stark genug, sie mir zu erzählen?"

Hannah schwieg und überlegte, was sie tun sollte. Sie ging um Mary herum und schloss die Tür zum Waschraum. „Es ist ein furchtbarer Alptraum, aus dem es kein Erwachen gibt. Wenn ich es dir erzähle, wird es auch zu deinem Alptraum."

Marys grünblaue Augen schauten Hannah ernst an. „Ich kann nur beten, dass ich dir in deinen Anfechtungen genauso eine gute Hilfe bin, wie du sie mir in meinen Anfechtungen immer warst. Ich verspreche dir, dass ich zu dir halte und dass ich schweigen werde, Hannah. Ich verspreche dir, auch Luke nichts zu verraten, wenn du das willst."

Eine Sehnsucht, die so stark war, dass Hannah davon völlig überrascht war, regte sich in ihrem Herzen. Es brachte sie innerlich fast um, dass sie alles für sich behalten musste. Sie deutete zur Schleuder. Sie schalteten sie ein, damit ihre Stimmen von der Maschine übertönt würden, falls jemand in die Nähe der Tür käme. Sie setzten sich in die hinterste Ecke auf den Boden, und Hannah erzählte Mary die Wahrheit – die ganze, schreckliche, unglaubliche Wahrheit. Zum ersten Mal seit dem Sommer wurde die Last, die Hannah so grausam niederdrückte, ein wenig von ihren Schultern genommen, als sie Mary von ihrer tiefen Liebe zu Paul, von ihren Hoffnungen, ihren Ängsten und sogar von der Vergewaltigung und ihrer Schwangerschaft erzählte.

Während die Worte aus ihrem Mund sprudelten, hatte Hannah Sorgen, Mary würde sie nicht verstehen, oder sie würde sich womöglich sogar von ihr abwenden und nichts mehr mit ihr zu tun haben wollen. Sie hungerte danach, dass Mary sie immer noch lieben würde. Aber egal, wie sie reagieren würde, wenn sie alles gehört hätte, spürte Hannah eine tiefe Erleichterung. Sie hatte es endlich jemandem erzählt.

Als das Frühstück fast zu Ende war, goss Sarah die letzten Tropfen Kaffee in die Tasse ihres Vaters. Trotz der unerträglichen Gereiztheit, die in ihr tobte, beherrschte sie ihre Bewegungen. Ihr Vater würde mit den Gefühlen, die sie momentan für ihre Schwester Hannah empfand, nicht umgehen können. Sarah hustete und verbarg dahinter ihre Geringschätzung Hannah gegenüber. Ihre Schwester hatte in letzter Zeit zu viele Grenzen übertreten. Sie war sogar mit Jacob gesehen worden, nachdem sie die ganze Nacht fort gewesen war. Aber Jacob hatte klargestellt, was von diesem Gerücht zu halten war. Er hatte versichert, nichts mit Hannah zu tun zu haben, und wenn es nach ihm ginge, würde er sie am liebsten nie wieder sehen. Sarah war sich nicht sicher, welche Motive Hannah Jacob gegenüber hatte.

Aber Sarah sehnte sich danach, Jacob zu glauben, dass alles zwischen ihm und ihrer Schwester so unschuldig war, wie er es ihr beschrieben hatte.

Nachdem sie den Topf auf den Ofen zurückgestellt hatte, räumte Sarah den Speck und den Hackbraten in den Kühlschrank. Während sie anfing, das Frühstücksgeschirr vom Tisch abzuräumen, ging die Familie an ihre Arbeit und ließ Sarah allein in der Küche. Außer den zwei kleinsten Kindern hatte den ganzen Morgen niemand viel gesprochen. Ein bedrücktes Schweigen hatte sich in den letzten Monaten über die Familie gelegt, das mit jeder Woche schlimmer wurde. Sarah hatte keine Ahnung, warum ihre Familie wortlos am Tisch saß. Aber die düstere Stimmung drohte sie um den Verstand zu bringen.

Nachdem sie ihre Wintermäntel angezogen hatten, waren *Daed*, Luke und Levi hinausgegangen, um den nie enden wollenden Arbeiten nachzugehen, die es jeden Tag gab, wenn man eine kleine Milchherde besaß. Samuel müsste in ein paar Minuten zur Schule gehen, aber zuerst sollte er Feuerholz aus dem Schuppen holen und es auf die hintere Veranda bringen. Esther, die bald dreizehn wurde, würde heute nicht zur Schule gehen. Es war ihr letztes Schuljahr, und *Daed* hatte beschlossen, sie könnte hin und wieder ein paar Tage ausfallen lassen, um im Haushalt zu helfen und die Lücke zu schließen, die Hannah hinterlassen hatte.

Mamm gab Esther und der vierjährigen Rebecca leise Anweisungen, während sie die Treppe hinaufgingen, um ihr Haus für den Gottesdienst am Sonntag vorzubereiten. Sie würden fast die ganze Woche brauchen, um ihr Haus so strahlend sauber zu präsentieren, wie *Daed* und *Mamm* es für einen Gottesdienstsonntag haben wollten. Der Gottesdienst fand jedes Mal in einem anderen Haus statt, sodass jede Familie einmal im Jahr die Gemeinde bei sich bewirtete. Nun waren sie wieder an der Reihe.

Sie steckte ein weiteres Holzscheit in den dickbäuchigen Ofen und stellte das Bügeleisen mit dem Eisen nach unten darauf, bevor sie sich umdrehte und die letzten Frühstücksteller spülte. In letzter Zeit war sie oft müde und gereizt. Sie konnte weder Schlaf noch Frieden finden. Seit Monaten verfolgte sie ein Alptraum, der immer wieder kam. Das unsichtbare Bild verfolgte sie und versetzte sie in Angst.

Während ihre Gedanken in alle möglichen Richtungen wanderten, ging Sarah weiterhin ihrer Arbeit in der Küche nach. Sie stellte Gläser mit eingelegtem Kohl und Mais auf die Arbeitsplatte, bevor sie den Kessel wieder auf den Holzofen stellte. In den fünf Monaten, seit Hannah als Marys Kindermädchen unter Annie Yoders Dach lebte, hatte der Lapphaushalt auch ohne sie reibungslos funktioniert.

Sarah ging zum Schrank, wo das frisch eingelegte Wildfleisch aufbewahrt wurde. Es lief nicht nur reibungslos, sondern richtig gut. Obwohl Hannah jetzt ein bisschen Ahnung von Medizin hatte, genoss sie in der Gemeinde kein großes Ansehen mehr. Im Gegenteil, aufgrund einiger Gerüchte war Hannahs Ansehen sogar ziemlich in Mitleidenschaft gezogen worden. Dass ihre Schwester *Daeds, Mamms* und Lukes Gunst verspielt hatte, gab Sarah ein gutes Gefühl. Als ihr ein böses Lachen über die Lippen huschte, wuchsen ihre Schuldgefühle. Sie wollte sich nicht so sehr über Hannahs Unglück freuen.

Der Gedanke, dass sie wieder einen ruhigen, schweigenden Tag im Haus verbringen müsste, raubte ihr jedoch die kurze Freude über die Entthronung ihrer Schwester. Sarah nahm zwei Einmachgläser mit Fleisch. Sie stellte beide auf die Arbeitsplatte und seufzte. Was machte es schon, dass Sarah dem Bischof von jener Nacht erzählt hatte?

Aber ihre Schwester hatte ihr auch viel Gutes getan. Hannah hatte sie unzählige Male beschützt, zum Beispiel, als *Daed* sie dabei erwischt hatte, wie sie kostbare Arbeitszeit mit Tagträumen vertrödelte. Hannah war immer wieder für Sarah bei ihrem Vater eingetreten und hatte alle möglichen Entschuldigungen vorgebracht, bis er schnaubend davongestapft war, ohne Sarah in den Holzschuppen zu schleppen.

Egal. Es war Hannahs eigene Schuld, dass in der Gemeinde so viele Gerüchte über sie erzählt wurden. Wenn sie nichts Falsches getan hätte, hätte Sarah nichts erzählen können. Und wenn Hannah nicht so verlogen gewesen wäre und sich vor allen, auch vor Jacob, besser hingestellt hätte, als sie es in Wirklichkeit war, hätte Sarah keinen Anlass gehabt, Hannah von ihrem Thron zu stoßen, indem sie den Leuten erzählt hatte, wer sie wirklich war.

Aber Sarahs Gedanken raubten ihr oft jedes Zeitgefühl. War es tatsächlich möglich, dass Hannah in jener Nacht nur wenige Minuten fort gewesen war?

Falls Hannah in diesem Punkt die Wahrheit sagte …

Großes Entsetzen ergriff Sarah. Wenn *Daed* je herausfand, dass sie diejenige gewesen war, die dem Bischof von dieser nächtlichen Fahrt erzählt hatte, würde er sie womöglich zu Tode prügeln.

Neuer Hass auf Hannah stieg in ihr auf.

Kapitel 26

Paul schaltete die letzten Lichter im Reifengeschäft aus und schaltete die Alarmanlage ein. Sein neuer Posten als stellvertretender Geschäftsleiter war mit längeren Arbeitsstunden und mehr Verantwortung verbunden, aber auch mit einer sehr erfreulichen Gehaltserhöhung. Der Februarwind schlug ihm ins Gesicht und zog in seinen Nacken, während er sich vorbeugte, um die Doppelglastüren zuzusperren. Das Schloss rastete ein, und er rüttelte noch einmal an der Tür, um sicherzugehen, dass sie wirklich zu war. Er richtete sich auf, zog seine Jacke enger um sich und steckte seinen Gehaltsscheck tiefer in seine Tasche. Paul wartete an der Tür, bis er wusste, dass alle Autos der Angestellten an diesem kalten Winterabend ansprangen.

Auf der anderen Seite des Parkplatzes sah er Jack in seinen Honda Accord steigen. Der Mann hätte eigentlich die Beförderung verdient, die Paul bekommen hatte, und er würde seine Position einnehmen, wenn Paul im Mai ging … falls Jack bis dahin sein Leben wieder im Griff hatte. Jack war mitten in seiner Scheidung, und das Wort *Depression* konnte nicht annähernd beschreiben, was er zurzeit durchmachte. Jacks Situation machte Paul wütend.

Jack war ein guter und anständiger Mann, der schwer arbeitete. Er hatte schon lange, bevor die hässliche Wahrheit ans Licht gekommen war, gute Gründe gehabt, an der Treue seiner Frau zu zweifeln. Während er zwei Jobs angenommen hatte, um seine Familie gut zu versorgen, hatte Melanie ihn betrogen. Paul wusste nicht, warum Jack so lange gebraucht hatte, um es herauszufinden. Er hatte Melanie nur kurz kennengelernt, aber das hatte genügt. Paul traute ihr alle Dinge zu, die über sie erzählt wurden. Aber Jack hatte sich geweigert, etwas anderes zu glauben als das, was seine Frau ihm erzählt hatte. Er war ein gutgläubiger Narr gewesen und hatte nicht auf die Zeichen geachtet, sondern immer das Beste gehofft, bis die Wahrheit sich nicht mehr hatte leugnen lassen.

Während Jack Hilfe bei einem Therapeuten suchte, war Paul in die Position des vorübergehenden stellvertretenden Geschäftsleiters aufgestiegen. Paul hatte sich über Jacks Situation so aufgeregt, dass er Dorcas davon erzählt hatte. Natürlich hatte er mit ihr auch über seine Pläne und Hoffnungen auf ein Leben mit Hannah gesprochen. Er musste mit ihr einfach darüber sprechen, da Dorcas einer der drei Menschen war, die über sie Bescheid wussten.

Dorcas erzählte ständig von einem Jungen, mit dem sie seit ein paar Wochen ausging. Paul hoffte, sie könnten irgendwann etwas zu viert unternehmen, vielleicht bei seiner Großmutter Brettspiele miteinander spielen. Der Hof seiner Großmutter war wahrscheinlich der einzige Ort, an dem Hannah seine Freunde kennenlernen könnte.

Als der letzte Angestellte den Parkplatz verließ, trabte Paul um die Rückseite des Gebäudes herum und lief zu seinem Auto. In drei Monaten wäre er bei Hannah in Owl's Perch. Wie sehr er sich darauf freute! Als er näher zu seinem Auto kam, erkannte er den roten Ford Taunus, der danebenstand. Die Fahrertür ging auf, und Dorcas stieg aus.

Sie kniff bei dem starken Wind die Augen zusammen. „Wir müssen miteinander reden."

Er blieb regungslos stehen. Er konnte sich nicht vorstellen, was sie veranlasste, den ganzen Weg von Maryland hierherzufahren, um mit ihm zu sprechen, statt ihn einfach anzurufen.

Sie fuhr sich mit den Fingern über das Kinn. „Vor einigen Stunden kamen meine Mutter und ich von einem Besuch bei Jeanie zurück, der Kusine meiner Mutter, die in Owl's Perch lebt."

Pauls Herz schlug schneller. „Ist etwas passiert?"

Sie hielt ihm einen Umschlag hin. „Das ist der Durchschlag eines Briefes, der an Hannah geschickt wurde."

Er trat näher auf sie zu. „Und wer hat ihn geschrieben?"

Sie zuckte die Achseln. „Er ist nicht unterschrieben." Dorcas strich über die Kante des Umschlags. „Aber Jeanie hat ihn von der Person bekommen, die ihn geschrieben hat."

Paul betrachtete den Umschlag in ihrer Hand. Er war an Hannah adressiert, aber das Siegel war aufgerissen worden. Es klebte eine Briefmarke darauf, die aber nicht abgestempelt war, als hätte jemand den Brief wegschicken wollen, es sich dann aber anders überlegt – und ihn vielleicht aus dem Briefkasten geholt, bevor der Postbote eine Chance hatte, ihn mitzunehmen.

Dorcas senkte den Kopf. „In diesem Brief stehen Dinge, die du wissen solltest."

Entrüstung regte sich in ihm. „Was für Dinge?"

Dorcas deutete zur Beifahrertür ihres Autos. „Wenn du alles wissen willst, was ich gehört habe, dann steig ein."

Paul rutschte ins Auto und schlug die Tür hinter sich zu. „Mach schnell, denn ich fahre nach Owl's Perch und gehe der Sache auf den Grund, sobald wir fertig geredet haben." Er klopfte mit den Fäusten auf das Armaturenbrett. „Egal, was ihr Vater oder sonst jemand will."

Pauls altes Auto holperte über die kleinen Straßen, als er mit rauchenden Reifen nach Owl's Perch fuhr. Vergessen war das Lernen, die morgigen Vorlesungen und die Arbeit. Er und seine ganzen Pläne! Er hatte Hannah immer hintangestellt. Er seufzte. *Ich Idiot!* Er fuhr sich mit den Händen durch die Haare. Die ganze amische Gemeinde erzählte hässliche Dinge über Hannah, nur weil sie sich geküsst hatten. Das arme Mädchen.

Niemand hatte ein Recht zu sagen, Hannah sei eine Sünderin und müsse Buße tun. Er kochte vor Wut über die Ungerechtigkeit der ganzen Situation.

Matthew Esh. Dieser Name schlich sich in sein Bewusstsein und drängte seinen Ärger über Hannahs Ankläger ein wenig in den Hintergrund. War an diesen ganzen Gerüchten doch etwas Wahres dran? Dorcas hatte Matthews Namen mindestens zehnmal genannt. Aber die Gemeinde wäre doch sicher nicht wütend auf sie und würde ihr ermahnende Briefe schreiben, wenn die einzige „Missetat", darin bestünde, dass sie mit Matthew allein gewesen war. Sie würden es ihr nicht in diesem Maß vorhalten, selbst wenn sie die ganze Nacht mit ihm fort gewesen wäre … oder war es Jacob Yoder, mit dem sie angeblich die ganze Nacht verbracht haben sollte? Sie würde das eine oder andere böse Stirnrunzeln ernten, vielleicht würden auch einige Leute unfreundliche Dinge murmeln oder ihr die kalte Schulter zeigen, aber sie bekäme keine Briefe und es gäbe nicht so viele Gerüchte, die in der ganzen Gemeinde hemmungslos die Runde machten. Es musste mehr dahinterstecken.

War es möglich, dass sie sich auf eine Beziehung mit diesem englischen Typen im Krankenhaus eingelassen hatte, den Dorcas erwähnt hatte? Die Gerüchte behaupteten das, und sie hatte sich an dem Abend, an dem er im Krankenhaus aufgetaucht war, wirklich sonderbar verhalten.

„Das ist lächerlich!" Paul ärgerte sich über sich selbst und schlug mit der Handfläche auf das Lenkrad. „Willst du sie jetzt auch noch anklagen?"

Die Gerüchte basierten auf Lügen. Er hatte keine Zweifel an seiner Hannah. Sein Auto ruckelte, als er in ein Schlagloch fuhr.

Also gut, er hatte einige Zweifel. Er hatte mit eigenen Augen gesehen, wie freundlich Hannah zu Matthew war. Es überraschte ihn also nicht, dass die Gerüchte mit ihm zu tun hatten. Und dann war da noch irgendein namenloser englischer Mann und dieser Arzt, den Hannah hin und wieder zitierte. Bei einem oder zwei Gerüchten wurde Jacob Yoders Name genannt. Dorcas sagte, Jacob sei einer von Marys Brüdern. Paul wurde ganz heiß.

Sie war unschuldig. Auf jeden Fall. Er kannte sie. Sie war einfach naiv und dachte nicht immer darüber nach, wie die Dinge, die sie tat, auf andere wirkten.

Dorcas hatte ihm erzählt, dass Hannah immer noch im *Daadi-Haus* der Yoders bei Mary wohnte. Er hatte die Absicht, dort an die Tür zu klopfen und darauf zu bestehen, dass er mit Hannah reden dürfe. Er musste sich selbst davon überzeugen, dass es ihr gut ging.

Vielleicht wäre sie sogar bereit, Owl's Perch zu verlassen und mit ihm zu gehen. In gut zwei Wochen wurde sie achtzehn. Sie könnten sich bis dahin irgendwo verstecken, falls das nötig sein sollte.

Wenn sie aus dieser Gemeinschaft herauskommen wollte, würde er sie herausholen.

Der Brief, den Dorcas ihm gezeigt hatte, hatte Bibelstellen zitiert, in denen es darum ging, sich züchtig zu kleiden und ehrlich zu sein. So eine lächerliche Übertreibung! Hannah schlich sich genauso wenig in ihrer Unterwäsche aus dem Haus, um sich mit einem Mann zu treffen, wie Paul fliegen konnte.

Als Paul in die Auffahrt der Yoders einbog, stellte er fest, dass im Haus keine Lichter brannten. Er fuhr weiter und blieb vor dem *Daadi-Haus* stehen. Im Wohnzimmer sah er Licht. Vielleicht waren Hannah und Mary noch wach.

Paul klopfte an die Tür. Es interessierte ihn nicht, ob die ganze Nachbarschaft ihn hörte. Er war es müde, heimlich herumzuschleichen, als wären er und Hannah böse Sünder.

Ein Mädchen mit grünblauen Augen und blonden Haaren, die von einer weißen Gebetshaube bedeckt waren, kam in einem Flanellnachthemd und einem Bademantel zur Tür. Er vermutete, dass es Mary war, auch wenn er sie nie kennengelernt hatte, da sie geschlafen hatte, als er mit seiner Großmutter hierhergekommen war, um Hannah zu besuchen. „Mary?", fragte er.

Sie nickte.

„Ich bin Paul Waddell. Ich muss mit Hannah sprechen. Ist sie hier?"

Sie nickte und öffnete die Tür. „Hannah ist schon ins Bett gegangen, weil sie Schmerzen hatte. Sie schläft jetzt, und ich möchte sie eigentlich nicht aufwecken."

Körperliche Schmerzen, die durch die psychische Belastung aufgrund der Gerüchte entstanden waren, vermutete Paul. „Ich gehe nicht weg, solange ich nicht mit ihr gesprochen habe, selbst wenn jedes Mitglied dieses Kirchenbezirks erfährt, dass ich hier bin."

Mary legte den Kopf schief und dachte über seine Worte nach. Schließlich zog ein Lächeln über ihr Gesicht. „Ich schätze, wenn ich sie nicht wecke, bekomme *ich* ernsthafte Schwierigkeiten. Ich bin gleich wieder da."

Paul ging aufgeregt auf und ab, genauso wie er es damals getan hatte, als er im November hier gewesen war. Damals war Hannah fort gewesen, und sie hatte selbst zugegeben, dass sie bei Matthew gewesen war.

Hannah kam zur Wohnzimmertür. Ihre langen Haare waren lose zu einem Knoten gesteckt, aber ihre Locken hatten sich aus dem Knoten gelöst. Ein Tuch lag über ihrem Kleid, aber sie hatte keine Gebetshaube auf dem Kopf. Sie sah ein wenig verwirrt aus. Anscheinend hatte Mary sie aus dem Tiefschlaf gerissen.

Paul stürmte auf sie zu und ergriff ihre Hände. „Geht es dir gut? Ich habe gehört ..."

Sie starrte ihn an, aber sie fragte nicht, warum er hier war, und sie schlug nicht vor, dass er sein Auto verstecken sollte. Verwirrt rieb er sich den Kopf.

Mary trat hinter Hannah und flüsterte ihr etwas ins Ohr. Sie hielt Hannah ihre Kopfbedeckung hin.

„Ich kann net." Hannah schüttelte den Kopf und weigerte sich, die Gebetshaube zu nehmen.

Paul hätte Hannahs Weigerung, ihre Gebetshaube aufzusetzen, beunruhigend gefunden, auch ohne dass so viele Gerüchte über sie im Umlauf waren. Ernste Zweifel an ihr begannen an ihm zu nagen. Alle Frauen in seiner Mennonitengemeinde trugen Gebetshauben. Warum ordnete sie sich nicht den Regeln unter?

Während er versuchte, sich einen Reim darauf zu machen, was die beiden flüsterten, fühlte er sich so fehl am Platz wie noch nie. Mary sagte etwas davon, ob sie einen Arzt holen solle. Hannah reagierte verärgert. Brauchte Mary einen Arzt? Mary glaubte doch bestimmt nicht, dass Hannah einen brauchte, nur weil sie heute Abend Schmerzen gehabt hatte.

Mary nahm Hannahs Mantel und half ihr, ihn anzuziehen. Sie flüsterte: *„Grossmammi iss do. Du kannscht net im Haus schwetze."*

„Jah, gut." Hannah nickte.

Ja und *gut* – das hatte er verstanden.

Hannah machte ihren Mantel zu. „Marys Großmutter schläft wieder in ihrem Schlafzimmer hier im Haus. Wir müssen draußen einen ruhigen Platz finden, wo wir reden können."

Ohne ein Wort zu sagen, folgte Paul ihr zur Tür hinaus, den Hang hinauf und am Stall vorbei. Als sie zu einer riesigen Eiche kamen, blieb sie stehen.

Sie spielte mit der Rinde des Baumes und drehte sich kaum um, um ihn anzuschauen. „Ich habe nicht damit gerechnet, dich vor Mai zu sehen."

„Dorcas kam zu mir. Sie sagte, du würdest schlecht behandelt und von deinen Leuten möglicherweise mit dem Bann belegt. Ich bin gekommen, um zu sehen, ob mit dir alles in Ordnung ist."

Sie sah schrecklich müde aus und zuckte die Achseln. „Es gibt

Gerüchte und Ermahnungen. Aber dass ich mit dem Bann belegt werde, ist absurd. So etwas geschieht nicht leichtfertig und nie bei jemand, der noch nicht in die amische Kirche eingetreten und getauft ist. Es wird ein gewisser Druck auf mich ausgeübt, aber mir geht es gut."

Sie sah ganz und gar nicht aus, als ginge es ihr gut. Sie sah aus, als ginge es ihr hundeelend. Und sie sah aus, als würde sie sich nicht im Geringsten freuen, ihn zu sehen. „Haben wir einen Fehler gemacht, Hannah?"

Sie drehte sich um und murmelte etwas auf Pennsylvania Dutch. Dann schien sie diesen Lapsus zu bemerken und wiederholte ihre Worte. „Wenn du das nicht selbst weißt, kann ich es dir nicht sagen."

Er betrachtete sie. Sie hatte sich verändert. Sehr verändert, aber er konnte sich nicht erklären, warum. „Sag mir, was los ist, Hannah. Ich bin immer weg und versuche ständig, alles für unser gemeinsames Leben zu tun. Ich verstehe nicht, was hier los ist."

Sie trat von ihm weg. „Willst du mich immer noch, wenn du mit deinem Studium fertig bist?"

Er steckte die Hände in seine Hosentaschen und fühlte in einer Hand den Brief und in der anderen seinen Gehaltsscheck. „Ja, natürlich."

Sie räusperte sich. Dann hob sie das Kinn und nickte. „Dann werde ich hier sein."

Paul umklammerte den Brief mit der Hand und zog ihn aus seiner Tasche. „Aber Hannah, woher kommen diese ganzen Gerüchte? Was geht hier vor?"

Sie warf einen Blick auf das Papier in seinen Händen, fragte aber nicht, woher er den Brief hatte. „Ich bin müde. Das ist alles."

Er trat näher auf sie zu und versuchte ihr in die Augen zu schauen. „Das beantwortet nicht meine Frage nach diesen Gerüchten. Bist du mit irgendeinem Mann in deinem Nachthemd weggefahren?"

Sie fing wieder an, mit der Baumrinde zu spielen. „Ich will deine Fragen beantworten, Paul, aber du musst mich ausreden lassen. Einverstanden?"

Er steckte den Brief wieder in seine Hosentasche. „Einverstanden."

Sie sprach, ohne von der Baumrinde aufzublicken. „Fast jedes Gerücht, das du gehört hast, enthält ein Körnchen Wahrheit."

Zweifel und Fragen bestürmten ihn von allen Seiten. „Sprich weiter." Er trat näher, bis er direkt hinter ihr stand, während sie das Gesicht zu dem Baum gewandt hatte.

Hannah trat zur Seite und schaffte sich Raum. „Ich bin wirklich im Nachthemd unterwegs gewesen. Es war in der Nacht, als Lukes und Marys Unfall passierte. Meine Familie war ins Bett gegangen. Ich fühlte mich seit Wochen nicht gut und konnte nicht schlafen. Luke und ich hatten an diesem Tag miteinander gestritten. Ich wollte mit ihm reden, wenn er nach Hause käme. Also habe ich im Nachthemd auf der Veranda auf ihn gewartet. Matthew fuhr mit einem faszinierenden Pferd und einem neuen Einspänner vorbei. Als er mich zu einer kurzen Fahrt einlud, nahm ich das Angebot an. Wir waren nur ein paar Minuten weg."

Schon wieder Matthew Esh. Paul kochte innerlich.

Sie wischte sich ihre gelockten Haarsträhnen aus dem Gesicht. „Ich habe für diese fünf Minuten teuer bezahlt, Paul."

„Und bezahlt Matthew auch dafür?"

Sie zuckte die Achseln. „Soweit ich weiß, konnten wir seinen Namen aus diesem speziellen Gerücht heraushalten."

Paul stützte eine Hand an den Baum und trat mit dem Fuß gegen einen Schneehaufen.

„Und das Gerücht über dich und diesen Arzt?"

Paul hörte zu, als sie ihm ein Gerücht nach dem anderen erklärte. Er war von seiner künftigen Braut enttäuscht. Sie hätte besser aufpassen müssen und hätte nicht mit Matthew auf dem Heuboden sitzen sollen. Für Paul war der Umstand, dass der Bischof sie dabei erwischt hatte, irrelevant. Aber er verstand beim besten Willen nicht, warum sie die ganze Nacht nicht nach Hause gekommen war, nur weil sie aufgewühlt gewesen war. Die Sache mit dem Arzt schien nicht so schlimm gewesen zu sein wie die anderen Vorfälle. Aber je länger er ihr zuhörte, umso ärgerlicher wurde er. Ihre sorgfältig formulierten Erklärungen klangen immer mehr wie erfundene Geschichten.

An dem Abend, als er ins Krankenhaus gekommen war, hatte er gehört, wie Matthew sie im Spaß eine Lügnerin genannt und sie damit aufgezogen hatte, dass er sie besser kennen würde als jeder andere und dass sie wirklich gut lügen könne, aber nicht gut genug, um ihn auszutricksen. War sie wirklich eine Lügnerin? Nach dem, was Dorcas gesagt hatte, glaubten sogar die Gemeindeältesten, dass sie verlogen war.

War er genauso blind gewesen wie Jack? Paul war nur sporadisch in Owl's Perch, und selbst dann war er auf seine eigene Welt begrenzt und wartete darauf, dass sie zu ihm kam. Matthew war bei ihr gewesen, als Paul sie hatte besuchen wollen. Später an jenem Abend hatte Matthew ihren Namen gerufen und sie gesucht, während sie heimlich in Pauls Armen gewesen war. Matthew hatte die Ziegelsteine für Hannahs Fahrt zu Pauls Großmutter aufgewärmt, aber er hatte nicht wissen können, dass Paul am anderen Ende des Weges auf sie wartete.

„Du hast eine ganze Nacht allein in Matthews Werkstatt verbracht. Und als du gefunden wurdest, war Jacob Yoder bei dir. Aber es ist alles vollkommen harmlos?"

„Ich schlief ein. Als ich aufwachte, kam Jacob auf der Suche nach mir in die Werkstatt." Tränen liefen über ihre Wangen. „Ich sage dir die Wahrheit, Paul."

Ihr Weinen verwirrte ihn. „Ist ja gut, ist ja gut. Aber eines will ich noch wissen. Durch alle diese Gerüchte zieht sich ein gemeinsamer roter Faden." Er brach ab. Sein Mitleid mit ihr schwand, während seine Entrüstung immer stärker wurde. Wie oft hatte Melanie sich mit ihren Tränen wieder in Jacks Herz zurückgemogelt? „Der gemeinsame rote Faden ist, dass du dich zu schlecht fühltest oder zu aufgewühlt warst, um nach Hause zu gehen. Ich verstehe, dass du besorgt warst, weil Luke in der Nacht des Unfalls nicht nach Hause kam. Aber weshalb warst du so aufgeregt, dass du in Matthews Werkstatt gelaufen bist? Und weshalb warst du so krank, nachdem ich im August weggefahren war, dass sie deine Kleider verbrannten und Sarah deinen Platz bei meiner Großmutter einnehmen musste?"

Sie ließ den Kopf hängen. „Du weißt genug über diesen Tag, Paul. Da war das Auto … und …"

Er packte sie am Arm. „Hannah, was verheimlichst du mir?"

Sie riss sich von ihm los. Fest entschlossen, ihr in die Augen zu schauen und endlich zu verstehen, was los war, zog er sie an sich heran.

Ein fester, runder Bauch drückte sich an ihn.

„Nein!“ Sie legte eine Hand auf seine Brust und schob ihn weg.

Er hielt sie fest und starrte sie an. Wie im Zeitlupentempo legte er seine freie Hand auf ihren Bauch. Er war so rund und fest, als hätte sie darin einen Basketball … oder ein Baby.

Seine geliebte Hannah war schwanger.

Guter Gott, was war ich für ein Narr.

Tausend Gedanken schossen ihm durch den Kopf. Kein Wunder, dass sie ihm immer ausgewichen war. Sie war mit Matthew Eshs Baby schwanger! Von wegen nur Freunde! Aber offenbar wollte Matthew sie und ihr Kind nicht, denn Hannah hatte Paul gefragt, ob er sie immer noch wollte, wenn er mit dem Studium fertig war. Glaubte sie tatsächlich, dass er das Kind eines anderen Mannes als sein Kind großziehen würde?

Ein herzzerreißendes Schluchzen erschütterte ihren Körper, als sie versuchte, seine Finger von ihrem Bauch wegzuschieben. „Paul, ich … ich kann es erklären. Ich …“

Er packte sie an den Schultern. „Du hast immer eine Erklärung. Immer! Und ich war so dumm und habe dir geglaubt. Aber jetzt reicht es, Hannah. Es reicht!“ Er zog die Schlüssel aus seiner Tasche und lief den Hang hinab.

„Paul!“ Ihr Schrei verfolgte ihn, aber er weigerte sich, sich noch einmal umzudrehen und sie anzuschauen. „Paul, bitte! Das Unaussprechliche ist passiert. Bitte verlass mich nicht!“

Er sprang in sein Auto und ließ den Motor an, während ihre letzten Worte in seinen Ohren widerhallten. „Das Unaussprechliche“ bedeutete entweder Ehebruch oder Sex vor der Ehe. Wie in aller Welt könnte er ihr das vergeben?

Er schaute den Hang hinauf. Hannah lag auf den Knien, schwankte vor und zurück und schrie ihm nach, dass er ihr zuhören solle. Tränen raubten ihm die Sicht. Was für ein Narr er doch gewesen war! Er legte den Rückwärtsgang ein und hatte nicht die Absicht, sie je wiederzusehen.

Kapitel 27

Ohne irgendetwas von ihrer Umgebung wahrzunehmen, schaute Hannah benommen zu, wie Paul rückwärts auf die Straße zurückstieß und mit quietschenden Reifen davonfuhr. Er war fort. Es war vorbei. Das Einzige, was sie je im Leben gewollt hatte, war vorbei. Er hasste sie. Die kalte, nasse Erde drang durch ihre Kleidung und ließ sie zittern. Das Schluchzen, das ihren Körper erschütterte, durchschnitt die Stille der feuchten Nachtluft.

Zwei sanfte Hände legten sich auf Hannahs Schultern und halfen ihr auf die Beine. „Psch, *Liewi*. Es wird wieder gut werden. Alles wird wieder gut werden." Mary stützte sie, während sie zum *Daadi-Haus* zurückgingen.

Schattenhafte Umrisse von Menschen tauchten in der Auffahrt auf, als Mary und Hannah den Hang hinuntergingen. Verschwommen erkannte Hannah Marys Eltern und zwei ihrer Brüder. Sie hatte keine Ahnung, wie viel sie gehört oder gesehen hatten. Aber was für eine Rolle spielte das jetzt noch? Paul wusste die Wahrheit, und er hatte sich entschieden. Er hielt sie für eine Lügnerin und hatte sie verlassen. Sie wusste, dass er nie zu ihr zurückkäme.

Ein kaltes Tuch wurde auf Hannahs Stirn gedrückt. Sie rührte sich und wusste nicht, wie lange sie geschlafen hatte, nachdem sie so lange geweint hatte, bis sie keine Tränen mehr gehabt hatte. Ihr ganzer Schmerz hatte sich Bahn gebrochen, als sie sich wie ein Kind ins Bett gerollt und stundenlang geschluchzt hatte. Jedes Mal, wenn sie für ein paar Augenblicke aus ihrem unruhigen Schlaf erwacht war, hatte Mary ihr beruhigende Worte zugeflüstert.

Hannah holte tief Luft und zog ihren schmerzenden Körper zu einer sitzenden Stellung hoch. Ihr tat alles weh: der Rücken, die

Beine, der Kopf und ihr Bauch. Hannah lehnte sich zurück und wartete darauf, dass die Schmerzen wenigstens ein bisschen nachließen. Sie schloss die Augen und atmete ein paar Mal ein. „Wie spät ist es?"

„Zehn Uhr."

Das Baby rührte sich. Einem Impuls folgend, griff Hannah nach Marys Hand und legte sie auf ihren Bauch.

Mary keuchte. „Das ist so erstaunlich."

Dieser Gedanke war Hannah bis jetzt nie gekommen, aber vielleicht hatte Mary recht. Sie schlug die Augen auf und sah, dass sie immer noch ihr Kleid von gestern anhatte. Der Rock war völlig verschmutzt. Zu ihrem Entsetzen erinnerte sie sich daran, dass sie auf der Erde gekniet und Paul angefleht hatte, sie nicht zu verlassen. Sie stöhnte. Ihr Betteln hatte ihr nicht viel gebracht.

Mary verschob ihre Hand, als das Baby sich bewegte, und folgte der langsamen, leichten Bewegung über Hannahs Bauch. „Es ist ein *Bobbeli*, Hannah. Ein echtes *Bobbeli*."

Das Kind trat gegen Hannahs Bauchdecke und Mary fuhr zurück. Sie lachte, aber Hannah konnte daran nichts Lustiges finden. Es war ein richtiges Baby, ja. Ein Baby, das von einem Verbrecher gezeugt worden war.

Mary nahm das Tuch von Hannahs Stirn, tauchte es in die Schüssel und ging zur Kommode, um die Schüssel dort abzustellen.

Hannah stellte die Füße auf den Boden und rieb ihre gerundeten, schmerzenden Seiten.

„Ich gehe jetzt Wäsche waschen; und du ruhst dich aus." Mary hob Hannahs Strümpfe hoch, an denen der Schmutz klebte, und verdrehte mit gespielter Strenge die Augen. „*Mamm* hat die Wanne mit der schmutzigen Wäsche auf die hintere Veranda gestellt. Aber meine Tante hat in der Nacht ihre Zwillinge bekommen. Meine ganze Familie ist noch vor Sonnenaufgang nach Ohio gefahren. Sie werden eine Woche dort bleiben, um meiner Tante bei ihren kleinen Kindern und den beiden Neugeborenen zu helfen. Sie haben uns einen Schlüssel für das Telefonhäuschen dagelassen und gesagt, dass sie hin und wieder anrufen werden." Mary tauchte die Strümpfe in die Wasserschüssel und wusch sie.

Zwillinge. Dieses Wort weckte bei Hannah Erinnerungen an ihre

Tante, die mit dem Bann belegt worden war. Es war nur schwer vorstellbar, wie Zabeths Leben nach so vielen Jahren ohne ihre Familie aussah. Hannah fragte sich, ob Zabeth das, womit sie sich den Bann zugezogen hatte, bereute.

Doch dann verwarf sie diese Gedanken und schaute zu Mary hinüber. „Heute ist nicht Waschtag, oder?"

„Nein, aber wir haben am Montag nicht gewaschen. Wir haben geredet und geweint."

Wahrscheinlich war es gut, dass sie Mary vor ein paar Tagen alles erzählt hatte. Sonst wäre die letzte Nacht noch schlimmer gewesen.

Sie stand auf. Der Raum drehte sich. Sie hielt sich am Kopfteil des Bettes fest, um sich zu stützen. „Ich glaube, ich könnte jetzt eine Dusche vertragen."

Mary kam zu ihr. Als Hannah sich umdrehte, löste Mary die Nadeln und die Bänder ihrer Schürze. „Ich glaube nicht, dass meine Familie gestern Nacht viel gehört hat. Sonst hätten sie ihre Pläne geändert und wären nicht zu meiner Tante gefahren. *Daed* hat etwas davon gesagt, dass wir nachts nicht das Haus verlassen sollen, solange sie weg sind."

„Es spielt keine Rolle, was sie gehört haben. Nicht mehr." Aber Hannah wusste, dass das nicht stimmte. In einer Welt, in der Anpassung das höchste Gebot war, würden ihre Eltern einen hohen Preis für Hannahs trotzige Haltung gegenüber der Alten Ordnung bezahlen. Wenn der Bischof beschloss, dass sie etwas auf eine bestimmte Weise machen müsste, und sie sich weigerte, konnte er ihr nicht viel anhaben. Aber er hatte große Macht über ihre Eltern. Sie würden nicht mit dem Bann belegt werden, aber sie würden geächtet und gemieden werden, wenn auch sehr höflich.

„Pazifismus", murmelte Hannah. „Passive Aggressivität wäre zutreffender."

Mary wischte Hannah die Haarsträhnen aus dem Nacken und flüsterte: „Meine Familie kam erst aus dem Haus, als sie Pauls Reifen quietschen hörten."

Es dauerte ein paar Sekunden, bis sie begriff, was Mary mit diesen Worten meinte. Hannah schlüpfte aus ihrer Schürze und schaute Mary an. „Dann wissen sie nicht, dass …" Sie berührte ihren vorstehenden Bauch.

Mary legte die Hand auf Hannahs Bauch. „Sie wissen es nicht." Marys warme, sanfte Hand streichelte Hannahs Bauch, und ihr Gesicht verriet ihr tiefes Mitgefühl. „Wir könnten das Kleine mit Liebe umgeben, nicht wahr?"

Als Mary diese Worte aussprach, bewegte sich das Baby erneut, als hätte es die ganze Zeit auf ein liebevolles Wort gewartet. Diese Bewegung rührte in Hannahs Seele ein Gefühl an, das sie noch nie zuvor gekannt hatte. Hannah hatte plötzlich Mitleid mit dem winzigen Kind. Es schien sich so verzweifelt nach Liebe zu sehnen.

Als sie zur Dusche ging, fiel Hannahs Blick auf die halb genähte „Vergangenheit-und Zukunft"-Quiltdecke auf dem Tisch. Die Frauen von Owl's Perch hatten so viele Stoffstücke für die Zukunftsseite der Decke gebracht, dass noch jede Menge übrig bliebe, um für die Kinder, die Luke und Mary eines Tages bekämen, Babydecken zu nähen. Als ihre Finger über die Naht glitten, die die zwei Seiten zusammenhielt, verschwand das Mitleid, das Hannah noch vor wenigen Augenblicken erfüllt hatte. „Nein, ich kann dieses Kind nicht lieben, aber jemand anders kann es lieben."

Mary nahm eine saubere Schürze und ein sauberes Kleid von einem Haken und reichte beides Hannah. Hannah nahm die sauberen Sachen und ging langsam ins Badezimmer. Ein Bild von dem Ungeheuer, das dieses Baby gezeugt hatte, tauchte vor Hannah auf, und sie wehrte sich innerlich gegen Marys Vorschlag.

Mary plauderte aus dem anderen Zimmer weiter und wechselte das Thema. „Du wirst unsere Dusche vermissen, wenn du wieder zu Hause bist."

Hannah hörte nicht weiter auf Marys Versuche, etwas Nettes zu sagen. Sie schloss die Badezimmertür und lehnte die Stirn an die Tür. Es war höchste Zeit, dass sie und Mary zu einem normalen Leben zurückkehrten. Aber sobald ihre Schwangerschaft bekannt wurde, wäre sie bei den Yoders nicht länger willkommen. Und ihr Vater würde sie erst wieder unter seinem Dach wohnen lassen, wenn sie mit den Gemeindeältesten die Dinge in Ordnung brachte.

Was soll ich nur tun?

Ihre Zukunft mit Paul war zerstört. Der Schmerz darüber ging so tief, dass jeder Atemzug schmerzte. Sie hatte die ganze Zeit gewusst, dass alles zu Ende wäre, wenn er die Wahrheit erführe. Obwohl sie sich so sehr bemüht hatte, die Schwangerschaft zu verbergen, war ihr das nicht gelungen.

Schließlich trat sie zur Wanne und drehte das Wasser auf. Das Einzige, war ihr jetzt noch blieb, war ihr Baby. Hannahs Leben war vorbei, aber ein neues Leben wuchs in ihr heran und bereitete sich auf seinen Eintritt in diese Welt vor.

Sie setzte sich auf den Wannenrand und bewegte die Hände über ihren gerundeten Bauch. Das Baby war jetzt ruhig; wahrscheinlich war es eingeschlafen. Hannah drehte am Wasserhahn und ließ das Wasser laufen. Inmitten des Leids und der Verlegenheit, die sie niederdrückten, wuchs plötzlich ein neuer Wunsch in ihr. Sie ging leise zur Badezimmertür und lauschte. Mary war nicht mehr im Schlafzimmer. Hannah schlich auf Zehenspitzen zur Kommode, ohne die Schlafzimmertür aus den Augen zu lassen. Sie öffnete die Schublade mit dem Stethoskop und konnte es nicht erwarten, den Herzschlag ihres Kindes zu hören. Aber sie wollte dabei nicht von Mary gesehen werden. Es war eine ganz persönliche Sache, etwas zwischen einer Mutter und ihrem Kind.

Während sie das Stethoskop aus der Schublade zog, lief ihr eine Gänsehaut über den Rücken. *Eine Mutter?*

Eilig schlüpfte sie aus ihrem Kleid, nahm das Stethoskop und begann, nach einem Herzschlag zu suchen. Da sie keinen finden konnte, drehte sie das Wasser ab und horchte wieder. Nachdem sie eine Minute das Stethoskop über ihren Bauch bewegt hatte, hörte sie ein rauschendes Geräusch. Das musste es sein. Es war rhythmisch wie Marys Herzschlag, aber viel schneller.

Sie bekam eine Gänsehaut. *Wie Marys Herzschlag?*

Oh, mein Gott, es ist ein echtes Baby.

Das hatte sie gewusst, nicht wahr?

Während sie zuhörte, wie das Blut durch die winzigen Herzkammern strömte, musste sie sich die Wahrheit eingestehen: Ihr war bewusst gewesen, dass es ein lebendiger Mensch war, aber sie hatte die ganze Zeit gewünscht, das wäre nicht so. Sie hatte gewusst, dass es wuchs und dass es die Macht hatte, ihre und Pauls Zukunft zu zerstören. Aber niemals, kein einziges Mal, war sie auf die Idee gekommen, dass sein Herzschlag genauso wertvoll war wie Marys Herzschlag. Sie nahm das Stethoskop und ließ es auf den Boden fallen.

Als sie ihre Hand wieder über ihren Bauch legte, zog sich das Baby darunter zusammen, als reagiere es auf seine Mutter. Große Reue erfüllte Hannahs Herz. „Es tut mir leid. Es tut mir so furchtbar leid."

Sie atmete tief ein und stieg in die Dusche. Während das warme Wasser über ihre schmerzenden, verspannten Muskeln lief, versuchte sie, die furchtbare Trauer darüber, dass sie Paul verloren hatte, zu ignorieren. Sie hielt das Gesicht unter den Duschkopf, damit das weiche Wasser ihre Tränen wegspülte. Während sie sich an die Duschwand lehnte, tauchten Bilder von Pauls wütendem Gesicht vor ihr auf. Er hatte kein Erbarmen mit ihr gehabt, sondern sie nur verurteilt.

Gott, hilf mir, bitte.

Ein Bild von einem jungen jüdischen Mädchen ungefähr in Hannahs Alter tauchte vor ihrem geistigen Auge auf. Dieses Mädchen war auch schwanger gewesen, bevor es geheiratet hatte. Das Bild war nach einer Sekunde wieder verschwunden, aber plötzlich fühlte sich Hannah nicht mehr so allein. Das Gefühl, dass Gott sie nicht verlassen hatte und das auch nie tun würde, gab ihr neue Kraft.

Dieses Gefühl, dass Gott bei ihr war, tat ihr gut, und es war ihr auch nicht völlig neu. Sie hatte seine Nähe und Liebe gespürt, nachdem Luke sie im Oktober so giftig behandelt hatte. Aber kaum einen Monat später hatte sie erfahren, dass sie schwanger war, und ab diesem Zeitpunkt waren alle Gedanken an Gott weit weg gewesen, während sie verzweifelt versucht hatte, ihre Schwangerschaft vor Paul geheim zu halten. Seltsamerweise schien Gott ihr deshalb nicht böse zu sein. Er schien gern bereit zu sein, sie jetzt seine Nähe spüren zu lassen und sie zu trösten. Sie lehnte ihre Handflächen an die Duschwand und bekannte Gott ihre Schwäche. Tränen vernebelten ihren Blick, aber es waren keine Tränen der Traurigkeit oder des Selbstmitleids. Es waren Freudentränen, so unglaublich das auch war. Als diese Gedanken ihr neuen Mut schenkten, wusste sie, was sie zu tun hatte. Dieses Kind und sie gehörten zusammen. Es gehörte nicht seinem leiblichen Vater; es gehörte dem himmlischen Vater. Hannah würde dafür beten, dass das Kind Ähnlichkeit mit ihm hätte: mit seinem himmlischen Vater.

Als sie aus der Dusche stieg und sich anzog, hatte neue Hoffnung in ihr Wurzeln geschlagen. Aber trotz aller guten Gefühle hatte sich an ihrer äußeren Realität nicht das Geringste geändert. Was war also jetzt zu tun? Während sie ihre nassen Haare zu einem Knoten hochsteckte, suchte sie nach Antworten.

Obwohl Mary nicht im Zimmer war, hörte Hannah tief in ihrer Seele Marys sanfte Stimme. *Wir könnten das Kleine mit Liebe umgeben, nicht wahr?*

Sie fuhr mit der Hand über ihren Bauch. Plötzlich wurden ihr die Augen für eine weitere Erkenntnis geöffnet: Liebe – echte Liebe, wie Gott sie wollte – machte dieses Kind wertvoll. Ein leises Lachen kam über Hannahs Lippen. „Ja, Mary. Ja, wir können dieses Baby mit Liebe umgeben."

Mary hörte Hannah zu, ohne sie zu unterbrechen, während diese im Zimmer auf und ab schritt und ihr erklärte, warum sie sich entschieden hatte, das Baby zu behalten. Mary nickte. „Wir werden das Kind lieben, weil es da ist. Einfach weil es da ist."

Hannah ging von einem Ende des Raumes zum anderen und versuchte ihre Gedanken in Worte zu fassen. „Ich habe kein Geld und bekomme bald ein Kind. Wie sollen wir das schaffen?"

„Ach, Hannah, du brauchst die Unterstützung deiner Familie und unserer Gemeinde. Eine andere Möglichkeit sehe ich nicht. Unsere Eltern haben ihre Höfe von ihren Eltern geerbt. Luke und ich haben einen Platz zum Wohnen, weil Menschen Geld und ihre Arbeitskraft für uns investiert haben. Du kannst nicht allein ein Baby versorgen."

Ein langsamer Schmerz zog sich über Hannahs Rücken und um ihren Bauch. Er wurde stärker. Sie umklammerte die Rückseite des Sofas und wartete, bis der Schmerz nachließ. Als es wieder besser wurde, atmete sie tief ein.

Mary hob den Zeigefinger, um Hannah zu signalisieren, dass sie warten solle. Sie lief ins Schlafzimmer und kam mit Hannahs *Kapp* in den Händen zurück. Mary hatte sie saubergeschrubbt, und so wie es aussah, hatte sie wahrscheinlich über eine Stunde damit verbracht, sie zu bügeln. „Es ist jetzt Zeit, sie wieder aufzusetzen, *jah?*" Mary hielt ihr die Haube hin.

Hannah schloss die Augen und spürte, wie die Aussicht darauf, in die amische Kirche einzutreten, sie niederdrückte. Sie legte die Hände unter ihren runden Bauch und starrte die immer größer werdende Kugel an, bevor sie zum Fenster trat. Während sie die kahlen Bäume beobachtete, die sich im Wind wiegten, fragte sie sich, ob sie sich für den ganzen Rest ihres Lebens so gefangen fühlen würde.

„Hannah, ich sehe keine andere Möglichkeit. Dein Vater wird dir nicht helfen, wenn du dich nicht der Kirche unterordnest, und er wird nicht zulassen, dass andere aus der Gemeinde dir helfen ... selbst wenn sie das wollten. Selbst mein *Daed* wird uns nicht erlauben, so eng befreundet zu bleiben, wenn dein Vater gegen dich ist."

Hannah lehnte die Stirn an die kalte Fensterscheibe. „Oh Gott, hilf mir."

Mary legte die Hand auf Hannahs Schulter. „Er hilft dir, aber um die Hilfe annehmen zu können, die er dir anbietet, musst du das hier aufsetzen."

Hannah drehte sich um und betrachtete die weiße Gebetshaube. „Ich gehe diesen Weg mit dir."

Mary hatte recht; es war der einzige Weg. „Ja, es ist an der Zeit, mich dem Bischof unterzuordnen. Aber es bleibt keine Zeit, in die Kirche einzutreten, bevor das Baby zur Welt kommt."

Mary legte die Hand unter Hannahs Kinn und zog ihr Gesicht nach oben. „Das Baby wird später nicht wissen, dass es geboren wurde, bevor der Taufunterricht begann, oder dass es schon mehrere Monate alt war, bevor du in die Kirche eingetreten bist. Das wird ihm niemand erzählen, wenn du erst einmal getauft bist. Sie werden die Dinge vergessen, die vergangen sind." Mary schaute sie mit einem traurigen, aber süßen Lächeln an. „Und sie werden nie wieder davon sprechen."

Plötzlich wollte Hannah die Sache so bald wie möglich hinter sich bringen. „Ich habe zu lange von einem Leben geträumt, das seit dem Moment des Überfalls unmöglich geworden ist." Hannah nahm die *Kapp*. „Vielleicht war es auch vorher schon unmöglich."

Mary nahm Hannah in die Arme. „Gemeinsam schaffen wir es."

Hannah umarmte sie. Sie war dankbar für Mary und fest entschlossen, dem Kind eine gute Mutter zu sein. „Sorgst du dafür, dass der

Bischof, die Prediger, der Diakon und *Daed* heute Nachmittag hierherkommen? Aber vorher muss ich mit Matthew sprechen."

Kapitel 28

Paul bog auf den Parkplatz vor dem Reifengeschäft, obwohl er nicht genau wusste, wie er dorthin gekommen war. Er war zwar an diesem Vormittag in seinen Vorlesungen gewesen, erinnerte sich aber an absolut nichts mehr. Es war beängstigend, an seinem Arbeitsplatz zu sein, ohne zu wissen, wie er dorthin gekommen war.

Hannah würde bei diesem verkorksten Spiel, das sie spielte, nicht gewinnen. Mehr gab es dazu nicht zu sagen. Er würde an seiner Routine festhalten und jede Erinnerung an sie ausschalten. Er seufzte. Bis er sich davon erholt hatte, lag ein weiter Weg vor ihm. Er fühlte sich, als hätte Hannah ihm liebevoll in die Augen geschaut und gleichzeitig sein Herz durch den Fleischwolf gedreht. Er war immer noch so wütend, dass er zitterte. Er war ein Narr gewesen, dass er nicht schon früher gesehen hatte, welches Spiel Hannah mit ihm gespielt hatte. Endlich begriff er, was in diesen ganzen Monaten zwischen ihm und Hannah gestanden hatte. Ihre Untreue.

Er schob seine Karte in die Stempeluhr und ging zu seinem überfüllten Schreibtisch in dem winzigen, schlecht beleuchteten Hinterzimmer. Während er die Papiere sortierte, die sich am Vormittag dort angehäuft hatten, versuchte er, die Wolke, die durch Hannahs Verrat sein Denken umnebelte, zu durchdringen und halbwegs klar zu denken. Er zog eine neue Bestellung aus dem Stapel und begann, Daten für eine Quittung zusammenzutragen.

„Hi." Carols Stimme riss ihn aus dem Durcheinander seiner Gedanken.

Er blickte nicht auf. Zweifellos hatte Dorcas ihr erzählt, was los war. Jetzt war seine Schwester bestimmt gekommen, um zu schauen, wie es ihm ging. „Mir geht es gut, Carol. Fahr nach Hause."

„Es tut mir wirklich leid, Paul."

Paul zerknüllte die Quittung, die er gerade falsch ausgefüllt hatte, und zog ein neues Formular aus seiner Schreibtischschublade. „Ja, das kann ich mir denken."

„Paul." Sie klang verletzt. „Ich wollte nie, dass du verletzt wirst."

Er warf seinen Stift auf den Schreibtisch und schaute sie in der Hoffnung auf eine Antwort an. „Wie konnte ich mich nur so irren?" Seine Stimme klang rau. Er wünschte, er hätte dieses Gespräch nie angefangen. In dieser Nacht hatte er genug Tränen vergossen, als er mit den Erinnerungen an Hannah und der Erkenntnis, wer sie wirklich war und wer sie geworden war, gerungen hatte. Aber er würde darüber keine Träne mehr vergießen. Keine einzige Träne mehr.

Carol schloss die Tür hinter sich und setzte sich auf einen Stuhl. „Ich vermute einmal, dass sich die Gerüchte über sie bestätigt haben … dass sie sich mit anderen Männern getroffen hat, während du weg warst."

„Ja." Was für eine Untertreibung! Aber Paul würde niemandem verraten, dass Hannah schwanger war. Wenn er nur nicht so blind gewesen wäre, hätte er es schon lange vorher sehen müssen. Wann war sie überhaupt schwanger geworden? War das gewesen, bevor oder nachdem sie seinen Heiratsantrag angenommen hatte? Es spielte keine Rolle.

„Paul, es würde dir vielleicht helfen, wenn du darüber sprichst."

Er nahm einen Stift, hielt ihn in der Mitte fest und klopfte mit beiden Enden abwechselnd auf den Schreibtisch. Sprechen? Seine Schwester wäre bestimmt überfordert, wenn er ihr alles sagen würde, was ihn im Moment beschäftigte. Seitdem er in seinem Praktikum und bei Jack und Melanie die Auswirkungen von Drogen, Alkohol und Untreue gesehen hatte, hatte er gegenüber anderen eine ziemlich zynische Haltung entwickelt. Er merkte schon eine ganze Weile, dass er immer pessimistischer geworden war, aber er hätte nie gedacht, dass er einen Grund hätte, ausgerechnet vor Hannah die Achtung zu verlieren.

Trotzdem konnte er in der Tiefe seiner Seele immer noch nicht glauben, was hier passierte. Er konnte sich einfach nicht vorstellen, dass Hannah sich einem anderen Mann hingegeben hatte. Er hob einen Stapel Aktenordner auf und stellte sie vor sich auf den Tisch. An Hannah hatte es immer etwas gegeben, das ihn verblüfft hatte: dass sie sich immer wieder von zu Hause hatte fortschleichen können, ohne erwischt zu werden; dass sie immer irgendwelche Geheimnisse gehabt hatte; wie sie zu den amischen Gottesdiensten gehen konnte, während sie gleichzeitig diese Kirche verlassen wollte; dass sie mit Matthew so einen herzlichen Umgang pflegte. Anscheinend hatte sie auch dem Arzt ihre Freundlichkeit zuteilwerden lassen, der ihr dieses wirklich nette Buch mit seinen ganzen Telefonnummern darin gegeben hatte. Hannah war unsicher geworden, als Paul sie auf die Telefonnummern angesprochen hatte.

Wenn er nicht so blind gewesen und die Hinweise gesehen hätte, wäre der Schock jetzt vielleicht nicht so groß. Sie hatte mit Matthew im Krankenhaus geflirtet. Sie hatte sich an jenem Abend bei den Yoders Paul in die Arme geworfen. Und ihn geküsst wie … wie eine Frau, die schon viele, viele Male geküsst worden war.

Er stand auf. „Ich muss arbeiten."

Carol umarmte ihn, ohne dass er ihre Umarmung erwiderte. „Wenigstens weiß außer Dorcas und mir niemand etwas davon. Und wir werden nichts verraten."

Paul löste sich aus ihrer Umarmung und räumte wahllos Papiere auf seinem Schreibtisch hin und her. „Na, wenn das keine positive Nachricht ist! Ich kann das Gesicht wahren." Er öffnete seine Schreibtischschublade und wusste selbst nicht, was er darin suchte. Wenn Hannahs Gemeinde von ihrer Schwangerschaft erfuhr, könnte *sie* nicht das Gesicht wahren. Dann gäbe es für sie keinen Zufluchtsort. Sie hatte sich schwer in die Bredouille gebracht und würde dafür einen furchtbar hohen Preis bezahlen. In diesem Moment wurde ihm bewusst, dass die schwere, unerträgliche Trauer, die ihn niederdrückte, auch mit der Not zu tun hatte, die Hannah erwartete. Sie war dumm gewesen, sogar verlogen, aber der Preis, den sie dafür bezahlen müsste, wäre sehr hoch.

Ein scharfer Schmerz schoss über Hannahs Rücken und raubte ihr fast den Atem, während sie sich Matthews Haus näherte. „Ich habe heute viel zu tun, Gott. Gib mir dafür Kraft und Weisheit." Sie flüsterte diese Worte, obwohl sie wusste, dass es für ihre Situation keine perfekte Lösung gab. Aber sie würde im Sommer am Taufunterricht teilnehmen und sich im Herbst taufen lassen. Auf diese Weise würde sich ihr Vater beruhigen und ihr erlauben, in seinem Haus zu wohnen und ihr Baby zu behalten.

Als sie den Eshhof fast erreicht hatte, vernahm sie ein rhythmisches Hämmern aus der Werkstatt. Sie klopfte an die Tür und ging hinein.

Matthew saß an seiner Werkbank und schlug einen winzigen Nagel in einen Rahmen mit einer Glasscheibe. Er schaute auf und richtete seine Aufmerksamkeit dann wieder auf seine Arbeit. Bei der Erinnerung an Pauls Reaktion zitterte sie vor Angst. Unsicher rieb sie den Daumen über ihre Handfläche. „Matthew, ich werde heute mit dem Bischof sprechen." Sie atmete stockend ein. „Aber vorher muss ich mit Elle sprechen."

Matthew warf seinen Hammer auf die Bank. „Du hast die ganze Nacht in dieser Werkstatt geschlafen und dadurch mich und auch Jacob in Verruf gebracht. Hast du zwischen Elle und mir nicht genug Unfrieden gestiftet?"

Hannah trat näher zu ihm. „Das tut mir so leid, Matthew. Ehrlich."

Matthew hob ein kaputtes Rad auf einen anderen Teil seiner Werkbank und nickte. „Sie schwankt immer noch, ob sie mir glauben soll, dass ich dich in jener Nacht nicht gesehen habe. Sie hat in unserer Beziehung die Bremse angezogen. Es wäre am besten, wenn du dich von mir fernhältst … und von ihr."

Nur mühsam konnte sie die Tränen zurückhalten. Sie lehnte sich an einen vorstehenden Balken. „Matthew, ich weiß nicht, wie ich es sagen soll, aber du weißt doch besser als alle anderen, dass die Gerüchte nicht stimmen und ich mir nichts habe zuschulden kommen lassen."

Matthew schaute sie direkt an. „Ja, das weiß ich. Aber ich kann nicht zulassen, dass etwas meine Beziehung zu Elle kaputt macht. Sie braucht mich. Ihr leiblicher Vater hat ihr einen Brief geschrieben. Er trifft sie heute zum ersten Mal, seit er damals verschwunden ist. Er kommt zu Kiah. Ich kann dir gar nicht sagen, wie viel es ihr bedeutet, dass ich in dieser Situation bei ihr bin. Sie will mit ihm sprechen, aber ihren Entschluss, amisch zu werden, will sie sich nicht ausreden lassen."

Hannah betete um Kraft. „Ich hatte nie die Absicht, in unsere Kirche einzutreten, seit ich mich in jemanden verliebt habe, der nicht amisch ist. In den letzten Jahren haben Mrs Waddells Enkel und ich uns jeden Sommer gesehen. Manchmal auch während des Schuljahrs." Hannah räusperte sich. „Im letzten Sommer hat er mich gefragt, ob ich ihn heiraten will. Selbst da haben wir uns nicht einmal geküsst, Matthew. Das schwöre ich dir."

Matthew deutete mit der Hand zum Sofa. „Du siehst schrecklich aus. Setz dich lieber."

Dankbar, dass sie nicht länger stehen musste, trat Hannah zum Sofa und setzte sich. Sie hoffte, dass dadurch die Schmerzen in ihrem Rücken und in ihren Beinen nachlassen würden. Matthew setzte sich ans andere Ende.

Sie starrte die Narben auf ihren Handflächen an. „Du hast gehört, dass ich einen Unfall mit einem Auto hatte. Das ist nicht die ganze Wahrheit. Matthew, ich ... ich wurde gezwungen ... mit einem Mann zusammen zu sein."

„Was?" Er sprang auf. „Nein." Er schüttelte den Kopf und ging von ihr weg.

Hannah schloss die Augen und hoffte, Matthew würde ihr glauben. Als sie die Augen wieder aufschlug, schaute er sie mit einer Mischung aus Schmerz und Zorn an.

„Das tut mir so leid." Er setzte sich aufs Sofa und ergriff ihre Hand.

Wieder durchbohrte ein starker Schmerz ihren Körper. Sie drückte seine Hand. „Danke. Zuerst wollten *Mamm* und *Daed* es geheim halten, damit ich vielleicht doch noch einen Mann finden würde. Ich wollte es geheim halten, damit Paul es nicht herausfände und mich trotzdem heiraten würde."

„Seit Anfang September hast du dich zu Hause verkrochen."

Sie nickte. „Ja. Die Fahrt mit Vento war der erste Hoffnungsfunke in meinem Leben, nachdem ich ... seit jenem Abend."

„Mit unserer Fahrt begannen die ganzen schlimmen Gerüchte über dich. Es ist Zeit, dass wir allen die Wahrheit sagen. Dann wird es leichter für dich."

„Nein", rief sie entsetzt. Hannah schloss die Augen und platzte schließlich mit der ganzen Wahrheit heraus: „Matthew, ich bin schwanger."

Matthew sah aus, als würde er vor Schock über ihre Worte umkippen. Endlich holte er tief Luft. „Wie kann ich dir helfen?“

Seine Freundlichkeit machte ihr das Sprechen unmöglich.

Matthew beugte sich vor und stützte die Unterarme auf seine Knie. „Du hast gesagt, dass du mit Elle sprechen wolltest. Glaubst du, wenn du ihr von deinem …“ Er deutete auf ihren Bauch. „… erzählst, wird das helfen?“

„Du weißt, was sie denken wird, wenn sie hört, dass ich schwanger bin. Sie wird dann glauben, dass entweder du oder Jacob der Vater ist.“ Ein Schluchzen kam aus ihrer Kehle. „Ich weiß, dass es dir leid tut, je eine Sekunde mit mir zusammen gewesen zu sein, und wenn ich etwas tun könnte, um dich zu schützen, würde ich das machen. Aber das kann ich leider nicht. Es tut mir so leid.“

Matthew legte die Hand auf ihre Finger. „Nein.“ Er drückte ihre Hand. „Mir tut es leid. Ich hätte zu dir kommen und schauen sollen, ob mit dir alles in Ordnung ist. Ich hätte dich fragen sollen, warum du damals hier geschlafen hast.“ Er streichelte ihre Hand. „Mach dir keine Sorgen. Wir werden versuchen, das in Ordnung zu bringen. Wenn das nicht klappt, dann ist das nicht deine Schuld.“

Sie war verblüfft. Das hatte sie nicht erwartet. Er reagierte nicht angewidert, weil sie von irgendeinem verrückten *Englischen* schwanger war? Er warf ihr nicht vor, das alles sei irgendwie ihre Schuld?

„Was willst du machen, um Jacobs Ruf wiederherzustellen?“

Hannah schüttelte den Kopf. „Ich werde nichts unternehmen, um Sarah das Leben leichter zu machen. Außerdem wird sie Jacob bestimmt glauben. Du und Elle, ihr beide seid bei der ganzen Sache die unschuldigen Opfer. Ich muss ihr die Wahrheit sagen und kann nur hoffen, dass sie mir glaubt.“

Er stand auf und schaute auf die Uhr, die auf seiner Werkbank stand. „Die Schule ist schon eine Weile aus. Aber der Fahrer holt Elle erst in einer Stunde ab. Sie bleibt nach dem Unterricht immer noch im Schulhaus und korrigiert Hefte und so. Wir könnten sie erwischen. Aber vielleicht sollten wir bis nach dem Treffen mit ihrem Vater warten. Ich fahre heute Abend zu den Bylers. Von dort holt mich ein Fahrer ab, damit ich ungefähr eine Stunde, bevor ihr Vater kommt, bei Elle sein kann.“

Hannah blieb auf dem Sofa sitzen und überlegte. Jetzt weiter zu drängen war wahrscheinlich egoistisch, aber zu warten war gefährlich. Sie musste den Gemeindeältesten gestehen, dass sie schwanger war, sobald sie in Marys *Daadi-Haus* kamen. „Wenn wir warten, könnte die Nachricht sie erreichen, bevor wir mit ihr sprechen können."

Er riss sich den Hut vom Kopf und fuhr mit der Hand durch seine Haare. „Was sollen wir dann tun?"

Die Angeln der Werkstatttür knarrten. Der zehnjährige Peter stürmte lachend in den Raum. „Sag ihm, dass ich es nicht war, Matthew." Er versteckte sich neben dem Sofa hinter seinem großen Bruder.

Der dreizehnjährige David kam hinter ihm hereingelaufen. „Sag ihm, dass ich ihn trotzdem erwische." David stürzte sich auf Peter.

„Langsam, ihr beiden." Matthew breitete die Arme aus und hielt die beiden auseinander.

Als sie die verspielten Stimmen der Jungen hörte, vermisste Hannah Samuel und die kleine Rebecca, die sie in den letzten Monaten nicht mehr gesehen hatte. Sie würden ihre große Schwester bald nicht mehr kennen, wenn Hannah sie nicht bald öfter besuchte.

Die Tür ging zum dritten Mal auf. Elle trat ein. Das Lächeln auf ihrem Gesicht verschwand, sobald sie Hannah erblickte.

Matthew warf einen Blick auf Hannah. Die Entscheidung, ob sie warten sollten oder nicht, war ihnen aus der Hand genommen.

Kapitel 29

Hannah schleppte sich über die klumpige, mit tiefen Löchern durchzogene Wiese. Ihre Oberschenkel brannten und pochten. Die immer stärker werdenden Schmerzen in ihrer Seite machten es unmöglich, tief durchzuatmen. Die Schmerzen, die sie quälten, würden hoffentlich nicht noch schlimmer werden.

Ihr Fuß verfing sich in einem mit braunem Gras überwucherten Loch, und sie stolperte. Ihr war bis jetzt nie aufgefallen, wie schwer der Boden dieses Feldes war. Die Schmerzen in ihrer Seite wurden immer stechender, während sie sich durch den Hof und in die Auffahrt der Yoders schleppte.

Als sie die Tür zum *Daadi-Haus* öffnete, hörte sie leise Männerstimmen miteinander murmeln. Bevor Hannah das Haus richtig betreten hatte, kam Mary an ihre Seite geeilt. „Sie sind gekommen, um mit dir zu sprechen."

Die Pferde und Einspänner waren anscheinend in einen der Ställe gezogen worden. Das bedeutete, dass die Gemeindeältesten wussten, dass sie eine Weile hierbleiben würden. Hannah fragte sich, ob der Bischof und die Prediger so schnell auf die Nachricht reagiert hatten, weil sie so willige Diener ihrer Gemeinde waren, oder ob sie nur gierige Geier waren, die sich auf ein frisches Opfer stürzten.

Da sie einige Momente brauchte, um sich zu fangen, trat sie auf die geschlossene hintere Veranda hinaus, lehnte sich an den Schrank mit eingemachten Lebensmitteln und holte tief Luft.

Elle war sichtlich erschüttert gewesen, als sie gehört hatte, was Hannah zu sagen hatte. Aber sie hatte erwidert, dass sie im Moment zu sehr mit ihrem Vater beschäftigt sei, um sich damit auseinanderzusetzen, was sie von Hannahs Geständnis halten sollte. Sie schien Hannahs Bericht glauben zu wollen, brauchte aber ein bisschen Zeit, um sich über ihren Standpunkt klar zu werden.

Hannah verstand, warum Matthew Elle zur Frau nehmen wollte.

Ihre ungewöhnliche Schönheit war noch das geringste Attribut der jungen Frau. Sie war so offen und nett, während sie sich unterhielten, dass Hannah sich wünschte, sie könnte auch so sein. Bevor sie gegangen war, hatte Elle Matthews Gesicht gestreichelt, gelächelt und gesagt, sie könnten Freunde bleiben, egal, wie alles weiterginge. Es sprach für Matthew, dass er sie nicht anflehte, ihm zu glauben, oder Hannah wegen ihrer Rolle bei der ganzen Sache die Schuld gab.

Angesichts des bevorstehenden Gesprächs mit den Gemeindeältesten konnte Hannah nur hoffen, dass die Männer wenigstens halb so barmherzig wären, wie Elle es gewesen war.

„Kumm." Mary legte den Arm um Hannahs Schulter und führte sie ins Wohnzimmer, wo die Männer warteten. Während sie am Schlafzimmer vorbeikamen, fiel Hannahs Blick auf die „Vergangenheit-und-Zukunft"-Quiltdecke, die auf dem Tisch neben dem Bett lag. Jede Hälfte der Quiltdecke war wichtig, die Seite, die schon geschehen war, und die, die noch kommen würde. Ein Funke Hoffnung zog in Hannahs Herz ein. Bald schon wäre das, womit sie heute konfrontiert wurde, ein Teil ihrer Vergangenheit.

Die vier Männer standen auf, als sie eintrat. Nicht aus Respekt vor ihr als Frau, davon war sie überzeugt, sondern weil sie dachten, Hannah hätte sie holen lassen, weil sie Buße tun wollte. Sie hatte wirklich vor, jede Schuld, die sie auf sich geladen hatte, zu bekennen, aber sie hatte nicht die Absicht, Dinge zu beichten, die nicht ihre Schuld waren. An dieser Stelle würde es schwierig werden.

Sie setzte sich dem Bischof gegenüber auf einen Stuhl. Die Männer nahmen wieder Platz. Die Spannung im Raum stieg spürbar an. Ihr Vater saß mit Prediger Nathaniel Miller rechts neben ihr. Prediger Ben Zook saß links von ihr. Sie hatte Nathaniel schon gekannt, bevor er Prediger geworden war. Ben war ein enger Freund ihres Großvaters gewesen, als Hannah noch ein kleines Mädchen gewesen war, und hatte segnende Worte über ihrem Großvater gesprochen, als dieser starb.

Der Diakon war nicht gekommen. Er hatte anscheinend nicht alles stehen und liegen lassen und von einer Stunde auf die andere hierherkommen können. Es gab eine festgelegte Vorgehensweise bei solchen Dingen – bestimmte Tage und Zeiten, die dafür vorgesehen waren. Aber man war immer bereit, Ausnahmen zu machen, um den Menschen zu helfen, die Hilfe brauchten. Hannah war eindeutig so jemand.

Der Bischof legte seinen Hut auf seinen Schoß. „*Was iss letz?*“ Bischof Eli Hostetler war ein Mann, der Hannah einschüchterte. Mit seinem gegerbten Gesicht und seinen Knopfaugen sah er genauso alt aus, wie Hannah sich Gott vorstellte – und es schien, als sei er genauso unzufrieden mit ihr. Elis knöchriger Körper war dürr wie die schmalen Bretter, die den alten Stall mit Müh und Not zusammenhielten.

Hannah versuchte zu schlucken, aber ihr Mund war zu trocken. Der Bischof wollte, dass sie sofort zur Sache käme. Aber wo sollte sie beginnen?

Sie schaute jeden der Männer an und fragte sich, ob sie die Kraft besäße, alles zu sagen, was gesagt werden musste. Nathaniel Miller war ungefähr im Alter ihres Vaters, Anfang vierzig, mit kleinen, braunen Augen und einer großen Nase, die nicht in sein Gesicht passte. Ben Zook war mit seinen sechzig Jahren ungefähr zehn Jahre älter als der Bischof. Er hatte tiefe Narben im Gesicht. Hannah hatte immer angenommen, dass er als Jugendlicher Akne gehabt haben musste. Langsam wanderten ihre Augen zu ihrem Vater, der sie nicht einmal anschaute.

Sie zwang sich, mit ihrem Geständnis zu beginnen. „Am Anfang dieser ganzen Sache hat mein Vater verlangt, zum Bischof zu gehen. Er hat mich immer wieder darum gebeten. Aber ich habe nicht auf ihn gehört.“ Sie atmete abgehackt ein, als wieder starke Schmerzen über ihren Rücken und ihre Oberschenkel zogen. Wenn mit der „ganzen Sache“ Hannahs Schwangerschaft gemeint war, dann war ihre Aussage wahr.

Von hinten reichte Mary ihr ein Glas Wasser und mehrere Taschentücher. Während Hannah einen Schluck trank, betrachtete sie die Gesichter der Männer. In den graublauen Augen ihres Vaters lag ein deutliches Zögern. Was der Grund für sein Zögern war, wusste Hannah nicht. War er unsicher, wie der Bischof reagieren würde, oder hegte er Zweifel an der Tugend seiner Tochter? Glaubte er den Gerüchten etwa auch?

Sie richtete ihre Aufmerksamkeit auf den Bischof.

Hannah wollte sich nach vorne beugen und das Glas auf den Tisch stellen, aber Mary trat vor und nahm es ihr ab.

Der Bischof räusperte sich. „Mary, ich halte es für das Beste, wenn du uns eine Weile allein lässt."

Mary nickte. „Ich bin in unserem Haus, falls ihr mich braucht."

Als sie aufstand, um zu gehen, warf der Bischof einen Blick auf Hannahs Vater. Hannah wusste, dass es Wochen oder vielleicht auch Monate dauern würde, bis die ganze Sache endgültig verarbeitet wäre. Egal, was der Bischof beschloss, gäbe es bestimmt Familien, die nicht mit ihm übereinstimmten. Die Familien, die die Gerüchte glaubten, würden nichts anderes akzeptieren, als eine volle Offenlegung der Tatsachen und Buße von Seiten Hannahs. Und die Leute, die sich dafür entschieden, Hannahs heutiges Geständnis zu glauben, hätten auch weiterhin Vorbehalte, bis diejenige, die diese ganzen Gerüchte in die Welt gesetzt hatte, endlich irgendwann die Wahrheit sagte.

Wenn nicht Matthews und Elles Beziehung auf dem Spiel stünde, hätte Hannah nichts dagegen, dass die Leute alles erführen, was es zu den Gerüchten zu sagen gab. Matthew könnte die Leute wahrscheinlich überzeugen, und Sarah müsste zugeben, dass ihre Behauptung, Hannah sei in jener Nacht sehr lange fort gewesen, eine Lüge war. Hannah würde gern sehen, wie Sarah zurechtgewiesen wurde.

Als die Tür sich hinter Mary schloss, nickte Eli Hannah zu.

Hannah wandte den Blick ab, um die Männer nicht anschauen zu müssen, als sie anfing zu erklären: „Ende August war ich auf dem Heimweg von Mrs Waddells Hof, unserer mennonitischen Nachbarin, als ..." Stammelnd und mit langen Pausen beschrieb Hannah den Überfall, so gut sie konnte. Als sie fertig war, herrschte lange Zeit Schweigen im Raum.

Der Bischof wandte sich an ihren Vater. „Zeb, glaubst du diese Geschichte?"

Sie wäre weniger bestürzt gewesen, wenn die Männer ihr vorgeworfen hätten, sie sei schuld an der Vergewaltigung, weil sie an jenem Tag allein auf der Straße unterwegs gewesen war. Sie hatte diesen Männern soeben die peinlichste Sache in ihrem ganzen Leben gestanden, und als Reaktion darauf wurde sie angeklagt, eine Lügnerin zu sein?

Ihr Vater schaute auf den Boden. „Ich … ich war da, als sie nach Hause kam. Ich habe keinen Zweifel an dem Verbrechen, das sich zugetragen hat."

Eli schaute ihn mit hochgezogener Augenbraue an und richtete dann seine Aufmerksamkeit wieder auf Hannah. „Und die mitternächtliche Fahrt im Nachthemd?"

„Es waren nur ein paar Minuten. Und ganz in der Nähe des Hauses."

Der Bischof sah nicht so aus, als glaube er ihr, aber er sagte nichts.

Hannahs Kopf pochte, und ihr ganzer Körper wollte sich vor Schmerzen krümmen. Sarahs Gerüchte sorgten dafür, dass der Bischof nichts von dem glaubte, was Hannah sagte. Aber sie hatte nicht die Kraft, ihre Schwester in diese Sache hineinzuziehen. Außerdem wurde immer klarer, dass niemand in diesem Raum ihr glauben würde, selbst wenn sie versuchte, die Dinge zu klären und Sarah als Lügnerin hinzustellen.

Der Bischof sprach weiter: „Ist es wahr, dass du gegen den Willen deines Vaters einem mennonitischen Mann Briefe geschrieben hast?"

Sie wünschte, dies wäre eine Lüge, aber sie konnte es nicht abstreiten. Sie nickte.

„Ist es sein Kind, das du bekommst?"

„Nein! Ich habe doch gerade erzählt …"

Der Bischof ließ sie nicht ausreden. „Ist es wahr, dass du am Tag vor Thanksgiving in den Armen dieses Mannes warst, dem du heimliche Briefe geschrieben hast, und dass du ihn geküsst hast, während du das Kind eines anderen Mannes in dir trägst?"

Jemand hatte sie also an jenem Tag beobachtet und es dem Bischof erzählt. Vielleicht war er auch selbst derjenige gewesen, der sie gesehen hatte. Sie nickte.

„Und ist es wahr, dass Matthew Esh gesagt hat, dass du eine Lügnerin bist?"

Hannah hielt sich das Taschentuch vors Gesicht. Sie war so tief in Missverständnisse und Vorurteile verstrickt, dass sie ihren Namen nie reinwaschen könnte. Was sollte sie sagen? Der Bischof hatte mit eigenen Ohren gehört, dass Matthew das gesagt hatte. Es hätte keinen Sinn, es abzustreiten. Kein Wunder, dass der Mann darüber geschwiegen hatte, dass er sie beide an jenem Tag im Stall erwischt hatte. Er dachte, Matthew hätte sie ermahnt. Wenn sie jetzt erklärte, dass es nur Spaß gewesen sei, könnte der Bischof seine Meinung über Matthew ändern, und dann würden noch mehr Gerüchte über sie und Matthew die Runde machen. Falls Sarah je für die Lügen, die sie erzählt hatte, zur Verantwortung gezogen würde, durften die Gemeindeältesten nicht den geringsten Zweifel an Matthews Integrität haben.

Sie nickte.

„Ist es auch wahr, dass du im Laufe der Jahre viele Male von zu Hause weggeschlichen bist, um bei diesem mennonitischen Mann zu sein, und deine Arbeit für Katie Waddell nur als Vorwand benutzt hast?"

Sie ließ das Taschentuch sinken und starrte auf ihren Schoß. Sie konnte ihrem Vater nicht in die Augen schauen. Was musste er von ihr denken?

Der Bischof bohrte immer und immer wieder wegen derselben Gerüchte nach und versuchte Hannah zu zwingen, ihre Schuld zu gestehen. Ihr fiel beim besten Willen nicht ein, was sie sagen sollte, um ihnen die Augen für die Wahrheit zu öffnen. Andererseits steckte hinter jedem Gerücht ein Körnchen Wahrheit, auch wenn es eine sehr verdrehte Version der Wahrheit war. Wie sollte sie sich aus diesen Verstrickungen befreien können?

Als die Uhr fünf schlug, war Hannah müde und körperlich und psychisch so ausgelaugt, dass sie nicht einmal mehr den Kopf heben konnte.

„Schau mich an!" Die Stimme des Bischofs donnerte durch das Haus.

Hannah hob zum ersten Mal seit über einer Stunde das Gesicht.

„Du bleibst heute Nacht allein hier. Zeb, da Marys Familie zu Besuch bei Verwandten in Ohio ist und nicht so schnell zurückkommen kann, halte ich es für das Beste, wenn Mary zu euch geht. Die Gemeinde wird unsere Entscheidung besser akzeptieren, wenn Mary bei denen wohnt, die in einigen Monaten ihre Familie sein werden." Bischof Eli faltete die Hände und schaute die Männer kurz an, bevor er Hannah erneut mit einem strengen Blick bedachte. „Morgen kommen wir wieder. Ich schlage vor, dass du die Nacht nutzt, um über diese *Vergewaltigungs*geschichte nachzudenken. Überlege dir genau, Hannah, welchen Weg du wählst. Ohne wahre Buße kann es keine Vergebung geben. Wir können dir nicht erlauben, in die Kirche einzutreten, wenn du deine Sünde mit Lügen verschleiern willst." Er stand auf. Die anderen Männer folgten ihm. „Vielleicht hilft dir eine Nacht allein in diesem Haus, um dir deiner Sünden bewusst zu werden. Ich mache mir Sorgen, dass Marys Gutmütigkeit und ihre Naivität deine Manipulationsversuche und Lügen noch unterstützen, aber sie wird heute Nacht nicht hier sein."

Ohne aufzustehen, schaute Hannah zu ihrem Vater hinauf. „Stellst du meine Ehrlichkeit, was den Überfall angeht, auch in Frage, *Daed?*"

Er starrte seine Tochter an. „Du hast mich jahrelang in Bezug auf Mrs Waddells Enkel angelogen. Was kann ich dir noch glauben?"

Hannah war wie vor den Kopf gestoßen. Wie konnte er glauben, dass das, was er an jenem Abend, als sie mit tiefen Verletzungen an den Händen und Knien völlig traumatisiert nach Hause gekommen war, irgendetwas mit ihrer verbotenen Beziehung zu Paul zu tun haben könnte?

Die Männer drehten ihr alle gleichzeitig den Rücken zu. Das war ein Vorgeschmack auf das, was kommen würde, wenn sie an ihrer Vergewaltigungsgeschichte festhielte. Als die Tür ins Schloss fiel, vergrub Hannah ihr Gesicht in den Händen. Sie war zu ausgelaugt, um noch weinen zu können.

Kapitel 30

Die Wanduhr über dem Kamin tickte unbarmherzig. Ein Grauen, das sie noch nie gekannt hatte, erfüllte Hannah. Zum ersten Mal in ihrem Leben war sie wirklich allein. Diese Trennung von allen anderen Menschen gab ihr das Gefühl, rebellisch und aufrührerisch zu sein. Das Schweigen wurde mit jedem Ticken der Uhr lauter.

Ein heulender Wind unterbrach die Stille und zerrte so kräftig am Haus, dass es darunter stöhnte und ächzte. Hannah stand auf und taumelte zum Fenster. Schnee lag an einigen Stellen auf der Erde, aber die schweren Flocken, die vom schwarzen Himmel fielen, kündigten an, dass das Land bald unter einer weißen Decke begraben wäre.

Gedanken an Ohio schossen Hannah durch den Kopf. In diesem Moment klang Ohio wie eine sichere Zuflucht. Sie fragte sich, ob ihre Tante sich freuen würde, wenn sie von der ältesten Tochter ihres Bruders Besuch bekäme.

Sie schüttelte über ihre eigene Dummheit den Kopf und legte die Hand auf ihren Bauch. „Wir wussten, dass es ein Kampf werden würde, von *Daed* und der Kirche wieder akzeptiert zu werden, aber es sieht so aus, als hätte deine Mutter alles nur noch schlimmer gemacht.“ Sie streichelte ihren Bauch. „Es tut mir leid, Kleines.“

Während sie den Vorhang zuzog, wurde Hannah bewusst, dass sie in den Jahren, in denen sie wegen Paul Geheimnisse vor ihren Eltern gehabt hatte, einen dicken Vorhang nach dem anderen zwischen sich und ihren Eltern zugezogen hatte. Wie hatte sie nur so dumm sein können?

Ihr Magen knurrte und erinnerte sie daran, dass sie nichts mehr gegessen hatte seit … dem Abendessen gestern. Sie schleppte sich in die Küche und holte eine Petroleumlampe. Als sie ein Streichholz anzündete und es an den Docht hielt, verschwand ihr Hunger. Ihr tat alles weh, vom Brustkorb bis zu den Knien. Sie nahm zwei

Schmerztabletten aus einer Flasche und schluckte sie mit einem Glas Wasser. Diese Medikamente waren bestimmt besser als die gemahlenen Lobeliensamen, die ihre Familie benutzte. Auf dem Rückweg ins Wohnzimmer bekam sie einen Muskelkrampf, der so stark war, dass sie sich an einem Stuhl festhalten und warten musste.

Während sie einige Male tief einatmete, fragte sie sich, ob solche Schmerzen normal waren. In diesem Moment setzte ein weiterer starker Schmerz im unteren Bereich ihres Rückens ein und breitete sich über ihren Bauch aus. Sie stöhnte leise, während sie darauf wartete, dass der Schmerz aufhörte. Das sonderbare, schmerzhafte Gefühl hielt fast eine ganze Minute lang an. Irgendetwas stimmte nicht. Panik ergriff sie. Sie war mutterseelenallein. Das Telefonhäuschen war verriegelt und zugenagelt.

Hör auf, dir Sorgen zu machen. Alles ist in Ordnung. Es war ein langer, anstrengender Tag, und dein Körper ist müde. Das ist alles.

Die Panik legte sich ein wenig, als sie sich einredete, dass diese Symptome nur auf die Anstrengung der letzten Stunden zurückzuführen seien. Der Kummer wegen Paul war am schlimmsten. Nichts von dem, was im Moment in ihrem Leben passierte, war so schmerzhaft wie der Gedanke, dass sie Paul verloren hatte. Aber er war fort, und im Moment musste sie ihre ganze Aufmerksamkeit auf das Kind in ihrem Bauch richten.

Sie schleppte sich ins Schlafzimmer, legte sich aufs Bett und deckte sich mit einer Wolldecke zu. Ein wenig Ruhe und die Schmerztabletten würden die Anspannung in ihrem Rücken und Bauch bestimmt lindern.

Sobald sie den Kopf aufs Kissen legte, übermannte sie der Schlaf. Es war ein unruhiger, schmerzerfüllter Schlaf. Als ein Klopfen an der Tür den Raum erzittern ließ, warf Hannah einen Blick auf die Uhr. Acht. Der Befehl des Bischofs, dass sie die Nacht allein verbringen musste, hatte bestimmt längst die Runde gemacht. Wer würde es wagen, trotzdem an ihre Tür zu kommen?

Paul?

Neue Hoffnung keimte in ihr auf. Könnte es möglich sein, dass er gekommen war und ihr doch glaubte?

Das Klopfen an der Tür wiederholte sich. „Hannah? Ich bin's. Matthew. Ist mit dir alles in Ordnung?"

Ihr wurde übel, als ihre törichte Vorfreude in tausend Scherben zerbarst. Hannah schob sich vom Bett hoch und rappelte sich auf die Beine. Sie schleppte sich durch die Räume und öffnete die Sturmtür. Eine weiße Schneedecke lag über der Erde. An mehreren Stellen hatten sich Schneewehen aufgehäuft, über deren weiche Ränder der Wind strich. „Was machst du hier? Solltest du nicht bei Elle sein?"

Der Wind peitschte durch die Luft und riss Hannah die Tür aus der Hand. Matthew ergriff die Sturmtür und hielt sie fest. „Das Flugzeug ihres Vaters ist noch nicht in Baltimore gelandet, aber ich treffe mich mit einem Fahrer, sobald ich sicher bin, dass mit dir alles in Ordnung ist."

Sie wünschte, sie könnten ins warme Haus gehen. Wenigstens so weit, dass sie die Tür zumachen könnten. Hannah nahm ein Tuch vom Garderobenhaken. „Du hast gehört, was der Bischof angeordnet hat?"

Er nickte. Tiefes Mitgefühl sprach aus seinen Augen. „Ich wollte nicht ins Haus kommen. Aber ich musste schauen, wie es dir geht. Seine Anweisungen haben nicht gesagt, dass niemand nach dir schauen darf."

Hannah musste trotz ihrer Not lächeln. Matthew war immer schon ein Mann gewesen, der einerseits gehorchte und dabei doch die Regeln großzügig auslegte, wenn er mit einer Anordnung des Bischofs nicht einverstanden war. „Ich komme schon klar, Matthew. Ich brauche nur etwas Ruhe." Während sie diese Worte sprach, erfasste ein neuer Krampf ihren Körper und raubte ihr fast den Atem. Sie klammerte sich an den Türrahmen und keuchte. Als sie seine besorgte Miene sah, zwang sie sich zu einem Lachen. „Mir geht es gut. Wirklich. Ich habe mich heute nur übernommen, und mein Körper beschwert sich darüber."

Matthew beugte sich vor. „Bist du sicher?"

Hannah war fest entschlossen, sein Leben nicht noch mehr mit ihren Sorgen zu belasten, und verdrängte ihre Ängste und antwortete so gelassen, wie sie nur konnte. „Ja. Geh. Bitte. Sonst kommst du zu spät zu Elle."

„Ich komme wieder und schaue nach dir, sobald ich kann. Es ist bestimmt nach Mitternacht, vielleicht schon zwei Uhr am Morgen, wenn ich zurückkomme." Er schwieg kurz. „Du siehst nicht gerade gut aus."

„Danke." Hannah zwang sich zu einem kleinen Knicks.

Matthew schmunzelte nicht. Er zog sich den Hut tiefer ins Gesicht und begab sich zu seinem Einspänner. Immer noch schwer keuchend, verriegelte sie die Sturmtür. Das Einzige, was sie brauchte, war ihr Bett und etwas Ruhe. Matthew sollte ihretwegen auf keinen Fall darauf verzichten, mit Elle zusammen zu sein. Und schon gar nicht heute Abend. Als sein Wagen im Schneetreiben verschwand, schloss sie die Holztür und ging wieder zu Bett.

Trotz ihrer stechenden Schmerzen und der starken Krämpfe döste Hannah ein. Plötzlich fuhr sie in die Höhe. Ihr Rock war nass. Sie zog sich aus dem Bett, zündete eine Petroleumlampe an und ging ins Badezimmer. Ein stechender Schmerz durchbohrte sie erneut. Zitternd stellte sie die Lampe auf den Tisch. Wie ein Blitz, der für einen Moment den dunklen Himmel erhellt, ging ihr plötzlich ein Licht auf. Ihre Schmerzen hatten nichts mit den Strapazen des vergangenen Tages zu tun. Sie hatte Wehen. Wenn sie richtig überlegte, hatte sie schon seit über vierundzwanzig Stunden Wehen.

Aber das Baby soll doch erst Mitte Mai kommen.

Als ihr das bewusst wurde, wollte sie zu Gott schreien, aber sie brachte die Worte nicht über die Lippen.

Es war die dritte Februarwoche. Wenn das Baby jetzt kam, würde es vielleicht nicht überleben.

Sie sank auf die Knie und stöhnte, als eine lange, schmerzliche Wehe ihren Bauch nach unten zog. Ihre Gedanken rasten in hundert Richtungen. Schon vor Stunden hätte sie begreifen müssen, dass das keine normalen Schmerzen waren, auch wenn sie noch nie zuvor in ihrem Leben so viel durchgemacht hatte.

Als die Wehe nachließ, zog sie sich am Bett in die Höhe

Während sie um ihr Gleichgewicht und den nächsten Atemzug rang, schossen ihr alle möglichen Gedanken durch den Kopf. Mary hatte den Schlüssel zum Telefonhäuschen immer in ihrer Rocktasche. Das bedeutete, dass Hannah zum Stall gehen und eine Axt holen müsste und sich dann zum Telefonhäuschen schleppen und versuchen müsste, das Schloss aufzubrechen. Hatte sie genug Kraft dazu? Die Antwort musste einfach Ja lauten. Aber sie konnte sich kaum aufrichten.

Das Anatomiebuch.

Während sie mit einer Hand ihren Bauch hielt, durchwühlte sie auf der Suche nach dem Buch die Kommodenschublade. Es enthielt ein Kapitel darüber, wie man ein Baby entbindet. Es waren nur ein paar Seiten, und sie hatte diese Seiten mehrmals gelesen, aber … Sie warf die saubere Kleidung aus den Schubladen auf den Fußboden. Wo hatte sie es das letzte Mal gehabt?

Unter der Matratze! Dorthin hatte sie es gesteckt. Sie schleppte sich zum Bett zurück und schob die Hände zwischen die Matratze und die Bettfedern. Ihre Finger berührten den glatten, seidigen Umschlag, und sie zog das Buch heraus. Mühsam atmend schlug sie das Buch bei dem Abschnitt über Hausgeburten auf und begann zu lesen. Bei jedem Wort, das sie las, zitterte sie ein bisschen mehr. Das konnte sie nicht.

Ein Klopfen an der Tür ließ sie zusammenzucken. Ein Hoffnungsfunke – jemand war gekommen. Sie schleppte sich zur Hintertür. Als sie die Jalousie hochzog, um hinauszuschauen, erfüllten sie gleichzeitig eine starke Erleichterung und ein großes Grauen.

Matthew.

Sie öffnete die Tür. „Matthew", flüsterte sie. „Warum bist du zurückgekommen?" Sie legte den Arm unter ihren Bauch und hob das Gewicht ein wenig hoch. Sie konnte ihren nassen, kalten Rock an ihren Beinen spüren. Ihr Atem kam kurz und abgehackt, ein durchbohrender Schmerz zog über ihren Rücken.

Matthew stellte den Fuß auf die Türschwelle und zwang sie dadurch, zurückzuweichen und ihn eintreten zu lassen. Er legte den Kopf schief und versuchte an ihrem Gesicht abzulesen, was sie dachte. „Ich musste zurückkommen." Er runzelte die Stirn. „Hannah, verschweigst du mir etwas?"

Sie zögerte. Wenn sie es ihm sagte, würde er bleiben, und dann wäre es endgültig mit seinem ruhigen Leben vorbei. Sie hasste sich selbst, aber dadurch fand sie auch keine Antwort. Die Angst, allein gelassen zu werden, war stärker als ihre Bedenken. „Ich brauche Hilfe. Ich glaube, das Baby kommt." Ein tiefes Schluchzen erschütterte ihren Körper und ließ sie nach vorne taumeln.

Matthew legte die Hand unter ihren Arm und stützte sie. Er half ihr ins Schlafzimmer. „Ich wusste, dass etwas nicht stimmte. Ich hatte einfach so ein Gefühl ...“ Er half ihr aufs Bett. „Ich laufe zum Telefon und hole Hilfe.“

„Die Hütte ist zugesperrt und zugenagelt“, stöhnte Hannah.

Zorn trat in Matthews Augen. „Mach dir keine Sorgen. Ich komme schon irgendwie hinein. Bleib du hier.“

Während er zur Tür lief, wurde der Druck in Hannahs Körper immer größer. „Matthew, warte.“ Ihre Stimme war eine Mischung aus einem verzweifelten Flüstern und einem Schrei.

In der nächsten Sekunde war er an ihrer Seite. Hannah deutete zu dem Buch. „Ich brauche eine Schere und einen Faden aus dem Nähkorb neben der Kommode. Und ich brauche saubere Tücher, Handtücher und ... und den Saugapparat aus dem Medikamentenschrank. Schnell.“

Matthew warf ihr die Sachen fast hin, als er ihren Bitten eilig nachkam und dann zur Tür hinausstürmte.

Während sie sich an die Kissen lehnte, die an der Kopfseite des Bettes aufgehäuft waren, wurde der Drang zu pressen so stark, dass sie sich kaum noch dagegen wehren konnte. Sie keuchte während der nächsten paar Wehen und zwang sich, nicht zu pressen.

Draußen hörte sie, wie Glas zertrümmert und Bretter eingerissen wurden.

Der Drang zu pressen wurde stärker als ihre Willenskraft, stärker als alles, was sie je erlebt hatte. Sie atmete tief ein, und ihr Körper übernahm das Kommando, ohne auf die Befehle ihres Verstandes zu hören, dass er mit dem Pressen aufhören solle. Sie presste und stöhnte. Presste und keuchte. Presste. Presste. Presste. Ihre Stirn war schweißgebadet. Sie flehte ihren Körper an, mit dem Pressen zu warten, um Matthew Zeit zu geben, einen Krankenwagen zu holen. Aber er wollte nicht auf sie hören.

Die Hintertür ging knarrend auf und fiel mit einem lauten Knall wieder zu. Es klang, als wollte eine Herde Kühe in der Küche Schutz vor dem schlechten Wetter suchen. Einen Moment später stand Matthew mit angespanntem Gesicht an der Schlafzimmertür. „Ich bin hineingekommen, aber die Leitung ist tot. Ich hole meine Mutter.“

Hannah hob die Hand. Sie konnte nicht sprechen. Matthew blieb stehen und schaukelte auf seinen Fußballen nervös vor und zurück.

Als die Wehe nachließ, lehnte sie sich auf dem Kissen zurück und atmete tief ein. „Lass mich nicht allein. Bitte."

„Hannah, du brauchst Hilfe. Ich reite über die Felder und bin in weniger als zehn Minuten zurück. Meine Mutter ist keine Hebamme, aber sie hat schon bei einigen Entbindungen geholfen. Ich ... ich kenne mich nicht aus und kann dich und das Baby nicht vor dem Tod retten."

Matthew war genauso bleich wie die Laken unter ihrem Körper. Seine Beine wackelten wie das eines neugeborenen Kalbes, das versuchte zu stehen. Die nächste Wehe kam und wurde immer stärker. „Geh", flüsterte sie.

Matthew rannte aus dem Zimmer und stolperte fast über den Nähkorb, den er vorher mitten auf dem Boden stehen gelassen hatte. Sie hörte, wie die Tür zugeschlagen wurde.

Ihr Körper sagte ihr, wann sie pressen, wann sie tief einatmen, wann sie sich ausruhen sollte. *Beeil dich, Matthew.* Die Minuten vergingen langsam, und sie hörte nur das Ticken der Uhr und das Heulen des Windes. Während sie immer wieder presste und sich zwischen den Wehen kurz ausruhte, tauchte ein kleiner Kopf zwischen ihren Schenkeln auf.

Ein protestierender Schrei ertönte. Große Erleichterung erfüllte Hannah und gab ihr neue Kraft, die nächste Phase in Angriff zu nehmen. Sie stützte sich an ihren Kissen ab und beugte sich mit den sauberen Tüchern in der Hand vor. Der kleine Körper, der aus ihr herauskam, war winzig. Zu winzig. Die kleinen Puppen, die in ihre Schürzentasche gepasst hatten, waren nicht kleiner gewesen als dieses Baby.

Ein genauerer Blick verriet ihr, dass sie ein Mädchen zur Welt gebracht hatte. Eine Tochter. Ihr Kind. Sie trocknete den Säugling ab und stellte trotz des schwachen Lichts der Petroleumlampe fest, dass die Farbe des Kindes mehr einem Salamander als einem Baby ähnelte. Die Haut war durchsichtig und zeigte den Verlauf der Adern.

Hannah nahm das strampelnde Mädchen auf den Arm. In dem Buch stand, dass Wärme das Wichtigste sei. Hannah wischte ihre Tochter sauber und wickelte sie in das weiche Tuch und dann in die „Vergangenheit-und-Zukunft"-Decke. Das Baby schrie, machte aber nicht die Augen auf.

Hannah drückte ihr Neugeborenes an sich und lächelte es an. Sie badete in den Muttergefühlen, die sie durchströmten, und flüsterte: „Rachel ist ein guter Name, *jah?*“ Ihre Tochter schlug die Augen auf und schien Hannah ins Gesicht zu schauen. Tränen brannten in Hannahs Augen. „Hallo“, flüsterte sie.

Das Baby blinzelte und schloss wieder die Augen. Bevor Hannah den nächsten Atemzug machen konnte, kam ein jämmerliches Stöhnen aus dem winzigen Körper. Hannah zog die Decken von der Brust des Babys weg und suchte … sie wusste nicht genau was.

Der Brustkorb ihrer Tochter bog sich nach innen. Hannahs Herz pochte schwer. Ihr Baby rang um Luft.

Die Hintertür ging auf, und Naomi eilte an Hannahs Seite. Sie hatte ein Tuch dabei, in das sie alle möglichen Sachen gepackt hatte. Sie legte das Bündel aufs Bett und öffnete es.

Hannah begann zu schluchzen. „Sie bekommt keine Luft. Gott, bitte, sie atmet nicht.“

Naomi zog die Quiltdecke vom Kopf des Babys weg und keuchte. Sie schaute Hannah in die Augen und schüttelte den Kopf. Hannah brauchte keine Worte, um zu wissen, was Naomi dachte. Rachel war zu jung, zu früh geboren, um überleben zu können.

Naomi band die Nabelschnur ab und durchschnitt sie mit der Schere, die sie mitgebracht hatte.

Schluchzend drückte Hannah ihre Tochter an ihre Brust. „Vergib mir.“

Ein jämmerliches Stöhnen kam über die Lippen des Neugeborenen, als es um Luft rang. „Gib nicht auf, Rachel“, jammerte Hannah. „Kämpfe.“ Hannah drückte sie an sich und wollte sie zwingen, am Leben zu bleiben. Sie flüsterte auf Englisch mit ihr und weigerte sich, die Sprache ihrer Väter zu benutzen.

Hannah spürte Naomis Bewegungen neben dem Bett, während diese den Aufgaben einer Hebamme nachging. Aber Hannah wandte den Blick kein einziges Mal von Rachel ab, während die Haut des kleinen Mädchens ein immer dunkleres Blau annahm. Nach mehreren Minuten hörte ihre Tochter auf, sich zu winden, hörte sie auf zu stöhnen, hörte sie mit allem auf. Während sie spürte, wie das Leben des kleinen Mädchens erlosch, wünschte Hannah, sie wüsste, was die Krankenschwestern im Krankenhaus wussten. Dann könnte sie ihre Tochter vielleicht retten.

Rachels Körper spannte sich an und wurde dann so still, dass Hannah schmerzlich klar war, dass ihre Tochter jetzt in einer anderen Welt war, in einer Welt, die Hannah wahrscheinlich noch viele Jahrzehnte nicht sehen würde. Schuldgefühle durchbohrten Hannahs Seele und wollten ihr das Herz zerreißen. Sie wiegte ihr Baby, bis sie wusste, dass sie das Kind nicht wieder ins Leben zurückholen konnte, selbst wenn im nächsten Augenblick ein Notarzt in der Tür erschiene.

Ein großes Bedauern drückte ihr Herz wie in einem Schraubstock zusammen. Wenn sie nur von Anfang an offen über die Vergewaltigung gesprochen hätte, dann wäre das vielleicht nicht passiert. Sie betrachtete das leblose Kind in ihren Armen, als sich ein Wort aus dem tiefen Winkel ihrer Seele, in den sie es gedrängt hatte, gewaltsam Bahn brach. *Vergewaltigt.* Eine Gänsehaut legte sich über ihren ganzen Körper. „Ich wurde vergewaltigt!“ Die Worte kamen mit einer Kraft über ihre Lippen, die sie nicht besaß. „Wenn ich es nur gesagt hätte … wenn ich es nur von Anfang an gestanden hätte …“ Die Worte erstarben in ihrer Kehle.

Was war so furchtbar daran zu sagen, dass man vergewaltigt worden war? Hannah schloss die Augen und schaltete Naomis Bewegungen und alles andere um sich herum aus.

Ein großer Groll über die Ungerechtigkeit dieses Überfalls wuchs in ihr und wollte sich Gehör verschaffen. Aber als sie diesen Gedanken zuließ, strömten tausend andere Gedanken auf sie ein: Bilder von der unbarmherzigen Härte des Bischofs, von Lukes Bitterkeit ihr gegenüber, von Sarahs Lügen, von der Lust der Gemeinde, Gerüchte zu verbreiten, von ihrem Vater, der ständig hin- und hergerissen war, was er tun und glauben sollte, und nur in seiner Abneigung gegenüber allen Mennoniten und in seiner Forderung, dass seine Kinder der Alten Ordnung bedingungslos gehorchen sollten, niemals schwankte.

Ein großer Groll übermannte sie, und sie pflegte ihn genauso sehr, wie sie ihr Kind gepflegt hätte, wenn sie dazu eine Chance bekommen hätte.

Kapitel 31

Während ihr Körper immer noch von den Strapazen der Geburt schmerzte, stand Hannah am halb ausgehobenen Grab ihres Babys. Das schmerzlich kleine Loch in der Erde, in dem ihr Kind begraben würde, war unter der großen Buche auf Matthews Land. Die Luft war unerträglich kalt, obwohl die Morgensonne jetzt um acht Uhr schon hell schien. Die Felder lagen unter einer dicken Schneeschicht.

Die Linien und Falten in Matthews Gesicht verrieten eine Vielzahl von Gefühlen. Er rammte den Spaten in die gefrorene Erde und häufte die eisigen Schollen neben dem kleinen Loch auf. Die gefrorenen Erdschollen glitzerten wie Glasscherben in der Morgensonne.

Matthew jagte den Spaten wieder in die Erde. In die gefrorene Erde ein tiefes Loch zu graben war eine mühsame Arbeit. Aber seine freundliche Geste bewahrte Hannahs Vater davor, sich entscheiden zu müssen, ob er erlauben sollte, dass das uneheliche Kind einer ungetauften Mutter auf seinem Land beerdigt werden dürfe oder nicht.

Matthew hatte wieder einmal unter Beweis gestellt, was Hannah schon als Kind gewusst hatte: Er war in seinen Entscheidungen mutig und hielt sich an die Ordnung, verlor aber nie die tiefere Wahrheit und Liebe aus den Augen. Hannah wusste, dass keine Sekunde verging, in der er nicht an Elle dachte. Ihr Name schien auf seine besorgte Stirn eingraviert zu sein. Aber er hatte sie kein einziges Mal erwähnt und war kein einziges Mal davor zurückgeschreckt, Hannah in dieser schweren Situation nach Kräften zu unterstützen.

Er hatte es versäumt, gestern Abend für Elle da zu sein, als das Mädchen, das bald amisch werden wollte, wahrscheinlich die schwerste Stunde seines Lebens durchgemacht hatte. Elle war gezwungen gewesen, ihrem Vater gegenüberzutreten, dem Mann, der Trost im Alkohol gesucht und seine Tochter verlassen hatte, nachdem ihre Mutter gestorben war. Und die arme Elle hatte das durchstehen müssen, ohne Matthew an ihrer Seite zu haben. Das musste schwer an Matthew nagen. Dass sie ihn davon abgehalten hatte, bei Elle zu sein, war eine weitere schwere Last, die Hannah in die Tiefe zog, und eine weitere Sache, an der sie jetzt nichts mehr ändern konnte. Als das Loch gegraben war, lehnte Matthew den Spaten an den Baum. Kurz darauf hörten sie ein Pferd und einen Einspänner. Matthew drehte sich um und schaute in die Richtung, aus der das Geräusch kam. Hannah drehte sich nicht um. Sie war zu müde, zu benommen, um sich dafür zu interessieren, wer gekommen war. Aber selbst durch den Nebel hindurch, in den das Trauma und ihre Erschöpfung sie einhüllten, begriff sie, dass anscheinend schon jeder in Owl's Perch wusste, was gestern Nacht passiert war, da sonst niemand zu dieser abgelegenen Stelle käme. Sie konnte nur vermuten, dass Naomi Esh vor Sonnenaufgang nach Hause gegangen war und die Nachricht von den skandalösen Ereignissen unter den Leuten verbreitet hatte, die nur darauf warteten, dass Gott Hannah für ihre Schuld bestrafte.

Hannah fühlte eine sanfte Hand, die sich unter ihren Unterarm schob und sie stützte.

„Es tut mir so leid, Hannah." Marys heisere Stimme zitterte.

Mary umarmte sie herzlich. Aber Hannah sprach kein Wort. Sie weinte nicht einmal. Auch noch so viele Tränen konnten an dem, was passiert war, etwas ändern.

Mamm, Daed und Luke traten neben Mary. Dann standen sie alle da und beerdigten ein Kind, dessen Namen nur Hannah kannte. Matthew legte zwei lange Seile über das offene Loch. Luke trat vor und nahm die zwei Seile an einem Ende, während Matthew zum Einspänner ging und die gerade einmal dreißig Zentimeter lange Holzkiste heraushob, in der Rachel lag. Er hatte getan, was er konnte, um Hannah zu helfen, und dabei möglicherweise sein eigenes Leben zerstört. Matthew nahm die Seile auf der anderen Seite und hielt sie auf seiner Seite des Grabes unter seinen Stiefeln fest, während er sich vorbeugte und den Holzsarg auf die Seile stellte. Er richtete sich auf.

Sechs trauernde Gesichter starrten auf den handgemachten Sarg und das frisch ausgehobene Grab. Die Pferde stampften auf der kalten, harten Erde auf, wodurch die schwarzen Einspänner, vor die sie gespannt waren, knarrten und ächzten. Luke und Matthew standen einander gegenüber und hoben die Seile, auf denen der Sarg lag, hoch. Vorsichtig ließen sie den Sarg in das Grab hinab.

Mamm weinte leise. Hannahs Vater sprach Worte der Vergebung, aber Hannah konnte seine Worte nicht annehmen. In ihrem Herzen tobte ein grausamer Zorn. Wie konnte ihre Tochter tot sein, ohne je die Chance bekommen zu haben zu leben? Das winzige Kind hatte nie die Liebe seiner Mutter erfahren, weil Hannah es erst geliebt hatte, als es zu spät gewesen war. Ein Schluchzen kam aus ihrer Kehle und durchbohrte die kalte Luft, die diese kleine Gruppe umgab.

Hannah dachte daran, wie viel die Amisch geopfert hatten, um Luke und Mary nach ihrem Unfall zu helfen. Aber dieselben Menschen hatten die Gerüchte über Hannah gierig verschlungen. Der Bischof und die Prediger hatten sie schlimmer behandelt als eine Aussätzige. Ihr eigener Vater war unter dem strengen Verhör des Bischofs ins Wanken geraten und hatte seine Tochter im Stich gelassen.

Matthew betete laut, aber Hannah hörte nur wenig von dem, was er sagte.

Ein kalter Wind zerrte an ihnen, während Luke die gefrorene Erde auf die Holzkiste schaufelte. Sein Gesicht war steinhart, seine Bewegungen waren die eines unbeteiligten Totengräbers.

Mary zupfte an Hannahs Arm und versuchte sie zu einem der wartenden Einspänner zu führen. Hannahs Füße waren wie festgewurzelt.

Ihre Mutter wollte auf sie zugehen, aber ihr Vater trat vor und legte die Hand um den Arm seiner Frau. Er starrte auf die Erde und murmelte: „Deine Tochter trauert sehr um ein Kind, das sie durch eine Vergewaltigung empfangen hat, findest du nicht?“ Ihre Mutter ließ den Kopf hängen und nahm ihren Platz neben ihrem Mann ein, während sie von Hannah weggingen und zu ihrem Einspänner zurückkehrten.

Hannahs Herz wurde noch ein wenig härter. Wäre das für immer ihr Los – inmitten dieser Gemeinschaft von Menschen zu leben?

Sie betrachtete die weißen Felder und die kahlen Bäume, die den Horizont säumten und auf den freien Wiesen kleine Baumgruppen bildeten. Das Bild vor ihren Augen verschwamm, und sie konnte nur noch ein graues Licht sehen. Schließlich drehte sie sich um und folgte Marys sanftem Drängen, zum Wagen zu gehen.

„Hannah."

Sie blieb stehen. Es war ein Flüstern von irgendwoher. Sie ließ ihren Blick über die Felder schweifen und schaute, wer sie hier verspottete.

Mary drückte ihren Arm. „Was ist?"

„Hast du das gehört?"

Sorgenfalten zogen über Marys Gesicht. Sie schüttelte den Kopf. „Ich habe nichts gehört."

Hannah starrte in die Gesichter der Menschen, die um sie herumstanden. Offenbar hatte niemand außer ihr diese Stimme gehört. Sie schleppte sich zum Einspänner. Der Schnee knirschte unter ihren Füßen.

„Hannah." Dieses Mal waren die zwei Silben ihres Namens in die Länge gezogen wie das Echo in einem leeren Stall.

Sie blieb stehen und drehte sich um. „Ich höre." Sie sagte diese Worte laut, ohne sich darum zu kümmern, was die anderen dachten.

„Kumm raus."

„Wohin soll ich kommen?" Sie drehte sich im Kreis und wartete auf eine Antwort, aber es kam keine. Als ihr Blick auf Mary fiel, sah sie, dass ihre Freundin blass geworden war.

Matthew trat neben Hannah und half ihr in den Einspänner. „Du brauchst Schlaf. Jetzt ist alles vorbei. Du musst dich jetzt ausruhen."

Das war es. Sie brauchte Schlaf. Mit Hilfe der tragbaren Holzstufen, die Matthew auf die Erde stellte, stieg Hannah in den Einspänner.

„Hannah." Die bekannte Stimme meldete sich wieder. Aus Angst, wie Mary reagieren würde, wenn sie wieder antwortete, wagte Hannah es nicht, etwas zu sagen.

Während der Einspänner über das Feld zum *Daadi-Haus* der Yoders rollte, flüsterte der Wind immer wieder ihren Namen und forderte sie auf: *Kumm raus.*

Hannah würde gern gehen, wenn sie nur wüsste, wohin.

Pauls eigenes Stöhnen weckte ihn aus seinem unruhigen, von Alpträumen gequälten Schlaf. „Hannah, *kumm raus!*" Der Schrei hallte in seinem Kopf wider.

Mit einem Seufzen setzte er sich auf, stellte die Füße auf den Boden und legte den Kopf auf seine Hände. Sonnenstrahlen fielen an den Rändern der weißen Vorhänge, die vor den Fenstern hingen, ins Zimmer. Er warf einen Blick auf die Uhr. Acht Uhr. Erst vor zweieinhalb Tagen hatte er herausgefunden, dass Hannah schwanger war. Wie sollte er darüber je hinwegkommen?

Die Tür zu dem Zimmer, das er mit seinem Freund teilte, ging auf. Paul lehnte sich zurück und war fest entschlossen, so zu tun, als ginge es ihm gut.

Marcus kam ins Zimmer. Er hatte ein Handtuch um seine Hüften gebunden, und sein Oberkörper war noch ganz nass. „Mann, Waddell, du siehst aus wie der leibhaftige Tod. Ist auch kein Wunder! Du musst mindestens hundertmal nach dieser Hannah gerufen haben, wer auch immer sie ist."

Paul nahm seine Hose vom Fußende seines Betts und schlüpfte unwirsch hinein. *Ja, wer auch immer sie ist.*

Marcus kramte in einem Stoß schmutziger Wäsche und zog eine Hose und ein Hemd heraus. „Die Schneepflüge haben das Chaos beseitigt, das der Schneesturm vorgestern Nacht angerichtet hat. Aber letzte Nacht hat der Wind zu einem Stromausfall auf dem größten Teil des Unigeländes geführt. Heute fallen alle Vorlesungen aus."

Paul riss eine Schublade auf, zog ein Wollhemd heraus und schlüpfte hinein. Egal, wie wütend und verletzt er wegen Hannah war, sein Herz hörte nicht auf, nach ihr zu rufen, und das auch noch in Pennsylvania Dutch.

Marcus zog seine ausgebeulte Jeans an. „Ich nehme also an, dass diese Hannah der Grund ist, warum du dich nicht mit Mädchen verabredet hast und eigentlich überhaupt keine anschaust. Richtig?"

Paul gab keine Antwort. Hannah bedeutete ihm so viel mehr. Sie war der Löwe, der in seiner Seele brüllte.

Das Mädchen, das von einem anderen Mann schwanger ist.

Ein tiefer Schmerz regte sich in seiner Brust.

Marcus schob seine immer noch feuchten Arme in die Ärmel eines schmutzigen Sweatshirts. „Und was heißt jetzt *kumm raus?*"

Paul hatte diese Aufforderung viele Male aus Hannahs Mund gehört. „Ich bin ziemlich sicher, dass es *komm heraus* heißt."

Trotz der verschiedenen Welten, die es ihnen manchmal schwermachten, das Leben des anderen richtig zu verstehen, hatte es immer eine starke Macht gegeben, die Hannah und ihn zueinander hingezogen hatte. Im Laufe der Jahre hatten sich ihre süße Unschuld und ihr wilder Sinn für Humor an ihrem unerschütterlichen Sinn für Anstand gerieben, und Paul hatte das immer verstanden.

Die Wolken der Eifersucht rissen kurzzeitig auf, und zum ersten Mal, seit er sie zur Rede gestellt hatte, sah Paul noch etwas anderes als das grünäugige Monster. War es möglich, dass das, was zwischen ihnen stand, nicht Matthew oder Dr. Greenfield oder irgendein anderer Mann war, den die Gerüchte erfunden hatten? Könnte die Kluft, die er seit ihrer ersten Begegnung nach der Verlobung gespürt hatte, daher rühren, dass Hannah irgendein anderes Geheimnis vor ihm hatte?

„Das Unaussprechliche." Er murmelte die Worte, während er in dem kleinen Zimmer aufgewühlt auf und ab ging.

Marcus' Gesicht verriet seine Verwirrung. „Äh, ja, du hast bis jetzt nie über sie gesprochen."

Paul runzelte die Stirn und weigerte sich, sich ablenken zu lassen. „Nein. Sie hat gesagt: ‚Das Unaussprechliche ist passiert …'" Paul fuhr mit den Händen durch seine zerzausten Haare. „Du kennst die Amisch ein wenig. Ein Wort hat oft mehrere Bedeutungen. Wofür, glaubst du, benutzen sie dieses Wort?"

Marcus setzte sich auf sein Bett und lächelte Paul an. „Aha, sie ist also amisch. Das erklärt einiges. So wie du die Sache unter Verschluss gehalten hast, dachte ich schon, du hättest dich vielleicht in eine ältere geschiedene Frau mit einer Horde Kinder verliebt."

Paul bedachte ihn mit einem finsteren Blick. „Hör auf mit deinen Witzen und bleib bitte beim Thema. Mir ist es sehr ernst."

Marcus nickte, aber das Grinsen verschwand nicht aus seinem Gesicht. „Okay, okay. Schauen wir einmal: Ich habe dieses Wort aus dem Mund meiner Tante gehört. Sie lebt bei den Amisch in Lancaster.

Der einzige Zusammenhang, in dem ich es gehört habe, ist, wenn sie von Ehebruch sprechen."

„Das weiß ich." Paul steckte die Hände in seine Hosentaschen. Es musste etwas geben, das er noch nicht sah.

Das Lächeln verschwand von Marcus' Gesicht, und er setzte sich gerader auf. „Ich glaube, sie benutzen dieses Wort für alles Mögliche, das mit Sex zu tun hat. Es kann also auch um voreheliche Beziehungen gehen und wahrscheinlich sogar um Vergewaltigung."

Paul war wie vom Blitz getroffen und konnte nichts dazu sagen. Vergewaltigung? Das war nicht die Antwort, die er suchte. Gab es nicht etwas dazwischen? Zwischen Vergewaltigung und der Möglichkeit, dass Hannah sich einem anderen Mann hingegeben hatte? Beide Vorstellungen waren unerträglich. Völlig inakzeptabel.

Paul seufzte: Nie hatte er mit Hannah über Sex gesprochen. Er hätte sich äußerst unwohl dabei gefühlt.

Paul öffnete seinen Nachttisch und schaute in seine Schale mit dem Kleingeld, um zu sehen, ob er seine Schlüssel da reingeworfen hatte, als er gestern seine Hosentaschen geleert hatte. Wenn Sex ein Thema war, über das nicht einmal er sich freiwillig unterhielt, dann hätte Hannah dieses Thema ihm gegenüber bestimmt nicht angesprochen. „Besonders wenn sie denken musste, dass ich dann einen schlechten Eindruck von ihr bekäme."

„Was?"

Paul setzte sich auf sein Bett und stemmte die Ellbogen auf seine Oberschenkel. Er vergrub den Kopf in seinen Händen. „Vergiss es. Hör zu, du bist schon mit vielen verschiedenen Mädchen ausgegangen. Hast du je geglaubt, eine von ihnen würde sich hinter deinem Rücken mit einem anderen treffen?"

„Hey, ich verbringe meine Zeit mit anständigen Frauen – bibeltreuen, gottesfürchtigen Frauen, die ihre dunkle Seite leugnen. Außerdem glaube ich, die meisten Mädchen würden die Dinge eher relativ ehrlich handhaben."

Paul seufzte und versuchte sich an die genauen Worte zu erinnern, die Hannah gesagt hatte. „Relativ?"

Marcus setzte sich auf dem Bett zurück, das unter seinem Gewicht knarrte. „Sie würden eher mit einem Mann Schluss machen, als ihn zu betrügen, selbst wenn sie die Wahrheit vielleicht ein wenig verdrehen, wenn sie ihm sagen, warum sie nicht mehr mit ihm zusammen sein wollen. Also, ist diese Hannah ein Mädchen, das eher relativ ehrlich ist, oder würde sie eher hinter deinem Rücken mit einem anderen etwas anfangen?"

Paul ließ die Hände sinken und schaute Marcus an. „Sie hat in letzter Zeit einige Bemerkungen fallen lassen, dass ich bestimmt nicht auf eine wie sie warten wolle. So hat sie nie gesprochen, bevor wir uns verlobt haben ..."

„Verlobt?", fiel Marcus ihm ins Wort.

Paul stand auf. „Ich ... Wir ... waren ... ich weiß nicht." Er ging in dem kleinen Zimmer auf und ab, während vor seinem geistigen Auge Bilder aus seiner jahrelangen Freundschaft mit Hannah auftauchten. Sein Wunsch, ein Fundament zu bauen, das tiefer ginge als nur Freundschaft, hatte begonnen, als er vor zwei Jahren im Sommer zu seiner Großmutter zurückgefahren war. Hannahs auffallende Schönheit war nicht mehr zu übersehen gewesen, und er wusste, dass jeder Mann sie attraktiv finden müsste. In der Nacht, in der er zum Krankenhaus fuhr, um sie zu besuchen, war ihr freundlicher Umgang mit Matthew Wasser auf den Mühlen seiner Eifersucht gewesen, aber der Same dafür war schon lange vorher in ihm ausgesät gewesen. Als ihre Reaktion auf seinen Besuch alles andere als begeistert gewesen war, hatte sein mangelndes Selbstvertrauen die Eifersucht wie ein Geschwür weiterwuchern lassen.

„Paul?"

Er hörte auf, hin und her zu gehen, und setzte sich wieder auf das Bett. „Ich habe sie in der Nacht vor dem Schneesturm besucht. Wir haben gestritten, und ich bin gegangen." Paul boxte auf die Matratze unter sich. „Was ist nur aus uns geworden?"

Marcus zuckte die Achseln. „Ich habe keine Ahnung, mein Freund. Du hast mir nie ein Wort über dieses Mädchen erzählt, weißt du."

Weder Paul noch Hannah hatten jetzt noch etwas zu verlieren. Deshalb erzählte Paul Marcus alles über sie. Während er sprach, wurde ihm bewusst, dass er das schon vor Jahren hätte tun sollen. Einfach die Dinge auszusprechen half ihm, wieder klar denken zu können und die Zusammenhänge zu erkennen. Während er seine Beziehung zu Hannah Revue passieren ließ, wurden seine Zweifel an Hannahs Treue immer geringer.

Marcus schaute Paul fragend an. „Sie ist schwanger?"

Er nickte. Alle Zweifel an Hannahs Unschuld waren jetzt völlig ausgelöscht. Seine Unsicherheit und Eifersucht hatten ihn ein paar Tage geblendet. „Du darfst niemandem ein Wort davon verraten."

„Komm schon, Waddell! Du weißt, dass ich das nicht mache."

„Es ist einfach so, dass ich jahrelang versucht habe, sie zu schützen. Niemand sollte etwas von unserer Freundschaft wissen, damit ihr Vater nichts herausfände und sie nicht bestrafen würde." Schuldgefühle, weil er sie einfach stehen gelassen hatte, während sie ihn angefleht hatte, ihm zuzuhören, quälten ihn. „Was habe ich nur getan?"

Stöhnend nahm Paul seine Schuhe und schlüpfte schnell hinein. „Ich muss zu ihr und das in Ordnung bringen. In zwei Wochen wird sie achtzehn. Bis zu ihrem Geburtstag muss ich sie verstecken, aber danach hat ihr Vater keine rechtliche Handhabe mehr, um sie zurückzuholen. Ich möchte wetten, sie lebt nicht mehr unter seinem Dach, weil er es ihr nicht mehr erlaubt." Er sprintete zur Tür.

Marcus stellte sich ihm in den Weg. „Warte. Nimm dir wenigstens ein paar Minuten Zeit und denk noch einmal in Ruhe nach. Du redest hier von ganz schön schwerem Gepäck. Vielleicht sogar von Vergewaltigung und einem Baby?"

Paul blieb stehen. Die Worte, die gerade aus dem Mund seines Freundes gekommen waren, entsetzten ihn. „Und ich kann nur hoffen, sie braucht mich so sehr, dass sie mir vergibt."

Paul ging weiter zur Tür. Marcus folgte ihm. „Der Wind hat auf einigen Straßen Schneeverwehungen angerichtet. Ich bezweifle, dass die Schneepflüge schon bis in die hintersten Straßen von Owl's Perch gekommen sind. Lass mich mitkommen. Vielleicht kann ich dir helfen."

Paul nahm seine Jacke vom Stuhl. „Abgesehen davon, dass ich ein Vollidiot bin, komme ich ganz gut allein zurecht."

„Hör zu, es tut mir leid, dass ich das mit dem Gepäck gesagt habe. Wenn du das wirklich willst, unterstütze ich dich. Aber du musst ein bisschen nachsichtiger mit mir sein. Und auch mit dir. Deine Reaktion war nicht so, wie du es dir gewünscht hättest, aber du bist von dieser Schwangerschaft völlig überfahren worden. Mach dir deshalb keine Vorwürfe. Du hast einfach ein wenig Zeit gebraucht, um nachzudenken und alles zu verarbeiten. Das ist ganz menschlich."

Pauls Herz wollte stehen bleiben. „Überfahren!“ Was für ein Idiot er doch war! Er nahm einen Küchenstuhl und bohrte seine Finger in die Rückenlehne, während eine große Wut in ihm aufstieg. „Seit dem Tag kam sie nicht mehr zu Großmutter. Seit dem Tag fing sie an, sich sonderbar zu benehmen. Das Unaussprechliche musste passiert sein …“ Die Puzzlestücke fügten sich zusammen. Er konnte es nicht ertragen, daran zu denken, was ihr zugestoßen war … und wie er durch seine Worte bestimmt alles nur noch schlimmer gemacht hatte.

Er konnte nicht noch mehr ertragen und hob den Küchenstuhl in die Luft, knallte ihn auf den Tisch und wünschte, er könnte den Mann finden, der es gewagt hatte, seiner geliebten Hannah wehzutun. Er schlug ihn wieder und wieder auf den Tisch, bis er nur noch Trümmer in der Hand hielt.

Er drehte sich zu Marcus herum. „Wir haben jahrelang gewartet und waren bereit, noch ein paar Jahre länger auf den Segen ihres Vaters zu warten, und dann kam irgendein Idiot und hat einem Mädchen, das viel schwächer ist als er, Gewalt angetan.“ Paul sah rot.

Marcus war zurückgewichen, als Paul den Stuhl zerstört hatte, aber jetzt trat er vor. „Paul, du vergeudest wertvolle Zeit. Hannah braucht dich. Komm jetzt. Ich fahre. Mein Auto hat im Schnee eine bessere Bodenhaftung als deines.“

Paul ließ die Holztrümmer fallen. Wie sollten er und Hannah je den Weg dorthin zurückfinden, wo sie früher einmal gewesen waren?

Marcus nahm seine Autoschlüssel vom Haken neben der Wohnungstür.

Während er sich auf den Beifahrersitz von Marcus' Ford Escort fallen ließ, rang Paul mit Schuldgefühlen und hatte es plötzlich sehr eilig, zu Hannah zu kommen.

Während sie in Richtung Norden fuhren, klopfte Paul mit den Fingern nervös auf sein Bein. „Was haben diese ganzen Bremslichter da vorne zu bedeuten?“

Marcus schaltete in den zweiten Gang. „Das weiß ich nicht, aber es sieht nicht gut aus.“

Kapitel 32

Nachdem sie ihre Tochter beerdigt hatte, schlief Hannah mehrere Stunden unruhig in Marys *Daadi-Haus*. Aber der laute Wind, der die ganze Nacht ums Haus heulte, machte es ihr fast unmöglich zu schlafen.

Als der Morgen anbrach und sie bekannte Stimmen hörte, hatte sie fast das Gefühl, wieder klar denken zu können. Sie setzte sich auf und hörte auf die Worte in Pennsylvania Dutch, die zwischen Luke und Mary gewechselt wurden. Da es noch nicht einmal richtig hell war, vermutete Hannah, dass Luke die Nacht im Haupthaus der Yoders verbracht hatte. Hannah setzte sich auf und spürte in jedem Körperteil schmerzlich, dass sie erst vor zwei Nächten ein Kind entbunden hatte.

„Du kannst doch nicht ernsthaft glauben, sie wüsste nicht, wer der Vater ihres Kindes ist, Mary. Das ist lächerlich. Wenn du ihr vergeben willst, meinetwegen. Aber bring sie wenigstens dazu, ehrlich zu sein."

„Es ist falsch von dir, eine solche Bitterkeit gegen sie im Herzen zu tragen, Luke. Warum hasst du sie so sehr?"

„Ich habe meine Gründe. Und du tätest gut daran, mehr auf das zu hören, was Sarah sagt, und weniger auf Hannah."

Hannah schluckte. Ein Teil von ihr wollte hinausgehen und nicht lauschen. Ein anderer Teil wollte einfach bleiben, wo sie war.

„Ich will wissen, was du gegen Hannah hast." Marys Stimme klang ganz anders, als Hannah sie je zuvor gehört hatte.

„Gut. Ich sage es dir. Wenn sie sich nicht geweigert hätte, an dem Abend, als ich dir einen Heiratsantrag machte, mit uns zu kommen, wären wir nicht da draußen in der Nähe des Knepphofs gewesen."

„Was? Du glaubst, du hättest mir einen Heiratsantrag gemacht, wenn Hannah dabei gewesen wäre? Das glaubst du doch selbst nicht!

Und wenn du schon jemandem die Schuld für diesen Unfall geben musst, dann gib mir die Schuld. Ich war diejenige, die den Wagen hätte lenken sollen. Ich war diejenige, die die Pferdezügel um den Pfosten gewickelt hatte. Ich war diejenige, die nicht wollte, dass Sarah in der ganzen Gemeinde herumerzählt, wir wären ein Paar, solange ich nicht wusste, wie du zu mir stehst."

„Ich ... ich ... Hannah ist herumgelaufen und hat sich heimlich mit diesem Mennoniten getroffen."

„Und wen hast du während deines *Rumschpringe* heimlich getroffen, Luke Lapp?"

„Du ... du siehst das alles von Hannahs Standpunkt aus."

Luke klang, als hätte Mary ihn aus der Fassung gebracht. Dafür war Hannah dankbar. Sie hatte nicht die Kraft, jetzt zu den beiden zu gehen und mit Luke zu streiten. Außerdem machte Mary ihre Sache hervorragend. Sie öffnete Luke die Augen. Davon war Hannah überzeugt.

„Dieser Streit dauert schon viel zu lange", sagte Mary.

Durch die offene Schlafzimmertür sah Hannah, wie Mary aus der Küche ins Wohnzimmer ging. Zitternd verstecke Hannah sich hinter dem Türrahmen und beobachtete sie.

Mary warf Luke seine Jacke und seinen Hut zu. „Wenn du so zu deiner eigenen Schwester stehst, ist es Zeit, dass du gehst." Sie öffnete die Haustür. „Und du kannst dir die Mühe sparen, wieder zurückzukommen."

Luke knurrte. „Willst du dich dein ganzes Leben lang von ihr täuschen lassen, Mary?"

Mary deutete zur Tür. Luke nahm seine Jacke und seinen Hut und stürmte hinaus. Mary setzte sich aufs Sofa und begann zu weinen.

Hannah lehnte den Kopf an den Türrahmen. Anscheinend war es ihr Schicksal, Unfrieden zu säen. Sie wollte das nicht. Sarah hatte recht; Hannah war ein Wirbelsturm. Hannah hatte in ihre eigene Familie und zwischen Matthew und Elle und wahrscheinlich in jedes Haus in ihrem Bezirk und darüber hinaus Unfrieden gebracht. Sie konnte es nicht länger ertragen. Es musste doch etwas geben, das sie tun könnte.

„Hannah, *kumm raus.*"

Eine Gänsehaut lief ihr über den Rücken. Dieses Flüstern rief sie wieder. Die Stimme kam ihr bekannt vor, aber sie konnte sie nicht richtig einordnen. Der Tonfall war sanft und flehend.

Auf dem kalten Boden schmerzte ihr erschöpfter, geschwächter Körper noch mehr. Sie kehrte in ihr Bett zurück und kroch unter die Decke. Als sie die Augen schloss, tanzte ihr Verstand an einen Ort, an dem niemand sie kannte, an einen Ort, der voll war mit Menschen, die sie akzeptierten.

Ohio kam ihr wieder in den Sinn, und ein leichtes Lächeln spielte um Hannahs Lippen. Wäre das nicht herrlich? Das alles hinter sich zu lassen? Sie könnte ihre Tante Zabeth suchen und vielleicht ein neues Leben beginnen.

Die Idee, von hier fortzugehen, war nicht nur mit der Hoffnung verbunden, außerhalb von Owl's Perch Respekt zu finden und die Kriege zu beenden, die zwischen den Menschen, die sie liebte, ausgebrochen waren. Der Traum schien ihr Herz dafür zu öffnen, dass sie möglicherweise den Menschen vergeben könnte, die ihr Unrecht getan hatten, und dass sie ihre Bitterkeit loslassen könnte. Mit jedem Moment, den sie darüber nachdachte, begann sich der hasserfüllte Ärger, der in ihr wütete, mehr zu legen.

Wenn sie wegginge, kämen Mary und Luke zu einer Lösung nach dem Motto: „Wir sind uns einig, dass wir uns nicht einig sind." Sie liebten einander zu sehr, um das nicht zu schaffen. Ihr Vater müsste sich nicht entscheiden, was er mit Hannah anfangen sollte. Sie müsste nicht ihr ganzes Leben lang mit Menschen zusammenleben, die diese Gerüchte glaubten oder sie wenigstens für möglich hielten.

Einige Leute in diesem Bezirk würden Hannah für den Rest ihres Lebens verachten. Nach dem, was sie am Grab gesehen hatte, hatte sie sogar zwischen *Mamm* und *Daed* einen Keil getrieben: *Mamm* wollte sie trösten, *Daed* behandelte sie wie eine uneinsichtige Ehebrecherin.

Mary und Luke, Matthew und Elle bezahlten ihretwegen einen lächerlich hohen Preis und hatten Probleme in ihrer Beziehung, weil es keine Beweise für Hannahs Unschuld gab, nur Beweise für eine mögliche Sünde: Das Kind, das sie geboren hatte, die Männer, mit denen sie gesehen worden war, die Lügen, die sie jahrelang ihren Eltern erzählt hatte. Hannah seufzte. Das war nur ein Teil der Probleme, die sie in den nächsten Jahren verursachen würde.

Aber wenn sie wegginge … Dieser Gedanke regte ihre Fantasie an.

Woher würde sie Geld für die Fahrt bekommen? Sie hatte nur sehr wenig Geld bis auf die Ersparnisse, die sie und Paul auf ihrem gemeinsamen Konto hatten. Sie hatte das Sparbuch nicht mehr, aber Paul hatte gesagt, sie bräuchte das Buch nicht, um etwas auf das Konto einzuzahlen oder Geld davon abzuheben. Neunhundert Dollar des Geldes auf diesem gemeinsamen Konto gehörten ihr. Das müsste genügen, bis sie eine Arbeit fände.

Vielleicht könnte sie nach Ohio fahren und tatsächlich ihre Tante Zabeth finden.

Sie müsste bei der Bank anrufen und fragen, ob sie mit ihrem Ausweis Geld abheben konnte. Sie wollte nur das nehmen, was ihr gehörte. Auf keinen Fall würde sie Pauls Geld anrühren.

Diese Idee gefiel ihr immer besser. Sie träumte von den Möglichkeiten, war aber zu schwach und müde, um noch klar denken zu können, und döste wieder ein.

Kaum eine Stunde später erwachte sie wieder. Trotz ihrer psychischen Belastung fühlte sie sich körperlich ein wenig stärker. Noch bevor sie die Augen aufschlug, drehten sich ihre Gedanken darum, von hier fortzugehen. Der Wunsch, dieses furchtbare Chaos hintersich zu lassen, war stärker als alles andere.

Ohio.

Bei diesem Gedanken keimte neue Hoffnung in ihr auf.

Der Duft nach Kaffee stieg ihr in die Nase. Sie schlüpfte aus dem Bett.

Als sie unter die Dusche ging und sich ankleidete, kam ihr ein anderer Gedanke in den Sinn: Die Stimme, die ihren Namen geflüstert hatte, hatte eine verlockende Botschaft gesagt: *Kumm raus.* Diese Worte weckten in ihr Bilder davon, wie sie ihre Sachen packte und an einem neuen Ort ankam.

War das wirklich möglich?

Eine Mischung aus Aufregung und Nervosität gab ihr das Gefühl, wieder die alte Hannah zu sein, die Hannah, die sie vor dem Überfall gewesen war. Die Welt jenseits von Owl's Perch war groß. In dieser Welt gab es gute und böse Menschen. Aber sie hatte bereits das Schlimmste, was es im Leben geben konnte, am eigenen Leib erfahren, nicht wahr?

Vielleicht gab es etwas Besseres. Vielleicht auch nicht. Wie dem auch sei, sie hatte das Leben in Owl's Perch satt. Sie hatte versucht, es allen recht zu machen, besonders Paul. Die Krankenschwestern im Hershey Medical Center machten ihr Leben nicht so sehr davon abhängig, was Männer dachten oder wollten. Nicht so, wie sie das getan hatte.

Sie huschte aus dem Badezimmer und schlich auf Zehenspitzen zum Schlafzimmerfenster und schaute über die schneebedeckten Felder. Während sie zuschaute, wie die Sonne auf der weißen Schneedecke tanzte, die die Äste der Bäume bedeckte, sah sie einige amische Kinder, die in der Ferne Schlitten fuhren. Wenn sie nur wieder ein Kind wäre ... Das Flüstern aus vergangenen Zeiten hallte in ihrem Kopf wider. Aber nicht einmal das konnte sie so sehr locken wie der Traum, von hier fortzugehen.

Hannah schloss die Schlafzimmertür und zog einige Blätter Papier aus einer Schublade. Bevor sie von hier fortging, wollte sie nach Möglichkeit einen Teil des Schadens, den sie angerichtet hatte, wieder gutmachen.

Sie schrieb einen langen Brief an Elle und betete dafür, dass sie ihre Erklärung akzeptieren und Matthew vergeben würde, dass er in der entscheidenden Nacht nicht bei ihr gewesen war. In der Nacht, in der Hannah Matthew gebraucht hatte. Elle würde einen guten Mann verlieren, der sie von Herzen liebte, wenn sie Matthew seine einzige Schwäche nicht vergab: Eine sehr starke Loyalität gegenüber Menschen, die in Not waren. Hannah hatte ihn in jener Nacht mehr gebraucht als Elle. Das hatte Matthew gewusst, und er hatte dementsprechend gehandelt. Elle sah doch sicher ein, dass Matthew nie eine Beziehung mit Elle angefangen hätte, wenn Hannahs Kind seines gewesen wäre. Elle war klug. Sie konnte hinter den Lügen die Wahrheit erkennen.

Als Nächstes schrieb sie Matthew einen Dankbrief. Er war der einzige männliche Freund, den sie noch hatte. Sie würde für ihn ihr Leben lang beten. Für ihn beten? Hannah lächelte. Ja, beschloss sie. Sie würde den Staub dieses Ortes von ihren Füßen schütteln, und in ihrem neuen Leben würde sie beten. Sie würde beten.

Sie schrieb Luke, dass sie hoffe, er könnte irgendwann aufhören, ihr die Schuld für Marys Verletzungen zu geben.

Worte der Hoffnung und Vergebung in den Brief an ihre Eltern einzuflechten war am schwersten. Sie bat ihren *Daed* zu verstehen, dass sie weggehen müsse. Für sie gab es keinen Zweifel daran, dass ihre Entscheidung, den Lapphof zu verlassen und sich von der Gemeinde hier zu trennen, allen zum Besten diente. Dann würde ihre Schande allein auf sie fallen und keine Schatten auf ihre Familie werfen.

Während sie eine Seite nach der anderen füllte und ihre Entscheidung in Worte fasste, kehrte langsam eine neue Lebenskraft bei ihr ein. Die Vorstellung, von hier fortzugehen, war beängstigend. Aber hierzubleiben würde den langsamen Tod für sie bedeuten.

Ich bin noch nicht achtzehn.

Als ihr dieser Gedanke plötzlich durch den Kopf schoss, stockte ihr der Atem. Es dauerte noch dreizehn Tage, bis sie achtzehn wäre. Für einen Moment dachte sie daran, bis zu ihrem Geburtstag hierzubleiben. Ihre Hoffnung drohte zu ersticken. Sie hatte das Gefühl, den Verstand zu verlieren, und wusste ohne jeden Zweifel, dass sie nicht bleiben konnte – nicht einmal, bis sie vor dem Gesetz erwachsen wäre.

Die zwei Menschen, die am traurigsten wären, waren ihre Mutter und ihre liebe Freundin, Mary. Sie würden ihre Pläne verstehen, aber Hannah war nicht so naiv zu glauben, dass sie mit ihrer Entscheidung einverstanden wären. Sie hatten zu große Angst, sie könnten Gott verärgern, oder Hannah könnte etwas zustoßen.

Hannah schloss die Augen und überlegte, ob die Sorgen ihrer Mutter und ihrer Freundin um sie begründet waren oder nicht. Sie hatte nicht den Wunsch, alles noch schlimmer zu machen, indem sie wegging, ohne sich Gedanken über die möglichen Vorbehalte der beiden Menschen, denen sie am meisten bedeutete, zu machen.

Hannah spielte die Gespräche in ihrem Kopf durch und achtete genau darauf, jedes Wort zu hören, das ihre Mutter und Mary ihr sagen würden. Aber nachdem sie alle möglichen Argumente abgewogen hatte, kam sie zu dem Schluss, dass der einzige vernünftige Grund, den sie hätten, Angst war. Angst vor dem Unbekannten, Angst, dass etwas passieren könnte, Angst, dass vielleicht etwas nicht passieren würde.

Das Gespräch, das sie im Geiste durchspielte, half ihr. Vielleicht würde sie wirklich in Gefahr geraten, vielleicht fand sie keine Arbeit, vielleicht … vielleicht … vielleicht. Die Fragen, was alles passieren konnte, machten ihr Angst. Während Hannah diesem Gedanken tiefer auf den Grund ging und nach Antworten suchte, wurde ihr eines deutlich bewusst: Die Angst könnte ihr Begleiter auf ihrem Weg sein, aber sie musste sich davon nicht aufhalten lassen. Vielleicht müsste sie damit leben, vielleicht würde sie nie davon frei werden. Aber sie musste sich davon nicht lähmen lassen. *Diese* Entscheidung lag in ihrer Hand.

Ihre Aufregung wuchs, als sie das begriff, und ihr Wunsch, den nächsten Schritt zu gehen, wurde immer stärker. Als mehrere gefaltete Briefe schon neben ihr lagen, nahm Hannah den Stift, um den letzten Brief zu schreiben, bevor sie endgültige Reisepläne machte.

Hannah stapelte die Briefe zusammen und steckte sie in das Buch, das Dr. Greenfield ihr geschenkt hatte. Ängstlich und nervös ging sie in die Küche, um Mary von ihren Plänen zu erzählen. Hannah war überrascht, als sie Matthew erblickte, der mit Mary am Küchentisch saß.

Sie drehten sich um und schauten sie an. Ein erleichtertes Lächeln vertrieb den Kummer aus ihren Mienen.

Matthew stand auf und zog einen Stuhl für sie heraus. „Guten Morgen. Komm, setz dich."

Hannah war dankbar, nicht stehen zu müssen, und setzte sich auf den Stuhl. „Wie steht es mit Elle?"

Matthew zuckte die Achseln. „Ich habe von den Bylers gehört, dass ihr Vater wegen des schlechten Wetters an jenem Abend gar nicht gekommen ist. Sie nahm sich am nächsten Tag einen Fahrer und fuhr nach Baltimore, um ihn dort zu treffen. Sie wollte ein paar Tage dort bleiben. Sonst weiß ich auch nichts."

Matthew schenkte eine Tasse Kaffee ein und reichte sie Hannah. Mary nahm ein riesiges Zimtteilchen von einem Blech, das auf dem Tisch stand, und legte es neben die Tasse. Hannah entschied, dass sie nicht mehr zu jung war, um Kaffee zu trinken, und nahm einen Schluck von der warmen, braunen Flüssigkeit. Sie spielte mit der Blechtasse in ihrer Hand und betete, dass Mary und Matthew sie bei ihrem Entschluss unterstützen würden. „Ich bin froh, dass ihr beide da seid", sagte sie. Ihre Stimme klang sogar noch entschlossener, als ihr zumute war. „Ich muss mit euch über einige Entscheidungen sprechen, die ich getroffen habe."

Kapitel 33

Die Sonne erwärmte die schneebedeckte Erde, als Hannah in John Yoders beschädigtem Telefonhäuschen stand und darauf wartete, dass die Bankangestellte ihre Daten überprüfte. Mary und Matthew standen neben ihr und unterhielten sich leise.

„Es tut mir leid", sagte die Frau, als sie wieder ans Telefon zurückkam. „Aber dieses Konto wurde aufgelöst."

„Was?" Hannah bekam fast keine Luft.

„Das ganze Geld wurde von dem Konto abgehoben." Die Frau entschuldigte sich noch einmal und verabschiedete sich. Benommen legte Hannah den Hörer auf.

Das konnte nicht wahr sein. Wie konnte das Konto aufgelöst sein?

Die Enttäuschung war zu groß. War Paul doch nicht der Mann, für den sie ihn gehalten hatte?

Mary kam die wenigen Schritte zur Tür. „Was hast du herausgefunden?"

Hannah schloss die Augen und zuckte langsam die Achseln. „Das Konto ist leer. Ich … ich nehme an, Paul hat das Geld abgehoben."

Mary legte die Arme um Hannah. „Ich bin sicher, dass er im Moment nur nicht richtig denken kann, Hannah. Er wird sich wieder fangen. Vielleicht solltest du ihn anrufen."

Während sie zu Marys Veranda gingen, konnte Hannah diesen brennenden Wunsch nur mühsam unterdrücken. Sie gab es ungern zu, aber sie sehnte sich danach, ihn anzurufen, noch ein letztes Mal seine Stimme zu hören, um sich wenigstens von ihm zu verabschieden.

Hannah setzte sich auf die oberste Stufe. „Ich habe ein bisschen Geld von den Verkäufen auf dem Sommermarkt gespart. Das müsste reichen, um von hier fortzukommen."

Matthew setzte sich neben sie. „Ich glaube …"

Das Telefon klingelte. Mary lief schnell über den Hof zum Telefonhäuschen.

Hannah lächelte. „Sie ist wieder ganz die Alte, nicht wahr?"

„Ja. Sie ist wieder gesund. Das verdankt sie dir." Matthew stützte den Unterarm auf seinen Oberschenkel. Mehrere Minuten sprach keiner von beiden ein Wort. „Hannah, bist du sicher, dass du weggehen willst?"

Bevor Hannah Zeit hatte, ihm zu antworten, kam Mary zu ihnen zurück. Ein tiefer Schmerz stand ihr ins Gesicht geschrieben. „Das waren meine Eltern. Sie kommen heute zurück und …"

Hannah konnte sich denken, worum es bei diesem Anruf gegangen war. „Ich soll von ihrem Hof fort sein, wenn sie kommen, nicht wahr?"

Mary setzte sich. „Es tut mir so leid."

Hannah legte den Arm um Mary und rieb ihr die Schulter. „Ich bin sicher, dass es meiner Mutter ganz genauso geht. *Daed* ist wütend und verbietet ihr, hierherzukommen, aber wenn sie es wirklich wollte, könnte er sie nicht davon abhalten."

Matthew zog sich den Hut tiefer in die Stirn. „Ich habe etwas Geld."

„Mit diesem Geld sollst du dir und Elle eine Existenz aufbauen."

Er stand auf. „Verweigere mir nicht das Recht, das zu tun, was ich für das Richtige halte. Ich habe zu viele Monate damit verbracht, mich aus allem herauszuhalten, während du dringend einen Freund gebraucht hättest." Er zuckte die Achseln. „Entweder versteht Elle das, oder sie versteht es nicht."

Hannah ergriff seine Finger und war von seiner Großzügigkeit überwältigt. „Ich schicke dir das Geld zurück, sobald ich eine Arbeit habe und einen Platz, wo ich wohnen kann."

Matthew drückte ihre Hand, um ihr Mut zu machen. „Zerbrich dir nicht den Kopf darüber, wann du mir das Geld zurückzahlst. Lass uns nur hin und wieder wissen, dass es dir gut geht."

Mary umarmte Hannah mit Tränen in den Augen. „*Jah*, schreib uns."

„Das werde ich." Hannah legte den Kopf auf Marys Schulter und sagte: „Jetzt rufe ich am besten am Bahnhof an und kümmere mich darum, einen Fahrer zu bekommen."

Matthew reichte ihr die Hand und half ihr auf die Beine. „Ruf Russ Braden an. Er ist so kurzfristig am leichtesten zu bekommen. Während du das tust, gehe ich hinüber in meine Werkstatt und hole das Geld.“ Er schaute sie ernst an. Dann lief er, ohne noch ein Wort zu sagen, los, um seine Ersparnisse zu holen.

Paul war froh, dass sie statt seinem Auto den Wagen von Marcus genommen hatten, da er ein Radio hatte. Er schaltete einen Nachrichtensender ein und hörte sich den Verkehrsbericht an. Eine Minute später hörten sie von einem schlimmen Unfall irgendwo vor ihnen, der für einen langen Stau sorgte.

Paul holte tief Luft und konnte sich nur mühsam beherrschen, nicht auf das Armaturenbrett zu schlagen. „Wie konnte ich ihr das nur antun?“

Marcus drehte am Suchknopf, bis er einen Sender mit Instrumentalmusik fand. „Ich persönlich finde ja, dass du im Recht warst, als du sie hast sitzen lassen. Aber sagen wir einfach, du hast es vermasselt und das Ganze falsch angepackt. Keiner von uns ist vollkommen, Paul. Hannah hat auch eine gewisse Verantwortung an der ganzen Sache. Richtig?“

Paul schüttelte den Kopf. „Ich hätte es besser wissen müssen. Das Komische daran ist, dass ich es eigentlich besser gewusst hätte, wenn mich nur meine verrückte Eifersucht nicht so blind gemacht hätte. Sie ist so faszinierend, Marcus. Wenn du sie kennenlernst, wirst du mir recht geben.“

Während sie im Stau standen, legte Marcus den Leerlauf ein und zog die Handbremse an. „Sie muss etwas Besonderes sein, wenn du nach so langer Zeit immer noch in sie verliebt bist. Wie hast du sie eigentlich kennengelernt?“

„Sie war Großmutters Haushaltshilfe, als ich zu ihr fuhr, um die Männer zu überwachen, die Großmutters Dach erneuern und den Stall und die Zäune reparieren sollten. Sie war faszinierend: still und fleißig. Aber wenn sie etwas sagte, hatte sie einen ganz trockenen Humor. Als ich Wochen später zu einem Familientreffen bei Großmutter war, war ich sicher, dass sie sich freuen würde, mich wiederzusehen. Aber sie schien überhaupt nicht zu bemerken, dass ich da war. Also stand ich in der Küche herum und wartete darauf, dass sie mich bemerkte. Sie drückte mir eine Küchenschürze in die Hand. Ihrer Meinung nach sollte ich entweder helfen oder aus dem Weg gehen." Er schmunzelte. „Ich glaube, ich habe mich schon damals in sie verliebt. Sie ist schwer zu durchschauen, aber es ist so unglaublich schön, mit ihr zusammen zu sein."

Marcus lächelte trocken. „Okay. Vielleicht sollte ich doch froh sein, dass du so lange nicht über sie sprechen konntest."

„Bring uns aus diesem Stau heraus. Dann werde ich dich nie wieder mit meinen Geschichten langweilen."

„Versprochen?" Marcus drückte aufs Gaspedal, als wollte er abheben.

Paul lehnte den Kopf an die Kopfstütze und seufzte frustriert.

Hannah schaute auf die Gebetshaube in ihrer Hand. Mary stand hinter ihr und steckte die Schürze an Hannahs Kleid fest. Die Reisebestimmungen schrieben vor, dass sie entweder mit einem Personalausweis mit Lichtbild reisen müsse oder ihre vollständige amische Kleidung tragen müsse, damit ihr Ausweis ohne Foto gültig war. Obwohl Hannah es nicht erwarten konnte, von allem, was sie an die Amisch erinnerte, frei zu werden, legte sie die Kopfbedeckung an und befestigte sie mit Haarnadeln. Sie drehte sich um und schaute Mary an.

Mary wischte einen Fussel von Hannahs Kleid. „Bist du dir sicher?"

Sie nickte nur, da sie nichts sagen konnte. Sie nahm Mary an der Hand, und sie gingen hinaus in den Hof, wo der Fahrer bereits wartete.

Matthew lud Hannahs Koffer in den Kofferraum des Autos. Als er den Kofferraum zuschlug, bog ein Einspänner in die Auffahrt. Matthew drehte sich um. „Elle."

Das kühle Nicken, mit dem sie ihn begrüßte, hätte von einer Aristokratin stammen können, die in einer vornehmen Kutsche saß, statt von einem amischen Mädchen in einem offenen Einspänner.

„Ich dachte, du wärst in Baltimore." Er trat zu ihrem Wagen. „Es tut mir leid wegen neulich abends. Bist du ..."

Elle fiel ihm ins Wort. „Dir fehlen anscheinend nie die nötigen Informationen, wenn es darum geht, was in Hannahs Leben passiert." Ihre Augen wanderten zu Hannah. „Was ist hier los?"

Hannah trat von der Veranda. „Ich fahre weg."

Elles Miene war unbeweglich, ihre Wangen waren rot vom kalten Wind. „Dann ist wenigstens ein Teil von dem, was ich gehört habe, wahr."

„Nur sehr wenig davon ist wahr. Das kannst du mir glauben." Marys Stimme zitterte.

Elle warf einen ärgerlichen Blick auf Matthew. „Hast du die Anordnung des Bischofs in Bezug auf Hannah missachtet? Bist du zu ihr gegangen, obwohl ich dich gebeten hatte, an diesem Abend bei mir zu sein?"

„Es ist eine lange Geschichte, Elle, aber jetzt ist keine Zeit dafür."

Hannah zog Mary in ihre Arme. Nach einer langen, tränenreichen Umarmung ließ Hannah sie los. Dann stand sie da, strich nervös über ihre Schürze und wollte Matthew gern umarmen und ihm sagen, wie dankbar sie ihm für seine Freundlichkeit und sein Verständnis war. Aber wenn sie das täte, würde sie noch mehr Probleme zwischen ihm und Elle heraufbeschwören.

Ein entschlossener Blick trat in Matthews Augen. „Ich komme mit dir. Ich fahre erst nach Owl's Perch zurück, wenn du im Zug sitzt."

„Das ist ja lächerlich." Elle hob ihren Körper leicht vom Sitz, wodurch das Pferd einen Schritt vorwärtsmachte. „Was, glaubst du, soll ich davon halten?"

Matthew nahm Elles Pferd am Geschirr und hinderte es daran, noch weiterzugehen. „Ihr Zug fährt erst morgen Nachmittag. Mary kann nicht mitkommen; ihre Eltern haben ihren Standpunkt klargemacht. Hannah und ich sind Freunde, Elle. Ich werde sie nicht über Nacht ganz allein in irgendeinem Hotel in Harrisburg lassen."

Elle schaute ihn finster an und wurde von Sekunde zu Sekunde wütender. „Wenn es dir total egal ist, was ich denke, warum sagst du es dann nicht geradeheraus, Matthew Esh? Du hast mir gerade mehr oder weniger gesagt, dass du vorhast, mit ihr die Nacht in einem

Hotel zu verbringen. Wenn du das tust, bekommst du auf jeden Fall Schwierigkeiten mit den Gemeindeältesten. Der Bischof wird dich dafür zur Rechenschaft ziehen. Das weißt du ganz genau."

Matthew ließ das Pferd los und trat näher an den Einspänner heran. Er stellte seinen Fuß auf eine Speiche des Vorderrads. „Das weiß ich. Aber sie irren sich in Bezug auf Hannah. Und Freunde sollten zusammenhalten, auch wenn es sie etwas kostet."

Elle zog eine Braue in die Höhe. Sie starrte Matthew fast eine ganze Minute lang an. Er schaute ihr ins Gesicht. Aus seiner Miene sprach weder Angst noch Reue. Hannah hatte Mühe zu atmen. Die Schuldgefühle lasteten schwer auf ihrem Herzen.

Elle senkte die Zügel und zog leicht daran, wodurch das Pferd langsam rückwärtsging. Matthew zog seinen Fuß weg und schien ihre Entscheidung zu akzeptieren. Elles schöne Augen wichen keine Sekunde von seinem Gesicht, als das Pferd immer weiter zurückging.

Sie hielt den Einspänner an. Ihre Stirn war in Falten gelegt, und ihr Blick war immer noch auf Matthew gerichtet. „Unabhängig davon, wo wir beide am Ende dieser ganzen Sache stehen, halte ich es trotzdem für das Beste, wenn noch jemand mit euch fährt, Matthew, damit es vor den Leuten und den Kirchenältesten anständig aussieht." Sie schaute zu Hannah hinüber. „Du weißt, dass ich recht habe."

„Ja, natürlich hast du recht. Aber es gibt keinen anderen."

„Ich fahre mit."

Hannah zuckte bei der Frauenstimme hinter sich zusammen. Sie drehte sich um und sah Naomi Esh neben dem Auto stehen. Matthews Mutter hatte die Hände in die Hüften gestemmt.

„Ich war in der Nacht dabei, als Hannahs Baby starb." Naomi schaute Hannah mit einem schwachen und demütigen Lächeln an. Dann drehte sie sich um und schaute Elle an. „Ich glaube ihren Worten, wie sie schwanger geworden ist. Aber ich lasse nicht zu, dass der Ruf meines Sohnes ruiniert wird. Und er ist offensichtlich fest entschlossen, sie zu begleiten."

Elle zuckte die Achseln. „Ich schätze, deine Mutter ist eine Begleitperson, die bei den Gemeindeältesten etwas zählt, wenn sie hören, was du getan hast."

Matthew zog einen Brief aus seiner Tasche. „Hannah hat dir das geschrieben. Vielleicht hilft dir ihr Brief, die Sache besser zu verstehen." Er nickte Hannah zu und bedeutete ihr, ins Auto zu steigen.

Hannah drehte sich um, um Mary noch einmal zu umarmen. Ihre Freundin begann zu schluchzen.

„Es ist gut, Mary. Mir wird es gut gehen." Hannah legte Mary die Hände auf die Schultern und trat einen Schritt von ihr zurück. „Dir wird es auch gut gehen. Versöhne dich mit Luke. Er wird schon irgendwann zur Vernunft kommen."

„Mary", sagte Elle freundlich.

Hannah blieb stehen, während Matthew ihr die Autotür aufhielt.

Elle lächelte Mary an. „Ich bleibe heute Nacht bei den Bylers. Esther Byler hilft mir bei einigen Sachen für die Schule. Hättest du Lust, uns Gesellschaft zu leisten? Wir könnten deine Hilfe gut gebrauchen."

Die Trauer in Marys Gesicht und auch der verlorene Blick in ihren Augen wurden ein wenig schwächer.

Bedauern und Dankbarkeit regten sich in Hannah, als sie überlegte, dass Elle wahrscheinlich bald Marys beste Freundin würde, wenn sie jetzt wegging.

„Hannah." Die geflüsterte Stimme schwebte über die Felder und schien aus allen Richtungen zu kommen.

Sie rutschte auf den Rücksitz des wartenden Autos. Die Hoffnung auf eine bessere Zukunft festigte ihren Entschluss und gab ihr neuen Mut.

Kapitel 34

Nach endlosem Warten setzte sich der Verkehr endlich langsam wieder in Bewegung. Nervös trommelte Paul mit den Fingern auf das Armaturenbrett. Er musste zu Hannah und ihr vorschlagen, sich um sie und ihr Baby zu kümmern. Vielleicht würde sie es irgendwann schaffen, ihm wieder zu vertrauen und ihn zu lieben, und sie könnten heiraten.

Als sie endlich in Owl's Perch ankamen, beschrieb er Marcus den Weg zum Yoderhof.

Marcus bog in die Auffahrt. Paul sprang aus dem Auto und klopfte an die Haustür des *Daadi-Hauses.*

Komm schon, Hannah. Mach auf.

Kein Ton war von innen zu hören; kein Licht war durch die Fenster zu sehen. Er klopfte länger und lauter. Immer noch keine Antwort. Vor Enttäuschung und Sorge bekam er fast keine Luft.

Paul stieg in den Wagen. „Wir fahren zum Lapphof." Er beschrieb Marcus den Weg dorthin.

Als sie in die Auffahrt fuhren, trat Mr Lapp aus seinem Haus. Paul stieg aus und sprach Mr Lapp über das Autodach an. „Ich bin auf der Suche nach Hannah."

Ihr Vater winkte Paul weg und marschierte zum Stall.

Paul lief ihm nach. „Mr Lapp, bitte. Ich muss mit ihr sprechen."

Mr Lapp seufzte. „Sie wohnt nicht mehr hier. Ich habe mein Möglichstes getan, um sie zu beschützen. Aber ihre Heimlichkeiten haben so viel Schaden angerichtet, dass ein Vater machtlos ist." Er schwieg und schaute Paul an. „Das bist du, nicht wahr? Du bist der Kerl, dem sie Briefe geschrieben und den sie heimlich getroffen hat."

Es war nicht leicht, seine Beziehung zu Hannah zu beschreiben. Er liebte sie. Aber das war es nicht, was Mr Lapp hören wollte. „Ich bin Katie Waddells Enkel Paul."

Mr Lapp betrachtete ihn. „Es hätte nicht so enden müssen. Wenn sie sich nicht so eigensinnig geweigert hätte, zum Bischof zu gehen …“

„Wo kann ich sie finden?“

Er runzelte die Stirn. „Sie wohnt auf dem Yoderhof.“

„Dort war ich schon. Auf dem Hof ist niemand.“

Der Blick in Mr Lapps Augen verriet Paul, dass ihm das neu war. „Anscheinend weiß ich schon viel zu lange nicht mehr, wo meine Tochter sich herumtreibt und was sie im Schilde führt.“ Mr Lapp stapfte davon und knurrte im Gehen: „Bitte geh. Fahr einfach wieder und lass mich eine Weile vergessen, was für ein Unheil du über uns gebracht hast.“

Paul hasste es, wie Mr Lapp die Dinge sah, aber es würde ein Leben lang dauern, diesen Mann dazu zu bewegen, seine Meinung zu ändern, falls das überhaupt jemals möglich wäre. Paul stieg ins Auto und knallte die Tür zu. „Wie kann er seiner Tochter einfach so den Rücken kehren?“ Schuldgefühle regten sich in Paul und drohten ihn zu ersticken. Er selbst hatte sich auch von Hannah abgewandt.

Marcus zuckte die Achseln. „Wohin jetzt?“ Er fuhr rückwärts die Auffahrt hinab und blieb stehen.

„Fahren wir noch einmal zum Yoderhof zurück. Von dort aus versuchen wir, den Eshhof zu finden. Hannah und Matthew sind Freunde. Er müsste wissen, wo sie ist. Auch wenn er es mir vielleicht nicht verrät.“ Er schaute Marcus an und suchte verzweifelt nach Antworten. „Wir müssen sie finden.“

„Wir werden sie finden. Selbst wenn wir den ganzen Tag und die ganze Nacht durch diesen Bezirk fahren müssen. Aber können wir nicht vorher zu deiner Großmutter fahren und etwas essen? Ich habe heute noch nicht einmal ein Frühstück bekommen.“

Das war eine ausgezeichnete Idee. Vielleicht wusste Großmutter, wo Hannah war. Vielleicht war Hannah sogar bei ihr. „Ja. Fahren wir zuerst zu ihr.“

Marcus bog auf die Hauptstraße.

„Hast du dein Handy dabei?“, fragte Paul.

Marcus zog das Telefon aus seiner Jeans.

„Wenn Großmutter nicht weiß, wo Hannah ist, rufe ich meine Mutter an und erkläre ihr, was sie tun soll, falls Hannah anruft. Und dann rufe ich Carol und Dorcas an. Eine von ihnen ist hoffentlich bereit, in unsere Wohnung zu fahren und eventuelle Telefongespräche entgegenzunehmen. Ryan oder Taylor können sie reinlassen, aber ich traue unseren Mitbewohnern zu, dass sie trotzdem kurz weggehen, um sich etwas zu essen zu kaufen, selbst wenn ich sie bitte, die ganze Zeit in der Nähe des Telefons zu bleiben. Und ich sorge dafür, dass Großmutter auch in Reichweite ihres Telefons bleibt. Falls Hannah irgendwo anruft, bekomme ich sofort Bescheid." Er hielt Marcus' Handy hoch und deutete darauf.

Hannah lag auf dem Bett und starrte in das weiche Licht der elektrischen Stehlampe am anderen Ende des Hotelzimmers. Die Sonne war untergegangen, aber hier brauchte man keine Streichhölzer oder Petroleumlampen.

Sie drückte die Zugfahrkarten auf ihre Brust. Als sie in Harrisburg angekommen waren, hatten sie und Matthew als Erstes die Fahrkarte gekauft. Er hatte ihr das Geld gegeben, aber er hatte sie allein gelassen, als sie mit dem Mann am Fahrkartenschalter gesprochen hatte. Der Mann hatte ihr geduldig geholfen zu entscheiden, welchen Zug sie nehmen und wo sie aussteigen müsste. Ihr Ziel war ein kleiner Bahnhof in Alliance, Ohio. Das war der Bahnhof, der am nächsten bei Winding Creek lag, dem Ort, wo ihre Tante wohnte.

Matthew und seine Mutter waren essen gegangen. Hannah war hiergeblieben, weil sie ein wenig allein sein wollte. Matthew hatte versprochen, ihr etwas zu essen mitzubringen.

Ein Telefon stand auf dem Tisch neben ihr und forderte sie heraus, es zu benutzen. Sie wollte Paul unbedingt anrufen und ihre langjährige Beziehung irgendwie freundschaftlich beenden. Sie setzte sich und nahm den Hörer ab. An Thanksgiving hatte Paul ihr die Telefonnummer seiner Großmutter, seiner Eltern, seiner Wohnung und sogar die Nummer seiner Schwester gegeben. Sie hatte sie alle auswendig gelernt.

Sie befolgte die Anweisungen, die neben dem Telefon auf dem Tisch standen, und drückte auf den Knopf, um ein Gespräch anzumelden. Dann gab sie die Telefonnummer seiner Studentenwohnung ein. Sie lehnte sich auf dem Bett zurück und atmete tief ein. Ihr Magen zog sich vor Nervosität zusammen.

„Hallo?", meldete sich eine junge Frauenstimme.

„Äh, ja, hier ist Hannah Lapp. Ich möchte gern Paul Waddell sprechen."

Das Tageslicht zog langsam über den Horizont, als Paul erneut kreuz und quer durch Owl's Perch fuhr. Seine Großmutter hatte ihnen nicht weiterhelfen können. Sie hatte gesagt, dass sie seit Monaten nichts mehr von Hannah gehört habe.

Er hatte Marcus bei seiner Großmutter gelassen. Marcus sollte ihn auf dem Handy anrufen, falls Hannah sich meldete. Er hatte seine Eltern, seine Schwester und Dorcas angerufen und dafür gesorgt, dass in jeder Wohnung, in der Hannah vielleicht anrufen würde, jemand den Anruf entgegennehmen konnte. Seine Mutter war etwas schockiert gewesen, als sie von Pauls Beziehung zu Zeb Lapps Tochter erfuhr, aber sie hatte versprochen, zu tun, worum er sie bat.

Als er zum Yoderhof zurückfuhr, stellte er fest, dass Marys Eltern irgendwann, während er durch den Bezirk gefahren war, nach Hause zurückgekehrt waren. Als Paul an die Tür klopfte und nach Hannah fragte, erfuhr er nur, dass sie nicht wussten, wo sie war. Die Mienen in ihren Gesichtern verrieten, dass es ihnen auch ziemlich egal war. Als er darum bat, mit Mary zu sprechen, sagte man, sie sei nicht zu Hause. Aber sie waren nicht bereit, ihm zu verraten, wo sie war.

Während er weiterfuhr, ließ Paul seinen Blick über die Häuser und Höfe auf jedem amischen Grundstück wandern und hoffte, irgendwo einen Blick auf Hannah oder Mary zu erhaschen. Über Marcus' Handy rief er seine Eltern und Großmutter an; niemand hatte von ihr gehört.

Er wählte die Nummer seiner Wohnung und wartete, bis jemand dranging. Nach, wie er fand, viel zu langer Zeit meldete sich Dorcas.

„Hallo."

„Hallo. Irgendwas Neues?" Paul erwartete eine schnelle Antwort, aber stattdessen wurde es erst einmal still in der Leitung. „Dorcas, hat Hannah angerufen?"

Dorcas stammelte etwas und machte Paul damit wütend. „Äh, also, es kam ein Anruf … aber, äh, es … also …“

„Jetzt ist keine Zeit für lange Reden, Dorcas. Ich habe dir eine ganz einfache Frage gestellt. Hat Hannah angerufen?“

Es folgte ein Rascheln, und seine Schwester kam ans Telefon. „Beruhige dich, Paul. Du hast sie zum Weinen gebracht. Das ist eine furchtbare Wohnung. Ryan und Taylor machen die ganze Nacht Lärm. Wir mussten zweimal mit ihnen lange diskutieren, um sie vom Telefon fernzuhalten, und auf diesen furchtbaren Sofas kann doch kein Mensch schlafen. Ich war gerade draußen, um etwas aus dem Auto zu holen, als der Anruf kam. Dorcas sagte, eine junge Frau habe angerufen und etwas von einer Party am Freitag gesagt.“

Die Enttäuschung drückte ihn fast nieder. „Dieser Anruf muss für Ryan oder Taylor gewesen sein. Hat sonst noch jemand angerufen?“

„Nein, es sei denn, ich war gerade nicht in Hörweite des Telefons. Dorcas, hat sonst noch jemand angerufen?“ Es folgte eine kurze Pause. „Nein, sonst hat niemand angerufen.“

„Carol, bitte bleib in der Nähe, damit du das Telefon hörst, okay?“

„Klar. Das kann ich machen.“

Er trennte die Verbindung. Seine Besorgnis wuchs mit jeder Minute.

„Hannah, mein Löwenherz, wo bist du?“

Der Streit, den Luke gestern mit Mary gehabt hatte, spielte sich in seinem Kopf immer wieder ab, während er in seinen Einspänner stieg und auf die Straße fuhr. Er hatte die ganze Nacht im Geiste durchgespielt, was sie gesagt hatte. Als er am Morgen aufwachte, war er noch verwirrter gewesen. Er hatte dieses Gefühl nicht von sich abschütteln können, obwohl er es sogar gewagt hatte, diesen Sonntagmorgen in seiner Sattlerei zu verbringen.

Schließlich hatte er überlegt, dass eine gute, schnelle Spazierfahrt ihm helfen könnte, wieder einen klaren Kopf zu bekommen. Er ließ die Peitsche knallen, damit das Pferd schneller lief. Seine Schwester hatte es geschafft, einen Keil zwischen ihn und Mary zu treiben, ohne auch nur den Mund aufzumachen.

Wie war das möglich?

Er wusste die Antwort. Sie hatte Dinge getan, die sie nicht hätte tun sollen, wirklich schlimme Dinge, und jetzt hatten die Gerüchte sie eingeholt. Natürlich glaubte Mary, sie sei unschuldig. Mary liebte sie. Wenn Hannah seine Beziehung zu Mary kaputt machen würde, dann würde er … dann würde er … Luke seufzte. Er wusste nicht, was er dann tun würde.

Während die Fragen, wer die Wahrheit sagte und wer log, ungeklärt durch seinen Kopf wirbelten, fuhr er immer schneller und schneller, ohne auf die kalten Temperaturen zu achten. Es war schon seltsam, dass so viele Gerüchte über Hannah im Umlauf waren, wenn ihre größte Schuld anscheinend darin bestand, dass sie gern für Mrs Waddell gearbeitet hatte. Bei diesen Besuchen hatte Hannah Mrs Waddells Enkel kennengelernt, aber daraus konnte er ihr keinen Vorwurf machen. Wie Mary richtig gesagt hatte, hatte er früher ähnliche Dinge gemacht.

Luke zog am rechten Zügel und lenkte das Pferd auf den Lehmweg in der Nähe des Knepphofs. Der Wunsch, die Stelle zu sehen, an der sich der Unfall ereignet hatte, ließ ihm schon viel zu lange keine Ruhe. Da Mary nicht mit ihm sprach, hatte er ein wenig Zeit, um sich diesem Geist zu stellen. Er zitterte vor Nervosität. Seine Brust zog sich zusammen. Die alte Bess warf den Kopf in die Luft und wieherte.

„Ist ja gut, altes Mädchen. Ist ja gut."

Nicht einmal in seinen eigenen Ohren klangen diese Worte beruhigend. Er drückte die Zügel in seinen Händen fest zusammen, als die Erinnerung an jene schreckliche Nacht auf ihn einstürmte. Bess wurde unruhig, als sie zu der Stelle kamen, an der sie verletzt worden war. Luke zog die Zügel zurück und sprang aus dem Einspänner. „Ruhig, alte Bess." Er streichelte ihren Hals und führte sie auf den kleinen Weg, der an dem alten Baum vorbeilief, unter dem er Mary einen Heiratsantrag gemacht hatte. Als sie die Hauptstraße verlassen hatten, beruhigte sich das Pferd wieder ein wenig.

Luke atmete tief ein und spielte Teile seines Streits mit Mary noch einmal durch. Bis gestern hatte er keine Ahnung gehabt, dass das Mädchen so streiten konnte. Sie hatte gesagt, wenn er schon unbedingt jemandem die Schuld geben müsse, dann solle er sie ihr geben. Okay, vielleicht hatte er wirklich jemanden gesucht, dem er die Schuld geben konnte, und vielleicht war der Unfall nicht die Schuld seiner Schwester gewesen. Aber das schaffte diese ganzen Gerüchte nicht aus der Welt.

Luke steckte die Zügel unter einen schweren Stein und wusste, dass die alte Bess überall bleiben würde, wohin er sie brachte, ohne sich dagegen zu wehren. Er ging zu Fuß zu der Unfallstelle zurück. Während er auf sich wirken ließ, wie die Felder mit ihrer dicken Schneeschicht aussahen, aus der stellenweise hohes, braunes Gras herausragte, stieg Luke auf der anderen Straßenseite über den Zaun. Die Blätter waren grün gewesen, als er und Mary das letzte Mal hier gewesen waren. Irgendwie hatte er im letzten Herbst nicht mitbekommen, wie die Blätter sich bunt gefärbt hatten und die Bäume kahl geworden waren. Während er durch den hohen Schnee zu der Stelle stapfte, an der er gelandet war, nachdem er aus dem Einspänner geschleudert worden war, erkannte er, dass er ein ziemlich weites Stück durch die Luft gesegelt sein musste. Aber er konnte sich an nichts erinnern.

Was ist an jenem Abend passiert?

Als hätte sein Gedächtnis nur auf diese Frage gewartet, tauchten Erinnerungen daran, wie er zu Gott geschrien hatte, vor seinem geistigen Auge auf. Als er in jener Nacht um Hilfe gebetet hatte, hatte er es deutlich erlebt … aber was? Vielleicht Mitgefühl? Der Alptraum, als er versucht hatte, Mary zu finden, wurde wieder lebendig. Es war so furchtbar gewesen, als er merkte, dass er nicht wusste, wie man ein Handy bediente und dass Mary wegen seiner Hilflosigkeit vielleicht sterben würde. Er hatte es so dringend gebraucht …

Ein Schaudern zog über Lukes Arme. Er schaute zum Himmel und beobachtete, wie die grauen Wolken sich zusammenzogen und nach Osten getrieben wurden.

Er hatte es so dringend gebraucht …

Was hatte er in jener Nacht so dringend gebraucht? Was war es gewesen, das ihm gleichzeitig das Gefühl gegeben hatte, angenommen und stark zu sein?

Er war verletzt gewesen und zu schwach, um selbst irgendetwas machen zu können. Was hatte sich zwischen ihm und Gott in jener Nacht abgespielt?

Die Fragen ließen ihm keine Ruhe, während Luke zum Einspänner zurückging.

Was war es, Gott?

Wie ein unerwarteter Donnerschlag, der den Himmel durchschneidet, wusste Luke es plötzlich. Es war nicht eine einzige Erkenntnis gewesen. Es waren viele Dinge, alles Eigenschaften von Gott, die mit Vergebung, Kraft und Hoffnung zu tun hatten. Sobald ihn dieses Gefühl ergriffen hatte, hatte er Dinge gewusst, die er eigentlich nicht hatte wissen können. Wie er Mary finden könnte, das war ihm unmittelbar, nachdem er gebetet hatte, eingefallen. Eine Kraft, die er vorher nicht gehabt hatte, hatte ihn erfüllt. Er hatte nie herausgefunden, wie man das Handy bediente, aber die Idee mit der Hupe war ihm gekommen, und bei der Hupe hatte er gewusst, was er machen musste. Man hatte ihm später erzählt, dass dieser durchdringende Lärm jemanden veranlasst hatte, die Polizei zu rufen.

Eine neue Energie erfüllte ihn.

Oh, Gott, ich verstehe.

„Du sprichst manchmal mit Menschen. Du sagst uns manchmal etwas, das nicht von den Gemeindeältesten festgelegt wurde … oder von *Daed.*“

Luke kniete auf dem kalten Schnee nieder und beugte den Kopf. „Lieber Vater, danke, dass du Mary und mich in jener Nacht gerettet hast.“ Hannahs Gesicht tauchte vor seinem geistigen Auge auf. „Gott, was soll ich von ihr denken?“

Ihm kamen keine spontanen Gedanken. Luke blieb auf den Knien und hoffte, Weisheit würde vom Himmel auf ihn herabströmen. Aber das geschah nicht. Er begann zu zittern, als der Schnee unter ihm schmolz und seine Hose das kalte Wasser aufsog.

Er stand auf und kehrte zum Einspänner zurück. Während das Pferd zu seiner Sattlerei zurücktrabte, dachte er an seine Schwester und daran, wie sie sich in den letzten sechs Monaten verhalten hatte. Als seine Sattlerei vor ihm auftauchte, bemerkte Luke, dass ein Auto davorstand.

Ein Kunde an einem Sonntag?

Als Luke den Einspänner zum Stehen brachte, stieg Mr Carlisle, der Milchmann, aus seinem Auto. „Luke …“ Mr Carlisle schlug seine Autotür zu. „Russ Braden war vor einer Stunde bei mir. Etwas ließ ihm keine Ruhe, und jetzt lässt es mir keine Ruhe.“

Luke konnte sich nicht vorstellen, warum Mr Carlisle ihm etwas über Mr Braden erzählte. „Ja? Was ist?“

Hannah saß auf dem Bahnhof und umklammerte ihre Fahrkarte und ihren Ausweis und hatte das Gefühl, ihre Zukunft in Händen zu halten. Sie hatte eine unruhige Nacht verbracht und gehofft, Paul würde zurückrufen. Er hatte nicht zurückgerufen. Obwohl ihre Hoffnungen immer mehr schwanden, war sie so lange wie möglich im Hotel geblieben, um ihm Zeit zu lassen, seine Meinung zu ändern und sich bei ihr zu melden.

Vielleicht war es am besten, wenn sie sich nicht von ihm verabschiedete. Die Versuchung, ihm zu verraten, wohin sie fahren wollte, wäre vielleicht zu groß gewesen, wenn sie mit ihm gesprochen hätte. Es war wichtig, dass niemand wusste, wohin sie unterwegs war. Sie wollte neu anfangen, ohne die Sorge, dass vielleicht jemand auftauchen oder ihr wieder einen furchtbaren Brief schicken könnte, um sie vor dem Sold der Sünde zu warnen.

Sie atmete tief ein und schaute sich auf dem Bahnhof um. Er war nicht besonders groß. Aber das Gebäude war interessant und sah aus, als wäre es schon hundert Jahre alt. Sie fragte sich, wie viele Menschen wohl im Laufe der Jahre hier durchgekommen waren, um woanders ein neues Leben zu beginnen.

Tausenderlei Gefühle buhlten um ihre Aufmerksamkeit: Schuldgefühle, weil sie wegging, Hoffnung auf das, was vor ihr lag, Sehnsucht danach, Frieden zu finden, der Wunsch, es zu schaffen, und eine überwältigende Trauer. Sie setzte sich auf eine lange Holzbank und wartete, dass Matthew zurückkam. Er war zum Fahrkartenschalter gegangen, um noch ein paar Fragen zu den Abfahrtszeiten zu klären, aber er hatte ihr versprochen, dass er sich nicht nach ihrem Ziel erkundigen würde.

Das stärkste Gefühl aber war die Verwirrung, dass ihr Körper, ihr Geist und ihr Verstand sich anfühlten, als gehörten sie nicht zusammen. Als wäre ihr Körper hier, aber ihr Verstand und ihr Herz hingen in irgendeiner fernen, vom Nebel verhüllten Welt. Wenn sie ihren Körper an einen neuen Ort brachte, würde er sich vielleicht wieder mit einem klaren Verstand und einem geheilten Herz zusammenfügen … eines Tages.

Matthew stellte ihren Koffer neben sie auf den Boden und setzte sich. „Ich habe dafür gesorgt, dass du während der Fahrt besser untergebracht bist. Im Zug von hier nach Pittsburgh gibt es nur Großwaggons zweiter Klasse. Aber von Pittsburgh aus fährst du erster Klasse in einem abgetrennten Raum. Das Essen ist im Preis inbegriffen, und du hast ein Bett, wenn du schlafen willst, eine eigene Toilette und eine Tür, die du zusperren kannst."

Hannah verschränkte die Arme vor ihrer Brust. Er hätte nicht noch mehr Geld ausgeben sollen, nur damit sie erster Klasse fahren konnte; es hätte ihr nichts ausgemacht, den ganzen Weg zweiter Klasse zu fahren. „Matthew …"

„Du brauchst deine Ruhe, Hannah." Matthew ließ sich von seiner Meinung nicht abbringen. „In ein paar Minuten kommt ein Kofferträger. Er wird dich mit dem Aufzug zu deinem Gleis bringen und erspart dir damit, deinen Koffer die steilen Stufen hinuntertragen zu müssen." Da Matthew schon einige Male mit dem Zug gefahren war, erklärte er ihr, wie viel Trinkgeld sie wem geben sollte und wie man sich in einem Zug verhielt. Als er alles gesagt hatte, saßen sie schweigend nebeneinander.

Es belastete Hannah schwer, dass er ihr zusätzlich zu der Zugfahrkarte und allem anderen, was er bezahlt hatte, seit sie Owl's Perch verlassen hatten, fast zweitausend Dollar Bargeld gegeben hatte. Wenn er sich mit Elle versöhnen konnte, würde er dieses Geld brauchen, um sich mit ihr eine Existenz aufzubauen. Es würde Jahre dauern, bis er wieder so viel Geld gespart hätte.

Matthew nahm seinen Hut ab und legte ihn auf die Bank neben sich. Er rieb sich die Stirn. „Hannah, versprich mir, dass du gut auf dich aufpasst." Er seufzte. „Du hast niemanden, der darauf achtet, dass du genug isst, und der sich um solche Sachen kümmert."

Hannah legte die Hand auf seine. „Ich verspreche dir, Matthew, dass ich essen werde, egal, ob ich Hunger habe oder nicht. Ich werde genug schlafen und gut auf mich aufpassen."

Mr Carlisle bog in die nächste schmale Straße ein. „Soll ich im Auto auf dich warten oder mitkommen, wenn wir am Bahnhof sind?"

„Keine Ahnung." Lukes gefaltete Finger verkrampften sich. „Was soll ich machen, wenn sie schon fort ist?"

Mr Carlisle blieb an einer roten Ampel stehen und drehte sich zu seinem Beifahrer herum. Große Sorge sprach aus seinen Augen. „Wir könnten es knapp schaffen. Russ war nicht sicher, um wie viel Uhr ihr Zug abfährt. Er wusste nur das, was er im Auto gehört hatte, nachdem die Zugfahrkarte gekauft war."

Luke versuchte sich zu erinnern, was Mr Carlisle ihm vor weniger als einer Stunde erzählt hatte. Er konnte sich nur erinnern, dass Carlisles Freund, Russ, der für viele Amisch als Fahrer arbeitete, Matthew, seine Mutter und Hannah gestern Nachmittag zum Bahnhof gebracht, dort auf sie gewartet und sie dann zu einem Hotel gefahren hatte. Russ hatte sie darüber sprechen hören, dass Hannah eine Fahrkarte gekauft hatte, aber er wusste nicht, wohin sie fahren wollte. Er hatte jedoch gehört, dass sie vorhatten, mit dem Hotelbus heute um halb eins zum Bahnhof zu fahren.

Mr Carlisle schaute auf seine Uhr. „Jetzt ist es Viertel nach eins. Das war also vor einer Dreiviertelstunde. Russ glaubte, sie wollten ungefähr eine Stunde vor Abfahrt zum Bahnhof fahren." Er klopfte auf das Lenkrad. „Wenn ich richtig rechne, könnten wir noch zehn bis fünfzehn Minuten Zeit haben, um sie zu erwischen."

„Wenn ich heute Morgen nur nicht ausgefahren wäre ..."

Die Ampel schaltete auf Grün. Mr Carlisle bog nach rechts ab. „Und wenn Russ mir gestern, nachdem er sie im Hotel abgesetzt hatte, alles erzählt hätte, statt erst heute Morgen zu mir zu kommen, wären wir nicht so unter Zeitdruck."

„Ich bin froh, dass Sie gekommen sind und es mir gesagt haben. Ich hoffe nur, wir erwischen sie noch."

„Wenn dein Vater herausfindet, dass ich ihm nichts davon gesagt habe, wird er nicht gerade begeistert sein. Ich vermute, dass Hannah nicht weiß, was sie tut. Aber ich werde sie nicht bequatschen. Ich gebe dir nur eine Möglichkeit einzugreifen. Vielleicht kannst du sie überreden, nicht wegzufahren."

„Hoffentlich."

Mr Carlisle legte einen anderen Gang ein und bog nach links ab. „Ich weiß nicht, was wirklich mit Hannah los ist. Ich höre seit Monaten alles Mögliche über sie. Doch eines weiß ich genau: Hannah hat das nicht verdient. Und ich schere mich keinen Deut darum, wie viele von diesen Gerüchten wahr sind."

Luke nickte und erkannte endlich die ganze Wahrheit. Wenn Mr Carlisle das schon begriff, warum hatte er als Hannahs Bruder es dann nicht schon viel früher gesehen? Er hoffte nur, er käme nicht zu spät und könnte sie zum Bleiben bewegen. Wenn ein paar Leute zu ihr hielten, könnte sie diesem Sturm trotzen. Davon musste er sie überzeugen.

Als Mr Carlisle auf den Bahnhofsvorplatz fuhr, nickte er zum Eingang. „Ich suche einen Parkplatz und warte dann beim Eingang. Lauf los und such deine Schwester."

Luke öffnete die Autotür und stieg aus. „Danke, Mr Carlisle."

„Gern geschehen. Jetzt beeil dich."

Luke ging durch die zwei Doppeltüren und schaute sich schnell um. Hannah war in der großen Halle nirgends zu sehen. Links neben ihm war ein kleiner Laden. Durch die Schaufenster sah er einige Leute; niemand davon war Hannah. In der hintersten rechten Ecke wartete eine kleine Menschenschlange an einem Fahrkartenschalter. Dort war sie auch nicht.

Er lief durch die nächsten offenen Türen, die zu einem anderen großen Raum mit langen Holzbänken führten, die mit dem Rücken aneinanderstanden. Immer noch keine Spur von Hannah.

Gott, bitte lass mich meine Schwester finden und sie nach Hause bringen.

Plötzlich sah er sie und Matthew auf einer Bank sitzen. Ein kleiner Koffer stand neben seiner Schwester. „Hannah!"

Als sie sich umdrehte und Luke sah, war ihr der Schock ins Gesicht geschrieben. Sie stand von der Bank auf.

Luke eilte zu ihr. Nur ein einziger Gedanke erfüllte ihn. „Es tut mir leid. Es tut mir so leid." Ohne auf eine Antwort von ihr zu warten, umarmte er sie und drückte sie fest an sich. Sie schob ihn nicht weg, aber sie erwiderte die Umarmung auch nicht. „Bitte komm nach Hause, Hannah. Was mit dir geschehen ist, ist furchtbar, und man hat dich nicht richtig behandelt, aber bitte geh nicht weg."

Hannah trat einen Schritt zurück. „Das sagst du heute. Und was ist morgen?"

Luke ergriff ihre Hände. „Ich war gemein und ungerecht, und das tut mir ehrlich leid. Gib mir eine Chance, es wiedergutzumachen."

Sie setzte sich wieder auf die Bank und starrte auf ihren Schoß.

Luke beugte sich vor. „Mary und ich werden uns um dich kümmern. Du kannst in der Wohnung über meiner Sattlerei wohnen."

Hannah hob das Kinn und schaute ihn an. „Ach, Luke, du denkst nicht klar. Der Bischof ist so sehr gegen mich eingenommen. Du könntest dafür mit dem Bann belegt werden. Und es würde dich auf jeden Fall in große Schwierigkeiten mit den Gemeindeältesten bringen." Hannah holte tief Luft. „Ich bin gebrandmarkt, Luke. Und daran wird sich nie etwas ändern."

„Aber was ist mit diesem … Mennoniten?"

„Paul? Er ist gegangen, als er herausfand, dass ich schwanger war. Ich wusste, dass er so reagieren würde."

„Du hast ihm nicht gerade viel Zeit gegeben, sich daran zu gewöhnen."

Sie stand auf. „Ich werde nicht jeden Tag meines Lebens damit verbringen zu hoffen, dass er zurückkommt. Das könnte ich nicht ertragen. Selbst wenn er erkennen sollte, dass ich unschuldig bin, was wird er dann tun? Will er mich dann immer noch heiraten? Außerdem kommt er nicht zurück, und ich will nicht in einer einsamen Welt ohne Hoffnung auf eine Zukunft leben, in der ich in unserer Gemeinde kaum noch geduldet werde, während Paul eine neue Frau findet, heiratet und Kinder bekommt." Ihr Körper zitterte, aber ihre Augen funkelten vor Entschlossenheit. Sie hatte sich das offensichtlich genau überlegt.

Ein Mann in Bahnhofsuniform ging an ihnen vorbei. „Der Zug nach Pittsburgh fährt in zwei Minuten ein", rief er. „Bitte halten Sie ihre Fahrkarten bereit."

Luke geriet in Panik. Er musste sie überreden, ihre Meinung zu ändern. „Es gibt ein paar Dinge, die noch geklärt werden müssen. Du wurdest schlecht behandelt, Hannah, aber Mary und Matthew und ich werden dir helfen. Wir werden die Dinge mit der Kirche in Ordnung bringen. Es dauert vielleicht seine Zeit, aber …"

Ein Kofferträger blieb vor ihnen stehen. „Wenn Sie mit dem Aufzug zu Ihrem Gleis fahren wollen, können Sie in einer Minute mit mir kommen."

Hannah holte tief Luft und schaute Luke direkt an. „Denk nach, Luke. Denk doch einmal in Ruhe nach. Würdest du hierbleiben wollen, wenn du mit dem leben müsstest, was mich für den Rest meiner Tage hier erwartet?"

Luke schaute seiner Schwester forschend ins Gesicht. Sie hatte so viel Trauer und Verurteilung ertragen müssen, dass sie nicht mehr das Mädchen war, das er noch vor sechs Monaten gekannt hatte.

Gott, hilf mir. Was soll ich sagen?

Niemand sprach ein Wort, während er verzweifelt überlegte, was er sagen sollte.

Lass sie gehen.

Sein Mut sank. Er wollte eine Chance bekommen, richtig zu handeln, aber hier ging es nicht um ihn. „Du schreibst uns oder rufst Mary an und lässt uns wissen, wenn du gut angekommen bist?"

„Das werde ich", sagte sie mit Tränen in den Augen. „Ich verspreche es."

Der Kofferträger kam zurück. Er zog einen langen, flachen Wagen hinter sich her. Matthew stand auf und gab dem Mann Hannahs Gepäck und einen Zehn-Dollar-Schein. „Bringen Sie ihr bitte das Gepäck in den Zug und helfen Sie ihr, einen Sitzplatz zu finden."

„Natürlich, Sir." Der Mann nahm ihren Koffer und stellte ihn auf den Wagen. Dann drehte er sich um, um das Gepäck der anderen Fahrgäste aufzuladen.

Matthew legte Hannah sanft die Hände auf die Schultern. „Du bist dir sicher?"

Sie streichelte die Fahrkarte in ihrer Hand. „Ja." Sie umarmte ihn herzlich. „Leb wohl, Matthew."

Er drückte sie liebevoll. „Mach's gut, Hannah. Pass gut auf dich auf und schreib uns."

Sie trat zurück. „Das werde ich." Sie drehte sich zu Luke um. „Ich werde schon irgendwie klarkommen."

Luke schluckte schwer. „Kannst du mir wenigstens sagen, wohin du fährst?"

Sie schüttelte den Kopf. „Es ist am besten, wenn das niemand weiß."

Luke umarmte sie und fragte sich, ob er seine Schwester je wiedersehen würde. „Wahrscheinlich hast du recht."

Als er sie losließ, schaute sie ihn einen langen Moment an. „Danke." Sie ergriff eine von Lukes Händen und eine von Matthews Händen. „Euch beiden."

Der Kofferträger blieb vor Hannah stehen. „Sind Sie so weit, junge Frau?"

Sie ließ die Hände der beiden los. Matthew zog seine Hand zurück, aber Luke hielt seine Schwester noch fest. Eine leichte Unsicherheit zog über ihr Gesicht.

Schließlich ließ Luke ihre Hand los und schaute den Kofferträger an. „Sie ist so weit."

Hannah warf einen Blick auf ihre Fahrkarte. Zunächst würde sie nach Pittsburgh fahren und dann mit dem Amtrak-Zug nach Alliance. Während sie ihre Fahrkarte und ihren Ausweis ganz fest umklammerte, merkte sie, wie ihre Entschlossenheit schwächer wurde. Im Moment war ihre Hoffnung nur wenig größer als ihre Angst.

Hannah war froh, dass Luke gekommen war und mit ihr gesprochen hatte. Sie bewegte sich mit der kleinen Menschengruppe, die dem Kofferträger folgte, der den Gepäckwagen mit ihren Koffern vor sich her schob. Nach ungefähr zwanzig Stufen tauchte links von ihr ein Gang auf. Die Schönheit des Harrisburger Bahnhofs endete abrupt, während der graue Beton alles außer den verschmierten Aufzugtüren zu bedecken schien.

Sie drehte sich um und winkte Matthew und Luke zu. Sie winkten beide zurück. Ihnen war anzusehen, dass sie hin- und hergerissen waren zwischen dem Entschluss, sie gehen zu lassen, und dem Wunsch, sie zurückzuhalten. Sie riss ihren Blick mühsam von ihnen los, ging zum Aufzug und quetschte sich zu den anderen Fahrgästen hinein.

Der Kofferträger drückte auf einen Knopf. Als die Türen sich schlossen, begriff Hannah zum ersten Mal in vollem Umfang, was sie hier tat. Eine Stimme in ihrem Kopf schrie, sie solle schnell ihren Koffer vom Gepäckwagen nehmen und sich zwischen die Türen nach draußen drängen und zurücklaufen. War sie im Begriff, den schlimmsten Fehler ihres Lebens zu machen? Wie konnte sie alles verlassen, was sie bis jetzt in ihrem Leben gekannt hatte? Hatte das schmerzliche Wissen, dass ihre Tochter vielleicht am Leben geblieben wäre, wenn sie anders gehandelt hätte, sie blind für die Wirklichkeit gemacht? Bildete sie sich nur ein, dass Gott sie von dem Ort, an dem sie diesen ganzen Schmerz erfahren hatte, wegholen wollte?

Sie hatte Mühe, ihre Ängste zu zügeln. Wie konnte sie, ein Mädchen, das nur acht Jahre zur Schule gegangen war und gerade ihr Kind geboren und beerdigt hatte, an irgendeinen fremden Ort fahren und ein neues Leben beginnen?

Als sie die Augen schloss und sich an die flüsternde Stimme erinnerte, beruhigten sich ihre Ängste ein wenig.

Kapitel 35

Während die Sonne am zweiten Tag seiner Suche nach Hannah unterging, drehte Paul erneut seine Runde durch Owl's Perch. Er hatte gewusst, dass die Amischgemeinschaft sehr verschlossen sein konnte und sich nicht einmal den Anschein von Höflichkeit gab, wenn man glaubte, ein Außenstehender wolle Unruhe stiften, sei zu neugierig oder benehme sich unangemessen. Er konnte nicht sagen, wer etwas wusste. Die Menschen, auf die er zuging, drehten ihm alle entweder den Rücken zu oder knallten ihm die Tür vor der Nase zu, ohne ihm irgendetwas zu verraten.

Als er an Matthew Eshs und Mary Yoders Türen geklopft hatte, hatte er nur ablehnende Blicke geerntet. Überall hatte man sich geweigert, ihm auch nur andeutungsweise zu verraten, wo Hannah sein könnte. Mr Esh hatte Paul immerhin mitgeteilt, dass Matthew und seine Mutter diese Nacht nicht nach Hause kämen. Wenn Matthew zurückkehrte, könnte Paul ihm so viele Fragen stellen, wie er wollte. Matthew war ein erwachsener Mann und könnte selbst entscheiden, was er zum Thema Hannah Lapp sagen wollte und was nicht.

Ihr Name kam wie Gift über die Lippen des Mannes. „Du brauchst nicht wieder an die Tür klopfen und nach ihm fragen. Wenn er nach Hause kommt, hängt jemand ein Handtuch über das Geländer." Während des kurzen, unfreundlichen Gesprächs mit Mr Esh hatte Paul das Gefühl gehabt, dass Matthews Abwesenheit mit Hannah zu tun hatte. Vielleicht hatte er sie irgendwohin gebracht, wo sie sich verstecken konnte, bis die Gemeinde sich etwas beruhigt hatte.

Da er im Moment nichts hatte tun können, war Paul am Abend zuvor zu seiner Großmutter zurückgefahren und hatte ein paar Stunden geschlafen, bevor er seine Suche erneut aufgenommen hatte. Er war auf direktem Weg zum Eshhof gefahren, aber dort war weit und breit kein Handtuch zu sehen gewesen. Während er weiterfuhr und wieder und immer wieder seine Runden drehte, musste er sich der Tatsache stellen, dass seine Bereitschaft, Hannahs Situation zu akzeptieren, möglicherweise zu spät kam. Sie war verschwunden, um sich irgendwo zu verstecken. Wenn Matthew ihm nicht half, sie ausfindig zu machen …

Sein Herz schlug schneller, als er ein Auto erblickte, in dem eine amische Frau auf dem Beifahrersitz saß, während ein amischer Mann auf dem Rücksitz zu erkennen war. Pauls Müdigkeit fiel schlagartig von ihm ab, als das Auto in die Einfahrt zum Eshhof bog. Er lenkte sein Auto neben das andere Fahrzeug und sprang hinaus. Die Frau würdigte ihn kaum eines Blickes, während sie die Autotür schloss und zum Haus ging. Als der Mann sich vom Rücksitz schob und ausstieg, erkannte Paul ihn sofort.

„Matthew", rief er.

Matthew blickte auf, bevor er sich wieder umdrehte, um den Fahrer zu bezahlen. Der Fahrer schüttelte den Kopf und wollte kein Geld nehmen. Dann verließ er den Hof.

„Ich bin Paul Waddell. Ich bin auf der Suche nach Hannah."

Matthew schaute ihn genauso unfreundlich wie Marys und Hannahs Vater an. „Sie ist fort. Meine Mutter und ich haben sie zum Bahnhof gebracht."

Pauls Herz wollte aufhören zu schlagen. „Wohin ist sie gefahren? Wie kann ich Kontakt zu ihr aufnehmen?"

Matthew schüttelte den Kopf. „Das hat sie nicht gesagt. Sie will nicht, dass irgendjemand weiß, wohin sie fährt."

Paul hatte Mühe, sich auf den Beinen zu halten.

Matthew trat vor. Die Kälte in seiner Miene war einer gewissen Verwirrung gewichen. „Warum hast du ihr Geld genommen?"

Paul hatte das Gefühl, einen zweiten Fausthieb in den Magen zu bekommen, und keuchte. „Was?"

„Das Geld auf dem Konto, das euch beiden gehört hat. Warum hast du ihren Teil auch abgehoben?"

„Ich habe nie … es ist fort?"

Matthew nickte.

Pauls Brustkorb zog sich zusammen, als er versuchte, sich auf etwas zu konzentrieren, das mit seiner Suche nach Hannah nichts zu tun hatte. „Ich zahle auf dieses Konto nur zweimal im Jahr etwas ein, wenn alle meine Ausgaben bezahlt sind. Aber … ist es möglich, dass Hannah das Sparbuch an dem Tag verloren hat, an dem ich es ihr gab? An dem Tag, an dem das Unaussprechliche passierte?" Paul rieb sich die Stirn. Ihm war unglaublich schwindelig. „Wenn dieser Verbrecher das Sparbuch in die Hände bekam und das Konto geplündert hat, hat die Polizei vielleicht eine Spur und kann ihn finden. Kommst du mit mir zur Polizei und sagst ihnen alles, was du darüber weißt?"

Matthew ließ den Kopf hängen und seufzte. „Ich weiß nicht. Ich war dem Bischof in Bezug auf Hannah in einigen Punkten ungehorsam, und ich habe mit ihm einige Probleme … und mit meiner Freundin."

„Ich … ich wusste nicht, dass du eine Freundin hast."

„Ich hatte eine …" Matthew zuckte die Achseln, bevor er in seine Hosentasche griff und einen Brief herauszog. Er reichte ihn Paul. „Hannah sagte, dass du irgendwann kommen und sie suchen würdest."

Paul nahm den Brief, als hätte man ihm einen Rettungsring zugeworfen. Er riss ihn auf und hoffte, der Brief würde ihm verraten, wo er sie finden könnte.

Paul,
wenn du diesen Brief liest, bist du gekommen, um Antworten zu finden, vielleicht auch um mich zu finden. Ich habe keine Ahnung, wie viel Zeit vergangen ist. Vielleicht hast du inzwischen eine eigene Familie.
Ich bin nicht sicher, inwiefern ich dir helfen kann, aber ich musste gehen. Anscheinend glaubt mir niemand, wie es dazu kam, dass ich schwanger wurde. Diese ganze Ungerechtigkeit ist mehr, als ich ertragen kann und will. Ich muss fortgehen und an einem anderen Ort neu anfangen, so wie man neuen Wein in neue Schläuche füllt, jah? Ich hoffe, du findest Frieden, Paul. Ich mache dir keine Vorwürfe wegen deiner Reaktion. Ich hoffe, du nimmst mir meine Reaktion auch nicht übel. Ich wünsche dir alles Gute.

Hannah

Mit dem Gefühl, in eine tiefe Grube geworfen worden zu sein, aus der es keinen Weg heraus gab, umklammerte Paul mit kalten Fingern den Brief. „Wie will sie sich und ein Kind durchbringen?"

Matthew gab ihm keine Antwort.

Paul schaute Matthew in die Augen und versuchte zu verstehen, was er ihm nicht verriet. „Hat sie einen Plan? Fährt sie irgendwohin, wo man ihr und dem Kind helfen wird?"

Matthew verschränkte die Arme vor seiner Brust. „Hannah bekam vor zwei Tagen Wehen. Das Baby ist gestorben."

Ein lautes, langes Stöhnen kam aus Pauls Mund. Da er sich nicht mehr auf den Beinen halten konnte, legte er die Handflächen auf das Dach von Marcus' Auto. Sie hatte das Kind entbunden, kurz nachdem er sie vor ein paar Tagen gesehen hatte?

Gott, wie kann ein Mensch das alles allein überleben?

„Sie wird sich eine Arbeit suchen", sprach Matthew weiter.

Paul atmete mehrere Male tief ein. Die kalte Luft half ihm, den Verstand nicht ganz zu verlieren. „Aber wenn sie kein Geld hat ..."

„Sie ist nicht mit leeren Händen gefahren. Sie hat genug für ihren Lebensunterhalt, bis sie auf eigenen Füßen steht. Ich ... ich habe dafür gesorgt."

Paul stützte den Kopf in seine Hände. Er war zu verletzt und zu müde, um noch richtig denken zu können.

Matthew legte Paul die Hand auf die Schulter. „Sie musste gehen. Vertraue Gott in dieser Sache."

Gott war hier nicht die Frage. Es war Hannah, die sich entschieden hatte wegzugehen, während Paul zwei Tage und fast eine ganze Nacht nach ihr gesucht hatte. Warum hatte sie die Schwangerschaft unbedingt geheim halten müssen? Hätte sie es ihm nicht vor Monaten sagen können, damit sie wenigstens eine Chance gehabt hätten, gemeinsam eine Lösung zu finden? An wen würde sie sich jetzt wenden, um Hilfe zu finden?

Seine Enttäuschung und seine Angst verschmolzen miteinander, bis Paul nicht mehr wusste, was er fühlte – oder was er fühlen sollte.

„Paul, vertraue darauf, dass Hannah sich genau überlegt hat, was sie braucht, und dass sie jetzt tut, was richtig für sie ist."

Paul hob den Kopf und schaute Matthew in die Augen. Er sah darin genauso viel Freundlichkeit und Verständnis, wie Hannah darin gesehen haben musste. Matthew nahm die Hand von seiner Schulter, als Paul anfing, den Brief noch einmal zu lesen.

Hannah wollte einen Neuanfang. Während er ihre Worte las, legte sich die Enttäuschung über seine dreißigstündige vergebliche Suche nach ihr ein wenig. Die Formulierung „neuer Wein in neuen Schläuchen“ war ein biblisches Bild, das er Hannah bei mehreren Gelegenheiten beschrieben hatte. Trotz seines Kummers zog ganz langsam Friede in sein Herz. Die junge Frau, von der er immer gewusst hatte, dass sie das Herz einer Löwin besaß, war gerade aus ihrem Käfig ausgebrochen. Ein Lächeln spielte um seine Lippen.

Vielleicht hatten Hannah und Matthew recht. Vielleicht brauchte sie eine saubere Trennung von dem Skandal und der Trauer, die das Unaussprechliche ausgelöst hatte. Aber er wollte so gerne bei ihr sein.

„Du sagst, sie hat genug Geld und einen Plan?“

Matthew nickte. „Sie ist in Sicherheit, Paul, und genießt wahrscheinlich die Freiheit, ihren eigenen Weg in dieser Welt zu finden.“

Paul ging zur Auffahrt und ließ seinen Blick über die schneebedeckten Weiden zu den Hügeln in der Ferne wandern. Dieser Anblick war ein perfektes Bild für die Träume, die ihn in der vorletzten Nacht verfolgt hatten. „Vor zwei Tagen habe ich die ganze Nacht geträumt, dass eine Stimme Hannah über die Felder zuruft: *Kumm raus.*“

„Paul.“ Matthews Stimme zitterte vor Erregung. Paul drehte sich um und schaute ihn an. Matthew zog die Stirn in tiefe Falten und schaute ihn erschrocken an. „Sie hat dieselben Worte gehört, als wir am Grab ihres Kindes standen. Sie hat der Stimme sogar laut geantwortet.“

Paul konnte sich nicht rühren, als er Matthews Worte langsam begriff. Er betrachtete den Horizont und konnte über diese Zusicherung, dass Hannah wirklich hatte fortgehen sollen, nur staunen.

Seine Verwirrung und sein Schmerz wurden ein wenig schwächer, als ihn ein neuer Optimismus erfüllte. Eine neue Zuversicht, dass sie eines Tages zurückkehren würde, regte sich in ihm. Er würde die Hoffnung nicht aufgeben und weiterhin dafür beten, dass der Herr sie heilte und sein Werk vollenden würde, das er in ihr begonnen hatte – in ihnen beiden.

Gottes Segen, Löwenherz. Gottes Segen.

Nachdem sie aus dem Aufzug gestiegen war, hatte der Gepäckträger Hannah gebeten, auf einer Bank zu warten, während er den anderen Fahrgästen ihr Gepäck in den Zug brachte. Er versicherte ihr, dass er ihr einen Platz reservieren würde. Während sie wartete, wurde ihr ganz heiß vor Sorge.

Ihre Gemeinde und ihre Familie hatten inzwischen wahrscheinlich erfahren, dass sie Owl's Perch verlassen hatte. Die Yoders und sogar ihre eigenen Eltern wollten sie nicht unter ihrem Dach haben, aber das bedeutete nicht, dass sie ihren Weggang akzeptierten. Je schneller die Entfernung zwischen ihr und ihren Leuten wuchs, umso besser.

Für die anderen und für sie.

Die Minuten vergingen viel zu langsam, und ihr Herz zitterte nervös. Endlich kam der Gepäckträger zurück. Er ging vor ihr her, während sie der gelben Linie folgten und an mehreren Waggons vorbeigingen.

Schließlich blieb er stehen. „Das ist Ihr Waggon, junge Frau." Ohne den Zug zu betreten, reichte er ihre Tasche und ihre Fahrkarte einem uniformierten Mann im Zug, der anscheinend auf sie gewartet hatte.

Bevor sie sich entscheiden konnte, ob sie dem Gepäckträger noch einmal ein Trinkgeld geben sollte, war er verschwunden.

Der Schaffner führte sie durch den Gang. Er deutete auf einen Sitz in der Nähe mehrerer Gepäckstücke. „Ich stelle Ihren Koffer hier vor Ihnen ab. Wenn Sie irgendetwas brauchen, dann sagen Sie es mir bitte."

Sie setzte sich auf den weichen, blauen Sitz und war froh, dass sie die ganze Sitzreihe für sich hatte. Durch das Zugfenster konnte sie Menschen im oberen Stockwerk des Gebäudes sehen, in dem sie vor ein paar Minuten selbst noch gesessen war. Junge und alte Menschen schauten durch die Glasscheiben aus dem Inneren und winkten anderen Reisenden zum Abschied zu. Weder Matthew noch Luke waren irgendwo zu sehen. Sie fragte sich, ob die beiden sich schon auf den Heimweg gemacht hatten.

Starke Zweifel purzelten wild durch ihren Kopf, während Trauer und Ungewissheit ihre Gefühle aufwühlten. Vielleicht war die Stimme, die sie aufgefordert hatte: *Kumm raus*, nur ihre Fantasie gewesen, und es war dumm, dieser Einbildung zu folgen. Sie schloss die Augen, lehnte den Kopf zurück und fragte sich, wie sie sich auf der Grundlage einer Stimme, die außer ihr niemand gehört hatte, eine Zukunft aufbauen wollte.

Der Zug fuhr langsam an, und die vielen Fragen legten sich ein wenig. Während der Zug an Geschwindigkeit zulegte, erwachte wieder neue Hoffnung in Hannah. Bald hatte sie das Gefühl, sie schwebe wie ein Adler und fahre nicht ruckelnd und schaukelnd in einem Zug. Sie begann eine Reise, auf der Gott ihr einziger Begleiter war. Diese Reise war bestimmt lohnenswert.

Während die Stunden vergingen, betrachtete Hannah draußen die sich ständig verändernde Landschaft. Jedes Mal, wenn der Zug in einem Bahnhof stehen blieb und dann wieder anfuhr, hatte sie das Gefühl, etwas mehr von ihrer überwältigenden Ohnmacht hinter sich zurückzulassen. Sie konnte immer leichter atmen, je weiter der Zug in Richtung Nordwesten fuhr. Das hatte sie nicht erwartet.

Als sie aus dem Fenster schaute, hörte sie ein leises Flüstern in ihrer Seele.

Trotzdem.

Es war ein ungewöhnliches Wort, das ihr in einem ungewöhnlichen Augenblick in den Sinn kam, aber es zog in ihrem Kopf Kreise und hauchte ihr neue Hoffnung ein. Im Leben wurde man verletzt. Trotzdem war es ein kostbares Geschenk.

Trotzdem.

Das Wort war dieses Mal noch stärker und gab ihr neuen Mut und neuen Glauben.

Ihr Baby war gestorben. Trotzdem war Rachel jetzt bei Gott.

Hannahs Beziehung zu Paul war vorbei. Trotzdem würde Gottes Kraft sie durchtragen.

Wenn alles bei Gott endete, dann gab es für die Menschen, die in ihm lebten, ein gutes Ende – ganz zum Schluss.

Eine tiefe Wärme tröstete sie.

Wenn sie schon zu Beginn ihrer Reise so viel Heilung erlebte, was lag dann noch vor ihr, wenn sie in den nächsten Monaten oder Jahren mehr über das Leben und über Gott lernte?

Sie schloss die Augen und badete in der Wärme ihres neu entdeckten Glaubens an den Gott, der seine Kinder liebt.

Sie würde ihre Tante suchen und dann Pläne für die Zukunft treffen. Im Moment war das alles, was sie wusste. Und im Moment war das genug.

Ein großer Wunsch, Paul zu schreiben, regte sich in ihr. Er musste wissen, was sie über das *Trotzdem* gelernt hatte. Gott hatte einen Plan, egal, wie es zwischen ihnen weitergehen würde.

Glossar

Ausbund – amisches Kirchengesangbuch
begreiflich – ruhig
Bobbeli – Baby
Christenpflicht – amisches Gebetsbuch
dabber schpring – lauf schnell
Daadi – Großvater
Daadi-Haus – Großvaterhaus. Normalerweise ist damit ein Haus gemeint, das an das Haupthaus angebaut ist oder ganz in seiner Nähe steht und von den Großeltern bewohnt wird. In vielen Fällen gehörte das Haupthaus früher den Großeltern. Das Haupthaus wird üblicherweise einem Sohn übergeben, der die Aufgaben übernimmt, die seine Eltern vorher erfüllt hatten. Die Großeltern ziehen dann in das kleinere Haus und haben nicht mehr so viele Aufgaben.
Daed – Vater oder Papa
deerich – töricht, dumm
do – hier, da
Druwwel – Schwierigkeiten, Trubel
duscht – tust
Englischer – nichtamischer Amerikaner. Einige konservative Mennonitengruppen werden nicht als *Englische* bezeichnet.
Fraa – Ehefrau oder Frau
hatt – hart, schwer
iss – ist
jah – ja
Kapp – dünne Gebetshaube der Frauen
kumm – komm
letz – falsch
liewe – liebe
Liewi – Liebling

Ordnung – Die schriftlich und mündlich überlieferten Regeln der Amisch. Die Regeln werden von einer Generation an die nächste weitergegeben. Neue Regeln müssen von den Gemeindeältesten beschlossen und von den Gemeindemitgliedern bei besonderen Versammlungen genehmigt werden. Die meisten Amisch kennen alle Regeln auswendig.

Pennsylvania Dutch – der deutsche Dialekt, den die Amisch in Pennsylvania sprechen. Das Wort *Dutch* (wörtlich übersetzt: Holländisch) hat in diesem Fall nichts mit Niederländisch zu tun. Das ursprüngliche Wort lautete *Deutsch.* Die Amisch sprechen eine alte Form des Deutschen (diese Sprache wird in den Gottesdiensten verwendet), und im Alltag Pennsylvaniadeutsch (Pennsylvania Dutch). Ab einem gewissen Alter lernen sie auch Englisch.

Rumschpringe – Wörtlich: Herumlaufen.
Damit ist die Teenagerzeit gemeint, in der den Jugendlichen mehr Freiheiten zugestanden werden.

Sitzschtupp – Wohnzimmer, Wohnstube

Atemberaubende Welt der Amisch bei FRANCKE

Beverly Lewis
Postkarte zum Glück
ISBN 978-3-86122-986-5
352 Seiten, Paperback

Das Leben der jungen Amisch Rachel Yoder scheint zerstört. Ein Verkehrsunfall nimmt ihr das Liebste – ihren Mann und ihren Sohn. Allein mit ihrem Töchterchen verfällt sie der Trauer und erblindet vor Kummer. Erst als der Journalist Phil Bradley in die Amisch-Gemeinde kommt, dringt Licht in ihr Schneckenhaus. Der Fund einer alten Postkarte bringt sie gemeinsam auf die Spur eines bewegenden Schicksals. Die Geschichte einer verlorenen Liebe und eines harten Ringens um Wahrheit erschüttert sie beide. Und sie bringt der jungen Rachel einen Hoffnungsschimmer für ihr eigenes Leben ...

Beverly Lewis
Dem Glück entgegen
ISBN 978-3-86122-987-2
304 Seiten, kartoniert

Aus dem Frieden der Amisch-Gemeinschaft kehrt Phil Bradley zurück in die Hektik seiner New Yorker High-Tech-Welt. Doch schnell wird ihm klar, wie stark die Bande sind, mit denen sein Herz bereits an diesem paradiesischen Fleckchen Erde hängt. Und an Rachel Yoder, der jungen Amisch-Witwe, deren sanftes Wesen ihn so sehr beeindruckt hat ...

Mit Macht zieht es ihn zurück nach Lancaster County. Hier stellt er sich dem Ringen um die Fragen: Wird Rachel seine Gefühle erwidern, und kann er die Kosten überschlagen, die ihm eine gemeinsame Zukunft abverlangen wird?

Beverly Lewis
Die Erlösung der Sarah Cain
ISBN 978-3-86122-526-3
288 Seiten, gebunden

Als moderne Frau hatte Sarah Cain nur Spott übrig für ihre Schwester, die das einfache Leben einer Amisch wählte. Fassungslos dagegen macht sie die Nachricht von ihrem Tod. Und wie konnte ihre Schwester bei der Wahl eines Vormundes ausgerechnet auf sie kommen? Wer will von ihr verlangen, eine Karriere und ein Leben voller Spaß aufzugeben, um fünf Amisch-Waisen aufzuziehen? Und was wird aus Bryan, dem Mann an ihrer Seite?
Bei ihrer Ankunft in Lancaster County trägt Sarah schwer an einem Kummer, der so ganz anders ist als das Leid ihrer kleinen Nichten und Neffen.
Wird sie erkennen, dass das Leben bei den Amisch nicht nur Verzicht bedeutet, sondern dass hier Heilung auf sie wartet?

In gekürzter Fassung als Hörbuch erhältlich:

Die Erlösung der Sarah Cain
– Das Hörbuch
ISBN 978-3-86122-789-2
2 CDs, Laufzeit ca. 150 Minuten

Das Schicksal der Katie Lapp von Beverly Lewis

Was auch geschehen mag – Band 1
ISBN 978-3-86122-628-4
256 Seiten, kartoniert

In der beschaulichen Amisch-Gemeinschaft von Hickory-Hollow scheint die Zeit stehen geblieben zu sein. Auch für die junge Katie Lapp. Doch was sie am Abend vor ihrer Hochzeit erfährt, stellt ihr ganzes Leben auf den Kopf ...

Kannst du mir vergeben? – Band 2
ISBN 978-3-86122-629-1
272 Seiten, kartoniert

Ihrer bisherigen Identität beraubt, verlässt Katie die behütete Amisch-Gemeinschaft. Die Welt, in die sie nun gerät, ist unbarmherzig – Katie geht einen aufregenden Weg ins Ungewisse.

Werden wir uns finden? – Band 3
ISBN 978-3-86122-630-7
272 Seiten, kartoniert

Katie kann das angenehme Leben der „Englischen“ nicht recht genießen. Immer stärker brennt die Sehnsucht in ihr nach dem Leben und den Menschen, die sie zurückließ. Wieder steht Katie an einem Scheideweg ihres Lebens ...

Annies Weg von Beverly Lewis

Die Tochter des Predigers – Band 1
ISBN 978-3-86122-836-3
400 Seiten, gebunden

Das Städtchen Paradise ist für viele ein Stück Himmel auf Erden. Für Annie Zook ist es eine Sackgasse: Ist es nicht selbstverständlich, dass sie als Predigerstochter der Gemeinde beitritt? Aber ihr Herz gehört der Malerei. Wie soll es schlagen, wenn man ihr die Farben nimmt? Die Zeit für eine Entscheidung naht ...

Der Englische – Band 2
ISBN 978-3-86122-878-3
336 Seiten, gebunden

Annie fällt es nicht leicht, das Versprechen zu halten, das sie ihrem Vater gab. Monatelang soll sie keine Pinsel mehr anrühren – Voraussetzung für ihre Aufnahme bei den Amisch.

Doch was, wenn sie auf die Malerei verzichtet, um an einer anderen Leidenschaft zu scheitern? Was, wenn ihr Vater von ihrer Freundschaft mit Ben, dem sympathischen Englischen, erfährt?

Die Brüder – Band 3
ISBN 978-3-86122-938-4
352 Seiten, gebunden

Annie lebt wie eine Gefangene unter dem Regiment der Brüder. Verschlossen ist das Reich der Malerei, vorbei die schönen Tage mit Ben. Doch der hat die Hoffnung auf eine gemeinsame Zukunft noch nicht begraben. Reicht die Macht der Brüder aus, die Pläne der beiden zu durchkreuzen?

Unsere fesselnden Generationen-Romane

Lynn Austin
Luisas Töchter
ISBN 978-3-86122-833-2
708 Seiten, gebunden

Wie bitter muss ein Geheimnis sein, dass seine Enthüllung eine Familie zerreißen würde?

Auf den ersten Blick scheint das Leben von Emma, Grace und Suzanne – Mutter, Tochter und Enkelin – wie ein ruhiger Strom dahinzugleiten. Doch mit dem Umzug von Emma in ein Seniorenheim beginnt das Wasser Wellen zu schlagen.

Emma steht plötzlich vor einer schweren Entscheidung.

Die unglücklich verheiratete Suzanne soll nicht dasselbe Schicksal erleiden wie sie selbst – das Schicksal einer geschiedenen, allein erziehenden Frau. Doch um eine Scheidung zu verhindern, muss Emma ganz tief hinabsteigen in den Keller ihrer bewegten Vergangenheit. Sie weiß um einen Wendepunkt in ihrer Familiengeschichte, der noch im deutschen Kaiserreich des Jahres 1894 liegt.

Behutsam entrollt sich das ergreifende Schicksal von vier Generationen. Langsam begreifen die Frauen, wie sehr sie in ihren Entscheidungen von den Entscheidungen ihrer Mütter beeinflusst wurden – und warum ihre Mütter so wurden, wie sie waren.